Schule des Zeitreisens

Genieße den Tag
und vertraue nicht auf das Morgen.
Denn du weißt nicht, was gestern sein wird.

Peter Lukasch

Schule des Zeitreisens

Erlebnisse eines Zeitreisenden

Mein besonderer Dank gilt meiner Frau Theresia, die mich bei der Entstehung dieses Buches unterstützt und das Manuskript nicht nur kritisch gelesen, sondern auch korrigiert hat.

Der Autor

Die Deutsche Nationalbibliothek verzeichnet diese Publikation in der Deutschen Nationalbibliografie; detaillierte bibliografische Daten sind im Internet über dnb.d-nb.de abrufbar.

© 2018 Peter Lukasch
Neuausgabe 2021
Einbandgestaltung und Illustrationen: Peter Lukasch unter Verwendung von Motiven von Pixabay
Herstellung und Verlag: BoD – Books on Demand, Norderstedt
ISBN: 9783754397145

Teil I

Judith

1

Der Hörsaal war halb leer. Das Semester neigte sich seinem Ende zu. Die meisten Prüfungen waren abgeschlossen und viele Studierende hatten den Campus bereits verlassen, um die Sommerferien zu genießen. Es war der 1. Juni des Jahres 2021.

Professor Eduard Swanson hatte das Thema für seine letzte Vorlesung vor der Sommerpause bewusst gewählt, weil er es hasste, vor leeren Bänken zu dozieren. Ein Vortrag über Zeitreisen war geeignet, zumindest einige unentwegte Fantasten und Träumer anzuziehen, wenngleich er sie am Ende enttäuschen musste. Denn Swanson war allen diesen abstrusen Theorien, die immer wieder auftauchten und in reißerischen Schlagzeilen wie ‚Zeitreisen sind doch möglich' gipfelten, zutiefst abgeneigt. Er galt als hervorragender theoretischer Physiker und begnadeter Mathematiker, der seine Fähigkeiten dazu nutzte, um solchen Effekthaschereien jüngerer Kollegen den Garaus zu machen und ihre Arbeiten als fehlerhaft zu entlarven.

Francis saß in der fünften Bankreihe und betrachtete verständnislos die Formeln, mit denen der Professor die Tafel bedeckt hatte. Eigentlich gehörte er nicht hierher. Er war weder Physiker noch Mathematiker, sondern Historiker. Nächstes Jahr, wenn alles gut ging, würde er sein Studium abschließen und sich einer archäologischen Ausgrabungskampagne in Ägypten anschließen. Die Zusage dafür hatte er praktisch schon in der Tasche. Wie viele Historiker hing Francis bisweilen Vorstellungen nach, wie faszinierend es sein müsse, all die vergangenen Dinge und Ereignisse, die man ja doch nur aus Büchern und Artefakten erschließen und interpretieren konnte, mitzuerleben und mit eigenen Augen zu sehen. Das hatte ihn in diese Vorlesung gelockt und natürlich auch Judith.

Sie saß seitlich vor ihm in der vierten Reihe und damit in vorderster Front. Die Studenten hatten es sich nämlich zur Angewohnheit gemacht, die ersten drei Reihen freizulassen, es sei denn, der Hörsaal war so voll, dass ihnen gar nichts anderes übrig blieb, als auch die vorderen Plätze zu belegen. Warum das so war, konnte niemand genau sagen. Viele Professoren versuchten, ihre Zuhörer dazu zu veranlassen, nach vorne zu kommen, nicht so Professor Swanson. Es schien ihm ganz recht zu sein, wenn er eine neutrale Zone, eine Art Niemandsland zwischen sich und seinen Hörern hatte. Jetzt schrieb er einige weitere unverständliche Zeichen an die Tafel und erklärte mit erhobener Stimme, damit seien alle Spekulationen, wonach es unendlich viele Paralleluniversen und Wirklichkeiten gäbe, in denen sich ein Zeitreisender bewegen könne, widerlegt und in das Reich fantasievoller Romanautoren zu verweisen.

Niemand widersprach ihm. Judith hatte die Unterlippe zwischen die Zähne geklemmt und schrieb eifrig mit. Francis fragte sich, ob sie wirklich verstand, was diese Formeln besagten. Die Vorstellung, dass in ihrem hübschen Kopf Rechenprogramme wie in einem Computer abliefen, verursachte ihm Unbehagen. Es war, als ob sie seine Blicke gespürt hätte. Plötzlich wandte sie den Kopf und sah ihm direkt ins Gesicht. Er lächelte ihr zu und erntete einen abweisenden Blick. Es war gewiss nicht so, dass Francis bei Mädchen keinen Erfolg hatte, ganz im Gegenteil. Aber immer, wenn er Judith ansprach oder ihre Nähe suchte, geriet er aus dem Konzept und sie reagierte mit Ablehnung. Dabei war ihr das Interesse junger oder auch älterer Männer doch nichts Fremdes. Er hatte sie oft dabei beobachtet, wie sie von Verehrern umlagert wurde. Das war auch kein Wunder, denn sie war hübsch, charmant, sehr klug und hatte eine angenehme, freundliche Wesensart. Außerdem galt sie als hartnäckiger Single. Francis hielt sie über diesen objektiven Befund hinaus für das anbetungswürdigste Geschöpf der Welt oder zumindest auf diesem Universitätscampus. Er seufzte vernehmlich. Judith wandte sich wieder um und sah ihn forschend an. Diesmal huschte ein kleines, ein sehr kleines Lächeln über ihr Gesicht. Sein Herz begann schneller zu schlagen.

Professor Swanson beendete diesen glücklichen Moment, indem er mit strenger Stimme Aufmerksamkeit forderte und den letzten freien Platz der Tafel mit mathematischen Symbolen vollkritzelte. Er behauptete, und wiederum widersprach ihm niemand, dass es daher nicht möglich sei, Vergangenes und damit auch Gegenwart und Zukunft zu ändern, weil dies das Gefüge von Raum und Zeit nicht zulasse.

Judith schien das Interesse an Francis zu verlieren und widmete sich wieder ihren Notizen. Der Professor kam zum Ende, dankte den Zuhörern für ihre Aufmerksamkeit und wünschte ihnen erholsame Sommerferien, wobei er nicht vergaß, darauf hinzuweisen, dass einige von ihnen zu Beginn des neuen Semesters Prüfungen nachzuholen hätten, weshalb es angezeigt sei, sich rechtzeitig mit dem Stoff vertraut zu machen.

2

Die Studenten strebten dem Ausgang zu, wobei Francis versuchte, Judith einzuholen. Er war fest entschlossen, sie anzusprechen und sich diesmal nicht so ohne weiteres abweisen zu lassen. Wenn sie erst einmal in den Sommerferien verschwunden war, musste er drei Monate warten, bis er sie wiedersehen konnte. Wer weiß, was bis dahin geschehen war. Wahrscheinlich würde sie dann einen festen Freund haben. Es konnte ja gar nicht anders sein. Es war nicht zu hoffen, dass ein so hinreißendes Geschöpf, das unter zahlreichen Bewerbern wählen konnte, allein blieb.

Er hatte sie fast schon eingeholt, als er in seinem Bemühen, sich vorzudrängen, mit Professor Swanson zusammenstieß und eine Entschuldigung murmelte. Der Professor hielt ihn zurück und sah ihn aufmerksam an.

„Sind Sie einer meiner Studenten, junger Mann?"

Verzweifelt beobachtete Francis, wie Judith über den Vorplatz lief und in einen roten Sportwagen stieg. Der Lenker war ihm zutiefst unsympathisch, obwohl er ihn kaum erkennen konnte.

„Nein, Herr Professor", sagte Francis resignierend. „Ich muss gestehen, dass ich mich eingeschlichen habe, weil mich das Thema interessiert hat."

„Zeitreisen? Von welcher Fakultät kommen Sie?"

„Von den Historikern, Herr Professor."

„Ah, dann verstehe ich Ihr Interesse. Es wäre wirklich interessant, zum Beispiel an einer Senatssitzung im alten Rom teilzunehmen, nicht wahr? Hält nicht auch Professor Markham heute seine Schlussvorlesung? Ich glaube, es ist ein Lichtbildvortrag über die Methoden der Folter im Lauf der Zeiten. War das nichts für Sie?"

„Ich kenne diese Vorlesung schon. Es ist jedes Mal zu Semesterschluss dieselbe."

„Trotzdem hat sie regen Zulauf. Die Menschen lieben diese voyeuristische Mischung aus Grausamkeit und der Sicherheit des Hörsaales. Sie würden anders darüber denken, wenn sie selbst in einem Folterkeller der heiligen Inquisition stehen würden."

„Ganz sicher, aber das ist ja nicht möglich, wie Sie eindrucksvoll bewiesen haben."

Sie hatten den Vorplatz halb überquert. Der rote Sportwagen mit Judith war verschwunden. Der Professor nahm Francis freundschaftlich beim Arm und verhinderte so einen Ausbruchsversuch. „Sagen Sie das nicht", meinte er. „Ich habe lediglich bewiesen, dass die Theorien, die bisher zu diesem Thema entwickelt wurden, falsch sind. Ich habe nicht gesagt, dass Zeitreisen absolut unmöglich sind. Wie heißen Sie, junger Mann?"

„Francis, Francis Barre."

„Der Sohn von Professor Barre, dem verschollenen Archäologen? "

„Ja, Herr Professor", antwortete Francis traurig. „Er ist wahrscheinlich voriges Jahr in der ägyptischen Wüste umgekommen, als er sich allein aufgemacht hat, um einen vielversprechenden Schutthügel zu untersuchen."

„Seien Sie getrost. Ihr Vater ist nicht umgekommen. Soviel ich weiß, hält er sich derzeit am Hofe des Kaisers Titus auf. Er versucht herauszubekommen, was mit dem legendären Tempelschatz von Jerusalem, den die Römer angeblich geraubt haben, wirklich geschehen ist."

Francis machte sich los und sah den Professor empört an. „Warum spotten Sie über das Schicksal meines Vaters? Was wollen Sie eigentlich von mir?"

Sie hatten einen abgelegenen Platz in der weitläufigen Parklandschaft des Campus erreicht. „Ich spotte nicht", sagte Swanson. „Kommen Sie, setzen wir uns auf diese Bank. Ihr Vater hat mich gebeten, mich um Sie zu kümmern, falls er einmal länger wegbleiben sollte. Das ist ja jetzt wohl der Fall. Ich vermute, er hat Schwierigkeiten damit, zurückzukommen. Das passiert gelegentlich, ist aber nur ein temporäres Problem im wahrsten Sinn des Wortes, das sich meist von selbst löst. Es ist ein glücklicher Zufall, der Sie in meine letzte Vorlesung geführt hat. Sonst hätte ich Sie in den nächsten Tagen aufsuchen müssen, um mit Ihnen zu sprechen. Ich habe mir gleich gedacht, dass Sie der junge Barre sind, wie ich Sie gesehen habe. Sie ähneln Ihrem Vater sehr, junger Mann."

Francis verzichtete auf jede weitere Höflichkeit: „Sind Sie völlig verrückt geworden? Oder macht es Ihnen einen Spaß, einen Studenten zu verulken, bloß weil er sich in Ihre Vorlesung geschummelt hat? Wenn ja, ist das ein blöder Scherz!"

„Beruhigen Sie sich, Francis. Ich bin weder verrückt, noch neige ich zu grausamen Späßen. Es ist nur so, dass Zeitreisen tatsächlich möglich sind und auch durchgeführt werden. Es wäre mir auch lieber, müsste ich Ihnen das nicht anvertrauen, aber es war der Wunsch Ihres Vaters, dass ich Sie einweihe, wenn ich den Augenblick für gekommen halte. Ich bin ihm nämlich in mancherlei Hinsicht verpflichtet. Er hat mich seinerzeit aus einer sehr unangenehmen Lage in Byzanz befreit. Ich glaube, das war 314 n. Chr. Ich hätte sonst erhebliches Ungemach erdulden müssen, ehe ich zurückgekommen wäre. Diese spätantiken Byzantiner sind unangenehme Zeitgenossen, das kann ich Ihnen versichern."

Francis stand entschlossen auf. „Reden Sie mich nie wieder an. Ich brauche mir ihre geschmacklosen Albernheiten nicht gefallen zu lassen, auch wenn Sie Professor sind!"

„Bleiben Sie da, Francis! Ich beweise Ihnen auf der Stelle, dass nichts von dem, was ich sage, Unsinn ist. Erinnern Sie sich an die Gleichungen, die ich auf die Tafel geschrieben habe? An die Gleichung ganz rechts oben? Ist Ihnen aufgefallen, dass diese Gleichung eigentlich zwei Lösungen haben müsste?"

„Natürlich nicht! Ich habe kein Wort von Ihren Rechenbeweisen verstanden. Ich bin Historiker und kein Mathematiker. Ich habe schon Schwierigkeiten, wenn ich eine lineare Gleichung lösen soll."

„Nun, die zweite Lösung dieser Gleichung lieferte den Schlüssel für Zeitreisen."

„Das soll mich jetzt überzeugen? Niemand soll bisher auf die zweite Lösung gekommen sein?"

„Das wäre an sich kein Problem. Die zweite Lösung ergibt bloß keinen Sinn, wenn man ihre Bedeutung nicht kennt. Diese Ignoranten verstehen von Mathematik nicht viel mehr als Sie, mein Lieber. Nämlich gar nichts! Lediglich das rothaarige Mädchen in der ersten Reihe hat mich doch tatsächlich unlängst danach gefragt."

„Judith?", fragte Francis erstaunt.

„Ja, sie heißt Judith. Kennen Sie diese Person?"

„Nicht so gut, wie ich möchte, und daran sind auch Sie schuld. Glauben Sie wirklich, Gleichungen können etwas beweisen?"

„Mir schon. Ihnen leider nicht. Da muss wohl eine praktische Erfahrung helfen."

„Und wie soll das geschehen? Wie sollen Zeitreisen praktisch vor sich gehen, auch wenn sie theoretisch möglich sind?"

„Ich habe keine Ahnung", gestand der Professor. „Ich kann mathematisch beweisen, dass es möglich ist und praktisch, dass es tatsächlich funktioniert. Ich weiß aber nicht, wie. Sie müssen sich das so vorstellen: Die meisten Menschen haben ein Fernsehgerät und können es bedienen, aber die wenigsten wissen, wie es funktioniert."

„Sie haben also eine Zeitmaschine", sagte Francis verächtlich, „und wissen nicht, was in ihrem Inneren vor sich geht. Ich denke, Sie sind nicht bösartig, sondern bloß verrückt. Sie wären nicht der erste Mathematiker, dem das passiert. Leben Sie wohl, Herr Professor."

„So warten Sie doch!", rief Swanson. „Ich habe Sie nicht zufällig hierhergeführt. Sehen Sie dort unter der Eiche die Steinplatte, die halb von Gras bedeckt ist? Sie liegt seit Menschengedenken dort. Niemand weiß, weshalb und niemand interessiert sich für sie. Gott sei Dank, möchte ich sagen, denn sie birgt ein Geheimnis. Nur wenige wissen darüber Bescheid. Einer von ihnen war der geniale Mathematiker Kurt Gödel, der an dieser Universität gelehrt hat. Man erzählt sich, er sei oft auf dieser Bank, auf der wir jetzt sitzen, gesessen und habe darüber nachgedacht."

„Welches Geheimnis soll das sein?", fragte Francis und betrachtete abschätzig das unscheinbare Steinartefakt.

„Sobald Sie sich darauf stellen und laut und deutlich einen Zeitpunkt in der Vergangenheit nennen, werden Sie augenblicklich dorthin transportiert", flüsterte Swanson.

„Etwas Besseres ist Ihnen nicht eingefallen?", rief Francis halb belustigt, halb empört. „Das klingt ja, wie der Einfall eines Groschenromanautors, der sich nicht einmal die Mühe macht, für seinen Helden eine ordentliche Zeitmaschine in einem unterirdischen Laboratorium zu erfinden! Wenn Sie sich wenigstens einen geheimnisvollen Gegenstand ausgedacht hätten, aus einer ägyptischen Pyramide, oder etwas in der Art. Nun, dann sollen Sie die Genugtuung haben, über mich lachen zu können!" Francis stellte sich auf die Platte.

„Warten Sie!", mahnte Swanson. „So einfach ist das auch wieder nicht. Auch Zeitreisen will gelernt und geübt werden. Das ist so ähnlich wie Schwimmen. Man kann ertrinken, wenn man ins tiefe Wasser springt! Sie ertrinken in der Zeit, falls Sie unvorbereitet in eine weit entfernte Vergangenheit reisen. Natürlich kommen Sie wieder zurück, meistens jedenfalls, aber Sie haben dann den Verstand verloren. Auch Gödel hat erhebliche psychische Probleme bekommen, wie Sie wahrscheinlich wissen. Am Anfang dürfen Sie nur ganz kleine Zeitsprünge wagen. Sie dürfen dabei nicht etwa ein Datum nennen. So geht das nicht. Sie müssen genau die Zeitspanne sagen, die Sie zurückwollen: Jahre, Tage und Stunden. Es gilt auch sonst einiges zu beachten ..."

„Was für ein Schwachsinn", spottete Francis und rief mit lauter Stimme: „Zwei Stunden zurück!" Nichts geschah. Es war ganz still, nur Insekten summten im Gras.

„Sie alter Scharlatan", sagte Francis verächtlich, „hat es Ihnen Spaß gemacht? Jetzt können Sie Ihren Freunden erzählen, wie Sie einen naiven Jungen zum Narren gehalten haben."

„Ich sagte ja, es ist noch einiges zu beachten", erklärte Swanson geduldig. „Sie müssen zuerst ihren Schlüssel gebrauchen. Die übrigen Formalitäten, um Sie im System zu registrieren, habe ich schon für Sie erledigt. Man kann schließlich nicht riskieren, dass ein jeder, der zufällig auf diesen Stein tritt und eine Zahl nennt, durch die Zeit fliegt. Das ist zwar unwahrscheinlich, gäbe aber ein schönes Chaos, wenn es doch passierte."

„Sie bestehen also darauf, diesen Unsinn weiterzuspinnen? Was soll das für ein Schlüssel sein?"

„Ist das nicht offenkundig? Es ist die zweite, scheinbar unsinnige Lösung der Gleichung, über die wir gesprochen haben. Sie lautet: 42. Sie müssen diese Zahl, Ihren Namen und ihr Geburtsdatum nennen."

„Gut", sagte Francis. „Wenn ich bisher noch den geringsten Zweifel gehabt haben sollte, so ist er jetzt beseitigt. Sie sind ein Spinner! Sie haben diese Zahl aus dem Roman ‚Per Anhalter durch die Galaxis' von Douglas Adams, das ist alles. Glauben Sie, ich mache mich ein zweites Mal zum Narren?" Swanson schwieg.

„42, Francis Barre, 4.7.1999", schrie Francis. Die Zeit stand still. Der Wind erlosch. Die zirpenden Insekten verstummten. Von seinen Füßen stieg eisige Kälte auf und begann ihn einzuhüllen. Er schnappte verzweifelt nach Luft.

Swansons Stimme schien von weither zu kommen: „Schnell jetzt, Sie erfrieren sonst! Sagen Sie: Zwei Stunden zurück!"

„Zwei Stunden zurück", krächzte Francis. Nichts geschah. Die Kälte begann ihn zu lähmen.

„Deutlicher!", hörte er Swanson. „Es ist wie mit einer Spracheingabe. Sie müssen deutlich sprechen!"

Francis konzentrierte sich und nahm alle Kraft, die ihm noch verblieben war, zusammen. „Zwei Stunden zurück", artikulierte er mit gepresster Stimme.

Er hörte schon nicht mehr, wie ihm Swanson zurief, er solle vorsichtig sein.

3

Der Hörsaal war halb leer. Das Semester neigte sich seinem Ende zu, die meisten Prüfungen waren abgeschlossen und viele Studierende hatten den Campus bereits verlassen, um die Sommerferien zu genießen. Es war der 1. Juni.

Die Vorlesung näherte sich ihrem Ende. Francis hatte es geschafft, den Platz rechts neben Judith zu erobern. Das war gar nicht so einfach gewesen, denn einige andere Kommilitonen hatten den gleichen Einfall gehabt. Judith, der das nichts Ungewohntes war, blieb gelassen und ignorierte die jungen Männer, die versuchten, ihre Aufmerksamkeit auf sich zu lenken.

Francis beobachtete sie von der Seite. Er gab sich dabei Tagträumen hin, die weit mehr als ein bloßes Nebeneinandersitzen zum Gegenstand hatten. Es war, als ob sie seinen Blick gespürt, vielleicht sogar seine Gedanken gelesen hätte. Sie wandte sich zu ihm und sah ihm befremdet ins Gesicht. Francis beugte sich zu ihr. „Das versteh ich nicht", flüsterte er im Bemühen, keine peinliche Situation entstehen zu lassen. „Die Gleichung ganz rechts oben, die ist doch nicht vollständig aufgelöst."

Sie sah ihn erstaunt an. „Das dachte ich auch ...", flüsterte sie zurück.

Professor Swanson unterbrach seinen Vortrag. „Sollte ich das Pärchen in der vorderen Reihe mit meinen Ausführungen bei irgendetwas stören, habe ich nichts dagegen, wenn Sie uns verlassen und draußen weitertuscheln!"

Judith wurde knallrot im Gesicht.

Francis stand auf. „Entschuldigen Sie bitte, Herr Professor. Uns war nur etwas nicht ganz klar."

„Daran zweifle ich nicht", antwortete Swanson und fügte hinzu, weil er sich als verständnisvoller Lehrer zeigen wollte: „Was ist es denn?"

„Die Gleichung ganz rechts oben, Herr Professor. Müsste sie nicht zwei Lösungen haben?"

Swanson sah ihn überrascht an. „Wie komme Sie auf diese Idee? Wenn ich mich recht erinnere, habe ich dieses Problem unlängst schon mit Ihrer Nachbarin erörtert. Kann es sein, dass ich mich missverständlich ausgedrückt habe? Wenn man einer zweiten Lösung nachgeht, kommt man zu keinem brauchbaren Ergebnis! Ich lade Sie herzlich ein, herauszukommen und es zu versuchen."

„Das kann ich nicht, Herr Professor", gestand Francis.

„Natürlich können Sie es nicht. Ich habe Sie bisher auch noch nie in meinem Mathematikkurs gesehen. Und Sie, Kollegin Gallard?"

Entschlossen stand Judith auf. „Wenn Sie gestatten, Herr Professor!" Sie trat an die Tafel, löschte ein Stück frei und begann geheimnisvolle Symbole aufzuschreiben.

Geheimnisvoll für Francis, der hauptsächlich ihre Hinteransicht, besonders ihre Beine bewunderte und an Mathematik nicht das geringste Interesse hatte.

Judith geriet ins Stocken. „Sehen Sie, Frau Kollegin, wo das hinführt?", fragte Swanson. „Nirgendwohin. Nehmen Sie wieder Platz."

Francis und Judith vermieden es unter den strengen Blicken von Professor Swanson nochmals zu flüstern. Als Francis seinen Notizblock zurechtrückte, berührte er wie zufällig ihre Hand. Sie zog sich zurück, aber nicht sofort. Sie wartete lange genug, damit man vielleicht – aber auch nur vielleicht – meinen konnte, sie akzeptiere diese kleine Vertraulichkeit. Francis fasste die schönsten Hoffnungen.

Nachdem Swanson seine Studenten entlassen hatte, blieb Francis eng neben Judith und begleitete sie zum Ausgang. „Das war genial, wie du gerechnet hast", sagte er, ohne irgendeine Ahnung davon zu haben, was Judith an der Tafel wirklich getan hatte.

„Danke. Es hat nur nichts gebracht", wehrte sie bescheiden ab.

„Aber nur, weil du nicht genügend Zeit hattest. Wir sollten uns diese Gleichung in Ruhe anschauen. Vielleicht sind wir da auf etwas gestoßen."

Sie lachte. „Siehst du uns schon als künftige Nobelpreisträger?"

„Nein, im Ernst. Wenn du etwas Zeit hast, könnten wir uns zusammensetzen und darüber reden. Darf ich dich auf einen Kaffee einladen?"

Ehe sie antworten konnte, wurde er an der Tür von Professor Swanson angehalten. „Wie heißen Sie, junger Mann?", fragte er. „Ich kann mich nicht erinnern, Sie bisher in meinen Vorlesungen gesehen zu haben."

Judith wollte weitergehen, aber Francis erwischte ihre Hand und hielt sie fest. Zu seiner Überraschung ließ sie sich das zunächst gefallen und blieb stehen.

„Francis Barre, Herr Professor. Ich gehöre zu den Historikern."

„Aha, daher ihr Interesse an Zeitreisen. Ein Historiker also. Der Name kommt mir bekannt vor. Sind Sie mit Professor Barre, dem Archäologen, verwandt?"

„Das ist mein Vater, Herr Professor."

Judith machte entschiedene Anstrengungen, ihre Hand aus der seinen zu lösen. „Entschuldigen Sie, Herr Professor, ich will nicht unhöflich sein, aber ich werde erwartet", log Francis und eilte Judith nach.

„Was fällt dir ein, mich einfach festzuhalten?", fragte sie ungehalten.

„Ich wollte nicht, dass du mir wegläufst. Du hast noch nicht gesagt, ob du mit mir Kaffeetrinken willst."

„Nein, das will ich nicht."

„Darf ich dich dann wenigstens ein Stück begleiten?"

„Wenn du nichts Besseres zu tun hast ..."

Sie hatten den Vorplatz erreicht. Ein roter Sportwagen näherte sich. „Das war's dann", dachte Francis frustriert.

„Ich muss dort hinüber", erklärte Judith plötzlich und deutete auf den Seitenweg, der hinter dem Haus verschwand. Verblüfft folgte ihr Francis und warf einen Blick zurück. Das rote Auto blieb vor dem Eingang stehen. Der Fahrer kurbelte das Fenster herunter und richtete den Blick erwartungsvoll auf das Tor, aus dem noch immer Studenten kamen.

Nach einer Weile sagte Judith: „Historiker bist du also! Du hast nicht die geringste Ahnung von Mathematik! Du bist ein Hochstapler. Du hast bloß zufällig gehört, dass ich mit dem alten Swanson schon einmal über das Problem geredet habe, stimmt's?"

„Das stimmt", bekannte Francis reumütig.

„Warum das Ganze?"

Francis fasste sich ein Herz. „Ich wollte dich näher kennenlernen."

Francis rechnete es ihr hoch an, dass jetzt nicht das typisch weibliche ‚warum' kam, das allzu früh eine Erklärung für das Offensichtliche forderte. Stattdessen lachte sie und meinte bloß: „Und deshalb hast du dich in die Höhle der Physiker gewagt? Du hättest dich ganz schön blamiert, wenn wir tatsächlich versucht hätten, gemeinsam Mathematik zu betreiben. Was wirst du in den Ferien machen?"

„Am liebsten etwas, bei dem ich dich wiedersehen kann."

„Da wirst du dich bis zum nächsten Semester gedulden müssen. Ich fliege mit meinen Eltern nach Europa. Wir bleiben den ganzen Sommer über in Italien. Mein Vater hat dort geschäftlich zu tun und ich werde Rom und die Toskana erkunden. Es wird herrlich werden."

„Ach so", sagte Francis enttäuscht.

Sie sah ihn nachdenklich an. „Kennst du den ‚Haven Club'? Dort treffe ich mich heute Abend mit ein paar Freunden, um den Semesterschluss zu feiern. Wenn du willst, kannst du ja hinkommen. Heute lassen sie auch Gäste hinein."

Sie hatten einen abgelegenen Platz erreicht, der Francis bekannt vorkam. Unter einer mächtigen Eiche konnte er die alte Steinplatte erkennen. „Wie sind wir hierhergekommen?", fragte er überrascht.

„Das weiß ich doch nicht", sagte Judith. „Du hast uns hergeführt. Wahrscheinlich, weil wir hier allein sind." Sie lachte ihr bezauberndes, glockenhelles Lachen. „Du hast mich ein Semester lang, jedes Mal, wenn wir uns begegnet sind, angestarrt und nie etwas Vernünftiges gesagt. Ich habe schon geglaubt, du traust dich überhaupt nie."

Francis interpretierte ihre Bemerkung ganz richtig und tat in dieser Situation auch nichts Falsches, als er sie vorsichtig und zärtlich in die Arme nahm. Kaum hatten sich ihre Lippen berührt, war ihm, als würde er mit eiskaltem Wasser übergossen. Die Realität brach um ihn zusammen und ferner Donner war zu hören. Dann stand er vor Kälte zitternd allein auf der Steinplatte und glotzte Professor Swanson an, der noch immer auf der Bank saß und eine Zigarette rauchte.

4

„Da sind Sie ja wieder", sagte Swanson und schaute auf seine Taschenuhr. „Genau zwei Stunden. Auf die paar Millisekunden Differenz soll es nicht ankommen. Wie war es?"

Francis wankte mit weichen Knien zu der Bank. „Ich kann es nicht fassen. Ich war zwei Stunden in der Vergangenheit! Ist das Wirklichkeit gewesen? Oder haben Sie mich bloß hypnotisiert?"

„Es ist Wirklichkeit gewesen. Eine Art Wirklichkeit jedenfalls. Jetzt erzählen Sie, was Sie erlebt haben."

„Sie sind doch dabei gewesen!"

Swanson wiegte den Kopf. „Natürlich war ich dabei, wenn Sie wieder in meine Vorlesung gegangen sind. In gewisser Weise war ich dabei. Ich weiß es bloß nicht."

Es war bezeichnend für seinen Gemütszustand, dass Francis, nachdem ihm eine der unglaublichsten Erfahrungen zuteilgeworden war, die ein Mensch überhaupt haben konnte, zuerst an Judith dachte. „Ich habe Judith näher kennengelernt", berichtete er begeistert. „Sie wissen schon, das hübsche rothaarige Mädchen aus der vordersten Reihe. Sie hat meinetwegen ihr Date, diesen Burschen im Sportwagen, versetzt und ich habe sie geküsst." Er berichtete Swanson ausführlich von seinen Erlebnissen.

„Wie schön für Sie", konstatierte der Professor „Ich sehe, Sie haben Ihre Zeit gut genutzt."

„Was ist jetzt mit Judith?", fragte Francis aufgeregt, dem die möglichen Weiterungen seines Verhaltens in den Sinn kamen. „Was wird sie denken? Ich bin plötzlich mitten in unserem ersten Kuss verschwunden! Das muss ja ein furchtbarer Schock für sie gewesen sein! Habe ich einen Fehler gemacht? Hätte ich nicht so weit gehen dürfen? Wir müssen uns sofort um sie kümmern!"

„Regen Sie sich nicht auf", beruhigte ihn Swanson und bot ihm eine Zigarette an. „Gar nichts ist passiert und Judith verschwendet im Moment wahrscheinlich keinen Gedanken an Sie. Sie ist zu ihrem Verehrer in das rote Auto gestiegen und mit ihm fortgefahren. So wie es immer war und immer sein wird."

„Das verstehe ich nicht", klagte Francis erschüttert. „War alles nur ein Traum?"

„Nein, es war kein Traum. Es war eine vorübergehende Realität. Sie müssen sich die Zeit wie ein elastisches Band vorstellen. Es ist möglich, dieses Band mehr oder weniger zu verzerren. Das ist das Prinzip jeder Zeitreise. Sobald Sie aber Ihre Zeitreise beenden und in die Gegenwart zurückkehren, lassen Sie auch das Band los und es schnellt exakt in seine frühere Position zurück. Nichts von dem, was Sie in der Vergangenheit getan oder geändert haben, hat Bestand. Es ist alles so wie vorher. Das ist ein unabdingbares Naturgesetz. Der Einzige, der sich daran erinnern kann, wie er die Vergangenheit temporär verändert hat, ist der Zeitreisende selbst. Für alle anderen ist gar nichts geschehen. Es ist nicht so, dass Sie bloß die Erinnerung an eine alternative Wirklichkeit verloren hätten. Diese alternative Wirklichkeit hat für Sie nie stattgefunden. Anders wäre es ja auch gar nicht denkbar. Stellen Sie sich vor, jeder Hinz und Kunz könnte in die Vergangenheit reisen und sie nach Belieben verändern. Einer würde Cäsar vor seiner drohenden Ermordung warnen, einer würde moderne Feuerwaffen im mittelalterlichen England einführen, ein anderer würde Hitler umbringen, der Nächste würde ihm verraten, wie man eine Atombombe baut und so weiter. Hätten alle diese Taten Auswirkungen auf die Gegenwart, würde die Welt, so wie wir sie kennen, in einem wahnsinnigen Taumel sich ständig ändernder Realitäten versinken und untergehen. Das lässt die sogenannte Natur, die ein schwer verstehbares Interesse am vorläufigen Fortbestand der Menschheit zu haben scheint, nicht zu."

„Aber was ist, wenn der Zeitreisende nicht in seine Realität zurückkehrt?", fragte Francis. „Was, wenn er das Band nicht loslässt und so seine Realität fixiert?"

„Er lässt es los und er kehrt zurück. Er kehrt immer zurück. Auch das ist eine Naturgesetzlichkeit. Die absolute Grenze ist die Lebensspanne des Zeitreisenden. Denn die Realität, die er schafft, ist an seine Person gebunden. Sobald er in der Vergangenheit stirbt, ist auch seine Zeitreise zu Ende und alles kehrt in die Normalität zurück."

„Dann ist eine Zeitreise also nichts anderes, als ein subjektives Erleben?“

„Ja und nein. Ich gestehe Ihnen zu, dass das alles sehr verwirrend für Sie sein muss.“

„Aber wozu dann das Ganze? Was ist der Sinn?“

„Die Sinnfrage kann Ihnen niemand beantworten. Die letzte Arbeit Gödels, der auch ein Zeitspringer war, bestand im Versuch eines logisch-mathematischen Gottesbeweises. Eine nicht sehr überzeugende Arbeit, wie ich hinzufügen muss. In jedem Fall erleben Sie die Vergangenheit so, wie sie wirklich gewesen ist. Wenn Sie sich zurückhalten und nicht allzu sehr an den Gegebenheiten herumpfuschen, können Sie wertvolle historische Erkenntnisse gewinnen. Das muss für einen Geschichtswissenschaftler doch Sinn genug sein. Das treibt schließlich auch Ihren Vater an. Als praktisch denkender Mensch gebe ich Ihnen aber noch einen Hinweis: Sie haben erfahren, dass Sie bei Judith Chancen haben. Sie haben ferner erfahren, wo sie heute Abend zu finden sein wird. Diese Erkenntnisse, die Sie in der alternativen Vergangenheit gewonnen haben, dürfen Sie in der Gegenwart nutzen, um die Zukunft in Ihrem Sinn zu gestalten. Das verbietet kein Naturgesetz. Also versuchen Sie, das Beste daraus zu machen.“

Francis nickte mehrmals und fragte schließlich: „Was ist mit meinem Vater?“

„Um den machen Sie sich keine Sorgen. Er wird zurückkommen und eine überzeugende Erklärung für seine Abwesenheit haben. Wahrscheinlich wird er berichten, irgendwelche Rebellen hätten ihn in der Wüste als Geisel gefangen genommen und er sei ihnen nur mit Mühe entkommen. Auf keinen Fall dürfen Sie versuchen, ihm zu folgen. So weit sind Sie noch lange nicht! Wenn Sie versuchen, mehr als anderthalb Jahrtausende zurückzugehen, würden Sie sich in dem unwegsamen Urwald, der früher an dieser Stelle war, wiederfinden. Denn Sie wissen noch nicht, wie man zusätzlich zu den Zeitkoordinaten auch die räumlichen Koordinaten verändert und Sie wissen nicht, wie man aus einer weit entfernten Vergangenheit zurückkehrt.

Sie haben noch viel zu lernen. Es gibt nämlich noch einige Regeln, die Sie auf keinen Fall missachten dürfen. Ich bitte Sie daher auch eindringlich, vorerst keine selbstständigen Zeitsprünge mehr zu wagen, sondern immer nur unter meiner Anleitung zu üben. So. Jetzt gehen Sie zu Ihrer Verabredung mit Judith, auch wenn sie nicht weiß, dass ihr verabredet seid. Wir sehen uns dann morgen wieder. Suchen Sie mich um neun Uhr in meinem Büro auf."

5

Der ‚Haven Club' war hell erleuchtet und es ging hoch her. Francis stellte seinen Roller auf dem Parkplatz ab und sah sich um. Das Erste, was ihm ins Auge fiel und Unbehagen verursachte, war ein roter Sportwagen. Vor dem Eingang des im englischen Landhausstil erbauten Gebäudes stand eine Schlange von Besuchern, die sich als Nichtmitglieder des Clubs der Prüfung durch einen Türsteher unterziehen mussten. Hübsche junge Damen hatten kein Problem, eingelassen zu werden, wenn sie einigermaßen nüchtern wirkten. Männer wurden kritischer beurteilt.

Francis wartete geduldig, bis er an die Reihe kam, wies seinen Studentenausweis vor und erklärte vorsichtshalber, dass sein Vater Professor Barre sei. Er wurde mit dem Bemerken eingelassen, dass Professorensöhne im Allgemeinen auch nicht mit einer bevorzugten Behandlung zu rechnen hätten.

Francis drängte sich durch die fröhliche Menge, wich den Tanzenden aus und entdeckte schließlich Judith. Sie saß mit zwei jungen Männern an einem Tisch und schien sich prächtig zu unterhalten. Einen von ihnen kannte Francis aus seinem Lateinkurs. Der andere, in dem Francis den Lenker des roten Sportwagens vermutete, stand eben auf und ging zur Bar, um Getränke zu holen.

Francis nutzte die Gelegenheit und trat an den Tisch. „Ave edler Cassius", sagte er. „Endlich ein vertrautes Gesicht unter all den Barbaren." Sein Bekannter hieß tatsächlich Cassius, was im Lateinkurs für ständige Witze gesorgt hatte, während ihn andere einfach Cassi nannten.

Cassius sah erstaunt auf. „Was machst du hier, Francis? Ich habe dich noch nie im ‚Haven' gesehen."

„Ich bin auf der Suche nach einer Möglichkeit, das Semesterende angemessen zu feiern."

„Da bist du hier genau richtig. Willst du dich nicht zu uns setzen? Das da ist meine kleine Schwester."

„Hallo, kleine Schwester", grüßte Francis überrascht und setzte sich einfach neben sie. Er dachte, dass Judith an diesem Abend besonders hübsch aussah, in ihrem Kleid, das an die Fünfzigerjahre erinnerte, und mit dem grünen Band in ihren Haaren.

„Ich heiße Judith. Kenne ich dich nicht von irgendwoher?"

„Ich bin heute in der Physikvorlesung hinter dir gesessen."

„Ja richtig. Du bist aber kein Physiker. Wer oder was bist du eigentlich?"

„Ich heiße Francis Barre und ich bin Historiker."

„Oje. Ein Historiker! Genauso wie Cassi. Was treibt dich in eine Physikvorlesung?"

„Der Wunsch, auf Zeitreise zu gehen und dich näher kennenzulernen."

„Zweimal oje. Zeitreisen sind nicht möglich, wie uns der alte Swanson so überzeugend erklärt hat, und wenn du mich näher kennenlernen willst, hättest du früher kommen müssen. Ich fliege nämlich schon nächste Woche nach Europa."

Der Mann mit dem Angeberauto, wie ihn Francis in Gedanken zu nennen pflegte, kam zurück und hielt in jeder Hand ein Glas. „Haben wir Zuwachs bekommen?", fragte er und betrachtete Francis missmutig. „Rück einen Sessel weiter, du sitzt auf meinem Platz."

Schweigend gehorchte Francis. Judith lächelte ganz leicht.

„Das ist Peter Fox, der Star unserer Footballmannschaft. Du kennst ihn sicher", sagte Cassius.

„Hallo", sagte Francis. „Ich kenne dich leider nicht, aber ich freue mich, dich kennenzulernen." Beides stimmte nicht. Natürlich hatte Francis schon von ihm gehört, obwohl er sich im Gegensatz zu den meisten seiner Kommilitonen aus Football nichts machte. Und natürlich freute er sich überhaupt nicht, ihn persönlich kennenzulernen. Das hatte hauptsächlich damit zu tun, dass Peter nicht nur ein gefeierter Quarterback war, sondern auch als Frauenheld galt, der es jetzt offenbar auf Judith abgesehen hatte.

„Das ist Francis von der historischen Fakultät", stellte Cassius Francis vor.

Peter zuckte mit den Schultern und ließ erkennen, wie gleichgültig ihm die historische Fakultät im Allgemeinen und Francis im Besonderen waren. Er wandte seine ungeteilte Aufmerksamkeit wieder Judith zu.

Die folgende Konversation gestaltete sich für Francis schwierig. Selbst kam er ja kaum zu Wort, aber er hörte andächtig Cassius zu, der ihm das Thema der von ihm in Aussicht genommenen Abschlussarbeit erklärte, und er strengte sich andererseits an, das Gespräch zwischen Peter und Judith zu verfolgen. Soweit er verstand, versuchte Peter Judith davon zu überzeugen, dass sie die letzten Tage vor ihrer Abreise nutzen mussten. Worin dieser Nutzen bestehen sollte, daran ließ Peter keinen Zweifel. Er wurde in diesem Punkt immer deutlicher.

Schließlich sagte Judith in einer kurzen Pause zu Francis: „Du bist ja so schweigsam. Möchtest du lieber tanzen als reden?"

„Ich würde sehr gerne mit dir tanzen, wenn es dein großer Bruder erlaubt."

Judith lachte herzlich. „Was fällt denn dir ein? Du brauchst doch meinen Bruder nicht um Erlaubnis zu fragen. Wir leben schließlich nicht im neunzehnten Jahrhundert. Auf so eine Idee kann auch nur ein Historiker kommen. Sie spielen gerade mein Lieblingsstück. Komm mit."

Sie stand auf und fasste Francis bei der Hand.

„Ich erteile trotzdem meine Erlaubnis", verkündete Cassius würdevoll.

Peter hingegen protestierte wütend. „Diesen Tanz wollte ich mit dir tanzen", behauptete er.

„Das geht leider nicht, so gerne ich auch möchte", erklärte Judith ernsthaft. „Ich weiß genau, dass Footballspieler nicht tanzen sollen. Das ruiniert ihre Reflexe und wenn sie erst damit anfangen, auf ihre Beine zu achten, ist es ganz vorbei. Glaubst du, ich will mir von eurem Trainer vorwerfen lassen, ich hätte seinen besten Quarterback kaputtgemacht?"

Peter starrte sie fassungslos an und war vorübergehend sprachlos.

Der ‚Haven Club' legte auch punkto Tanzvergnügen Wert auf eine gewisse Exklusivität. Anders als in anderen Clubs verzichtete man darauf, die Tanzenden mit dröhnenden Lautsprechern durchzuschütteln und mit blitzenden Lichtreflexen zu blenden. Es herrschte eine Atmosphäre fast wie in einem Ballsaal. Die Beleuchtung war angenehm gedämpft und die Band spielte klassische Tanzmusik. Der Zulauf, den der ‚Haven' von jungen Leuten hatte, die einmal etwas anderes als die typische Discolandschaft erleben und auch miteinander reden wollten, bestätigte dieses Konzept.

Francis nahm Judith in den Arm, und sie schmiegte sich leicht an ihn. Das war auch einer der Vorteile einer konservativen Tanzveranstaltung, dachte Francis.

„Stimmt das wirklich? Ein Footballspieler darf nicht tanzen?", fragte Francis.

„Keine Ahnung. Das ist mir so eingefallen, damit er keinen Aufstand macht."

„Ich will aber nicht der Anlass für ein Zerwürfnis zwischen dir und deinem Freund sein."

„Willst du das wirklich nicht? Aber keine Sorge, er ist nicht mein Freund. Er ist bloß mit meinem Bruder befreundet."

„Ach so. Ich dachte nur ... Ich habe zufällig gehört ..." Francis verstummte verlegen.

„Du meinst, weil er versucht, mich herumzukriegen? Du musst eines über Peter wissen: Er brüstet sich ganz offen damit, dass er in diesem Semester schon elf verschiedene Mädchen aufs Kreuz gelegt hat. Glaubst du, ich habe Lust, die Nummer zwölf zu werden? Da könnte er ja einen Monatskalender mit seinen zwölf Eroberungen veröffentlichen. Zutrauen würde ich es ihm sogar. Ich wäre schön blöd, wenn ich mich auf und mit Peter einlassen würde."

„Es freut mich, das zu hören", gestand Francis.

Der Tanz war zu Ende. Judith blieb einfach stehen, ließ ihre Hand weiterhin auf seiner Schulter liegen und wartete auf das nächste Stück.

„Wie steht es mit dir?", fragte sie, als die Musik wieder einsetzte. „Hast du eine Freundin? Wie viele Eroberungen hast du schon in diesem Semester gemacht?" Ihre Stimme klang neckisch, dennoch war die Frage ernst gemeint, das wusste Francis.

„Ich bin kein großer Eroberer", gestand er. „Ich bin Single."

„Ich auch."

Es war wie bei einem Schachspiel. Beide Spieler hatten ihre Eröffnungszüge gemacht und waren recht zufrieden damit.

„Ich fürchte mich schon davor, dass Peter darauf besteht, mich nach Hause zu bringen. Er wird wieder schrecklich zutraulich werden", vertraute Judith Francis an.

„Aber du bist doch mit deinem Bruder hier! Der wird schon auf dich aufpassen?"

„Der fällt als Bodyguard aus. Denkst du, der hat Lust mit seiner kleinen Schwester herumzuhängen? Endlich ist die junge Dame aufgetaucht, wegen der er hergekommen ist, und die wird seine ganze Aufmerksamkeit in Anspruch nehmen. Sonst geht er mir ja auf die Nerven, wenn er den großen Bruder heraushängen lässt, nur heute, wenn ich ihn wirklich brauchen würde, hat er anderes im Sinn." Sie deutete auf ein eng umschlungenes Paar, das sich in ihrer Nähe im Rhythmus der Musik wiegte. Dann blickten beide gleichzeitig zu ihrem Tisch. Peter saß einsam dort und schaute sehr missmutig.

Judith tat wohlbedacht ihren nächsten Zug. „Wenn wir jetzt zu unserem Tisch zurückgehen, wird Peter mit dir Streit anfangen. Ich kenne ihn. Ich weiß schon, dass du dich nicht vor ihm fürchtest, aber warum sollen wir uns den Abend verderben lassen? Lass uns einfach abhauen!"

„Müssen wir deinem Bruder Bescheid sagen?"

„Der weiß schon, wie er mich erreichen kann, falls er mich vermissen sollte. Willst du jetzt, oder nicht?"

Und ob Francis wollte. Kurz darauf standen sie auf der Straße. Es war eine wunderschöne Frühsommernacht.

„Wohin jetzt?", fragte Francis.

„Fahren wir auf den Campus zurück und bummeln wir durch den Park. Es ist viel zu schön, um in einem Lokal herumzusitzen."

„Ich habe nur einen Roller", gestand Francis.

Judith erklärte, dass ihr Roller ohnehin lieber wären, als Autos. Man fände viel leichter einen Parkplatz und könne den Fahrtwind besser genießen. Sie nahm den zweiten Helm, den Francis in seinem Koffer verwahrte, und kletterte auf den Rücksitz.

„Wenn wir in Hinkunft mit deinem Roller fahren", verkündete sie, „werde ich mir Hosen anziehen. Das ist bequemer als ein Kleid."

Francis verstand sehr wohl, dass dieses ‚in Hinkunft' etwas Programmatisches in sich hatte, und er war darüber sehr beglückt. Während der Fahrt benutzte sie nicht den Haltegriff, sondern schlang die Arme um ihn und legte ihren Kopf auf seine Schulter.

Nachdem sie den Roller abgestellt hatten, wanderten sie Hand in Hand durch die alte Allee. „Es ist schon sonderbar", philosophierte Judith, „wenn man sich vorstellt, wie alt das alles ist und wer hier schon studiert oder gelehrt hat. Schau, dort drüben ist das Haus, in dem Kurt Gödel gewohnt hat."

„Du weißt, wer Gödel war?"

„Na hör mal! Jeder Physiker und jeder Mathematiker kennt ihn. Wusstest du, dass er eine Theorie entwickelt hat, wonach Zeitreisen möglich sind und nicht der allgemeinen Relativitätstheorie widersprechen? Sein Freund Albert Einstein, dem Gödel diese Arbeit zum siebzigsten Geburtstag gewidmet hat, soll deswegen ziemlich verstört gewesen sein."

„Du bist so klug", flüsterte Francis und nahm sie in die Arme. Sie hielt still und ihre Lippen trafen sich zu einem langen innigen Kuss, der das Versprechen zu mehr, zu viel mehr in sich trug.

Sie standen gut vor Blicken geschützt in einer durch eine Hecke gebildeten Bucht, hatten aber selbst gute Sicht auf die Umgebung. Aus dem Augenwinkel konnte Francis in einiger Entfernung eine Gestalt erkennen, die über die Wiese eilte und unter einem großen Baum stehen blieb. Er realisierte, dass es sich dabei um jenen Baum handelte, unter dem sich die Platte befand, die als Portal für Zeitreisen diente. Noch mehr verstörte ihn, dass er in der Gestalt Peter Fox zu erkennen glaubt. Im nächsten Augenblick war die Gestalt verschwunden.

„Er hat einen Zeitsprung gemacht", dachte Francis entsetzt. „Wahrscheinlich versucht er herauszubekommen, was für ihn schiefgelaufen und wo Judith geblieben ist." Der Gedanke, dass Peter in der Zeit zurückgesprungen war und jetzt seine und Judiths Vergangenheit manipulierte, verursachte ihm größtes Unbehagen. Er tröstete sich allerdings mit dem Gedanken, dass nichts, was Peter auch unternehmen würde, etwas an den glücklichen Momenten ändern konnte, die er jetzt mit Judith erlebte.

Judith spürte, dass etwas nicht stimmte. Sie löste sich von ihm und flüsterte: „Was hast du?"

„Nichts, gar nichts. Mir ist nur einen Augenblick vorgekommen, ich hätte dort drüben Peter gesehen."

Sie seufzte. „Ich kenne das. Der aufdringliche Kerl kann einen ganz schön verrückt machen. Er hat gute Anlagen zu einem Stalker."

Ihr Handy summte. Sie betrachtete das Display und sagte: „Cassius will wissen, wo ich bin. Er schreibt, Peter sei fuchsteufelswild Richtung Campus losgezogen, um mich zu suchen. Ich schreibe ihm nur rasch zurück, dass ich gut aufgehoben bin, weil du auf mich aufpasst. Wir sollten schauen, dass wir von hier verschwinden. Bitte bring mich nach Hause."

Francis verzichtete darauf, ihr zu erklären, dass er vor Peter keine Angst habe, und brachte sie zu der Pension, wo sie und ihr Bruder Zimmer gemietet hatten.

„Du kannst nicht hineinkommen", bedauerte sie. „Die Zimmerwirtin passt wie ein Schießhund auf. Sehen wir uns morgen wieder? Ich hätte am Nachmittag Zeit."

Sie verabredeten sich für den kommenden Tag und begannen voneinander Abschied zu nehmen. Weil sie sich nicht trennen wollten, fiel dieser Abschied sehr lange aus und war von zahlreichen Küssen in der dunklen Hauseinfahrt begleitet. Schließlich wurden sie von dem heimkehrenden Cassius gestört. „Wo bist du gewesen, was macht ihr da?", fragte er streng, ganz großer Bruder.

„Das siehst du doch", antwortete Judith ungerührt, küsste Francis noch einmal zärtlich und huschte ins Haus. Cassius folgte ihr, nicht ohne Francis einen halb drohenden, halb vorwurfsvollen Blick zuzuwerfen.

6

Professor Swanson schaute erstaunt, als er in sein Büro kam. Francis saß am Gang und wartete auf ihn. Es war der Morgen des 2. Juni.

„Nanu, junger Freund, können Sie es gar nicht erwarten? Wir waren doch erst in einer Stunde verabredet!"

„Es ist etwas geschehen, Herr Professor."

„Haben Sie etwas angestellt? Haben Sie etwa entgegen meiner Anweisung selbstständig einen Zeitsprung unternommen?", fragte Swanson beunruhigt und ließ Francis eintreten.

„Nein, Herr Professor. Ich habe beobachtet, wie ein anderer das Portal benutzt hat. Jemand von dem ich es nicht für möglich gehalten hätte. Der Footballspieler Peter Fox."

„Ach Gott", klagte Swanson. „Peter Fox! Ich bin für ihn nicht zuständig. Sein Mentor in puncto Zeitreisen ist Professor Markham. Ich war gegen ihn, weil ich Fox für verantwortungslos halte, nur leider ist jeder Mentor in der Wahl seiner Schüler selbstständig."

„Es gibt mehrere Eingeweihte und Schüler?", fragte Francis verblüfft.

„Natürlich, einige. Sie werden sie nach und nach kennenlernen. Fox hat auch noch keine Erlaubnis für selbstständige Zeitreisen. Wissen Sie, warum er das getan hat?"

„Ich glaube, es hat mit Judith zu tun. Ich habe sie gestern getroffen. Peter scheint den Eindruck gewonnen zu haben, dass ich sie ihm ausgespannt habe. Wahrscheinlich wollte er wissen, wie das geschehen konnte."

„Das schaut ihm ähnlich. Da wird euch Burschen eine Möglichkeit geboten, für die so mancher seinen rechten Arm geben würde, und was macht ihr? Ihr benutzt diese unglaublichen Möglichkeiten, um euch um ein Mädchen, um diese Judith zu rittern!"

Francis senkte verlegen den Kopf. Swanson seufzte abermals. „Es ist zu hoffen, dass Sie mit fortschreitender Ausbildung lernen, über den Dingen zu stehen. Da Sie nun einmal schon hier sind, folgen Sie mir."

Swanson führte Francis zu der geheimnisvollen Steinplatte. „Kommen wir zur nächsten Lektion. Stellen Sie sich auf die Platte und wählen Sie einen Zeitraum von fünfundzwanzig Stunden. Folgen Sie den Anweisungen, die Sie erhalten, und brechen Sie am Ende ab."

Gehorsam stellte sich Francis auf das Portal und sagte mit fester Stimme: „42, Francis Barre, 4.7.1999, fünfundzwanzig Stunden zurück."

Zunächst geschah gar nichts. Dann hört Francis einen melodischen Gong und eine blecherne Stimme sagte in seinem Kopf: „Unvollständige Eingabe! Vervollständigen Sie Ihre Eingabe. Wenn Sie Hilfe brauchen, wählen Sie die Option ‚Hilfe'. Wenn Sie abbrechen wollen, wählen Sie die Option ‚beenden' Wenn nicht binnen fünfundzwanzig Sekunden eine Eingabe erfolgt, wird der Vorgang automatisch abgebrochen: 24, 23, 22 ...“

„Hilfe!“, rief Francis hastig. Einen Moment lang durchfuhr ihn eisige Kälte, dann fand er sich in einem altertümlichen Klassenzimmer wieder. Er saß in der ersten Reihe und war der einzige Schüler. Auf dem Katheder des Lehrers hockte ein Kobold mit roten Haaren, rotem Bart und einer grünen Zipfelmütze.

„Willkommen im Hilfecenter“, sagte der Kobold. „Grenze deine Frage ein. Benutze dazu folgende Eingabemöglichkeiten ...“

„Warum redest du wie ein Computerprogramm?“, unterbrach ihn Francis. „Bist du ein Computer? Unterhalte ich mich hier mit einer Maschine?“

„Das fehlte noch“, protestierte der Kobold. „Natürlich bin ich kein Computer. Ich rede nur so, weil ich das für die beste Art halte, um mit dir zu kommunizieren. Die dazu nötigen Informationen habe ich in deinem Kopf gefunden. Wenn du willst, können wir uns auch auf andere Art unterhalten. Wie wäre es mit Sanskrit? Nein, das wird wohl nichts. Dazu finde ich in deinem Gehirn keine Informationen. Wie wäre es ...“

„Belassen wir es dabei, so wie es ist. Warum schaust du so komisch aus?“

„Gefällt dir mein Outfit nicht? Du kannst es ändern. Dazu stehen dir folgende Optionen zur Verfügung: tibetanischer Mönch, Jedi-Ritter, sprechender Seehund, Skelett mit Sense und Sanduhr. Von der letzten Option würde ich abraten. Sie ist zwar ungefährlich und ausgesprochen symbolträchtig, wirkt aber recht einschüchternd. Ferner: Engel, sehr würdevoll, nur ziemlich selbstgerecht, wenn er mit seinem Flammenschwert herumfuchtelt, Gandalf, Doctor Who, alte Hexe mit Katze, junge Hexe mit Besen und natürlich nacktes Mädchen. Das ist bei Schülern, wie du einer bist, sehr beliebt. Dabei ist Folgendes zu beachten: Der Zugang ist nur für Personen über achtzehn Jahren gestattet. Das trifft ja wohl auf dich zu. Du hast die Wahl zwischen einem von drei Standardmädchen und einer benutzerdefinierten Version. Dazu kannst du eine real existierende Person wählen."

„Du meinst, du könntest an deiner Stelle Judith nackt erscheinen lassen?", fragte Francis interessiert.

Der Kobold bohrte hingebungsvoll in der Nase, betrachtete den Popel, den er zutage gefördert hatte, und wischte sich die Hand an seinem Wams ab. „Das könnte ich. Ich habe die notwendigen Informationen in deinem Kopf gefunden und kann sie entsprechend interpolieren. Das Ergebnis wäre anatomisch korrekt. Sag, schämst du dich nicht, Francis?"

„Hast du denn eine persönliche Meinung dazu?", wunderte sich Francis verlegen.

„Keine Rede davon. Ich habe noch weniger persönliche Meinung, als ein Computerprogramm. Die entsprechenden Informationen stammen gleichfalls aus deinem Kopf. Du bist nämlich selber der Meinung, dass so ein voyeuristischer Übergriff schändlich wäre. Du denkst, du solltest warten, bis sie dich von sich aus sehen lässt, was du zu sehen wünscht."

„Du hast recht", räumte Francis ein. „Besser gesagt, ich habe recht. Ich werde mich vorerst mit dir begnügen. Könntest du bitte aufhören, in der Nase zu bohren?"

„Ich werde mich bemühen. Du musst nur selber aufhören, daran zu denken, in der Nase zu bohren."

„Und wäre es wohl möglich, mir einen bequemeren Sitz zu besorgen. Diese Bank ist viel zu klein für mich."

„Natürlich. Du hast folgende weitere Optionen, um das Informationscenter anders zu gestalten: Drei Varianten von Hörsälen, eine U-Bahnstation und den

Beratungsschalter eines Jobcenters. Die letzte Option wird gerne von Jungakademikern in Anspruch genommen, weil ihnen die Situation vertraut ist. Ferner ...“

„Nein“, sagte Francis, „lassen wir auch das so, wie es ist. Darf ich jetzt meine Frage stellen?“

„Noch eine Frage? Nur zu!“

„Weshalb ist es mir nicht möglich fünfundzwanzig Stunden zurückzugehen? Welche Zusatzangaben muss ich dazu machen?“

Der Kobold klopfte mit einem langen Zeigestab gegen die Wand und eine Schultafel entrollte sich. „Es gibt drei Hauptgruppen von Destinationen“, dozierte er und zeigte auf die Tafel. „Die erste ist die kleine Destination. Wir nennen sie auch den Zeitsprung im engeren Sinn. Dabei kannst du auf deiner eigenen Lebenslinie maximal vierundzwanzig Stunden in die Vergangenheit zurückgehen und erlebst dich selbst ab dem gewählten Zeitpunkt. Dabei genügt es, wenn du die Zeitspanne angibst, die du zurückgehen willst. Die Nennung einer Aufenthaltsdauer ist optional. Sobald die von dir gewählte Zeitspanne oder vierundzwanzig Stunden verstrichen sind, kehrst du automatisch in deine Gegenwart zurück, in der inzwischen dieselbe Zeitspanne verstrichen ist, die du in der Vergangenheit zugebracht hast. Das gilt übrigens auch für die anderen Destinationen.

Die nächste Destination ist die erweiterte. Sie findet Anwendung, wenn du weiter als 24 Stunden zurückgehen willst. Wir nennen sie den Egotrip. Hier ist es notwendig, dass du angibst, wie weit du zurückgehen willst und zwingend, wie lange dein Aufenthalt in der Vergangenheit dauern soll. Auch hier kehrst du auf deiner eigenen Lebenslinie in die Vergangenheit zurück. Dabei bist du zwei Einschränkungen unterworfen. Der weiteste in der Vergangenheit liegende Zeitpunkt, den du erreichen kannst, ist dein zehntes Lebensjahr. Früher geht es nicht, weil sonst deine Erinnerungen für eine eindeutige Zuordnung zu unscharf werden. Du erlebst dich dann beispielsweise als zwölfjährigen Jungen, aber unter Beibehaltung deiner derzeitigen Persönlichkeit. Die Zeitspanne deines Aufenthaltes muss selbstverständlich kürzer gewählt sein als jene, die du zurückgehst, sonst käme es zu einer Überlagerung deiner Existenzen. Die von dir geforderte Eingabe muss daher beispielsweise lauten: ‚Fünfundzwanzig Stunden zurück, Dauer acht Stunden'. Würdest du etwa sagen: ‚Fünfundzwanzig Stunden zurück, Dauer sechsundzwanzig Stunden', wäre das eine ungültige Eingabe.

Die dritte Destination nennen wir auch die Zeitreise im eigentlichen Sinn. Dabei verlässt du deine Lebenslinie. Das ist ja auch klar, wenn du beispielsweise fünfhundert Jahre in die Vergangenheit zurückgehst. Du erscheinst an dem gewählten Zeitpunkt in deiner gegenwärtigen Gestalt. Der äußerste Zeitpunkt, den du erreichen kannst, liegt fünftausend Jahre in der Vergangenheit, die Dauer deines Aufenthaltes darf den Zeitpunkt deiner Geburt nicht überschreiten. Sonst würdest du dir ja unter Umständen selber begegnen und das geht gar nicht. Beachte bitte, dass die Dauer jeder Zeitreise automatisch durch den Tod des Zeitreisenden beendet wird. Du bist auch in der Vergangenheit dem normalen Alterungsprozess ausgesetzt. Weil diese Destination nicht an deine eigene Lebenslinie gekoppelt ist, durch die eine automatische Zuordnung der räumlichen Koordinaten erfolgt, ist es erforderlich, zusätzlich den gewünschten Ort deines Erscheinens in der Vergangenheit einzugeben. Dabei ist Folgendes zu beachten ...“

„Genug“, rief Francis. „Ich denke, ich werde solche langen Zeitreisen vorläufig nicht unternehmen.“

„Das ist sehr vernünftig“, bestätigte der Kobold. „Begnüge dich zunächst mit der ersten und ganz vorsichtig mit der zweiten Destination. Bei Zeitreisen gibt es nämlich noch etliche Besonderheiten, auch solche unangenehmer Art zu beachten.“ Er klopfte gegen die Wandtafel, die sich sofort wieder einrollte.

„Eines möchte ich noch wissen“, forderte Francis. „Wer hat das alles hier geschaffen?“

„Das warst du“, erklärte der Kobold. „Alles was du hier siehst, kommt aus dem Speicher deiner Erinnerungen, auf die ich Zugriff habe. Ich selber zum Beispiel stamme aus einem Märchenbuch, das du als kleiner Junge gehabt hast. Das Klassenzimmer, in dem du sitzt, hast du einmal in einem Schulmuseum gesehen.“

„Du verstehst mich falsch. Ich will wissen, wer die Möglichkeit von Zeitreisen geschaffen und alle diese Regeln aufgestellt hat."

„Niemand. Das war schon immer so."

„Versuchen wir es anders", sagte Francis hartnäckig. „Wie lange gibt es dich schon? Ich meine nicht in deiner aktuellen Gestalt als Kobold, sondern in deiner Grundkonfiguration."

„Seit genau 5117 Jahren, drei Monaten, acht Tagen, vier Stunden und einunddreißig Minuten."

„Und was war davor?"

„Darüber sind keine Informationen verfügbar."

„Was kannst du mir über das Schicksal meines Vaters sagen?"

„Bitte gib dein Passwort ein."

„Ich habe kein Passwort. Was soll denn das sein?"

„Es tut mir leid, aber dann hast du keinen Zugriff auf das Zentralregister." Der Kobold schien ungeduldig zu werden. „Ich meine, für heute ist es genug. Wärst du jetzt so freundlich, meine Wenigkeit zu entlassen, bevor ich aus der Haut fahre?"

„Jetzt erinnere ich mich wieder an mein Märchenbuch. Ich weiß, wer du bist", rief Francis triumphierend. „Du bist das Rumpelstilzchen! Du verhältst dich auch genauso!"

Von irgendwoher kam eine Stimme und verkündete: „Benutzerdefinierte Eingabe bestätigt: Rumpelstilzchen."

Der Kobold wurde fuchsteufelswild. „Das hat dir der Teufel gesagt!", kreischte er. „Gib ‚beenden' ein, bevor ich vor Wut platze."

„Beenden", sagte Francis gehorsam. Ein Ruck durchfuhr ihn. Er stand wieder auf der Steinplatte. Die Kälte kroch seine Beine hoch. „21, 20, 19 ...", zählte die blecherne Stimme stur weiter.

„Beenden", rief Francis abermals.

„Vorgang wurde vorzeitig abgebrochen", bestätigte die Stimme in seinem Kopf. „Auf Wiedersehen, Francis!"

7

„Wie lange war ich weg?", fragte Francis.

„Überhaupt nicht", entgegnete Swanson. „Sie sind eben erst auf die Platte gestiegen. Sie haben nur kurz geflackert, das war alles."

„Das versteh ich nicht", klagte Francis. „Ich habe mich gut eine halbe Stunde mit einem nasenbohrenden Kobold in einer Art Informationszentrum unterhalten."

„Die Zeit im Hilfecenter wird nicht angerechnet", erklärte Swanson. „Sind Sie jetzt ein wenig klüger geworden?"

„Ein wenig. Ich habe etwas über die drei Hauptgruppen der Zeitreise-destinationen erfahren. Ehrlich gesagt habe ich jetzt mehr Fragen als zuvor. Der Kobold wollte sich mit mir aber nicht länger abgeben."

„Ein Kobold? Das ist originell. Wenn ich das Hilfecenter aufsuche, unterhalte ich mich meist mit Einstein. Natürlich nicht mit ihm persönlich. Es ist ja nur ein Avatar, aber sein Anblick inspiriert mich."

„Können Sie mir eine Frage beantworten, die mir dieser Kobold nicht beantworten konnte oder wollte? Wer hat die Möglichkeit von Zeitreisen geschaffen? Ich meine nicht die Naturgesetze, sondern die reale Möglichkeit, das ganze Regelwerk, die Einschränkungen, die Eingabeaufforderungen, die mich an meinen alten Computer erinnern, die Zugangscodes und die Passwörter. Irgendjemand muss das doch organisiert haben."

„Das ist anzunehmen, man weiß es nur nicht. Ich habe vor vielen Jahren dieselbe Frage meinem Mentor gestellt und er wusste es auch nicht."

„Was hat es mit dieser Steinplatte, die als Portal dient, auf sich? Ist darin ein Supercomputer verborgen oder eine drahtlose Verbindung zu einem Supercomputer?"

„Absolut nichts. Wir haben sie nach allen Regeln der Wissenschaft untersucht. Sie wurde geröntgt, gescannt, mit Ultraschall durchleuchtet, die Strahlung wurde gemessen, ein kleines Stück wurde abgebrochen und im Labor analysiert: alles ohne Ergebnis. Es ist bloß eine alte schäbige Steinplatte, die Moos angesetzt hat.

Professor Markham meint, sie befinde sich in einer anderen Dimension und rage bloß zum Teil in die unsrige hinein. Nun ja, der Mann ist Historiker und kein Mathematiker. Da kann man sich so etwas leicht ausdenken. Es gibt kein mathematisches Modell, wonach das möglich wäre. Ich habe mich sehr eingehend mit diesem Problem beschäftigt."

„Da kommen Leute", sagte Francis warnend und wich von der Platte, die er angefangen hatte, zu untersuchen, zurück.

Auf dem Weg schlenderten eine ältere Frau und ein Mädchen heran.

„Das ist Professor Pelletier. Sie unterrichtet französische Literatur. Das Mädchen heißt Marie und ist ihre Schülerin. Sie wollen wahrscheinlich auch üben."

„Sie meinen, die beiden sind Zeitspringer, so wie wir?", fragte Francis aufgeregt.

„Ja, natürlich. Ich habe Ihnen doch gesagt, dass es mehr von uns gibt. Das ist eine gute Gelegenheit, Sie bekanntzumachen."

Swanson stand auf und ging den beiden Frauen entgegen. Er begrüßte Pelletier mit Küsschen auf die Wangen und Marie mit einem Handschlag. Das Mädchen machte einen altmodischen Knicks. Sie war etwa gleich alt wie Francis, hatte eine leicht pummelige Figur und lange fahlblonde Zöpfe. Ihr rundes, sommersprossiges Gesicht war von einer nichtssagenden Hübschheit. Ihre Beine – Francis hatte die Angewohnheit, bei einer Frau immer auf die Beine zu schauen – waren kräftig mit ausgeprägten Waden. Auf hohen Absätzen mochten sie sogar sehr attraktiv aussehen. Nur trug Marie aus Prinzip flache Schuhe, wie Francis noch herausfinden sollte.

Swanson stellte Francis den beiden Frauen vor. „Francis ist noch ganz am Anfang", berichtete er. „Er stellt sich aber ganz gut an. Vor allem hat er keinen Schock erlitten, so wie es den meisten am Anfang geht. Er geht mit den ungewöhnlichen Erfahrungen, die das Zeitreisen mit sich bringt, ganz gut um."

Pelletier erklärte, sie freue sich, Francis kennenzulernen und Marie betrachtete ihn interessiert. „Ich bin die Marie Lefevre", sagte sie mit einem entzückenden

Akzent. „Ich bin Gaststudentin aus Frankreich. Ich hätte nie gedacht, dass ich hier das Zeitreisen lernen werde. Auf dem offiziellen Studienplan steht es nämlich nicht." Sie lachte fröhlich.

„Wenn die Damen nichts dagegen haben, werden wir Ihnen beim Üben zusehen", bat Swanson. „So kann Francis auch die Außenansicht dieses Vorganges kennenlernen."

Die Damen hatten nichts dagegen.

Marie beriet sich kurz mit Professor Pelletier, dann trat sie auf die Platte und sagte laut und vernehmlich: „42, Marie Lefevre, 3.8.1999, Hilfe."

Ihre Gestalt schien kurz zu flackern, dann stieg sie gelassen wieder von der Steinplatte herunter.

„Sie hat sich direkt in das Hilfecenter eingeloggt", flüsterte Swanson Francis zu. „Sie sehen, dass überhaupt keine Zeit verstrichen ist. Soweit ich gehört habe, hat sie sich über die Möglichkeiten eines Notabbruchs informiert."

„Berichten Sie, Marie", befahl Professor Pelletier.

„Es gibt drei Möglichkeiten, eine Zeitreise vorzeitig abzubrechen", referierte Marie gehorsam. „Erstens: Man nennt seine Zugangsdaten, also 42, Name und Geburtsdatum und sagt dann ‚Beenden'. Das ist jederzeit und an jedem Ort möglich, weil ja die Verbindung mit dem Portal aufrecht ist. Dann findet man sich sofort in der Gegenwart wieder. Zweitens: Man nennt seine Zugangsdaten und sagt ‚Hilfe'. Dann kommt man ins Hilfezentrum, wo man darum bitten kann, in die Gegenwart zurückgeschickt zu werden. Drittens: der Tod des Zeitreisenden."

„Richtig", bestätigte Pelletier. „Welche Komplikationen können auftreten und was sind ihre Ursachen?"

„Es ist möglich, dass der Beenden-Befehl ignoriert wird. Die Ursachen dafür sind nicht hinreichend erforscht. Man hält es für wahrscheinlich, dass Störungen in der Funktion des Portals auftreten, wenn sich mehrere Zeitreisende unabhängig voneinander in unmittelbarer zeitlicher und räumlicher Nähe aufhalten und inkompatible Aktionen setzen."

„Richtig. Was machst du dann?"

„Ich wähle die zweite Option. Sie ist stabiler und funktioniert meist. Das ist überhaupt das Mittel der Wahl, wenn man sich einer unangenehmen Situation in der Vergangenheit entziehen will."

„Zum Beispiel einem Aufenthalt in einem Folterkeller", raunte Swanson Francis zu.

„Es kann aber in seltenen Fällen geschehen, dass auch diese Option versagt", fuhr Marie fort. „Nämlich dann, wenn der ursprüngliche Sprungbefehl fehlerhaft formuliert war, sodass er zwar noch funktioniert hat, aber weitere Eingaben nicht mehr akzeptiert werden.

Dann bleibt nur der Tod. Dadurch wird der Zeitsprung immer beendet und wird als Notabbruch im extremen Sinn bezeichnet. Das bedeutet, dass sich der Zeitreisende, wenn es gar nicht anders geht, in der Vergangenheit umbringen muss. Eine ziemlich gruselige Sache."

„Was sind die Risiken eines solchen extremen Notabbruchs?"

„Der Zeitreisende kann darauf hoffen, sich unbeschadet in der Gegenwart wiederzufinden. Sein in der Vergangenheit erlittener Tod hat nämlich meist keine Auswirkungen auf die Gegenwart. Es sind allerdings Fälle bekannt geworden, in denen tatsächlich nur mehr Leichen zurückgekommen sind. Die Ursachen dafür sind noch nicht ausreichend erforscht. Man soll daher immer versuchen, in der Vergangenheit zu überleben und die dritte Option nur im äußersten Notfall wählen."

„Sehr brav, Marie", lobte Pelletier ihre Schülerin. „Du hast gut aufgepasst."

„War dein Kobold auch so mürrisch, wie der, mit dem ich gesprochen habe?", erkundigte sich Francis.

„Du hast einen Kobold? Hast du dir nichts Besseres gefunden? Ich habe einen anderen Avatar gewählt. Du musst mehr trainieren, Francis, sonst bekommst du einen Bauch."

„Wie meinst du das?", fragte Francis verstört.

„Na, ich habe die Option nackter junger Mann gewählt und dich als benutzerdefinierte Vorlage genannt. Man will schließlich wissen, mit wem man es zu tun hat."

Marie brach in unbändiges Gelächter aus. „Jetzt schau doch nicht so. Das stimmt ja gar nicht. Ich habe nur Spaß gemacht und mich wie immer mit Schneewittchen unterhalten."

„Hört auf herumzualbern", befahl Pelletier, die sich mit Swanson beraten hatte. „Die Schüler dürfen sich jetzt entfernen und haben sich morgen um neun Uhr wieder bei uns zu melden. Professor Swanson und ich haben noch einiges zu besprechen."

„Hast du Zeit?", fragte Marie Francis. „Ich lade dich zum Mittagessen in ein französisches Lokal ein. Mach dir keine Sorgen wegen deiner Figur. Die ist ganz in Ordnung. Dafür habe ich einen Blick."

8

Das Lokal unweit des Campus versprach original französische Küche und war bestens besucht. Trotzdem wurde ihnen sofort ein Tisch zugewiesen. Marie schien hier gut bekannt zu sein, denn sie unterhielt sich auf Französisch mit dem Besitzer und dem Kellner. Francis verstand kein Wort. Ebenso wenig vermochte er mit der Speisekarte anzufangen. Marie nahm ihm die Peinlichkeit ab, zu fragen, was die auf Französisch ausgepreisten Gerichte bedeuteten, und bestellte für beide, wobei sie versicherte, es werde ihm sicher schmecken.

Sie bekamen ein Fischgericht, zu dem Rotwein serviert wurde. Es schmeckte tatsächlich vorzüglich.

Francis beobachtete Marie und begann zunehmend Gefallen an ihr zu finden. Ihr Gesicht schien ihm immer hübscher zu werden, je länger er es ansah. Die leicht schräg gestellten grünen Augen hatten etwas Katzenhaftes und der Mund verzog sich oft zu einem mutwilligen Lächeln. Die vielen kleinen Sommersprossen, die sie selbstbewusst zur Schau stellte, ohne den geringsten Versuch, sie zu kaschieren, verliehen ihr einen eigentümlichen sinnlichen Reiz. Ihr Akzent und ihre unbeschwerte Art faszinierten ihn zunehmend. Als sie sich vorbeugte, um den Pfefferstreuer zu nehmen, konnte er einen kurzen Blick in den Ausschnitt ihres Kleides tun und sah, dass sie keinen Büstenhalter trug. Er schnappte leicht nach Luft.

„Untersteh dich für deinen Avatar im Hilfecenter Maß zu nehmen", ermahnte sie ihn amüsiert. „Bleib lieber bei deinem Kobold. So etwas wie ich würde dich zu sehr ablenken."

„Aber du hast es auch getan. Das hast du doch, oder?"

„Was glaubst du?"

„Ich glaube, du hast es getan. Habe ich mich wenigstens ordentlich benommen?"

„Der Avatar reagiert auf unsere Gedanken. Die Frage müsste daher besser lauten, ob ich mich ordentlich benommen habe. Im Großen und Ganzen: Ja.

Abgesehen von ein paar Augenblicken, in denen meine Fantasie mit mir durchgegangen ist."

„Trotzdem hast du offenbar sehr gut aufgepasst, was dir mein mehr oder weniger anständiges Fantasiebild erzählt hat."

„Ja, darin bin ich gut. Ich kann mich auf mehrere Dinge gleichzeitig konzentrieren. Jetzt lassen wir das aber besser, ehe es peinlich wird. Hast du außer mir schon andere Schüler kennengelernt?"

„Nur Peter Fox. Er weiß aber noch nicht, dass ich auch Schüler bin."

„Peter Fox ist ein Arschloch und ich bin ein Idiot", sagte sie bitter.

„Peter ist wirklich ein Arschloch, aber du bist eine sehr hübsche, kluge Person."

„Genau das hat Peter auch gesagt, wie er mich in sein Bett gelockt hat." Sie seufzte. „Du musst eines über mich wissen, Francis: Ich bin kein Luder, aber auch kein ausgesprochen braves Mädchen. Wenn sich eine verlockende Gelegenheit bietet, sage ich meist nicht ‚nein'. Und Peter war so eine verlockende Gelegenheit. Er ist ein Bild von einem Mann, sehr charmant, wenn er will, und er weiß im Bett, was er zu tun hat. So weit wäre ja alles in Ordnung gewesen, und ich Depp habe mir sogar Hoffnungen gemacht, dass mehr daraus werden könnte, als ein einmaliges Abenteuer. Weißt du, was er dann getan hat? Er hat das Ganze im Internet seinen Freunden gepostet. Ich habe vorher nicht gewusst, dass er das immer tut. Er hat geschrieben: ‚Gestern die kleine Marie Lefevre aufs Kreuz gelegt. Nummer 8 in diesem Semester ist geschafft. Dieses Betthäschen kann ganz ausgezeichnet Französisch. Kein Wunder, sie ist ja auch Französin.' Eine Freundin hat es mir gezeigt und ich bin vor Scham fast im Boden versunken."

„So ein Schwein", sagte Francis.

„Das ist er und ich habe es ihm heimgezahlt. In gewisser Weise wenigstens. Ich bin heimlich in die Vergangenheit zurückgegangen, genau zu dem Zeitpunkt, in dem er mich auf sein Zimmer abgeschleppt hat. Als es zur Sache gehen sollte, habe ich ihn in die Eier getreten, dass er sich schreiend am Boden gekrümmt hat. Ich habe immer und immer wieder zugetreten, bis er bewusstlos geworden ist. Dann habe ich abgebrochen und bin in der Gegenwart brav in meine Vorlesung gegangen. Das hat richtig gutgetan, nur war es nach den Regeln für Zeitreisen ab meiner Rückkehr nie geschehen. Trotzdem habe ich dumme Gans den Mund nicht halten können. Ich musste ihm unbedingt erzählen, dass ich ihn in einer alternativen Vergangenheit mit Fußtritten wahrscheinlich kastriert habe. Er hat sich daraufhin über mich beschwert und sie haben ein Disziplinarverfahren gegen mich eingeleitet."

„Bei wem hat er sich beschwert und was für ein Disziplinarverfahren?", fragte Francis erstaunt.

„Haben sie dir noch nicht erklärt, wie wir organisiert sind? Ich kann es dir ruhig verraten. Professor Pelletier hat ohnehin gemeint, dass ich mich ein bisschen um dich kümmern soll, damit du jemanden zum Reden hast. Hör zu: Es gibt an dieser Uni zwölf Mentoren. Derzeit sind es zehn, weil einer kürzlich gestorben und ein anderer auf einer längeren Zeitreise ist. Jeder Mentor wählt sich einen Schüler, den er zum Zeitreisenden ausbildet und der später seinen Platz einnimmt. Derzeit gibt es zehn Schüler. Zwei Positionen sind unbesetzt. Innerhalb der Mentoren gibt es ein Leitungsgremium von drei Meistern. Dein Professor Swanson ist einer von ihnen. Der Disziplinarausschuss besteht aus den drei Meistern und zwei weiteren Mentoren. Peter hat mich bei seinem Mentor, dem alten Markham, verpetzt und es wurde ein Disziplinarverfahren gegen mich eröffnet. Der Disziplinarankläger hat mir daraufhin ziemlich üble Dinge vorgeworfen: unerlaubte Zeitreise durch einen Schüler aus niedrigen Beweggründen und unethisches Verhalten. Er hat meine sittliche Eignung, dem Kader anzugehören, infrage gestellt und meinen Ausschluss gefordert. Professor Pelletier hat mich verteidigt und sich auf gerechtfertigte Entrüstung berufen. Ich bin nur knapp davongekommen, und sie haben es mit einem strengen Verweis genug sein lassen. Das habe ich auch Swanson zu verdanken, der gegen einen Ausschluss gestimmt hat."

„Erstaunlich", meinte Francis. „Wenn es mehr als zwanzig Zeitreisende gibt, muss bei der Platte ziemlich viel Verkehr herrschen. Das muss doch auffallen!"

„Nein. Das Portal schützt sich selbst. Hat dir das Swanson noch nicht erklärt? Sobald ein Zeitreisender auf die Platte tritt, wird er von Vorübergehenden nicht mehr wahrgenommen. Es ist nicht so, dass er unsichtbar wird. Sein Anblick und das, was er tut, werden bloß nicht in der Erinnerung der Vorübergehenden gespeichert. Lediglich Personen, die sich schon einmal in das Portal eingeloggt haben, sind davon ausgenommen."

„Das Ding greift also automatisch auf die Erinnerungen von Menschen zu und manipuliert sie", murmelte Francis. „Das ist sehr beunruhigend. Was machen sie eigentlich, mit jemanden, den sie ausschließen, damit er nichts verrät?"

„Das weiß ich nicht und niemand, den ich danach gefragt habe, konnte oder wollte es mir verraten. Ich glaube, ich will es auch gar nicht so genau wissen." Marie wischte sich die Krümel des Nachtisches vom Mund. „Was hast du heute Nachmittag vor?"

„Ich habe eine Verabredung."

„Ach so, schade. Verrätst du mir, wie sie heißt?"

„Judith Gallard. Kennst du sie?"

„Flüchtig. Eine ausgesprochen hübsche Person. Ein richtiges Prinzesschen. Eine der Besten in Physik, reiche Eltern und jede Menge Verehrer. Ihr Bruder heißt Cassius und der hat wiederum eine Freundin, die zu uns gehört. Judith und Cassius wissen natürlich nichts davon. Sie heißt Abigail Miller. Du wirst sie sicher bald kennenlernen. Wir veranstalten nämlich demnächst wieder unsere jährliche Vollversammlung. Dazu gehen wir alle in die Vergangenheit und treffen uns in einem alten, unbewohnten Landhaus, das auf einem Hügel ganz hier in der Nähe steht. Damals war es unbewohnt. Heute ist das volkskundliche Museum darin untergebracht. Du kennst es wahrscheinlich. Auf diese Weise ist äußerste Diskretion und Geheimhaltung gewährleistet."

„Das hört sich ja fast wie ein Hexensabbat an!"

„Da erwarte dir mal nicht zu viel davon. Es geht sehr geschäftsmäßig zu. Zuerst werden die neuen Mitglieder vorgestellt. Dann müssen wir uns eine Menge Vorträge, Berichte und Ermahnungen anhören. Zum Schluss findet die Prüfung statt. Einer der Schüler soll zum Mentor befördert werden, wenn er besteht. Er soll den Verstorbenen ersetzen. Lustbarkeiten werden hingegen nicht geboten. Die musst du dir in der Gegenwart suchen. Ist die Gallard deine Freundin?"

„So halb und halb", gestand Francis. „Ich arbeite daran."

„Aha", konstatierte Marie ungeniert. „Du hast mit ihr noch nicht geschlafen, aber du hoffst, dass es bald geschehen wird. Pass nur auf, dass dir Peter nicht in die Quere kommt. Ich glaube, er ist hinter ihr her."

„Das wird ihm nichts nützen. Sie hat gesagt, sie habe keine Lust, seine Nummer 12 zu werden."

„Ist er schon bei Nummer 12 angekommen, dieser Hurenbock? Dann ist deine Judith jedenfalls klüger, als ich es gewesen bin. Pass trotzdem gut auf sie auf. Peter ist nicht zu unterschätzen. Ich halte dich nicht länger auf, Francis. Wir sehen uns morgen wieder. Geh zu deiner Verabredung und viel Glück. Die Rechnung übernehme ich. Ich habe dich ja eingeladen."

Marie sah Francis mit unergründlichem Gesichtsausdruck nach, wie er aus der Tür trat und über die Straße lief. Dann bestellte sie noch ein Glas Rotwein.

9

Francis war mit Judith für 15 Uhr verabredet. Um 14 Uhr 45 fand er sich vor ihrer Pension ein und wartete ungeduldig. Plötzlich durchlief ihn ein eisiger Schock, so wie er es von Zeitsprüngen kannte. Sein Gesichtsfeld engte sich ein und die Umgebung schien wellenförmig zu flimmern. Dann war wieder alles normal.

„Hoffentlich haben Zeitsprünge keine Nachwirkungen", dachte er. „Ich muss gelegentlich Professor Swanson danach fragen."

Es wurde 15 Uhr 05, es wurde 15 Uhr 30 und Judith kam nicht. Francis wurde zunehmend enttäuschter und besorgter. Schließlich betrat er die Pension. Schon im Flur wurde er von der Zimmerwirtin abgefangen, die streng verkündete, dass Herrenbesuche bei Damen überhaupt nicht und bei Herren nur zwischen 16 Uhr und 19 Uhr 30 gestattet seien.

„Ich bin auf der Suche nach Judith Gallard", erklärte Francis.

„Da kommen Sie zu spät", sagte die Zimmerwirtin nicht ohne Bosheit. „Gehört der alte Roller vor der Einfahrt Ihnen? Es wäre mir recht, wenn Sie ihn bald wegfahren. Auf Miss Gallard können Sie nicht warten. Sie ist auf dem Weg zum Flughafen und kommt erst im September wieder. Sie reist ihren Eltern nach Europa nach, wo sie die Sommerferien verbringen wird."

„Aber Judith wollte doch erst am 8. Juni abreisen", sagte Francis verstört.

„Und welchen Tag, glauben Sie, haben wir heute, junger Mann? Es ist der 8. Juni! Sind sie betrunken?"

„Nein, danke", würgte Francis hervor und wankte auf die Straße zurück. Einige Augenblicke stand er wie betäubt da, dann fuhr er auf den Campus zurück und eilte zu dem Zeitportal. Ohne sich um die Vorübergehenden zu kümmern, deren Blicke ihn gleichgültig streiften, sprang er auf die Platte und rief: „42, Francis Barre, 4.7.1999, Hilfe!" Der gewohnte Kälteschock durchlief ihn.

Dann saß er auf einer Holzbank vor dem Altar einer kleinen Holzkirche. Die Kirchenbänke waren von Menschen in altertümlicher, schwarzer Kleidung besetzt. Einige der Männer trugen weiße Halskrausen und hatten hohe schwarze Hüte auf den Knien.

„Tretet ein, ihr Mühseligen und Beladenen", sagte der Pastor salbungsvoll von der Kanzel. „Hier wird euch Hilfe und Trost zuteil."

„Wo bin ich?", rief Francis verstört.

„Wir nennen diesen Ort der Einkehr das Hilfecenter", antwortete der Pastor. „Wie können wir dir helfen, Francis? Tritt vor die Gemeinde und bekenne deine Sünden!"

„Ja, bekenne deine Sünden, Francis", rief die Gemeinde.

„Ich habe nichts zu bekennen", protestierte Francis. „Ich will Rumpelstilzchen sprechen. Du weißt schon: den Kobold mit dem roten Bart."

„Ich weiß, wen du meinst", bestätigte der Pastor. „Diese Manifestation steht im Augenblick leider nicht zur Verfügung. Er hat sich kürzlich in einem Wutanfall selbst in der Mitte entzweigerissen. Das tut er gelegentlich, wenn jemand seinen Namen errät. Ein ärgerlicher Bug, den wir bisher noch nicht beheben konnten. Wir sind aber schon dabei, ihn neu zu booten. Du musst dich vorläufig mit uns begnügen."

„Dann sage mir eines: Wann bin ich?"

„Du bist am 8. Juni heurigen Jahres."

„Das stimmt nicht! Deswegen habe ich dich aufgesucht! Ich habe keinen Zeitsprung unternommen! Schon gar nicht in die Zukunft. Ich wüsste nicht einmal, wie das geht. Ich schwöre dir, heute ist für mich der 2. Juni. Ich habe keine Erinnerung an das, was zwischen heute und dem 8. Juni geschehen sein könnte."

„Herr, erbarme dich dieser verwirrten Seele", murmelten mehrere Anwesende.

Der Pastor schüttelte den Kopf. „Ich werde deinen Status überprüfen." Er blätterte neuerlich in der Bibel und studierte dann angestrengt eine Stelle.

„Wahrhaftig", sagte er schließlich. „Du bist eine Irregularität."

Entsetzte Schreie erklangen von den Bänken. Einige Leute sprangen auf und riefen: „Sünder!", andere „Sakrileg" und wieder andere: „Hexenwerk! Verbrennt die Irregularität!"

„Befreie mich von diesen Leuten!", forderte Francis den Pastor auf.

„Das geht nicht", bedauerte dieser. „Diese Szenerie ist keiner optionalen Veränderung zugänglich. Du musst dich eben mit der Gemeinde gut stellen.

„Wie bin ich denn überhaupt in dieses Schlamassel geraten?", fragte Francis verzweifelt.

„Das kann ich dir auch nicht genau sagen. Die geheime Offenbarung der Fehlermeldungen ist in diesem Punkt mehrdeutig. Ich weiß nicht einmal genau, an welchen Zeitpunkt du wirklich gehörst."

Die Anwesenden murmelten ehrfürchtig: „Die Wege des Herrn sind unergründlich."

„Die Registry-Einträge sind offenbar durcheinander gekommen", fuhr der Pastor fort. „Für dich ist eine Existenz am 2. Juni und erstaunlicherweise auch am 8. Juni eingetragen. Möglicherweise wirst du am 8. Juni eine Aktion setzen, die diese Fehlfunktion verursacht. Das hat zu einer Interferenz geführt."

„Sünder!", schrien die Zuhörer. „Frevler! Verfluchte Interferenz! Bestraft ihn!"

„Wie kann man mich denn für etwas bestrafen, das ich noch gar nicht getan habe?", verteidigte sich Francis. „Wie kann man mich für etwas bestrafen, das ich vielleicht erst in der Zukunft begehen werde? Ich weiß ja gar nicht, was ich getan habe, oder tun werde."

„Am 8. Juni hast du es aber schon gewusst. Die Frage ist, ob man dich jetzt schon für etwas bestrafen soll, das du erst in der Zukunft begehen wirst. Was glaubst du, Francis?"

Francis begann Kopfschmerzen zu verspüren und sagte verzagt. „Ich weiß nicht, was ich glauben soll. Ihr wisst ja nicht einmal selber genau, was die Ursache für dieses Missgeschick ist."

„Zweifler, Ungläubiger!", schreien die Kirchenbesucher.

„Nur keine Sorge", beschwichtigte der Pastor. „Das Problem lässt sich leicht lösen. Ich werde dich löschen."

„Löscht ihn! Löscht ihn!", skandierte die Gemeinde.

Lediglich ein rotgesichtiger Mann schien anderer Meinung zu sein: „Hängt ihn auf! Hängt ihn auf!", forderte er hartnäckig und schwenkte einen Strick.

„Nein!", wehrte sich Francis entsetzt. „Du kannst mich doch nicht einfach löschen. Was wird dann aus mir?"

„Keine Angst. Ich lösche bloß den Eintrag vom 2. Juni. Du bleibst dann am 8. Juni, wo du offenbar hingehörst. Das wird zwar Erinnerungslücken zur Folge haben, aber diese Prüfung musst du ertragen."

„Viele werden geprüft werden. Kein Gottloser wird es verstehen, aber die Frommen werden es verstehen", murmelte die Gemeinde ergriffen.

„Das will ich aber nicht, ich will wieder in meine reguläre Gegenwart zurück. Das ist der 2. Juni. Ich habe eine Verabredung mit Judith", wehrte sich Francis erbittert.

„Gottloser!", schrie der rotgesichtige Eiferer und schwenkte drohend seinen Strick.

„Judith?", fragte der Pastor erstaunt. „Das ist freilich eine faszinierende Frau, für die sich eine Reise in die Vergangenheit lohnt." Er verdrehte die Augen zum Himmel und deklamierte: „Sie hatte eine schöne Gestalt und ein blühendes Aussehen. Ihr Gatte Manasse hatte ihr Gold und Silber, Knechte und Mägde, Vieh und Felder hinterlassen, die sie in ihrem Besitz hielt. Niemand konnte ihr etwas Böses nachsagen, denn sie war sehr gottesfürchtig: So steht es im ‚Buch Judith' geschrieben. Trotzdem solltest du bedenken, dass sie schon einmal einem ihrer Verehrer den Kopf abgeschnitten hat."

„Sind denn alle verrückt geworden?", jammerte Francis. „Machst du dich über mich lustig? Ich meine doch nicht diese Judith aus der Bibel, sondern Judith Gallard."

„Judith Gallard? Ja, jetzt habe ich diese Informationen in deinem Kopf gefunden. Das ist sicher eine bessere Wahl für dich, als die biblische Judith. Frauen, die ihre Liebhaber umbringen, sollte man grundsätzlich mit Vorsicht begegnen, auch wenn sie sonst sehr fromm und gottesfürchtig sind." Er blätterte wieder in seiner Bibel und verkündete schließlich: „Wer auf den Herrn vertraut, ist glückselig. So steht es geschrieben. Sei also frohen Mutes, Francis!"

„Heißt das, du kannst mir helfen, du kannst die Sache wieder in Ordnung bringen?", fragte Francis und begann Hoffnung zu schöpfen. „Kannst du mich wieder an den 2. Juni zurückbringen?"

Der Pastor hob die Stimme: „Wo sich aber der Übeltäter bekehret von allen seinen Sünden, die er vielleicht begehen wird, und beachtet künftig alle Regeln des Zeitreisens, und tuet recht und wohl: So soll ihm vergeben werden. Bereust du Francis?"

„Bereue, Francis, bereue! Rette deine Seele!", kam es von den Kirchenbänken.

Obwohl Francis kein schlechtes Gewissen hatte, zögerte er nicht, lautstark seine Reue zu bekunden, worüber auch immer.

„Nun gut", erklärte der Pastor. „Dir soll vergeben sein. Gehe hin in Frieden und sündige nicht mehr. Du wirst dich am 2. Juni wiederfinden, so wie du es erbeten hast. Sei sehr vorsichtig mit dem, was du am 8. Juni tun wirst. Sonst sehen wir uns vielleicht wieder, und dann werden wir mit dir nicht mehr so nachsichtig sein."

Der rotgesichtige Mann holte wieder seinen Strick hervor und schwenkte ihn demonstrativ.

„Danke", sagte Francis.

„Amen", antwortete die Gemeinde.

Der Pastor nickte und klappte seine Bibel zu. „Hau ab, Francis, sag jetzt einfach: ‚neu starten'."

„Neu starten", rief Francis erleichtert.

10

Francis war mit Judith für 15 Uhr verabredet. Um 14 Uhr 45 fand er sich vor ihrer Pension ein und wartete ungeduldig.

Judith schien ebenso ungeduldig gewesen zu sein. Schon nach fünf Minuten kam sie aus der Tür und sah sich suchend um. Sie trug offenbar in Erwartung einer Rollerfahrt zu einem sportlichen Sweater Jeanshosen.

Obwohl sie zehn Minuten zu früh war, fragte sie: „Wartest du schon lang?"

„Ich warte schon den ganzen Tag auf diesen Augenblick", antwortete Francis und nahm sie in die Arme. Die Zimmerwirtin schaute aus der Tür ihrer Pension und räusperte sich missbilligend.

Judith kicherte und fragte: „Was haben wir heute vor?"

Francis geriet in Verlegenheit. Er stand noch immer unter dem Eindruck der jüngsten verstörenden Ereignisse und hatte auch zuvor keine Gelegenheit gefunden, dieses Date zu planen. „Was bin ich doch für ein Esel", dachte er und suchte in aller Eile nach einem möglichst originellen und romantischen Vorschlag.

Er hätte sich keine Sorgen zu machen brauchen. Judith hatte schon fixe Pläne. Nach einer kurzen Anstandspause, um ihm Zeit für eine Antwort zu lassen, fuhr sie fort: „Ich würde ganz gern das Volkskundemuseum besuchen. Jetzt bin ich schon zwei Jahre hier und habe es mir noch nie angeschaut. Dabei soll es recht interessant und romantisch sein."

„Sehr gern", stimmte Francis zu und startete seinen Roller. „Du musst mir nur sagen, wie wir hinkommen."

„Das ist kein Problem. Es ist nicht weit von hier, auf einem Hügel. Wir können es gar nicht verfehlen."

Das Volkskundemuseum hielt keinen Vergleich mit dem modernen, reich bestückten Museum aus, das der Universität angeschlossen war. Es lag abseits der Durchzugsstraßen auf einer Bodenerhebung, die man mit gutem Willen als Hügel bezeichnen konnte. Trotzdem hatte man von hier einen guten Überblick über das flache Land. In der Ferne waren die imposanten neugotischen Gebäude der Universität auszumachen.

Sie traten durch die weit geöffnete Tür, warfen zehn Dollar in eine Kasse, die um freiwillige Spenden bat, und sahen sich um. Es roch nach altem Haus und alten Dingen, mit einem Hauch von Bohnerwachs. Francis fand die Atmosphäre anheimelnd.

Hand in Hand schlenderten sie durch die Zimmer. Es waren nur wenige Besucher da. Oft hatten sie einen Raum für sich allein, was Francis dazu nutzte, Judith ausgiebig zu küssen.

Sie betrachteten Artefakte der Ureinwohner, alte Knochen, die angeblich von Saurier stammten, ausgestopfte Tiere, von denen besonders der Bär schon recht schäbig geworden war, Küchengeschirr und Schulsachen aus vorigen Jahrhunderten und rostige Waffen aus dem Unabhängigkeitskrieg. Um ehrlich zu sein, es gab nichts, das besonders bemerkenswert gewesen wäre. Manche Vitrinen, so liebevoll sie auch adaptiert waren, machten den Eindruck, als ob sich ein Antiquitätenhändler seiner Ladenhüter entledigt hätte.

Die eigentliche Hauptattraktion dieses Museumsbesuches war für die beiden die glückliche Gemeinsamkeit, die sie empfanden, während sie Hand in Hand vor den traurigen Resten einer schwarzen Frauenkleidung standen und keinen Gedanken daran verschwendeten, was das wohl sein mochte.

„Interessant, nicht wahr?", ließ sich eine Frauenstimme vernehmen. Eine ältliche Dame mit grauen Haaren, altmodischer Kleidung und einem Kneifer auf der Nase war unbemerkt nähergetreten. Sie sah fast so aus, als ob sie selbst eines der Ausstellungsstücke wäre. „Als Kuratorin dieser bescheidenen Sammlung freue ich mich immer wieder, wenn nicht nur ein paar Touristen, sondern auch Studenten den Weg hierher finden."

„Ja, wirklich sehr interessant", bestätigte Francis höflich und versuchte zu entziffern, was auf dem verblichenen Papierschild stand: „Kleid der Ann Midelfort, ca. 1802."

„Dieses Objekt ist in zweierlei Hinsicht beachtenswert", erklärte die Kuratorin. „Zum einen, weil sich Alltagskleider aus dieser Zeit sonst kaum erhalten haben, und zum anderen wegen ihrer früheren Besitzerin. Sie müssen wissen, dass man sie für eine Hexe gehalten hat. Deswegen wurde ihr auch der Prozess gemacht."

„Ich wusste gar nicht, dass es früher hier Hexenprozesse gegeben hat", warf Judith ein. „An anderen Orten Neuenglands ja, aber doch nicht hier und zu dieser Zeit!"

„Das stimmt. Er war auch der Einzige seiner Art in dieser Gegend." Die Kuratorin schüttelte den Kopf. „Es war eine recht tragische Geschichte, die sich während des Unabhängigkeitskrieges ereignet hat. Ann Midelfort war eine junge Frau aus gutem Haus. Ihr Vater war ein wegen seiner Gelehrsamkeit hochgeschätzter Prediger in der hiesigen Gemeinde. Ann kam allerdings vom rechten Weg ab, wie man damals zu sagen pflegte, und erlag den Verlockungen des Fleisches. Sie begann eine Affäre mit einem verheirateten Mann, die nicht lange geheim bleiben konnte. Üblicherweise gehen solche Liebschaften ja für die Frau schlecht aus. Hier war es anders. Die Briten hatten damals die Stadt vorübergehend besetzt und der betrogenen Frau lag mehr daran, sich an ihrem untreuen Ehemann zu rächen, als an Ann. Denn sie ging zu Recht davon aus, dass Ann durch den Verlust ihres Geliebten genug zu leiden haben werde. Also stiftete sie ihren Bruder, einen gewissen Abraham Fox, dazu an, seinen Schwager als Spion der Kontinentalarmee zu denunzieren. Der britische Kommandant fackelte auch nicht lange und ließ den vermeintlichen Spion aufhängen. Danach war Ann nicht mehr dieselbe. Sie verfiel in Schwermut und begann sich sonderbar zu verhalten. Oft verschwand sie tagelang und tauchte dann wieder überraschend auf. Noch beunruhigender war, dass sie scheinbar über alle Verfehlungen der Gemeindemitglieder Bescheid wusste und sie mit großer Bosheit ans Licht zerrte.

Schließlich wurde es der Gemeinde zu viel. Wiederum war es Abraham Fox, der Ann der Hexerei beschuldigte. Er behauptete, sie habe mit Hilfe des Teufels versucht, die öffentliche Moral zu untergraben. Es wurde ein Prozess eingeleitet, aber sehr bald wieder beendet. Die Richter waren nämlich aufgeklärte Männer, die nicht an Hexenspuk glauben mochten. Dies umso weniger, als man Ann keiner Lüge überführen konnte. Alles, was sie behauptet hatte, erwies sich als richtig. Die Richter kamen zu dem Schluss, dass Ann bloß ein bösartiges, neugieriges Weib sei, das durch ihre Indiskretionen andere in Verlegenheit, ja sogar ins Unglück stürzen wolle. Sie wurde daher freigesprochen. Gleichzeitig wurde ihr aber bedeutet, sie möge ihr Verhalten ändern, wenn sie Wert darauf lege, in der Gemeinde zu bleiben.

Die Ermahnung scheint Erfolg gehabt zu haben. Ann erregte keinen Anstoß mehr. Sie zog sich völlig zurück und lebte unter ärmlichsten Verhältnissen in einer Hütte am Rande der Siedlung. Dennoch schien es, als würde sie um jedes Jahr, um jeden Tag kämpfen, um möglichst alt zu werden. Als ihr Ende schließlich doch bevorstand, trat sie noch einmal öffentlich auf. Sie verfluchte Abraham Fox und alle seine Nachkommen und erklärte, sie werde jetzt zu ihrem Geliebten gehen und ein langes, glückliches Leben mit ihm führen. Dann verschwand sie auf Nimmerwiedersehen."

„Eine gruselige Geschichte mit einem eigenartigen Ende", befand Judith und ging zur nächsten Vitrine.

„Ganz ist die Geschichte noch nicht zu Ende", sagte die Kuratorin zu Francis. „Anns Leiche wurde erst ungefähr dreißig Jahre später gefunden. Das Eigenartige daran ist, dass sie völlig unversehrt und unverwest war. Alte Leute, die sich noch an sie erinnern konnten, behaupteten, sie habe so ausgesehen wie am Tag ihres Verschwindens, mit einem Unterschied: Sie wirkte nicht verhärmt und verbittert, sondern hatte ein glückliches Lächeln auf dem Gesicht. Das Kleid, das sie trug – Sie stehen davor – ist angeblich auch dasselbe, das sie zum Zeitpunkt ihres Verschwindens getragen hatte. Natürlich redeten die Leute wieder von Hexenwerk und man trachtete danach, sie möglichst schnell in geweihter Erde verschwinden zu lassen. Der Pastor behielt ihr Kleid als makabres Erinnerungsstück, und so ist es schließlich in diese Sammlung gekommen."

Francis hatte der Erzählung mit wachsendem Staunen zugehört. „Ich glaube nicht, dass sie mit Computerbefehlen etwas anfangen konnte", murmelte er.

„Ganz gewiss nicht", antwortete die Kuratorin. „Sie wird spezielle Zauberformeln benutzt haben. Aber das ist im Grunde ja dasselbe. Kümmern Sie sich jetzt wieder um Ihre Begleiterin, Francis. Wir sehen uns bei der Vollversammlung wieder." Sie zwinkerte ihm zu und begann mit anderen Besuchern, einem älteren Ehepaar, ein angeregtes Gespräch.

Als Francis und Judith das Museum verließen, saß die Kuratorin hinter einem Tisch im Eingangsbereich und zählte die freiwilligen Spenden. Viel schien es nicht zu sein. Rund um sie waren verschiedene verstaubte Bücher und Broschüren aufgestapelt.

„Wir sollten ihr etwas abkaufen", meinte Judith. „Sie war so nett."

Francis trat an den Tisch. „Vielen Dank für die Gruselgeschichte. Gibt es vielleicht etwas Schriftliches darüber?"

„Ich habe mir schon gedacht, dass Sie danach fragen werden, junger Mann. Ein Heimatforscher hat ein Büchlein darüber geschrieben. Wo habe ich es bloß? Ach ja, hier ist es." Sie blies den Staub vom Umschlag und reichte Francis einen schmalen Band. „Im Anhang finden Sie altertümliche Zauberformeln und Beschwörungen. Seien Sie vorsichtig, wenn Sie sie benutzen. Das macht dann drei Dollar und fünfzig Cent, bitte sehr."

„Was machen wir mit dem angefangenen Abend?", fragte Judith draußen. „Hast du einen Vorschlag?"

Francis fasste sich ein Herz. „Wir könnten zu mir gehen", schlug er vor. „Mein Zimmervermieter kümmert sich nicht darum, solange wir keinen Krach machen."

Judith sah ihn nachdenklich an. „Wenn wir zu dir gehen, wissen wir beide, was dann geschehen wird."

„Ich habe bestimmte Vorstellungen", gestand Francis.

„Ich habe dieselben Vorstellungen und deshalb sollten wir es nicht tun. Bitte, Francis, ich habe dich sehr lieb, aber ich möchte es langsam angehen. Bist du damit einverstanden?"

„Selbstverständlich", sagte Francis und dachte, dass ihm die Zeit davonlief. Sie würde immerhin in ein paar Tagen abreisen und bis dahin wollte er zum Abschluss kommen, wie er es bei sich nannte.

Judith küsste ihn zärtlich auf den Mund. „Dann wollen wir uns einen schönen Abend machen. Lass uns essen und dann tanzen gehen!"

11

Es war der Morgen des 3. Juni. Francis hatte nicht viel geschlafen. Der Abend mit Judith war lang und schön gewesen. Jetzt saß er übernächtig vor dem Arbeitszimmer von Professor Swanson und wartete auf seinen Mentor. Swanson erfasste mit einem Blick den angeschlagenen Zustand seines Schützlings. „Sie schauen müde aus, Francis. Haben Sie sich die Nacht um die Ohren geschlagen?"

„Zum Teil, Herr Professor. Ich habe auch andere Probleme und Fragen."

„Dann kommen Sie herein, damit wir reden können."

Francis ließ sich auf dem Stuhl vor dem Schreibtisch nieder. „Zuerst muss ich Ihnen etwas beichten. Ich habe ohne Ihre Erlaubnis das Portal benutzt."

„Das tun fast alle Schüler. Nur Sie fangen recht früh damit an. Warum haben Sie das getan?"

„Ich habe gestern auf Judith gewartet. Dabei habe ich einen Schock verspürt, so wie zu Beginn einer Zeitreise. Dann habe ich festgestellt, dass ich mich einige Tage, nämlich am 8. Juni in der Zukunft befand. Daraufhin habe ich sofort das ‚Hilfecenter' aufgesucht."

„Du lieber Gott", rief Swanson erschrocken. „Sie sind das Opfer einer Interferenz geworden, genauer gesagt wurden Sie zu dieser Interferenz. Wie konnte das nur passieren?"

„Ich weiß es nicht. Der Avatar im Hilfecenter – diesmal war es ein Pastor vor dem Hintergrund einer eifernden Kirchengemeinde – wusste es auch nicht genau. Ich habe mich verzweifelt bemüht, ihm klarzumachen, dass der 2. Juni meine Normalzeit ist. Er hat vermutet, dass alles meine Schuld ist und wollte mich am 8. Juni belassen."

„So eine zeitliche Dislozierung kommt sehr selten vor. Die Ursachen sind noch nicht hinlänglich erforscht", erklärte Swanson erschüttert. „Ich nehme an, man konnte Ihnen helfen, sonst wären Sie nicht hier. Sie wären spurlos verschwunden und würden erst am 8. Juni wieder auftauchen. Sie haben großes Glück gehabt."

„Ich habe eine ordentliche Kopfwäsche bekommen, obwohl ich doch nichts dafür konnte, aber dann hat man die Sache wieder in Ordnung gebracht. Jetzt stellt sich mir die Frage, was mit meinem zukünftigen ‚Ich' ist."

„Entgegen der landläufigen Meinung sind Zeitsprünge in die Zukunft weit problematischer, als solche in die Vergangenheit", dozierte Swanson. Das liegt daran, dass die Zukunft nicht so eindeutig festgelegt ist, wie die Vergangenheit. Denn wir haben es dabei nur mit Wahrscheinlichkeiten zu tun, die sich umso mehr verzweigen, je weiter Sie in die Zukunft gehen. Da das für den Zeitreisenden unvorhersehbare Gefahren birgt, sind Zeitreisen in die Zukunft generell verboten. Das wurde schon vor langer Zeit so festgelegt, nachdem einige wagemutige Zeitforscher im Labyrinth der Wahrscheinlichkeiten für immer verloren gegangen sind. Um nun aber Ihre Frage zu beantworten: Auch Ihr künftiges ‚Ich' ist nicht mehr als eine Wahrscheinlichkeit. Sobald Sie dem normalen Fluss der Zeit folgend den fraglichen Zeitpunkt in der Zukunft erreichen und damit Ihr ‚Ich' vom 8. Juni konkretisieren, müssen Sie alles vermeiden, was einen Fehler in der Zeitstruktur verursachen könnte. Sie könnten sonst in eine Zeitschleife geraten und festhängen. Verstehen Sie das, Francis?"

„Ich versuche es", sagte Francis. „Abgesehen von diesem Vorfall hatte ich ein absonderliches Erlebnis im Heimatkundemuseum."

Swanson lachte. „Ich nehme an, Sie haben die Kuratorin, Miss Watson kennengelernt. Sie ist eine unserer Mentorinnen und betreut Abigail Miller. Haben Sie die junge Dame schon einmal kennengelernt?"

„Ich habe Sie schon gesehen. Sie ist mit dem Bruder von Judith befreundet."

„Ja, ja. Wir sind fast wie eine kleine glückliche Familie. Was hat Ihnen Miss Watson erzählt?"

„Eine verstörende Geschichte über eine gewisse Ann Midelfort, von der ich glaube, dass sie eine Zeitreisende war."

„Das war sie und ihre Geschichte fasziniert die Watson schon seit Langem. Sie hat sogar unter einem Pseudonym eine kleine Abhandlung über sie geschrieben."

„Etwa diese?", fragte Francis und wies die Broschüre vor, die er gekauft hatte.

„So ist es. Haben Sie den Anhang bemerkt? Dort sind etliche Zauberformeln notiert, die Ann benutzt hat, um ihre Zeitsprünge zu unternehmen. Das Portal versucht immer, mit dem Benutzer auf eine diesem vertraute Weise zu kommunizieren. In unserer technisierten Zeit ist das eine Sprache, die einerseits oft recht salopp ist und andererseits an Computereingaben erinnert. Zu Anns Zeit hätte das keinen Sinn ergeben. Sie war in einem religiös geprägten Weltbild gefangen, in dem Dämonen, Geister und auch der Teufel eine Realität waren. Man hat sie für eine Hexe gehalten und das war sie in gewisser Weise auch. Denn sie hat ja selbst geglaubt, dass sie dem Teufel ihre Seele verschrieben hat, der ihr dafür erlaubt hat, in die Vergangenheit zu reisen. Das Portal hat darauf reagiert und sich durch unheilige Beschwörungen steuern lassen."

„Wie sie wohl darauf gekommen ist", grübelte Francis.

„Soweit wir wissen, hat sie die notwendigen Informationen in den Aufzeichnungen ihres Vaters, der Geistlicher war, gefunden. Woher dieser sein Wissen hatte, ist nicht erforscht. Ich habe eine Idee: Sie werden sich heute in das Portal mit einer dieser Formeln einloggen. Dadurch gewinnen Sie ein besseres Gefühl dafür, wie das Portal auf seinen jeweiligen Benutzer reagiert. Warten Sie, ich zeichne Ihnen in diesem Buch ein paar Zaubersprüche an, die Sie benutzen können. Lassen Sie sich durch die Manifestation nicht einschüchtern. Es handelt sich im Prinzip um dieselbe Grundfiguration, die auch Ihr Rumpelstilzchen hat, wenngleich mit ein paar Eigenheiten."

Wenig später stand Francis unter den wohlwollenden Blicken von Professor Swanson auf dem Portal, hatte das Buch aufgeschlagen und deklamierte: *„42, Francis Barre, 4.7.1999, Erhöre mich, Fürst der Finsternis! Lehre mich die Zeit zu gebrauchen, sie geht so schnell von hinnen. Lehre mich Ordnung, um die Zeit zu gewinnen. Erhöre mich, Fürst der Finsternis!"*

Es ertönte ein gewaltiger Donnerschlag. Diesmal war es nicht Kälte, sondern sengende Hitze, die Francis durchfuhr und ihn vor einem lodernden Feuer zurückweichen ließ. Die Höhle – wahrscheinlich sollte es die Hölle sein – wurde von Flammen, Rauch und einem penetranten Schwefelgeruch erfüllt. Auf einem Thron aus Lavagestein saß der leibhaftige Teufel. Er war nackt und hatte eine ziegelrote Haut. Sein unmäßig aufgeblähter Bauch wabbelte hin und her. Aus der Stirn wuchsen ihm zwei Hörner, das eine war prächtig und imposant gekrümmt, das andere erinnerte an ein verkümmertes Hirschgeweih.

„Der du hier eintrittst, lass alle Hoffnung fahren", sprach der Teufel mit dumpfer Stimme. „Was begehrst du?"

Francis hustete und rieb sich die brennenden Augen: „Wissen und Erkenntnis."

„Da bist du hier ganz richtig. Den Menschen Wissen und Erkenntnis zu verschaffen, ist meine Berufung. Ich bin der erste Lehrer, den die Menschheit hatte."

„Ich kenne die Geschichte von Adam und Eva", sagte Francis. „Du hast die beiden übel hineingelegt."

„Aber durchaus regelkonform. Da kann mir niemand etwas nachsagen. Und jetzt bist du an der Reihe!"

Der Teufel klatschte in die krallenbewehrten Hände. Ein geschuppter dreiköpfiger Hund kam hereingerannt. In dem einen Maul trug er eine brennende Zigarre, in dem anderen eine Pergamentrolle und im dritten einen Federkiel.

„Danke, Zerberus." Der Teufel steckte sich die Zigarre in den Mund und tat mehrere tiefe Züge. Dann entrollte er das Pergament und hielt es gemeinsam mit dem Federkiel Francis hin. „Das ist nur eine unbedeutende Formalität, bevor du deine Fragen stellst und Wünsche äußerst. Du brauchst es gar nicht durchzulesen. Unterschreibe einfach auf der Linie ganz unten."

„Was ist das?"

„Wie ich schon sagte: Nur eine Belanglosigkeit. Du verschreibst mir deine Seele."

„Ich glaube nicht an so einen Quatsch."

Der Teufel war zutiefst empört. „Du glaubst nicht an mich? Und warum tanzt du dann hier bei mir mit Beschwörungen an?"

„Weil du wahrscheinlich der Richtige bist, um mir Auskunft zu geben. Ich möchte etwas über Ann Midelfort erfahren."

„Ann, die gute Ann: Eine meiner liebsten Seelen. Willst du sie sehen? Sie sitzt heulend in einem Kessel mit heißem Öl, wo sie bis in alle Ewigkeit gesotten und mit glühenden Zangen gezwickt wird."

„Das glaube ich nicht."

„Wenn du nicht glaubst, kann ich es dir auch nicht zeigen, so leid es mir tut, aber so sind die Regeln."

„War sie eine Zeitreisende, die deine Manifestation dazu benutzt hat, um mit dem Portal zu kommunizieren?"

„Wenn du es so eigenartig formulieren willst: Ja. Ann war aber viel teufelsgläubiger als du, du Banause."

„War sie die erste Zeitreisende?"

„Nein, das war ihr Vater. Ein heiligmäßiger Mann, den ich nur einmal gesehen habe und da war er sehr abweisend, um nicht zu sagen exorzistisch. Er hat lieber mit einem Erzengel gesprochen."

„Also haben die Zeitreisen erst etwa zu Beginn des 18. Jahrhunderts begonnen?"

„Durch diese Pforte, ja."

„Gibt es mehrere Portale?"

„Es gibt fünf Pforten, Schlünde, die in die Hölle führen, Eingänge in die Unterwelt ..." Francis räusperte sich. „Ich kann auch Portale für Zeitreisen sagen, wenn du das lieber hören willst", räumte der Teufel missmutig ein. „Auf jedem Erdteil befindet sich eines. Das hier wurde zuletzt in Betrieb genommen, das in Ägypten erstmals schon vor fünftausend Jahren. Das ist klar, denn damals war Ägypten schon eine Hochkultur, während hier bis vor ein paar Jahrhunderten noch gar nichts war. Du glaubst gar nicht, wie ich mich nach diesen geruhsamen Zeiten zurücksehne."

„Hat Ann ihren Geliebten in der Vergangenheit wiedergefunden?"

„Das hat sie. Deswegen hat sie ja den ganzen Zauber veranstaltet. Sie hat auf ihre Art das System ganz gut durchschaut. Deswegen hat sie auch danach getrachtet, möglichst lange zu leben, damit ihr auch in der Vergangenheit ein langer Aufenthalt zur Verfügung steht. Wie du sicher schon gelernt hast, dürfen sich die Existenzen nämlich nicht überlappen. Das war das letzte Mal, dass ich sie gesehen habe. Sie hat das Portal danach nie wieder benutzt, oder um es anders auszudrücken, sie ist dem Teufel aus dem Weg gegangen. Sie ist in die Vergangenheit zurückgekehrt, zu einem Zeitpunkt, als ihr sündiges Verhältnis noch nicht aufgeflogen war, hat ihren Geliebten dazu überredet, mit ihr zu fliehen und hat andernorts ein langes, glückliches Leben mit ihm geführt, bis ihn die Cholera erwischt hat. Danach ist sie freilich trübsinnig geworden. Nicht nur, weil sie um ihren Liebsten getrauert hat, sondern auch, weil sie immer öfter an mich denken musste. Du weißt schon: verdammt bis in alle Ewigkeit, siedendes Öl, glühende Zangen und das ganze Zeug." Der Teufel rieb sich kichernd die Hände. „Sie hat sich schließlich einem Priester anvertraut, der sie für verrückt gehalten und ihr die Absolution erteilt hat. Bald darauf ist sie getröstet gestorben und in den Himmel aufgefahren."

Satan brach in unbändiges Gelächter aus.

„Man hat erst dreißig Jahre nach ihrem Verschwinden ihre frische Leiche entdeckt."

„Das muss so sein, Francis. Die Zeit, die du in der Vergangenheit verbringst, verstreicht auch in der Zeit, aus der du kommst. Sie hat dreißig Jahre in der Vergangenheit verbracht. Mit ihrem Tod war auch ihre Zeitreise zu Ende und sie ist in ihre Ausgangszeit zurückgekehrt, wenn auch als Leiche. Hier waren inzwischen gleichfalls dreißig Jahre vergangen. Verstehst du das?"

„Ich versuche es", gestand Francis. „Aber ich finde das alles sehr verwirrend. Glaubst du, ich könnte sie besuchen und mit ihr reden? Es würde mich interessieren, wie ihr Vater die Möglichkeit von Zeitreisen entdeckt hat."

„Das kommt darauf an. Du könntest sie ohne Weiteres in der Vergangenheit aufsuchen, wie sie hier als Ehebrecherin, Hexe und Einsiedlerin gelebt hat. Viel wirst du davon nicht haben, weil das schon jemand anderer gemacht und alles in dem Büchlein, das du unter dem Arm trägst, aufgeschrieben hat. Kritisch wird es, wenn du versuchst, sie in ihrer alternativen Vergangenheit zu besuchen, in der sie glücklich mit ihrem Geliebten zusammenlebt. Aus heutiger Sicht handelt es sich dabei ja um ein nie Gewesenes, weil diese Realität mit dem Tode Anns erloschen ist. Auf einer anderen Ebene aber, wenn du in jene Zeit zurückspringst, in der Ann bereits verschwunden war, kannst du sie von dort aus tatsächlich in ihrer zu diesem Zeitpunkt noch existierenden alternativen Realität besuchen. Das birgt aber einige Besonderheiten in sich, weil diese Vergangenheit primär an ihre Person und erst sekundär an die deine geknüpft ist. Du dringst uneingeladen in ihre alternative Existenz ein. Ich würde davon vorerst abraten. Ich habe keine Lust, mich mit deiner wehklagenden Seele zu beschäftigen, die in eine Zeitfalle getappt ist. Vorerst solltest du auf solche Kunststücke verzichten und an einfachen Beispielen üben, bei denen nicht viel passieren kann."

„Ich danke dir für deine Auskünfte", sagte Francis höflich. „Gestatte, dass ich mich verabschiede." Er erwog einen Moment lang einfach ‚abbrechen' zu sagen, dann schlug er das Buch auf und begann laut zu lesen: *„Hebe dich hinweg, unreiner Geist ..."*

„Ach leck mich doch", sagte Satan.

Es tat abermals einen Donnerschlag und mit ihm verschwanden der Teufel und die ganze Hölle. Francis stand wieder auf der Steinplatte.

Professor Swanson lachte herzlich, als im Francis von seiner Begegnung mit dem Teufel berichtete. „Das ist ganz typisch", erklärte er. „Du hast dich mit einer Teufelsbeschwörung eingeloggt, die diese Manifestation hervorgerufen hat. Gleichzeitig hat das System aber erkannt, dass du nicht daran glaubst und mehr technisch orientiert bist. Das führte zu einem ambivalenten Verhalten des Avatars. Er hat dir aber einen guten Rat gegeben, den ich aufgreifen werde. Wie du weißt, ist die alternative Wirklichkeit, die durch einen Zeitsprung ausgelöst wird, an die Person des Zeitreisenden gebunden. Nun gibt es tatsächlich die Möglichkeit, an der alternativen Wirklichkeit eines anderen teilzuhaben und sie mitzugestalten. Das will ich heute mit dir in der einfachsten Konstellation üben, nämlich in einem einverständlich durchgeführten, gekoppelten Zeitsprung. Dein Partner, besser gesagt deine Partnerin, wird dabei Marie sein, die ich dort schon mit Professor Pelletier kommen sehe. Ich habe das schon gestern mit Pelletier abgesprochen."

Francis begrüßte artig die Pelletier und wurde von Marie ungeniert auf beide Wangen geküsst.

„Ich erkläre den Vorgang für Francis, der so etwas noch nie gemacht hat", sagte Swanson. „Ihr tretet gemeinsam auf die Platte und haltet euch dabei an den Händen. Ein ständiger Körperkontakt ist während des Einloggens sehr wichtig. Ihr sprecht nacheinander eure Erkennung, gebt übereinstimmend Zeitpunkt und Aufenthaltsdauer an und fügt jeweils hinzu: Zwei Benutzer, Administrator."

„Es ist ja doch ein Computer", meinte Francis.

„Nein", berichtigte ihn Swanson geduldig. „Es gibt die verschiedensten Möglichkeiten, sich mit dem Portal zu verständigen. Es kommt nur darauf an, dass das Portal im Zusammenhang mit den Informationen in Ihrem Kopf erkennt, was Sie wollen. Dazu sind in eurem Fall Befehle, die an Computereingaben erinnern, gut geeignet. Wie weit wollt Ihr zurückgehen? Ich würde vorschlagen, an einen Punkt, zu dem Ihr auch in der Vergangenheit zusammen gewesen seid, damit Ihr euch nicht erst suchen müsst."

Marie studierte aufmerksam ihre Uhr. „Ich würde sagen, genau 24 Stunden. Da haben sich Francis und ich auf den Weg zu einem Lokal gemacht, um französisch zu essen. Als Dauer schlage ich drei Stunden vor."

Alle sahen Francis an. „Ja natürlich", stimmte der zu. „Ich habe selten so gut gegessen."

„Dann komm!" Marie nahm ihn fest bei der Hand und gemeinsam traten sie auf die Platte. „Du zuerst", befahl Marie, „damit ich dich korrigieren kann, wenn du etwas falsch machst."

„Hältst du mich für blöd? 42, Francis Barre, 4.7.1999, 24 Stunden zurück, Dauer 3 Stunden, zwei Benutzer, Administrator."

„Ich halte dich nicht für blöd, aber besonders schlau bist du auch nicht", verkündete eine Stimme, die aus dem Nichts kam. „Sonst wüsstest du, was auf dich zukommt. Bitte um die zweite Eingabe."

Marie grinste begeistert über diese Reaktion des Portals und machte ihre Ansage.

12

„Ich habe die Option nackter junger Mann gewählt und dich als benutzerdefinierte Vorlage genannt", sagte Marie zu Francis. „Man will schließlich wissen, mit wem man es zu tun hat." Sie brach in unbändiges Gelächter aus. „Jetzt schau doch nicht so. Das stimmt ja gar nicht. Ich habe nur Spaß gemacht und mich wie immer mit Schneewittchen unterhalten."

„Hört auf herumzualbern", befahl Pelletier, die sich mit Swanson beraten hatte. „Die Schüler dürfen sich jetzt entfernen und haben sich morgen um neun Uhr wieder bei uns zu melden. Professor Swanson und ich haben noch einiges zu besprechen."

„Hast du Zeit?", fragte Marie, hakte sich bei Francis ein und zog ihn mich sich fort. Sie wanderten die Allee entlang.

„Natürlich habe ich Zeit. Drei Stunden, um genau zu sein. Es ist ein eigenartiges Gefühl, wieder an demselben Punkt zu sein wie gestern."

„Wirst du dich nachher, wenn wir zurückgekommen sind, wieder mit Judith treffen?"

„Heute nicht", bedauerte Francis. „Sie ist mit ihrem Bruder unterwegs, um ihre Reise nach Europa zu organisieren. Wir sind erst wieder für morgen verabredet."

Marie lachte. „Du wirst dich bei ihr anstrengen müssen. Viel Zeit bleibt dir nicht mehr. Hast du für unseren jetzigen Ausflug in die Vergangenheit schon Pläne gemacht?"

„Nein", sagte Francis. „Wirst du mir wieder ein Essen spendieren?"

„Das könnte ich", meinte Marie. „Aber wäre es nicht langweilig, dasselbe zu machen, wie gestern? Es steht uns frei, auch etwas ganz anderes zu tun."

„Schwebt dir etwas Bestimmtes vor?"

„Wir könnten zu dir gehen und miteinander schlafen."

Francis war überrascht, um nicht zu sagen schockiert. „Was willst du?", fragte er.

„Mit dir schlafen", wiederholte sie geduldig. „Oder willst du etwa nicht? Glaubst du, ich habe nicht bemerkt, wie du mich gestern im Lokal angeschaut hast? Ich gefalle dir doch!"

„Natürlich gefällst du mir. Aber das können wir doch nicht machen. Ich meine ...", Francis wusste nicht weiter.

„Und warum nicht? Weil wir uns noch nicht besser kennengelernt haben, wie man so schön sagt? Weil du deine Judith nicht betrügen willst? Versteh doch, Francis! Das ist das Schöne an solchen Zeitsprüngen. Wir können machen, was wir wollen und nach drei Stunden, sobald wir zurückgekehrt sind, ist es nie geschehen. Wir haben nie miteinander geschlafen, du hast Judith nie betrogen – was heißt schon betrogen, du hast ja noch nicht einmal Sex mit ihr gehabt. Niemand wird wissen, was wir getan haben. Wenn jemand fragt, was wir an diesem Tag gemeinsam gemacht haben, so haben wir zusammen gegessen, sonst nichts. Dafür gibt es dutzende Zeugen!"

„Aber wir beide, wir werden immer wissen, was wir getan haben."

„Und wenn schon. Es ist nicht mehr als ein Traum, hoffentlich ein schöner Traum, an den wir uns erinnern können." Marie wurde ungeduldig. „Ich habe dir offen gestanden, dass ich mit dir jetzt ins Bett gehen möchte, Francis, aber ich will dich zu nichts überreden. Entscheide einfach du. Wenn du Skrupel hast, werde ich dir das nicht allzu sehr übel nehmen und dich auf ein französisches Essen einladen."

Nach einer Weile antwortete Francis: „Was hältst du davon, wenn wir zu mir gehen?"

Marie grinste. „Ist dir noch nicht aufgefallen, dass wir schon die ganze Zeit über auf dem Weg zu deiner Pension sind?"

„Du weißt, wo ich wohne?"

„Ich plane meine Missetaten. Ich habe mich erkundigt. Ich weiß sogar, dass es deinem Vermieter egal ist, wen du mitbringst."

„Das Portal hat es gewusst", erinnerte sich Francis ahnungsvoll. „Deswegen hat es gemeint, ich wisse nicht, was auf mich zukommt. Wie kann das sein?"

Marie schlang den Arm um seine Hüften und schmiegte den Kopf an seine Schulter. „Mach dir keine Gedanken, weil wir gesehen werden könnten. Du weißt doch: Sobald die Zeit abgelaufen ist, ist es nie geschehen. Im Übrigen hat das Portal gar nichts gewusst. Es hat nur auf meine Gedanken und Pläne reagiert."

Sie kicherte. „Es ist schon ulkig, welche komischen Bemerkungen es manchmal macht."

„Das ist mir auch schon aufgefallen. Meine Berater im Hilfecenter sind ausgesprochen skurril. Sie geben mir zwar nützliche Informationen, scheinen sich aber andererseits über mich lustig zu machen. Es ist fast wie in einem Computerspiel."

„Wahrscheinlich deshalb, weil du oft am Computer gespielt und einen Sinn für schrägen Humor hast. Die Art, wie das Portal mit dir umgeht, hängt viel stärker von deinen eigenen Gedanken und Vorstellungen, ja sogar von deiner Persönlichkeit ab, als du glaubst. Es reagiert auf jeden anders. Bei mir ist es beispielsweise so, dass mein bevorzugter Avatar zwar wirklich Schneewittchen ist, aber sie spricht zu mir wie eine sehr vertraute Freundin und macht ständig eindeutige sexuelle Anspielungen. Sie hat mich auch darin bestärkt, dich zu verführen. Ich weiß nicht, was das über mich aussagt. Wahrscheinlich, dass ich eine Schlampe bin. In gewisser Weise hält dir das Portal auch einen Spiegel vor und führt dich zu einer Art Selbsterkenntnis."

„Vielleicht ist es ja sogar so", grübelte Francis weiter, „dass du in Wirklichkeit gar nicht hier bist und sich alles nur in meinem Kopf abspielt. Ich frage mich, was mit den anderen Personen ist, denen wir in unserer alternativen Wirklichkeit begegnen. Sind sie echt? Denken sie, fühlen sie und handeln sie aus eigenem Entschluss, ehe sie wieder für immer gelöscht werden? Das wäre eine bedrückende Vorstellung. Oder sind sie nur Trugbilder, die uns das Portal zuspielt? Bist du wirklich und real hier, Marie?"

„Ja, das bin ich. Andererseits würde das auch mein Trugbild sagen, wenn es nur in deinem Kopf existierte. Ich kann dir deine Fragen daher nicht beantworten. Versuche es selbst herauszufinden. Am besten wird sein, du lässt dir von mir genau erzählen, was sich auf unserem gemeinsamen Trip abgespielt hat. Wenn ich Bescheid weiß, dann war ich auch jetzt und hier bei dir."

„Andererseits könnten wir auch nur den gleichen Traum gehabt haben."

Marie seufzte. „Was ist schon Traum oder Wirklichkeit, wenn wir es nur ganz real erleben? Glaubst du, du bist der Erste, den das beschäftigt? Jeder, der mit dem Portal zu tun hatte, hat sich schon diese Fragen gestellt und keiner hat eine überzeugende Antwort gefunden. Eines ist aber gewiss. Wenn du in die Vergangenheit reist, erlebst du sie so, wie sie wirklich war, und nicht bloß als Konstrukt gegenwärtigen Wissens und deiner eigenen Vorstellungen. Das ist eindeutig bestätigt worden. Es wurden inzwischen zahlreiche historische Rätsel aufgeklärt und viele falsche Vorstellungen und trügerische Überlieferungen berichtigt. Man ist bloß mit der Veröffentlichung dieser Ergebnisse sehr vorsichtig, weil ja die Existenz unseres exklusiven Klubs geheim gehalten werden soll."

„Auch das ist eine Frage, die mich beschäftigt. Wie kann eine solche Geheimhaltung gelingen? Wieso ist all die Jahre nie etwas durchgesickert? Was wäre, wenn ich herumerzählen würde, was ich erlebt habe?"

„Das ist eine Übung, die du noch vor dir hast. Sie werden dich auffordern, es zu versuchen und du wirst schon sehen, was dann passiert."

„Du bist sehr gut informiert. Darfst du mir das alles erzählen?"

„Ich soll sogar. Das haben unsere Mentoren so beschlossen. Ich bin nämlich schon länger dabei als du, und sie spannen gern zwei Schüler zusammen, einen Anfänger und einen Fortgeschrittenen. Ich habe also den ganz offiziellen Auftrag, mich um dich zu kümmern."

„Ob sie dabei auch gemeint haben, dass du mit mir schlafen sollst?", fragte Francis lächelnd.

„Das weiß ich nicht, aber zutrauen würde ich es ihnen schon", meinte Marie nüchtern. Sie sah an dem einstöckigen Haus hoch, vor dem sie standen. „Wir sind da: Letzte Chance, ‚nein' zu sagen."

Francis gab keine Antwort, sondern nahm sie in die Arme und küsste sie. Sie schmeckte ein wenig nach Pfefferminz und ihre Zunge war von einer erregenden Beweglichkeit. Nach geraumer Zeit löste sie sich von ihm und nahm ihn bei der Hand. „Wir müssen es nicht auf offener Straße tun", sagte sie mit etwas heiserer Stimme. „Komm, lass uns hinaufgehen."

In seinem Zimmer sah sie sich interessiert um. „Schön hast du es hier. Du hast sogar aufgeräumt, so als ob du Besuch erwartet hättest. Ja, was ist denn das? Du hast sogar das Bett frisch überzogen! Da solltest du einmal mein Zimmer sehen: Das ist nie so ordentlich." Sie studierte die Bücher in seinem Bücherschrank. „So viel Fantasy", staunte sie. „Hast du das Zeug alles gelesen? Da wundert es mich gar nicht, dass der Avatar in deinem Hilfecenter spinnt, wenn er all den Müll in deinem Kopf zu verwerten versucht." Sie lachte und zog sich den Pulli über den Kopf. Darunter trug sie keinen Büstenhalter.

„Hast du gewusst, dass es zwölf Brusttypen gibt?", fragte sie neckisch. „Glotz nicht so fasziniert. Ich habe Typ elf. Uns bleiben noch knapp zwei Stunden Zeit, Francis. Vergeude sie nicht! Ich verspreche dir, dass um jede einzelne Minute schade wäre."

Francis vergeudete keine einzige Minute mehr und musste ihr recht geben: Es wäre um jede einzelne Sekunde schade gewesen. Als die zwei Stunden fast abgelaufen waren, lagen sie verschwitzt und erschöpft nebeneinander und hielten sich an der Hand.

„Das war unglaublich", gestand Francis. „Ich muss dir etwas sagen, besser gesagt, dich etwas fragen."

Marie stützte sich auf den Ellenbogen und sah ihn interessiert an. „Willst du mir sagen, dass du mich liebst? Willst du mich fragen, ob ich deine Freundin sein will? Nur zu! Du riskierst nichts. In fünf Minuten ist alles vorbei und du bist an nichts mehr gebunden."

„Das weiß ich. Deshalb wollte ich dich bloß fragen, ob wir das hier gelegentlich wiederholen können, weil es so schön war."

„Mir hat es auch gefallen, aber ich möchte keine Gewohnheit daraus machen, Francis. Wir werden sehen. Vielleicht." Sie sah auf ihre Uhr. „Noch fünf Minuten."

„Sollten wir uns nicht anziehen?"

Marie lachte. „Hast du Angst, dass wir beide plötzlich nackt im Park stehen?"

Ein Einfall schien ihr zu kommen. Sie kicherte schalkhaft, sprang aus dem Bett und lief splitternackt aus der Tür.

„Was machst du denn, Marie", schrie Francis und eilte ihr nach, ohne darauf zu achten, dass auch er nichts anhatte. Er konnte sie nicht rechtzeitig einholen.

Sie hatte bereits die Straße erreicht, wo einige fassungslose Passanten das Schauspiel beobachteten. Sie führte einen wilden Tanz auf, sodass ihr Brüste – Typ 11, wie sich Francis erinnerte – nur so hüpften, warf die Arme empor und rief so laut sie konnte: „Ich habe mit Francis geschlafen und ihm hat es so gut gefallen, dass er es immer wieder tun will, obwohl er eine Freundin hat!"

Empörte Schreie kamen von den Passanten. „Dabei liebt er mich gar nicht!", verkündete Marie lautstark.

Francis packte Marie und versuchte sie in die Einfahrt zurückzuziehen.

„Seht ihr? Er will es schon wieder tun!", schrie Marie.

Sie schlang ihm die Arme um den Hals und flüsterte ihm ins Ohr: „Mach dir keinen Stress. Das ist doch nur ein Scherz und jetzt ist es auch schon vorbei."

Die Szenerie erlosch. Francis und Maria standen wieder auf der Platte, so wie sie diese vor drei Stunden betreten hatten. Der Park war menschenleer. Es hatte zu regnen begonnen.

Die Krone der alten Eiche schützte sie vor dem Nieselregen. Marie war entspannt und heiter, Francis litt noch immer unter den Nachwirkungen des eben Erlebten.

„Zuerst werde ich melden, dass wir wohlbehalten zurückgekommen sind", verkündete Marie fröhlich und tippte auf ihrem Mobiltelefon. Dann nahm sie Francis bei der Hand und zog ihn von der Steinplatte. „Komm, lass uns sehen, dass wir ins Trockene kommen. Was hast du denn? Du zitterst ja!"

„War das notwendig?", fragte Francis. „Ich meine deine Schlussvorstellung. Wir hätten uns doch auch gegenseitig halten können, bis die Zeit abgelaufen ist."

„Bist du gar ein Romantiker? Ja natürlich hätten wir das auch so machen können, aber mir war nicht danach. Ich wollte die Stimmung durchbrechen und dir ganz deutlich vor Augen führen, dass unser Sexabenteuer zu Ende und nie geschehen ist. Das war deine Lektion für heute, Francis: Du musst ein Gefühl dafür bekommen, dass nichts, was du in einer alternativen Vergangenheit erlebst, Bestand oder sonst Auswirkungen auf die Gegenwart hat, und du für nichts, was du getan hast, Verantwortung übernehmen musst." Sie lachte. „Wenn ich vor unserem Trip Jungfrau gewesen wäre – was nicht zutrifft – so wäre ich es jetzt wieder: rein und unberührt."

„Ich bin nicht deiner Meinung", widersprach Francis. „Ich habe schon begriffen, dass wir in einer alternativen Vergangenheit alle unsere Wünsche, auch die geheimsten ausleben, ja sogar unvorstellbare Untaten begehen können, wenn uns danach ist. Es stimmt aber nicht, dass das völlig gleichgültig ist, wie du meinst. Es stimmt nicht, dass unsere Zeitreisen die Gegenwart nicht verändern. Denn sie verändern uns! Alles, was wir erlebt und getan haben, verändert uns, weil wir es für immer im Gedächtnis und im Gefühl haben, und das verändert wiederum unser Verhalten in der Gegenwart und damit die Zukunft."

„Worauf willst du mit deinen philosophischen Ergüssen hinaus?"

„Ich habe mich in dich verliebt. Ich liebe dich, Marie!"

Marie blieb stehen, als ob sie gegen eine unsichtbare Mauer gerannt wäre.

„Nein!", sagte sie entschieden. „Du liebst mich nicht! Doch nicht, weil du einmal mit mir geschlafen hast! So verliebt man sich nicht! Der Sex war bedeutungslos und ist nie geschehen, willst du das nicht verstehen?"

„Ich verstehe, was du meinst. Trotzdem ist es geschehen: Ich liebe dich."

„Verdammt", sagte Marie nach einer langen Pause. „Das hätte nicht passieren dürfen. Was ist mit Judith? Liebst du sie auch?"

„Ja", gestand Francis verzagt. „Jetzt liebe ich euch alle beide."

„Du kannst doch nicht zwei Mädchen gleichzeitig lieben", protestierte Marie. „Das bildest du dir nur ein. Komm, lass die dummen Gedanken, das sind nur die Nachwirkungen unseres Trips, das legt sich wieder. Ich bin nicht die Richtige für dich, und morgen wirst du das auch einsehen und gemeinsam mit mir über deine romantischen Verirrungen lachen."

„Das glaube ich nicht", erklärte Francis und versuchte Marie in die Arme zu nehmen.

„Verdammt, verdammt!", schrie sie und stieß ihn weg. „So geht das nicht weiter! Du brauchst Hilfe und das sofort! Komm mit!"

Sie packte ihn bei der Hand, zerrte ihn zum Portal zurück und stieß ihn auf die Platte.

„Ich will nichts mehr von Liebe hören", befahl sie und umklammerte seine Hand. „Wir loggen uns jetzt gemeinsam ins Hilfecenter ein. Fang an!"

Sie war so entschlossen, fast schon wütend, dass Francis auf weitere Diskussionen verzichtete. Gehorsam sagte er: „Ich mach ja schon, was du willst. 42, Francis Barre, 4.7.1999, Hilfe, zwei Benutzer, Administrator."

„Es war klar, dass du machen wirst, was sie will", sagte die körperlose Stimme aus dem Nichts. „Bitte um die zweite Eingabe."

Marie beugte sich überraschend zu Francis, küsste ihn auf den Mund und flüsterte: „Nur keine Angst, du Sensibelchen, die werden dich ganz schnell entlieben."

Dann sagte sie mit fester Stimme ihren Spruch.

13

Francis sah sich um. Er und Maria standen in einem Wartezimmer. Auf den Plastiksesseln an der Wand saßen ein Paar und ein einsamer Mann. Die Frau blätterte bedrückt in alten Illustrierten, ohne darin zu lesen, die Männer starrten nur vor sich hin. Die Dame hinter dem Empfangspult hob den Kopf und betrachtete die beiden Neuankömmlinge. „Willkommen in der Lebens- und Sexualberatung. Haben Sie einen Termin?"

„Nein", antwortete Marie. „Es ist ein Notfall. Wir brauchen sofort Hilfe. Er braucht sofort Hilfe." Sie deutete auf Francis.

Die Empfangsdame blätterte in ihrem Kalender. „Wir sind zurzeit ausgebucht. Was ist das für ein Notfall?"

„Spontane, unglückliche und unerwünschte Verliebtheit. Er hat sich das bei einem Zeitsprung zugezogen."

„Sie glauben gar nicht, wie oft das passiert. Hat er sich in eine Person aus einer anderen Zeit verliebt, oder sind sie die Ursache, junge Dame?"

„In gewisser Weise bin ich es", gestand Marie.

„Haben Sie gar nichts zu sagen, junger Mann? Wie fühlen Sie sich?"

„Ich bin sehr bedrückt", bekannte Francis. „Und daran ist sie schuld", er sah Marie an. „Sie will nicht, dass ich sie liebe."

„Auch das kommt öfter vor, als man glauben sollte. Ich werde fragen, ob Sie heute noch drankommen können."

Die Empfangsdamc kurbelte an einem antiken Telefon, das so gar nicht in diesen modern eingerichteten Raum passte, und hatte schließlich gute Nachricht. „Sie haben Glück. Die Frau Doktor wird Sie noch heute drannehmen. Nehmen Sie bitte Platz."

Francis und Marie saßen auf grünen Plastikstühlen und warteten.

„Warum hast du mich vorhin geküsst?", flüsterte Francis.

„Das war nur ein Versehen." Sie stieß ihn zurück, als er sie bei der Hand nehmen wollte. „Lass das! Mein Gott, auf was habe ich mich da bloß eingelassen! Wir hätten wirklich nur essen gehen sollen."

Das Paar wurde ins Behandlungszimmer gerufen. Die Frau weinte halblaut vor sich hin. Nach einer endlosen halben Stunde kamen sie wieder heraus. Jetzt weinten beide.

„Das schaut nicht gut aus", flüsterte Francis. „Darf ich deine Hand halten?"

„Nein!", fauchte Marie. Nach einer Minute schob sie verstohlen ihre Hand zu ihm hinüber und duldete, dass er sie festhielt.

Der einsame Mann wurde aufgerufen. Er machte einen leicht irren Eindruck. Soweit Francis verstand, handelte es sich um einen Professor aus Sydney. Er sah ihm erstaunt nach.

„Ein schwerer Fall", vertraute ihnen die Empfangsdame an. „Er ist Geschichtsprofessor und hat sich auf einer Studienreise unsterblich in eine venezianische Kurtisane aus dem 16. Jahrhundert verliebt. Sie erhört ihn bloß nicht, weil er nicht über die nötigen Mittel verfügt, um ihre Gunst zu gewinnen. Er hat schon mehrere Sprünge gemacht, aber nie gelingt es ihm, die erforderliche Summe aufzutreiben. Die Dame ist nämlich recht anspruchsvoll und teuer. Wenn er ein stattlicher Mann wäre, könnte er ja versuchen, sie zu umgarnen, aber so? Er zeigt inzwischen schon Anzeichen von geistiger Instabilität. Auf seinem letzten Sprung hat er mit einem ihrer Verehrer Streit angefangen und ist im Duell erstochen worden. Zum Glück hat ihn das System lebend zurückgebracht. Nur empfindet er selbst das nicht als Glück. Er meint, er wäre lieber für sie gestorben, als auf sie zu verzichten.

„Der Ärmste", sagte Marie mitleidig. „Kann man ihm denn nicht helfen?"

„Wir versuchen es. Jetzt sind Sie an der Reihe."

Der Professor aus Sydney kam aus dem Behandlungszimmer. Mit geistesabwesendem Blick summte er vor sich hin: *„Es entflieht die Zeit mit Macht, / Der zarten Liebe Banden / Fern von dieses Ortes Pracht / Entflieht die Zeit mit Macht.*" Er nickte Francis und Marie traurig zu und hielt ihnen die Tür auf, damit sie eintreten konnten.

Hinter einem Biedermeierschreibtisch saß eine ältliche Dame, die Francis an seine Englischlehrerin erinnerte. Sie hatte vor sich einen Laptop liegen, auf dem sie tippte. An der Wand stand ein altdeutscher Aktenschrank, der so vollgestopft war, dass Papierstücke aus allen Regalen quollen. Vor dem Fenster fristete eine kümmerliche Blattpflanze ihr Leben und konnte sich nicht entscheiden, ob sie grünen oder verdorren sollte.

„Willkommen", sagte die Dame hinter dem Schreibtisch. „Mein Name ist Doktor Winter. Sie dürfen mich Gertrud nennen. Man hat mir gesagt, Sie hätten ein dringendes Anliegen. Nehmen Sie Platz." Sie deutete auf Stühle mit abgewetzten Lederbezügen. „Bitte beschreiben Sie Ihr Problem."

„Es handelt sich um einen Fall von ungewollter Verliebtheit, die während eines gemeinsamen Zeitsprungs entstanden ist", erklärte Marie. „Mein Begleiter hier hat sich versehentlich in mich verliebt."

„Und Ihnen ist das nicht recht?"

„Überhaupt nicht", behauptete Marie. „Es stört mich, es ist mir unangenehm und lästig. Wenn sich das nicht rasch ändert, werde ich ihm wehtun müssen, und das will ich vermeiden."

„So, so. Sie wollen also vermeiden, ihm wehzutun. Was meinen Sie dazu, Francis?"

„Ich weiß nicht, was ich sagen soll. Ich liebe Marie, aber ich werde tun, was sie für richtig hält."

„Ja, damit scheint das Problem überhaupt seinen Anfang genommen zu haben", bemerkte Gertrud und studierte ihren Bildschirm.

„Beginnen wir zunächst mit Ihnen, Marie. Ich werde Ihnen jetzt einige Fragen stellen und bitte Sie, diese aufrichtig zu beantworten. Sind Sie einverstanden?"

„Wenn Sie es für notwendig halten."

„Ja, das tue ich. Wie viele Sexualpartner hatten Sie bisher?"

„Das sage ich nicht", protestierte Marie. „Sie haben es wahrscheinlich ohnehin auf ihrem Bildschirm."

„Das stimmt. Ich will aber trotzdem, dass Sie es sagen."

„Nicht in seiner Gegenwart", beharrte Marie. „Ich halte von solchen Generalbeichten überhaupt nichts."

„Generalbeichten, wie Sie es nennen, sind etwas für Liebesleute. Das trifft auf Sie ja nicht zu. Es kann Ihnen doch völlig gleichgültig sein, was er über Sie denkt.

Vielleicht hilft ihm eine offene Antwort sogar, Sie nicht mehr in einem so romantisch verklärten Licht zu sehen. Also reden Sie!"

„Zwölf", gestand Marie bedrückt und vermied es, Francis anzusehen.

Gertrud studierte ihren Bildschirm. „Das stimmt nicht. Haben Sie nicht etwas vergessen?"

„Wahrscheinlich meinen Sie diese Party, auf der wir Pfänderspiele gespielt haben", räumte Marie widerwillig ein. „Ich habe dabei ständig verloren. Also gut. Dann waren es vierzehn."

„So ist es. Dazu kommen noch etliche Eskapaden, die Sie sich auf Zeitreisen geleistet haben, aber die wollen wir vorläufig außer Acht lassen. Welche Stellung bevorzugen Sie beim Sex, Marie?"

Marie schwieg verlegen.

„Ich glaube, sie ist gerne oben", meldete sich Francis zu Wort.

„Schon wieder antworten Sie, ohne gefragt zu sein", rügte Gertrud. „Haben Sie daraus den Schluss gezogen, dass Sie eine Frau ist, die gerne dominiert und die Kontrolle über die Situation behält, Francis? Mögen Sie das bei einer Frau?"

„Ich habe darüber noch nicht nachgedacht. Was immer Marie macht, sie ist dabei charmant und entzückend."

Gertrud seufzte. „Eine objektive Antwort war ja auch kaum zu erwarten. Nun zurück zu Ihnen, Marie: Halten Sie sich für eine Schlampe?"

„Ich fürchte, so kann man es sehen", murmelte Marie.

„Nein, das bist du sicher nicht", mischte sich Francis wieder ein. „Du bist ein sehr hübsches, kluges und warmherziges Mädchen. Ich bin davon überzeugt, dass du in einer festen Beziehung absolut treu bist."

Marie errötete erfreut.

Gertrud schüttelte den Kopf. „Das kann schon sein. Das wäre für eine Frau vom Typ 11 sogar zutreffend. Aber Sie habe ich nicht um Ihre Meinung gefragt, Francis!"

„Was hat denn mein Brusttyp damit zu tun?", fragte Marie erstaunt.

„Ich habe keine Ahnung", räumte Gertrud ein. „Diese Information habe ich in Ihrem Kopf gefunden. Sie stammt offenbar aus einer Frauenzeitschrift. Um ehrlich zu sein, ich halte nichts davon. Vielleicht sind Sie ja doch ein treuloses Luder.“

„Nein, das bin ich nicht“, schrie Marie empört. „Das glaubst du doch nicht, Francis?“

„Nein, das glaube ich nicht“, versicherte Francis mit Überzeugung. „Sie sagt doch nur, welche Zweifel dir durch den Kopf gehen und wofür du dich genierst. Merkst du nicht, wie das hier abläuft?“

„Interessant“, bemerkte Gertrud und tippte auf ihrem Laptop. „Sie verbünden sich also gegen mich. Das ist sehr interessant! Ich finde hier die Information, dass Sie auf Ihrem gemeinsamen Zeitsprung miteinander geschlafen haben. Dabei dürfte es zu dieser gefühlsmäßigen Verwirrung gekommen sein, mit der wir uns hier beschäftigen müssen. Von wem ist die Initiative dazu ausgegangen?“

„Wir haben es gemeinsam beschlossen“, behauptete Francis.

„Das ist nicht wahr“, widersprach ihm Marie. „Ich habe ihn dazu überredet. Ich habe ihn verführt, wenn man es so sagen will.“

„Sehr richtig“, bestätigte Gertrud, „obwohl wir anmerken sollten, dass zum Verführen immer zwei gehören. Wann haben Sie den Entschluss dazu gefasst, mit Francis zu schlafen, Marie?“

„Bei meinem letzten Besuch im Hilfecenter“, gestand Marie. „Ich habe mit Schneewittchen darüber gesprochen, dass ich ihn süß finde, und sie hat gemeint, dass ich ihn dann halt bei einem gemeinsamen Zeitsprung verführen soll. Dabei könne nicht viel passieren. Darin hat sie sich aber getäuscht. Wenn ich es mir recht überlege, ist Schneewittchen an allem schuld.“

„Sie wissen doch, dass dieses Schneewittchen nur eine andere Manifestation von mir ist“, erwiderte Gertrud. „Ich darf Ihnen versichern, dass mich oder Schneewittchen keinerlei Schuld an dem trifft, was Sie selbst gewünscht, gewollt und dann auch getan haben. Nun zu einer weiteren Frage: Wie oft waren Sie bisher verliebt?“

„Ich habe nie mit jemandem geschlafen, für den ich keine Gefühle hatte.“

„Das billige ich Ihnen zu, abgesehen von der Party, bei der Sie bloß beim Pfänderspiel verloren haben. Ich meine richtige Liebe.“

„Vielleicht zwei- oder dreimal."

„Gut. Lassen wir das so stehen. Eine genaue Definition von dem, was ,richtige Liebe' ist, ist ohnehin unmöglich. Wir betreiben hier schließlich keine exakte Wissenschaft. Haben Sie mit diesen Männern, für die sie glauben Liebe empfunden zu haben, auch geschlafen?"

„Selbstverständlich", antwortete Marie fast empört.

„So selbstverständlich ist das auch wieder nicht. Sie glauben gar nicht, wie oft ich es hier mit Fällen von unglücklicher Liebe zu tun habe, in denen dem Patienten die Erfahrung eines nicht selten frustrierenden Beischlafs mit dem Objekt seiner Obsession verwehrt geblieben ist. Nun zu einer anderen Frage: Wurden Sie Ihrerseits von den Männern, mit denen Sie bisher Sex hatten, geliebt? Was denken Sie?"

„Nicht von allen, aber von einigen schon, glaube ich."

„Lassen Sie uns nachrechnen. Sie hatten mit vierzehn verschiedenen Männern eine, wenngleich nur kurze Beziehung. Für die meisten dieser Männer haben Sie Sympathie empfunden, aber nicht mehr. Von einigen dieser Männer wurden Sie aufrichtig geliebt. Das glauben Sie zumindest. Zwei oder drei haben Sie selbst geliebt. Das ist eine sehr durchwachsene Statistik. Warum ist es Ihnen dann gerade bei Francis so unangenehm, dass er sich in Sie verliebt hat? Sie haben ihn schließlich süß gefunden und wollten unbedingt mit ihm ins Bett gehen! Was ist hier so anders als bei Ihren früheren schlampigen Beziehungen?"

„Weil ich ihn nicht liebe", schrie Marie. „Ist das denn so schwer zu verstehen?"

„Ja, das ist es. Versuchen wir uns dem Problem von einer anderen Seite zu nähern: Warum ist aus keiner Ihrer bisherigen Affären etwas Dauerhaftes geworden? An Bewerbern hat es Ihnen ja nie gefehlt."

Marie zuckte mit den Schultern. „Wie es halt so geht. Bei den meisten war bald klar, dass nicht mehr daraus wird als ein Abenteuer, zwei haben mich sitzen lassen, und mit den anderen habe ich selbst Schluss gemacht."

„Gehe ich recht in der Annahme, dass Sie gerade bei denjenigen die Beziehung abgebrochen haben, bei denen es gefühlsmäßig für Sie am tiefsten gegangen ist? Waren das jene, für die sie Liebe empfunden haben?"

Marie schüttelte verwirrt den Kopf und gab keine Antwort.

Gertrud tippte wieder etwas auf dem Laptop und verkündete: „Damit ist die Befundaufnahme abgeschlossen."

„Ja wieso denn", protestierte Marie. „Dieses ganze Gespräch war mehr als peinlich für mich. Warum fragen Sie jetzt nicht auch Francis aus? Mit wie viel Frauen er bisher Sex gehabt hat und solche Sachen."

„Francis?", fragte Gertrud erstaunt. „Wozu sollte ich mich noch mit ihm unterhalten? Francis hat vielleicht Probleme, aber er ist nicht das Problem. Das Problem sind Sie, Marie! Haben Sie es noch nicht begriffen, oder wollen Sie es nicht begreifen? Sie haben einmal zu oft mit dem Feuer gespielt und sich dabei die Finger verbrannt. Sie haben sich nämlich ziemlich heftig in Francis verliebt und Sie wollen jetzt das machen, was Sie immer machen, wenn es für Sie droht, ernst zu werden: Sie wollen davonlaufen!"

„Nein", schrie Marie. „Das stimmt so nicht. Er hat eine Freundin. Eine gewisse Judith Gallard. Er hat gesagt, er liebt sie auch. Ich kann nicht akzeptieren, dass er eine andere liebt, und ich habe keine Lust, einer anderen den Freund auszuspannen. So etwas mache ich nicht!"

„Das ist eine löbliche Einstellung, an die Sie sich in der Vergangenheit keineswegs immer gehalten haben. Warum diesmal?", fragte Gertrud streng und fügte ohne auf eine Antwort zu warten hinzu: „Ich denke, für heute können wir Schluss machen."

„Was ist jetzt mit uns", rief Marie aufgeregt. „Wir sind doch hier, damit Sie uns helfen! Entlieben Sie uns!"

Gertrud lachte. „Was für ein sonderbares Wort. Wo haben Sie das bloß her? Aber ich weiß schon, was Sie wollen, nur leider geht das nicht. Ich könnte zwar die Erinnerung an Ihr gemeinsames Abenteuer manipulieren, aber das würde nichts helfen. Denn ich habe keinen Zugriff auf die Gefühlsebene. Sie würden weiterhin ineinander verliebt bleiben, auch wenn Sie dann nicht mehr wüssten, wie das zugegangen ist. Das ist übrigens meistens so. Alles, was ich tun konnte, war Ihnen Klarheit über Ihre gegenseitigen Gefühle zu verschaffen. Was Sie damit anfangen, ist allein Ihre Sache. Ihnen, Marie, gebe ich noch einen Rat und eine Ermahnung mit auf den Weg: Man kann sich bei Zeitsprüngen nicht alles erlauben. Wenn man sich nicht klug und verantwortungsvoll verhält, kann man sich selbst und anderen erhebliches Unglück zufügen, obwohl ich es grundsätzlich nicht für ein Unglück halte, wenn sich zwei Menschen ineinander verlieben. Manchmal ist das zwar so, aber nicht immer. Und jetzt entfernen Sie sich!"

„Beenden", sagte Marie resigniert.

Der Regen tropfte noch immer von den Blättern der Eiche. Sie verließen das Portal und gingen durch den menschenleeren Park. Nach einer Weile unterbrach Marie das verlegene Schweigen: „Was denkst du jetzt von mir? Du hast Dinge gehört, die sonst kein Mensch von mir weiß. Was soll jetzt werden?"

„Ich liebe dich", antwortete Francis, „daran hat sich nichts geändert. Ich denke, wir sollten zu mir nach Hause gehen. Du hast ja keinen trockenen Faden mehr am Leib. Wir werden deine Sachen trocknen und ein heißes Bad nehmen, damit du dich nicht erkältest."

„Hältst du das für klug?"

„Nein", aber ich finde, wir sollten es trotzdem tun."

„Dann ist es an mir, vernünftig zu sein", verkündete Marie entschlossen. „Wenn du einverstanden bist, können wir Freunde bleiben. Aber ich werde nie mehr – weder in der Vergangenheit, noch in der Gegenwart oder in der Zukunft – mit dir schlafen!"

Sie rannte davon und ließ einen verstörten Francis im Regen stehen.

14

Es war der Morgen des 4. Juni und Francis war, wie auch schon am vorangegangenen Tag in einer mitgenommenen Verfassung. Swanson lächelte, als er seinen trübsinnigen Schüler vor dem Arbeitszimmer wartend vorfand und lud ihn mit einer Handbewegung ein, einzutreten.

„Ich habe gestern auf dem gemeinsamen Zeitsprung mit Marie ein sehr verstörendes Erlebnis gehabt", eröffnete Francis das Gespräch.

„Es war wohl eher ein sehr lustvolles Erlebnis", erwiderte Swanson. „Die Verstörung dürfte erst danach eingetreten sein."

„Sie wissen Bescheid?", wunderte sich Francis.

„Professor Pelletier hat mich bereits informiert. Marie hat sich ihr anvertraut und dabei wie ein Schlosshund geheult. So hat es jedenfalls die Pelletier formuliert. Ich kann nur sagen, recht ist ihr geschehen. Marie hat uns schon die längste Zeit Sorgen gemacht. Sie ist eine unserer begabtesten Schülerinnen, aber sie neigt dazu, sich bei ihren Ausflügen in die Vergangenheit ziemlich wild aufzuführen. Sie denkt offenbar, sie könne sich bei diesen Gelegenheiten ungestraft alles erlauben. So eine Einstellung ist dem Verantwortungsgefühl, das wir unseren Schülern näherbringen wollen, sehr abträglich.

Der gestrige Vorfall wird ihr hoffentlich eine heilsame Lehre gewesen sein. Sie hat Pelletier versprochen, in Hinkunft ihre Eskapaden auf Zeitsprüngen einzustellen. Pelletier und ich sind sehr zufrieden mit dieser Entwicklung."

„Sie sind zufrieden?", fragte Francis empört. „Und was ist mit mir? Ich habe mich in dieses Mädchen verliebt und das Hilfecenter denkt gar nicht daran, mir zu helfen. Sie behaupten, sie können das nicht."

„Ich glaube, Sie werden rasch wieder zur Vernunft kommen", tröstete ihn Swanson. „Marie hat Ihnen doch den Laufpass gegeben, wenn man das so formulieren will, und sie scheint fest entschlossen zu sein, das auch durchzuziehen. Haben Sie nicht heute Nachmittag eine Verabredung mit Judith? Konzentrieren Sie sich auf Judith. Sie ist eine Art Gegengift für Ihre Verliebtheit in Marie."

„Man kann Judith doch nicht als Gegengift bezeichnen", protestierte Francis.

Swanson lachte wieder. „Nennen Sie es, wie Sie wollen. Es funktioniert sicher. Sie werden schon sehen. Bevor es aber so weit ist, wollen wir uns der heutigen Lektion zuwenden. Wir haben beim Portal eine Verabredung mit Professor Pelletier und Marie."

„Ich soll weiter mit Marie üben?", fragte Francis verstört. „Das kann doch nur wieder zu Komplikationen führen!"

„Pelletier und ich sind der Meinung, dass es für die Entwicklung Maries von Vorteil ist. Wir hoffen, das bietet ihr die Gelegenheit, ihre neu gewonnene Einsicht und ihre Moral zu stärken."

„Meine Moral und mein Liebeskummer sind Ihnen dabei gleichgültig?", empörte sich Francis erbittert.

„Sie halten das schon aus. Kommen Sie jetzt, damit wir uns nicht verspäten. Ich erkläre Ihnen unterwegs Ihre heutige Aufgabe."

„Heute erfahren Sie, wie man sich in die alternative Vergangenheit eines anderen einloggt", verkündete Swanson, während er mit Francis durch den Park spazierte. Die Besonderheit besteht darin, dass Sie zwar über eine vollständige Freiheit der Gedanken, aber nur über eine begrenzte Handlungsfähigkeit verfügen. Sie können keine wirksamen Aktionen setzen, die den Intentionen der Zielperson zuwiderläuft. Das birgt große Gefahren in sich, wenn Sie gegen den Willen eines anderen an dessen Zeitsprung teilnehmen. Sie sind ihm dann nämlich in hohem Maß ausgeliefert. Darin unterscheidet sich diese Variante von einem einverständlich durchgeführten Zeitsprung, bei dem beide Springer ihre alternative Vergangenheit gemeinsam gestalten. Der Grund liegt darin, dass jeder Zeitsprung eng an die Person des Springers, hier des primären Springers gebunden ist.

„Sie wollen, dass ich Marie ausgeliefert bin", entsetzte sich Francis. „Damit sie mit mir machen kann, was sie will?"

„Wovor fürchten Sie sich? Im schlimmsten Fall werden Sie von ihr wieder verführt und können gar nichts dagegen machen. Das würde sich nicht wesentlich von eurem letzten gemeinsamen Sprung unterscheiden. Da haben Sie ja auch gemacht, was Marie wollte. Ich glaube allerdings nicht, dass es dazu kommt. Ihr müsst nur versuchen, zu kooperieren. Wenn wirklich Komplikationen auftreten, können Sie noch immer abbrechen. Diese Option steht Ihnen jederzeit offen. Bei dieser Art des Sprungs kann allerdings noch ein Problem auftreten, sofern die Zielzeit nicht vor Ihrer Geburt liegt. Was glauben Sie?"

Francis dachte angestrengt nach. „Wenn beispielsweise Marie einen Sprung unternimmt, schafft sie damit ihre eigene alternative Vergangenheit, in der es bereits einen Francis von gestern oder vorgestern gibt. Sobald ich ihr folge, besteht die Gefahr, dass ich diesem meinem früheren ‚Ich' begegne."

„Ausgezeichnet", lobte Swanson. „Sie beginnen zu begreifen, wie das Ganze funktioniert. Nun gehört es zu den Grundgesetzen des Zeitreisens, dass man niemals sich selber begegnen darf. Geschieht das doch, wird der Sprung automatisch abgebrochen, oder erst gar nicht gestattet, wenn die Wahrscheinlichkeit eines Zusammentreffens besteht. Die Gefahr einer Interferenz wäre zu groß. Welche Frage stellt sich in diesem Zusammenhang?"

„Wie der Begriff des Zusammentreffens auszulegen ist?", fragte Francis zögernd.

„Sehr gut! Das Portal hat hier eine sehr flexible Lösung gefunden. Zwei Identitäten gelten als zusammengetroffen, sobald zumindest eine davon ihr anderes ‚Ich' erkennt. Stellen Sie sich jetzt vor, Marie wiederholt den Sprung, den Ihr gemeinsam unternommen habt, aber diesmal allein. Was wird geschehen?"

„Sie wird am Portal stehen, und zwar mit mir. Besser gesagt mit dem Francis von damals. Vielleicht will sie ihn wieder verführen."

„Vielleicht, aber davon haben Sie nichts. Was geschieht, wenn Sie ihr ein, zwei Minuten später folgen?"

„Ich werde sie sehen, wie sie mit mir stadteinwärts geht und das Portal wird mich sofort aus dem Sprung werfen."

„Ganz recht. Allerdings wird das Portal in diesem Fall Ihren Sprung gar nicht zulassen. Welche Lösung bietet sich an?"

„Marie müsste eine Zieldestination wählen, die weit genug vom Portal entfernt ist", meinte Francis nachdenklich. „Sodass die Gefahr eines Zusammentreffens nicht besteht. Kann sie das?"

„Sie kann. Das hat sie schon gelernt, und genau so werden wir es machen."

„Das ist alles sehr kompliziert", beklagte sich Francis.

„Kompliziert?", fragte Swanson mit hochgezogenen Augenbrauen. „Überhaupt nicht. Eigentlich ist alles ganz logisch, und das Portal lässt kritische Aktionen ohnehin nicht zu. Kompliziert ist es, wenn Sie versuchen, ein Manuskript mit einem Textprogramm gefällig zu editieren. Nur Mut, Francis. Wie ich sehe, warten die Damen schon auf uns."

Marie begrüßte Francis betont freundschaftlich. Sie sah ihm in die Augen und drückte ihm kräftig die Hand. Auf Küsschen verzichtete sie.

„Die Aufgabenstellung ist folgende", erklärte die Pelletier. „Marie geht zu dem Zeitpunkt zurück, an dem Ihr auch schon gestern ward. Es wird natürlich nicht dieselbe Destination sein. Denn man kann in eine alternative Vergangenheit, in der man einmal war, nicht mehr zurückkehren, sobald sie erloschen ist. Sie wird heute also etwa 48 Stunden zurückgehen müssen, um dieselbe Ausgangsposition zu schaffen und eine neue Variante dieser Vergangenheit kreieren. Sie wird zusätzlich zu der Zeitangabe eine räumliche Koordinate wählen, um an einer anderen Stelle als damals anzukommen. Warum schauen Sie so verwirrt, Francis. Ist Ihnen etwas unklar?"

„Nein, nein, es geht schon", murmelte Francis.

„Gut. Sie werden ihr dann folgen und sich als sekundärer Reisender in Maries Vergangenheit einfinden. Professor Swanson hat Ihnen ja schon den erforderlichen Befehl erklärt. Alles klar? Dann los, Marie!"

Marie trat auf die Platte, winkte Francis zu und sagte ihren Sprungbefehl. Gleich darauf war sie verschwunden.

„Jetzt Sie, Francis", befahl Swanson.

Francis trat auf die Platte und sagte mit fester Stimme: „42, Francis Barre, 4.7.1999, Zieldestination aktueller Sprung Marie Lefevre, 3.8.1999, idente Position, neuer Benutzer."

„Warnung: Sie verfügen über keine Administratorrechte für diese Destination", sagte die Stimme aus dem Nichts. „Ihr Handlungsspielraum ist daher stark eingeschränkt. Sie könnten erheblichen Schaden an Ihrem Selbstwertgefühl nehmen. Wollen Sie dennoch fortfahren?"

„Fortfahren", bestätigte Francis.

Marie stand am Ufer jenes Sees, der das Universitätsgelände im Nordosten begrenzte. Die Uferregion war von dichten hohen Bäumen gesäumt. In einiger Entfernung konnte man das feudale Bootshaus mit seinen spitzbogigen Toren erkennen.

„Da bist du ja", sagte Marie, als Francis neben ihr auftauchte. „Ich komme gerne hierher und sehe ihnen zu." Sie deutete auf den See, wo ein Ruderteam trainierte. Die Befehle des Steuermannes hallten über das Wasser. Obwohl sich das Gelände als Freizeitziel sonst großer Beliebtheit erfreute, war es an diesem Tag wenig besucht. Daran mochte das trübe Wetter, das die Wahrscheinlichkeit eines plötzlichen Regengusses in sich hatte, schuld sein. Auf dem Parkplatz beim Bootshaus standen nur einige vereinzelte Autos. „Lass uns zum Bootshaus hinübergehen", schlug Francis vor.

„Warum nicht", stimmte Marie zu.

Sie bogen in einen Waldweg ein, der parallel zum Ufer verlief, und näherten sich vor Blicken geschützt ihrem Ziel. Dort, wo der Weg wieder das Ufer erreicht, tauchte vor ihnen eine einsame Spaziergängerin auf. Francis blieb abrupt stehen. „Das ist ja Judith", flüsterte er erstaunt.

„Das ist aber eine Überraschung. Bist du heute nicht mit ihr verabredet?", fragte Marie.

„Ja, das bin ich", antwortete Francis. „Genau genommen, das war ich. Dieses Date hat ja schon vorgestern, am 2. Juni stattgefunden. Sie hat nichts gesagt. Ich hatte keine Ahnung, dass sie vorher einen einsamen Ausflug hierher unternommen hat."

„Warum auch nicht", meinte Marie. „Sie wollte vielleicht in aller Ruhe darüber nachdenken, was sie mit dir anfangen soll."

„Sie hat gesagt, sie habe mich sehr lieb."

Marie war wie immer von einer schockierenden Offenheit. „Aber sie hat dich dann doch nicht ran gelassen, oder?"

„Nein, sie will es langsam angehen, hat sie gesagt."

„Sie hat sich eben noch nicht ganz entschieden, ob sie etwas mit dir anfangen soll, oder ob sie nicht doch lieber die heurige Nummer 12 von Peter werden will", mutmaßte Marie ziemlich brutal. „Peter kann sehr hartnäckig und überzeugend sein, wenn er ein Mädchen flachlegen will. Ich an ihrer Stelle würde beides machen. Natürlich nur, wenn er mir verspricht, es nicht im Internet zu veröffentlichen. Aber ich bin ja auch eine ausgewiesene Schlampe, wie du im Hilfecenter erfahren hast."

„Nein, das würdest du nicht machen", widersprach Francis. „Du würdest sicher nicht zweigleisig fahren." Es überraschte ihn selbst, dass er das sagte, obwohl er sich doch zuerst über Judith Gedanken machen sollte.

Marie sah ihn von der Seite an und verzichtete darauf, ihn eines Besseren zu belehren. Sie war recht froh, dass dieser besondere Aspekt ihres Vorlebens im Hilfecenter nicht zur Sprache gekommen war.

„Gehen wir ihr nach", forderte Francis und versuchte vergeblich, sich in Bewegung zu setzen. „Ich will sehen, was sie hier macht und ob sie vielleicht mit jemandem verabredet ist."

„Nein", sagte Marie entschieden. „Ich werde sicher nicht gemeinsam mit dir hinter deiner Freundin herschleichen. Ich werde auch nicht zulassen, dass du es allein tust. Ich kenne die Gegend. Dort hinten gibt es ein verschwiegenes Plätzchen, wo man ungestört ist. Willst du herausbekommen, ob sie sich vielleicht auch mit einem anderen trifft? Willst du dann aus dem Gebüsch springen und einen Skandal machen? Kommt nicht infrage! Ich habe der Pelletier versprechen müssen, dass es zu keinen unliebsamen Vorfällen kommen wird und daran halte ich mich. Wenn du willst, kannst du sie ja ausfragen, sobald du sie wieder triffst."

Sie drehte sich um und trat den Rückweg an. Francis blieb nichts anderes übrig, als ihr zu folgen. „Sobald wir zurück sind, mache ich allein einen neuen Sprung hierher", verkündete er finster entschlossen.

„Idiot", schimpfte Marie. „Du verhältst dich wie ein blöder Stalker. Was immer sie jetzt tut, oder besser gesagt getan hat, es ist schon geschehen und in Wahrheit unabänderlich. Für dich sollte doch nur zählen, was danach geschehen ist. Sie hat gesagt, dass sie dich liebt. Ist dir das nicht genug? Ich bin mir sicher, dass sie nur allein sein wollte und sonst nichts. Dreh dich doch nicht ständig um! Herrgott, muss denn jeder Sprung, den ich gemeinsam mit dir mache, in einer gefühlsmäßigen Katastrophe enden?"

Francis blieb plötzlich stehen, zog Marie heftig an sich und presste seinen Mund auf den ihren. Er war sich darüber im Klaren, dass er sich falsch verhielt, aber gleichzeitig verspürte er ein heftiges Verlangen nach ihrer Zärtlichkeit. Einen Moment lang berührten sich ihre Zungen, dann erhielt Francis einen kräftigen Schlag, ging in die Knie und schnappte nach Luft.

„Bist du jetzt völlig verrückt geworden?", schrie Marie. „Ich habe dir doch gesagt, dass ich das nicht will. Verstehst du das nicht? Was hast du denn?"

„Ich habe schon verstanden", japste Francis. „Dazu hättest du mich nicht in den Magen hauen brauchen."

„Ich habe dich nicht geschlagen. Das war das System. Es hat auf meine Empörung reagiert. Du darfst nicht vergessen, dass du nur eine Art Trittbrettfahrer auf meinem Sprung bist."

Francis bekam langsam wieder Luft und krächzte: „Das ist beängstigend."

„Nicht solange du dich ordentlich aufführst. Das nächste Mal lasse ich dich in den See springen, damit du wieder zur Vernunft kommst und dich abkühlen kannst. Was bildest du dir eigentlich ein? Dass du mich als Lückenbüßer haben kannst, weil deine Judith gerade nicht zur Verfügung steht?"

„So war das nicht gemeint."

„Und ob das so gemeint war, Francis. Glaube mir, in diesen Dingen kenne ich mich aus. Wann wirst du Judith übrigens wiedersehen?"

„Heute. Ich meine, nachdem wir von diesem Sprung zurück sind."

Marie schüttelte den Kopf. „Und da versuchst du mit mir herumzumachen? Schämst du dich gar nicht? Versuchst du etwa jetzt, mit mir Händchen zu halten?"

„Lass gut sein", resignierte Francis. „Ich habe inzwischen begriffen, wie diese spezielle Art des Sprungs funktioniert und ich habe keine Lust im See zu landen. Viel Spaß werden wir ohnehin nicht mehr an unserem Spaziergang haben. Lass uns gleich abbrechen."

„Wenn du meinst", stimmte Marie bereitwillig zu und gab das Abbruchkommando.

Es hatte zu regnen begonnen. Das Wasser tropfte von den Blättern der alten Eiche. Marie klopfte Francis aufmunternd auf die Schulter und sagte: „Nur nicht unterkriegen lassen. Es wird schon alles in Ordnung kommen."

Es klang nicht so, als ob sie das wirklich glaubte. Sie sprang von der Platte und ging sehr rasch davon. Francis sah ihr nach, bis sie im Regen verschwunden war. Sie drehte sich kein einziges Mal um.

Teil II

Abigail

1

Auch diesmal kam Judith einige Minuten zu früh zu ihrer Verabredung mit Francis und war entzückt, weil er noch früher gekommen war. Sie schlang die Arme um seinen Hals und verlangte, ausgiebig geküsst zu werden. Francis wurde das Opfer widersprüchlicher Empfindungen. Einerseits erlag er sofort seinen Gefühlen für sie, andererseits bekam er Marie nicht aus dem Kopf.

Judith schien von der Verwirrung, in der sich ihr Freund befand, nichts zu merken. Sie löste sich von ihm, strich ihm liebevoll die Haare aus der Stirn und sagte: „Wenn du keine anderen Pläne hast, könnten wir den Nachmittag mit Cassius und Abigail verbringen. Sie wollen sich mit uns treffen, falls du einverstanden bist. Abigail will dich gerne kennenlernen. Sie meint, wir könnten bowlen gehen. Was hältst du davon?"

Francis hielt nicht viel davon, aber er verzichtete darauf, zu protestieren, weil er davon ausging, dass diese Verabredung ohnehin schon abgesprochen war. So war es auch. Judith dirigierte ihn zielstrebig zu einer bekannten Bowlinghalle am Stadtrand, wo sie von Cassius und Abigail bereits erwartet wurden.

Cassius boxte ihn zur Begrüßung freundschaftlich gegen den Oberarm und Abigail erklärte, sie habe schon viel von ihm gehört. Francis überlegte, ob sie damit seine Zugehörigkeit zum Klub der Zeitreisenden meinte oder etwas, das Cassius und Judith über ihn erzählt hatten. Er sagte unverbindlich, er freue sich auch sehr, sie kennenzulernen und schüttelte ihr die Hand.

Die anderen hatten ihre Bowlingschuhe mitgebracht, Francis musste welche ausleihen. Misstrauisch beobachtete er, wie der Bursche hinter der Theke demonstrativ ein nach Desinfektionsmittel riechendes Mittel in die für ihn vorgesehenen Schuhe sprühte und versuchte nicht daran zu denken, wessen verschwitzte Füße zuvor in diesen Schuhen gesteckt haben mochten. Sie bekamen eine Bahn zugewiesen und machten es sich im Sitzbereich bequem. Es wurde beschlossen, dass sie zwei Teams bilden sollten und losten die Partner aus.

Francis gewann Abigail, wie es Cassius neidvoll formulierte, weil Abigail als die beste Spielerin weit und breit galt.

„Gar nicht wahr", dementierte Abigail bescheiden und brachte ihr Team innerhalb kürzester Zeit in Führung.

Francis trug dazu herzlich wenig bei. Die Punkte, die er erzielte, waren weit mehr Glückstreffer, als dass er wirklich wusste, was er tat.

„Du hast wohl noch nicht oft gespielt?", flüsterte ihm Abigail zu.

„Fast noch nie", gestand Francis. „Dafür spielst du umso besser. Mit einem anderen Partner würdest du haushoch gewinnen."

„Ich bin nicht hier, um zu gewinnen. Ich wollte dich persönlich kennenlernen. Meine Mentorin, Miss Watson, hat mir von dir erzählt. Sie hat sich sehr gefreut, weil du mit Judith ihr kleines Museum besucht hast. Ich wollte nicht warten, bis wir einander bei der Vollversammlung förmlich vorgestellt werden. Hast du schon viele von uns kennengelernt?"

„Nur die Marie Lefevre. Sie lassen uns gemeinsam üben. Kennst du sie?"

„Die Lefevre? Natürlich kenne ich sie. Ein niedliches Ding, aber ziemlich wild, obwohl man ihr das auf den ersten Blick nicht ansieht." Abigail lachte. „Du musst aufpassen, damit sie dir nicht den Kopf verdreht und dann das Herz bricht. Das ist ihre Spezialität."

„Ich weiß", bekannte Francis bedrückt.

Abigail musterte ihn und sagte dann ahnungsvoll: „Oje. Es ist schon passiert, nicht wahr? Das schaut dem kleinen Biest ähnlich." Sie sah zu Judith, die unbeschwert über einen geglückten Wurf jubelte. „Hier und jetzt, oder auf einem Zeitsprung?"

Francis war irritiert, weil Abigail seine Situation so rasch durchschaut hatte und noch mehr deswegen, weil sie so offen darüber sprach. „Auf einem Zeitsprung", gestand er bedrückt.

Abigail schüttelte den Kopf. „Da bist du nicht der Erste. Sie leistet sich solche Eskapaden öfter. Aber keine Sorge, ich werde den Mund halten. Das muss ich sogar, weil wir über unser Geheimnis zu Menschen, die nicht eingeweiht sind, nicht reden können. Daher ist es dir gar nicht möglich, Judith zu gestehen, was du gemacht hast, selbst wenn du es wolltest. Irgendwie ist das sehr praktisch."

„Kann es sein, dass auch ich dir auf einem deiner Zeitsprünge schon einmal begegnet bin?", fragte Francis einer plötzlichen Eingebung folgend.

„Das kann schon sein", Abigail lächelte unverbindlich. „Aber dann es ist für dich nie geschehen und du brauchst dir daher keine Gedanken darüberzumachen. Komm, wir sind dran!"

Francis beobachtete verwirrt und fasziniert, wie sie mit viel Geschick ihren Punktevorsprung verteidigte. Ihr schlanker Körper bewegte sich mit sinnlicher Eleganz, sie schüttelte ihre halblange schwarze Mähne aus dem Gesicht und machte eine charmante kleine Verbeugung, als ihr Cassius applaudierte. Francis fragte sich, wie ihre Begegnung in einer alternativen Vergangenheit wohl verlaufen sein mochte.

„Eine tolle Frau, findest du nicht?", sagte Cassius, der neben Francis getreten war, stolz. Es war mehr eine Feststellung als eine Frage.

„Man kann dir nur gratulieren", beeilte sich Francis zu versichern. „Habt ihr schon …"

„Nein", erwiderte Cassius. „Ich arbeite noch daran."

„Dann geht es dir mit Abigail so wie mir mit Judith."

„Du redest über meine kleine Schwester", rügte ihn Cassius streng.

„Ach komm schon. Deine kleine Schwester ist eine erwachsene Frau, die rascher in festen Händen sein wird, als du glaubst. Und ich werde alles tun, was mir möglich ist, dass es meine festen Hände sind. Ich gehöre zu den Guten, Cassius. Ich habe ehrbare Absichten, wie man es früher formuliert hat." Während er so seinen Freund zu beschwichtigen suchte, kamen ihm selbst Zweifel, ob seine Absichten wirklich so ehrbar waren, besonders, wenn er an Marie dachte.

„Francis, du bist dran!", rief Abigail.

Wie nicht anders zu erwarten gewesen, sorgte Francis dafür, dass der von Abigail erzielte Punktevorsprung in Grenzen blieb.

„Mach dir nichts draus", tröstete ihn Abigail und griff ihr vorheriges Gespräch wieder auf. „Außer Marie hast du noch niemanden kennengelernt?"

„Nur Peter Fox. Ich glaube aber, er weiß noch gar nicht, dass ich auch dazugehöre. Gesagt habe ich es ihm nicht. Um ehrlich zu sein, ich mag den Kerl nicht. Abgesehen davon, dass er hinter Judith her ist, ist er mir auch so recht unsympathisch."

Sie wurden unterbrochen, weil ein uniformiertes Mädchen auftauchte und fragte, ob sie etwas bestellen wollten. Sie war groß, fast schon hager, hatte scharfe, aber nicht unattraktive Gesichtszüge und ausladende Brüste. Ihre Frage klang wie eine strenge Aufforderung, der man sich nicht ohne Weiteres entziehen konnte.

Die Freunde versuchten auch erst gar nicht, sie abzuwimmeln und bestellten gehorsam einen kleinen Imbiss und Getränke. „Und was kann ich dir bringen, Francis?", fragte sie ungeduldig, weil der sich nicht gleich entscheiden konnte.

Francis war erstaunt, weil er sich nicht erinnern konnte, sie je zuvor gesehen, geschweige denn kennengelernt zu haben. „Ich nehme dasselbe", sagte er und ließ offen, was genau er meinte. Der Serviererin genügte das. Sie nickte ihm zu, machte ein Häkchen auf ihrem Block und ging fort.

Francis sah ihr interessiert nach. Ihre Beine waren lang und für seinen Geschmack zu schlank. Dafür war ihr Hinterteil fast schon voluminös, so als ob es ein Gegengewicht zu den schweren Brüsten darstellen wolle. Francis war sich nicht sicher, ob man ihre Formen noch als wohlproportioniert bezeichnen konnte und kam zu dem Schluss, dass man sie wohl nackt sehen müsste, um das endgültig zu entscheiden.

Abigail stieß ihn in die Rippen und kommandierte belustigt: „Augen geradeaus! Glotz nicht fremden Frauen auf den Hintern."

„Ich habe mich nur gefragt, woher sie meinen Namen kennt", verteidigte sich Francis.

„Das war Lucie. Sie studiert Chemie und jobbt nebenbei hier. Sie gehört auch zu uns und sie weiß, dass du zu uns gestoßen bist. Das wissen inzwischen schon die meisten. So etwas spricht sich in unserer kleinen Gemeinschaft rasch herum. Lucie ist eine von den älteren Schülerinnen. Sobald wieder eine Mentorenstelle frei wird, gehört sie zu den aussichtsreichsten Kandidaten."

Judith und Cassius hatten ihre nächste Wurfserie absolviert und kamen an den Tisch zurück. Abigail machte sich daran, ihren Vorsprung weiter auszubauen und

Judith fand, dass es an der Zeit war, sich wieder mehr um Francis zu kümmern. Weil ihr Bruder durch Abigails Vorstellung abgelenkt war, ließ sie sich von Francis ausgiebig küssen.

„Hört auf, in der Öffentlichkeit zu schmusen", befahl Cassius, dem das dennoch nicht entgangen war.

Seufzend ließ Judith von Francis ab und fragte: „Wie gefällt sie dir?" Sie deutete auf Abigail.

„Sie ist sehr nett", sagte Francis. „Eine ausgesprochen hübsche Person. Dein Bruder hat es gut getroffen."

„Ich weiß nicht", zweifelte Judith. Sie flüsterte Francis ins Ohr: „Es heißt, sie sei frigide. Sie soll schon eine Menge Verehrer gehabt haben, aber bisher ist noch keiner bei ihr ans Ziel gekommen."

„Das kann ich mir nicht vorstellen", flüsterte Francis zurück. „Sie wirkt auf mich ausgesprochen sexy."

Die Serviererin kam an den Tisch und brachte die Bestellungen. Francis erhielt dasselbe wie Abigail.

„Jetzt du, Francis", befahl Abigail, die an den Tisch zurückkam. „Wenn du ein paar gute Punkte machst, ist die Sache für uns im Sack."

Diese Ermahnung erwies sich als kontraproduktiv. Im Bemühen, es besonders gutzumachen, erzielte Francis ein erbärmliches Ergebnis.

„Macht nur so weiter", frohlockte Judith. „Gleich haben wir euch überholt." Sie trat an die Bahn, nahm eine Kugel auf, zwinkerte Francis zu und warf einen Strike.

„Ja, so geht das!", triumphierte Cassius.

„Tut mir leid", entschuldigte sich Francis.

Abigail lachte. „Wofür denn! Es ist doch nur ein Spiel. Immerhin hast du heute schon zwei weitere Mitglieder unseres exklusiven Klubs persönlich kennengelernt: Lucy und mich. Mit Marie und Peter sind das schon vier. Was hältst du von uns?"

„Es ist schön, dich kennengelernt zu haben", sagte Francis höflich. „Auf Peter könnte ich aber verzichten. Es wundert mich, dass er nicht schon wieder angetanzt ist und Judith schöne Augen macht."

Abigail zuckte mit den Schultern. „Peter ist zurzeit untergetaucht. Keiner weiß, wo er hingekommen ist. Ich vermute, er macht einen längeren Zeitsprung."

„Ganz sicher, um Judith dabei ins Bett zu bekommen", vermutete Francis erbittert.

Abigail lachte wieder. „Es ist eine irritierende Vorstellung, dass so etwas passieren kann. Ich habe mich auch erst daran gewöhnen müssen. Aber dir kann das egal sein. Du bist hier und jetzt in der Zielgeraden."

„Meinst du?", fragte Francis hoffnungsvoll.

„Aber ja. Wenn du dich nur ein wenig geschickter anstellst als beim Bowlen, ist es noch heute so weit. Das sehe ich ihr an."

„Und was ist mit dir und Cassius? Auch heute?"

Abigail sah ihn mit unergründlichem Gesichtsausdruck an. „Nein. Zu seinem Leidwesen wird das nicht möglich sein. Ich habe heute nämlich noch eine andere Verabredung."

„Entschuldige", murmelte Francis. „Ich wollte nicht indiskret sein."

„Entschuldige dich doch nicht ständig. Vor allem dann nicht, wenn du dich um Judith bemühst. Frauen mögen das gar nicht so gern, wie manche glauben. Überhaupt dann nicht, wenn du nur das tust, was sie ohnehin wollen. Wir sind wieder an der Reihe! Jetzt geht es um den Tagessieg!"

Abigail warf eine tolle Serie, die auch Francis mit seinem dürftigen Ergebnis nicht mehr zunichtemachen konnte. Der Sieg ging knapp an das Team Abigail/Francis.

Cassius ärgerte sich ein wenig. Judith hingegen versicherte Francis ziemlich kritiklos, dass er toll gespielt habe und gratulierte ihm mit einem langen Kuss. Abigail zwinkerte Francis aufmunternd zu.

Vor der Bowlinghalle trennten sich die Paare. Cassius musste Abigail nach Hause bringen, weil diese über heftige Kopfschmerzen klagte und auch Judith meinte, sie wolle nach Hause fahren. „Willst du wirklich nach Hause?", fragte Francis enttäuscht, als er seinen Roller startete.

„Am besten zu dir nach Hause", erklärte Judith gelassen. Sie legte ihm einen Finger auf den Mund. „Jetzt frag nicht viel und fahr einfach los."

Als sie durch den Flur der Pension schlichen, in der Francis wohnte, schaute der Zimmerwirt kurz aus seiner Tür, zog sich aber sofort diskret zurück.

„Er hat mich gesehen", flüsterte Judith. „Ein bisschen schäme ich mich jetzt."

„Wofür denn? Er ist absolut diskret. Er sagt nichts, wenn wir keinen Krach schlagen. Seine Ruhe ist ihm heilig, sonst ist ihm alles egal."

„Wie praktisch für dich. Hast du schon viele Mädchen mitgebracht?"

„Du bist die Erste", versicherte Francis und dachte dabei nur ganz kurz an Marie. „Und dabei soll es auch bleiben, wenn es nach mir geht."

Judith war über diese Antwort entzückt und betrat neugierig sein Zimmer. Francis gab ihr Zeit, sich umzusehen, dann nahm er sie in die Arme und küsste sie. Als sich seine Hände selbstständig machten und begannen sie auszuziehen, spürte er, dass sie leicht zitterte.

„Alles in Ordnung?", fragte er zärtlich und löste den Verschluss ihres Büstenhalters.

„Alles ist gut", versicherte sie verträumt und streichelte seinen Kopf, während er ihre Brüste liebkoste. Dann griff sie entschlossen zu und öffnete seine Gürtelschnalle.

Die nächsten drei Stunden übertrafen alle seine Träume, in denen Judith die Hauptrolle gespielt hatte. Sie überraschte ihn durch ihre hingebungsvolle Zärtlichkeit und auch – wie er mit Staunen und leichtem Befremden registrierte – durch ein raffiniertes Liebesspiel, wie er es nicht einmal bei Marie, die er in diesen Dingen für recht erfahren hielt, erlebt hatte.

„Wie geht es dir?", fragte er schließlich, als sie erschöpft nebeneinanderlagen.

„So gut wie schon lange nicht mehr", flüsterte sie und streichelte sein Gesicht. „Wie steht es bei dir?" Sie kicherte, als ihr die Zweideutigkeit dieser Frage bewusst wurde. „Ich meine: Was denkst du jetzt?"

„Ich habe vorher noch nie so etwas Schönes erlebt", gestand er. „Ich liebe dich, Judith. Du glaubst gar nicht, wie sehr."

„Und ich liebe dich noch viel mehr", reimte sie. Sie wurde plötzlich ernst. „Du bist erst mein zweiter Freund, Francis. Vor dir hat es nur einen Mann in meinem Leben gegeben."

„Du musst mir das nicht erzählen", protestierte er sanft. „Es ist ohne Bedeutung für mich."

„Ich will aber, dass du Bescheid weißt. Es war vorigen Sommer, als ich mit meinen Eltern in Italien war. Er ist der Sohn eines Geschäftspartners meines Vaters und ein paar Jahre älter als ich. Er studiert Kunstgeschichte. Wir waren sehr ineinander verliebt und ich habe viel von ihm über die Kunst der italienischen Renaissance gelernt."

„Er war dir auch ein guter Lehrmeister in der Kunst der Liebe", dachte Francis und fragte laut: „Wirst du ihn in den Sommerferien wiedertreffen?"

„Wahrscheinlich schon. Er will mir diesmal die Sehenswürdigkeiten der Toskana zeigen. Aber du brauchst dir keine Sorgen zu machen. Wenn du mit mir zusammenbleiben willst, werde ich dir treu sein. Du musst nicht eifersüchtig werden. Vertrau mir, Francis!"

Das tat Francis nicht im Geringsten, und er wurde ein Opfer der altbekannten Tatsache, dass Eifersucht oft ein hartnäckiger Begleiter der Liebe ist. „Ich vertraue dir", sagte er trotzdem, „und ich will mit dir zusammenbleiben."

„Das will ich auch", besiegelte Judith ihren zärtlichen Pakt.

Dennoch verkündete sie, als sie kurz darauf aus dem Bad kam, dass es höchste Zeit für sie sei, um nach Hause zu fahren.

Francis war irritiert. „Warum denn das? Ist etwas nicht in Ordnung?"

Wie sich herausstellte, nahm Judith jenes Scherzwort sehr ernst, wonach ein anständiges Mädchen früh zu Bett geht, damit es rechtzeitig zu Hause ist. Francis blieb nichts anderes übrig, als aus dem warmen Nest zu kriechen und Judith auf seinem Roller durch die Nacht zu fahren. Das trübte seine Laune erheblich, obwohl er sich sehr bemühte, sich nichts anmerken zu lassen.

2

Es war der Morgen des 5. Juni. Zu den von Francis geschätzten Annehmlichkeiten, die in seiner Pension geboten wurden, gehörte neben der Toleranz punkto Damenbesuche auch ein Frühstückszimmer, wo den fünf Dauergästen gegen ein angemessenes Aufgeld ein reichhaltiges Frühstück geboten wurde. Francis war an diesem Morgen der einzige Gast, weil seine vier Kollegen bereits in die Sommerferien abgereist waren.

Der Pensionsbetreiber, ein ehemaliger Kellner namens Adams, servierte ihm ein englisches Frühstück und bemerkte, er habe den Kaffee besonders stark gemacht. Das war die einzige Anspielung, die er sich auf die vergangene Nacht erlaubte.

Starken Kaffee hatte Francis auch nötig. Das intensive Liebesabenteuer mit Judith war nicht nur sehr beglückend, sondern auch körperlich anstrengend gewesen. Die nächtliche Fahrt zu Judiths Unterkunft und wieder zurück hatte ihn fast eine weitere Stunde gekostet. Dazu kam noch eine halbe Stunde in ihrer Hauseinfahrt, weil Judith Wert auf eine zärtliche und ausführliche Verabschiedung gelegt hatte. Danach hatte Francis nicht mehr viel Schlaf gefunden und befand sich in einem recht geschwächten Zustand.

Nachdem er sein Frühstück verputzt und drei Tassen Kaffee getrunken hatte, begann er sich besser zu fühlen. Die Morgensonne schien durch die geblümten Vorhänge und kündigte einen schönen Tag an. Er war erst für den Nachmittag mit Judith verabredet und er hatte auch nicht den Auftrag erhalten, sich bei seinem Mentor zu melden. Also beschloss er, sich noch ein oder zwei Stunden hinzulegen.

Ehe er sein Vorhaben in die Tat umsetzen konnte, kam Adams herein und sagte, dass draußen zwei Herren von der Polizei wären und ihn sprechen wollten.

„Polizei?", fragte Francis erstaunt. „Was wollen denn die von mir?"

Er dachte kurz nach und kam zu dem Ergebnis, dass er bei seiner nächtlichen Rollerfahrt weder eine rote Ampel, noch ein Stoppschild überfahren hatte. „Ich glaube nicht, dass ich etwas angestellt habe."

„Die Herren wollen lediglich Erkundigungen über einen Ihrer Kommilitonen einholen, sagen sie. Ich führe sie jetzt herein, wenn es Ihnen recht ist."

Wenig später ließ Adams zwei Männer in das Frühstückszimmer. Francis stand höflich auf.

„Ich bin Inspektor Dawson und das ist Sergeant Harris", sagte der Ältere der beiden. „Wir sind von der örtlichen Polizeistation." Er wies mit einer routinierten Bewegung eine Marke vor. Es war wie ein Zauberkunststück. Die Marke erschien in seiner Hand und war auch schon wieder verschwunden, ehe sie Francis genauer ansehen konnte. Sein jüngerer Kollege verzichtete darauf, sich zu legitimieren, sondern nickte nur mit ernster Miene.

„Guten Morgen", grüßte Francis abwartend.

„Ihnen auch einen guten Morgen. Sie sind Francis Barre?" Francis bejahte. „Dürfen wir uns setzen? Wir möchten Sie nur um eine Auskunft bitten."

Ohne eine Aufforderung abzuwarten, setzten sich die beiden an den Frühstückstisch. Francis, der ein höflicher Mensch war, sah in die Kaffeekanne, fand sie noch halb gefüllt und fragte, ob er den beiden ungebetenen Besuchern etwas anbieten dürfe. Der Jüngere der beiden hätte sichtlich gern angenommen, aber der Ältere lehnte so entschieden ab, dass sich sein Partner nichts zu sagen traute und nur traurig den Kopf schüttelte."

„Was führt Sie zu mir?"

„Wie gesagt, nur eine kleine Auskunft. Ist Ihnen ein gewisser Peter Fox bekannt?"

„Ja, natürlich, wenn Sie den Footballspieler meinen."

„Den meine ich. Kennen Sie ihn gut?"

„Nein. Ich habe ihn nur einmal persönlich getroffen."

Der ältere der beiden Polizisten stellte die Fragen, der jüngere machte sich Notizen auf einem Block und schaute gelegentlich sehnsüchtig nach der Kaffeekanne. Kurz entschlossen nahm Francis eine frische Tasse vom Buffet, schenkte Kaffee ein und schob sie über den Tisch, wobei er mit einer Handbewegung auf die Zuckerschale und das Milchkännchen deutete.

„Danke, sehr freundlich", sagte Sergeant Harris.

Sein älterer Vorgesetzter runzelte missbilligend die Stirn und fragte weiter: „Wann haben Sie Peter Fox zuletzt gesehen?"

„Das war am Abend des 1. Juni im ‚Haven Club'. Es hat dort wegen des Semesterendes eine Party stattgefunden."

„War er allein?"

„Er war in Begleitung von Freunden. Was ist denn mit Peter? Ist ihm etwas zugestoßen?"

„Es hat einen Vorfall gegeben", antwortete Dawson unbestimmt, „der die Campuspolizei veranlasst hat, uns beizuziehen. Wer waren diese Freunde? Kennen Sie sie?"

„Cassius und Judith Gallard. Die beiden sind Geschwister."

„Bekannte von Ihnen?"

„Cassius ist ein Studienkollege. Wir sind befreundet."

„Und Judith?"

„Judith ist meine Freundin", sagte Francis widerwillig.

„Aha", sagte Dawson, so als ob er auf etwas Schlimmes gestoßen wäre, dass er schon lange vermutet hatte. „Hat Peter Interesse an Judith gezeigt, hat er sie angebaggert, wie man sagt."

„Ja, schon. Das ist bei Peter aber nichts Ungewöhnliches. Das macht er bei jedem hübschen Mädchen, das in seine Nähe kommt. Er hat diesbezüglich einen gewissen Ruf."

„Das habe ich auch gehört", bestätigte Dawson. „Ich habe mir seine Seite auf Facebook angeschaut. „Wenn er nicht angibt, hat er in diesem Semester schon zwölf Eroberungen gemacht." Er schielte nach der Kaffeekanne.

Francis hatte ein Einsehen und schenkte ohne viel zu fragen eine weitere Tasse ein. „Danke", sagte Dawson und gab seine Ablehnung gegen eine Einladung auf. „Ich bin seit Stunden auf den Beinen und es könnte noch ein langer Tag werden. Es ist schon eine eigenartige Angewohnheit von diesem Fox, seine nummerierten Liebesabenteuer im Internet zu posten und noch dazu in den meisten Fällen die Namen der Mädchen zu veröffentlichen. Da wundert es mich, dass er überhaupt noch eine gefunden hat, die sich darauf einlässt."

„Manchen Mädchen wird das nicht so viel ausgemacht haben", meinte Francis. „Andere werden gar nicht gewusst haben, dass er so etwas macht."

„Einige, die er bloßgestellt hat, könnten ihm das aber sehr übel genommen haben", warf Sergeant Harris ein. Es war das erste Mal, dass er sich äußerte.

„Das ist anzunehmen", bestätigte Francis.

„Ist Ihnen ein solcher Fall bekannt?"

„Nein", log Francis und dachte an Marie. „Ich kenne seine Seite auch nicht. Ich habe nur davon gehört. Hat ihm eines dieser Mädchen etwas angetan?"

„Wer weiß", antwortete Dawson kryptisch. „Kehren wir an den Abend des 1. Juni zurück. Wann hat Peter Fox das Lokal verlassen?"

„Das weiß ich nicht. Ich bin vorher mit Judith weggegangen."

„Was ist mit Cassius?"

„Der war mit einer Freundin dort. Ich glaube die beiden haben sich nicht viel um Peter gekümmert."

„Wie heißt diese Freundin?"

„Abigail Miller."

Sergeant Harris blätterte in seinen Notizen zurück und nickte bestätigend.

„Ich bin nicht der Erste, den sie befragen", dachte Francis. „Ich möchte wissen, was mit Peter ist. Hoffentlich hat Marie keinen Unsinn gemacht."

„Halten Sie es für möglich, dass Fox erbost darüber war, weil Sie mit Judith abgehauen sind?", fragte der Inspektor weiter.

„Ich bin mir sogar sicher, dass er wütend war."

„Ja, damit haben Sie recht. Mehrere Zeugen haben ausgesagt, dass er sich sehr abfällig über Judith geäußert hat. Er hat gesagt, er werde es dieser scheinheiligen Schlampe schon noch besorgen. Dann ist er aufgebrochen, um sie zu suchen. Er soll erheblich betrunken gewesen sein. Sie sind ihm nicht zufällig noch einmal in dieser Nacht begegnet?"

Inzwischen war sich Francis völlig sicher, dass es Peter gewesen war, den er in dieser Nacht am Zeitportal beobachtet hatte. „Nein", sagte er. „Ich habe mit Judith einen Spaziergang gemacht und sie danach nach Hause gebracht. Von Peter habe ich nichts mehr gesehen."

„Gut! Jetzt etwas anderes: Kennen Sie das Gelände unten am See, beim Bootshaus?"

„Selbstverständlich. Ich bin seit drei Jahren an dieser Uni und dort unten ist ein beliebtes Ausflugsziel."

„Ist Ihnen bekannt, dass es dort ein bei Liebespärchen sehr beliebtes Plätzchen gibt?"

„Ich habe davon gehört, war aber nie selber dort. Außerdem wird es sicher noch ein paar solcher Plätze geben, vermute ich."

„Wir sind fast schon fertig", verkündete Inspektor Dawson, „wenn Sie mir nur der Ordnung halber sagen, wo Sie heute Nacht waren."

„Ich war hier."

„Kann das jemand bestätigen?", fragt Dawson lauernd.

„Er hat mit Adams gesprochen", dachte Francis. „Er weiß, dass Judith hier war." Laut sagte er: "Judith war hier."

„Die ganze Nacht?"

„Nein. Ich habe sie später nach Hause gebracht." „Er will mein Alibi", dachte Francis. „Da muss etwas Schlimmes passiert sein."

„Geht es genauer?", bohrte der Inspektor. „Exakte Zeitangaben wären hilfreich."

„Wir sind um etwa 21 Uhr hergekommen", berichtete Francis bereitwillig. „Um etwa 1 Uhr nachts wollte Judith von mir nach Hause gebracht werden, weil sie nicht die ganze Nacht über ausbleiben wollte. Das habe ich auch getan. Kurz vor 2 Uhr 30 war ich wieder zurück. Das kann mein Hauswirt sicher bezeugen."

„Leider nicht. Er hat tief und fest geschlafen."

„Ich war mehr als kooperativ", sagte Francis entschlossen, „und habe alle Ihre Fragen beantwortet. Jetzt verraten Sie mir endlich, was mit Peter ist."

„Das ist kein Geheimnis", antwortete Dawson. „In der Nacht, so um 3 Uhr, hat ein Pärchen diesen besagten Platz am Seeufer für ein nächtliches Picknick aufgesucht – was immer auch damit gemeint ist. Nur leider war das Plätzchen schon besetzt. Peter Fox ist dort mit einem Messer in der Brust gelegen und war mausetot."

„Oh mein Gott, wie schrecklich", sagte Francis erschüttert.

„Sie sagen es." Dawson breitete eine Landkarte auf dem Tisch aus. „Sie haben sehr viel Zeit gebraucht, um Miss Gallard nach Hause zu fahren. Sie sind doch mit Ihrem Roller gefahren?"

„Wir hatten es nicht eilig und wir haben uns noch einige Zeit vor ihrer Haustür unterhalten."

„Ich verstehe. Die Pension von Miss Gallard liegt auf dem halben Weg zwischen hier und dem Seeufer. Wie lange brauchen Sie mit Ihrem Roller, um von Miss Gallards Unterkunft bis zum Seeufer zu kommen?"

„Etwa eine viertel Stunde, würde ich sagen."

„Ja, das dürfte hinkommen. Kann es sein, dass Sie und Miss Gallard beschlossen haben, Ihr Beisammensein zu verlängern und noch einen romantischen Ausflug an das Seeufer zu machen?"

„Nein, das kann nicht sein", antwortete Francis empört. „Wenn wir beisammen bleiben hätten wollen, wären wir einfach länger hiergeblieben. Wie ich Cassius kenne, hat er gewartet, bis seine Schwester nach Hause kommt. Er kann sicher bezeugen, dass Judith so um 2 Uhr zu Hause war. Möglicherweise kann das auch ihre Zimmerwirtin. Das ist nämlich eine sehr neugierige Person. Und ich bin gewiss nicht allein an den Strand gefahren. Wozu denn? Verdächtigen Sie mich etwa, Peter etwas angetan zu haben?"

„Aber nein", beeilte sich Dawson zu versichern. „Das ist reine Routine. Wir schließen zunächst nur die unwahrscheinlichen Möglichkeiten aus, um uns dann besser auf den wahren Mörder konzentrieren zu können. Haben Sie eine Vorstellung, wer Grund hatte, Fox umzubringen? Hatte er Feinde?"

„Feinde hat er sich mit seinen Weibergeschichten genug gemacht. Ob das allerdings fürs Umbringen reicht, kann ich nicht sagen. Es gibt etliche Mädchen, die er im Internet blamiert hat und sicher auch einige Männer, denen er ein Mädchen abspenstig gemacht hat. Vielleicht ist er diesmal ja an die Falsche oder den Falschen gekommen. Sie haben gesagt, er sei schon bei Nummer 12 angelangt. Ich habe bisher nur von 11 gehört. Wer ist denn diese Nummer 12? Das wäre doch möglicherweise eine Spur. Hat er auch ihren Namen im Internet preisgegeben?"

„Habe ich vergessen, das zu erwähnen?", fragte Dawson hinterhältig. „Seine Nummer 12 für dieses Semester ist Judith Gallard. Sie können es im Internet nachlesen."

3

Nachdem sich die Polizeibeamten für den Kaffee bedankt hatten und gegangen waren, entschloss sich Francis, sofort Judith anzurufen. Zweimal streckte er die Hand nach seinem Smartphone aus und zweimal zog er sie wieder zurück. Dann tippte er Maries Nummer ein.

Sie meldete sich sofort und rief aufgeregt: „Ich wollte dich auch schon anrufen. Hast du gehört, was mit Peter passiert ist?"

„Eben waren zwei Polizisten bei mir", berichtete Francis, „und haben es mir gesagt. Sie haben mich ausgefragt und wollten mein Alibi wissen."

„Nicht nur deines. Es dürften mehrere Teams unterwegs sein, die alle seine Bekannten befragen und überprüfen. Sie nehmen sich ganz besonders die Mädchen vor, die er in diesem Semester erobert hat. Bei mir waren sie auch schon."

„Hast du Zugang zu seiner Facebook-Seite? Der eine Polizist hat gesagt, dass dort etwas über Judith steht. Kannst du nachschauen, was er über Judith schreibt?"

„Momentchen." Es knackte in der Leitung, dann sagte Marie: „So ein Schwein!"

„Was schreibt er?"

„Wenn du es wirklich hören willst: Er schreibt: ‚Nummer 12 und krönender Abschluss für dieses Semester ist Judith Gallard. Das Luder stellt sich sittsam und ist in Wahrheit total geil. Näheres, diesmal mit Fotos, demnächst.' Der Eintrag ist vom Abend des 1. Juni. Danach hat er nichts mehr geschrieben."

„Ich glaube es nicht", stöhnte Francis.

„Beruhige dich", sagte Marie vernünftig. „Er hat deine Judith nicht gekriegt. Das, was er da schreibt, klingt wie eine angeberische, besoffene Ankündigung. Wenn da wirklich etwas gewesen wäre, hätte er ausführlicher darüber berichtet. Das hat er sonst auch immer getan. Ich kann ein Lied davon singen. Hast du schon mit Judith gesprochen?"

„Nein. Ich habe zuerst dich angerufen."

Einen Augenblick war es still in der Leitung. Dann sagte Marie sanft: „Ruf Judith an. Jetzt gleich. Du wirst sehen, dass du dir unnötige Gedanken machst. Alles Gute, Francis."

Dann wurde die Verbindung unterbrochen.

Francis hörte sich die Ansagen der Sprachboxen an, wonach die Teilnehmer seinen Anruf derzeit nicht entgegennehmen könnten, bat Judith um einen dringenden Rückruf und tippte dann neuerlich Maries Nummer.

„Ich kann weder Judith und Cassius noch Professor Swanson erreichen", klagte er. Können wir uns treffen?"

Marie zögerte. „Du bist der einzige Mensch, mit dem ich reden kann", drängte Francis.

„Na schön", gab Marie nach. „In einer Stunde beim Portal."

Als Francis zum Treffpunkt kam, war Marie schon da. Sie saß auf der Bank, hatte die Arme ausgestreckt auf die Lehne gelegt und hielt das Gesicht mit geschlossenen Augen in die Morgensonne. Francis wurde von einem tiefen Gefühl der Zärtlichkeit überwältigt, als er sie so sah. Er trat leise an sie heran und küsste sie vorsichtig auf den Mund.

Sie schlug die Augen auf und sagte: „Lass das, Francis."

„Ich dachte, so weckt man eine schlafende Prinzessin. Hat dir das dein Schneewittchen nicht gesagt?"

„Ich bin keine Prinzessin und Schneewittchen traue ich nicht mehr über den Weg, seit sie mir einen blöden Ratschlag gegeben hat. Komm, setz dich." Sie klopfte mit der Hand auf die Bank. „Ich habe mich inzwischen etwas umgehört. Einige Mentoren haben einen Zeitsprung unternommen, um den Vorfall aufzuklären. Es ist ja schließlich keine Kleinigkeit, wenn einer von uns umgebracht wird. Sie haben sich zum mutmaßlichen Tatzeitpunkt an den Tatort begeben. Dabei ist Erstaunliches herausgekommen. Peter wurde gar nicht dort umgebracht. Seine Leiche ist plötzlich aus dem Nichts aufgetaucht. Das kann nur eines bedeuten: Er ist während eines Zeitsprunges, den er unternommen hat, umgebracht worden. Man vermutet, dass er den Sprung schon am Abend des 1. Juni. unternommen hat, weil er seither nicht mehr gesehen wurde."

„Das stimmt wahrscheinlich", bestätigte Francis. „An diesem Abend habe ich ihm nämlich Judith abspenstig gemacht und bin mit ihr fortgegangen. Er hat sich dann angeblich betrunken und gesagt, er werde es dieser scheinheiligen Schlampe schon noch besorgen. Zu dieser Zeit muss er auch den fraglichen Facebookeintrag gepostet haben. Dann ist er losgezogen. Ich habe ihn zufällig beobachtet, wie er das Portal benutzt hat."

„Siehst du! Gar nichts ist mit Judith gewesen. Du musst ihr mehr vertrauen, Francis. Seid ihr jetzt endlich richtig beisammen?"

„Ja, seit heute Nacht", sagte Francis verlegen.

„Wie schön für dich."

„Ja, nur hat die Sache einen Haken. Sie wird in ein paar Tagen nach Europa, in die Toskana reisen und dort auch ihren früheren Freund treffen. Sie versichert zwar, dass sie mir treu sein wird, aber wohl ist mir dabei nicht. Ich fürchte, dann bin ich sie los. Was denkst du?"

„Es gibt doch immer einen Haken." Marie schaute versonnen über die Wiese. „Aber los bist du sie dann noch lange nicht. Ich kann dir sagen, was geschehen wird. Sie wird ihrem Ex-Freund sagen, dass sie jetzt eine feste Beziehung hat und sie daher nur gute Freunde sein könnten. Er wird sich sehr verständnisvoll zeigen und einverstanden sein. Nach einer Woche – länger wird es nicht dauern – werden die beiden miteinander ins Bett gehen. Judith wird danach sehr weinen und sagen: ‚Das hätten wir nicht tun dürfen'. Er wird sie trösten und dann werden die beiden, weil es jetzt auch schon egal ist, einen stürmischen Liebessommer miteinander verleben, der bei Judith nur ein wenig durch schlechtes Gewissen getrübt sein wird. Zu Beginn des neuen Semesters wird sie zu dir zurückkommen, sehr, sehr lieb zu dir sein und schwören, dass sie dir treu war. Du wirst ihr glauben, weil du ihr glauben willst, und alle sind glücklich."

„Wie kannst du nur so zynisch sein!", entrüstete sich Francis. „Und du hast gesagt, ich solle ihr mehr vertrauen."

„Na ja, man muss auch realistisch sein."

„Würdest du dich auch so verhalten, würdest du mir an ihrer Stelle auch untreu sein?"

„Ganz sicher sogar. Ich kenne mich doch und du kennst mich auch: Ich bin ein Luder. Allerdings, wenn es mir mit dir ernst wäre, würde ich auf die Toskana pfeifen, die Reise absagen und hier bei dir bleiben. Aber auf mich kommt es ja nicht an, weil du mir gleichgültig bist. Wir sollten uns lieber Gedanken darüber machen, was es mit dem Mord an Peter auf sich hat."

„Jetzt steht doch fest, dass es keiner von uns war."

„Ja und nein. Denk nach Francis: Es könnte beispielsweise mein anderes ‚Ich' in der von Peter geschaffenen Realität gewesen sein, das ihn umgebracht hat. Ich weiß nur nichts davon. Aber du hast schon recht, es war niemand aus unserer realen Existenz. Dieses Wissen nützt nur nichts, weil wir es der Polizei nicht sagen können."

„Wie ist das eigentlich: Bei dem Toten wurde die Mordwaffe, ein Messer gefunden. Kann man aus einer alternativen Vergangenheit ein Artefakt mitbringen?"

„Ich glaube nicht", meinte Marie. „Wir können ja im Hilfecenter fragen." Sie deutete auf das Portal.

„Ich will mich nicht schon wieder ohne Erlaubnis einloggen."

„Ich habe die Erlaubnis. Ich bin ja auch schon länger dabei als du. Wenn ich als deine Aufsichtsschülerin fungiere, ist es für dich in Ordnung, mitzugehen. Wollen wir?"

Francis nickte. Marie nahm ihn bei der Hand und gemeinsam betraten sie das Portal.

Die Halle war riesig. Zahlreiche Menschen eilten zielstrebig über den spiegelblanken Marmorboden und zerrten Koffer hinter sich her. Andere standen vor einer großen Tafel und beobachteten die hin- und herspringenden Anzeigen. Vor Schaltern stauten sich ungeduldige Menschenschlangen. Das Ganze wurde mit sanfter Musik berieselt. Leise konnte man das Dröhnen von Triebwerken hören.

„Wo sind wir hier?", wunderte sich Francis.

„Offenbar in der Abflughalle eines Flughafens", konstatierte Marie. „Ich habe keine Ahnung wieso. Woran hast du denn gedacht, als wir uns eingeloggt haben?"

„Ich habe daran gedacht, dass Judith bald nach Europa fliegen wird", gestand Francis.

Marie schüttelte missbilligend den Kopf. „Du musst deine Gedanken möglichst freihalten, wenn du dich einloggst. Trotzdem, es ist noch immer das Hilfecenter. Fragen wir einmal."

Sie trat an einen Schalter mit der Aufschrift ‚Auskunft'.

„Guten Tag. Können Sie uns bitte eine Auskunft geben?"

„Nein", sagte das Mädchen hinter dem Schalter abweisend und stellte eine Tafel ‚Geschlossen' vor sich. „Warten Sie einfach, bis Sie aufgerufen werden."

Als ob das ein Stichwort gewesen wäre, erklang eine Lautsprecherstimme: „Marie Lefevre und Francis Barre, bitte zur Zollabfertigung kommen. Ich wiederhole ..."

„So ein Quatsch", schimpfte Marie. „Ich möchte wissen, warum sie einem manchmal das Leben so schwer machen."

Trotzdem folgten sie gehorsam Pfeilen, die in trügerische Richtungen wiesen, bis sie eine breite, weiße Tür entdeckten, auf der ‚Zoll' stand.

„Was wollen Sie?", fragte ein Uniformierter, als sie eintraten. „Haben Sie etwas zu verzollen?"

„Nein", antwortete Francis, der sich zu ärgern begann. „Ich bin Francis Barre und das ist Marie Lefevre. Wir sind hier, weil wir eine Auskunft brauchen. Wir hätten gern den Kobold gesprochen, dessen Namen man nicht sagen darf, ohne dass es ihn zerreißt, oder meinetwegen auch Schneewittchen."

„Barre und Lefevre", murmelte der Beamte und kramte in dem Papierstoß auf seinem Tisch. „Bitte Ihre Reisedokumente."

„Wir wollen nicht verreisen", schrie Francis. „Wir wollen nur eine Auskunft!"

Der Beamte ließ sich nicht aus der Ruhe bringen. „Na also. Da habe ich schon Ihre Unterlagen", verkündete er zufrieden und blätterte in einem Akt. „Sind Sie Francis Barre und Marie Lefevre? Registriert als Liebespaar 326B76x?"

„Wir sind kein Liebespaar", protestierte Marie wütend.

„Es steht aber so in den Akten. Was in den Akten steht, ist grundsätzlich richtig. Wenn Sie Ihren offiziell registrierten Beziehungsstatus ändern wollen, müssen Sie sich an die Personalabteilung wenden. Das wird aber in Ihrem Fall gar nicht so einfach werden. Ihre Klassifikation lautet nämlich: ‚sehr beständig'. Soll ich Sie nicht lieber zur Paarberatung weiterleiten?"

„Bitte", flehte Francis. „Wir wollen doch nur eine einfache Auskunft über Ein- und Ausfuhrbestimmungen."

„Ja warum sagen Sie das nicht gleich. Da sind Sie bei mir ganz richtig. Fragen Sie!"

Francis holte tief Luft: „Ist es erlaubt, Gegenstände auf eine Zeitreise mitzunehmen?"

„Haben Sie schon Zeitsprünge unternommen? Sind Sie jemals an Ihrer Destination nackt angekommen?"

„Nein."

„Eben. Sie sind mit Ihrer Kleidung angekommen. Sie dürfen daher Gegenstände mitnehmen. Natürlich nicht unbegrenzt: Einen Walfisch beispielsweise dürfen Sie nicht ausführen. Auch keinen Schnellzug, überhaupt keine Züge. Damit Sie es besser begreifen: Sie dürfen alles mitnehmen, das Sie tragen können, nicht mehr."

„Darf ich aus einer alternativen Vergangenheit Gegenstände mitnehmen?"

„Sie dürfen nur mitnehmen, was Sie hingebracht haben. Das aber müssen Sie sogar: nicht mehr und nicht weniger. Wenn Sie beispielsweise splitternackt einen Zeitsprung beenden – haben Sie das schon einmal getan? – kommen Sie trotzdem in Ihrer Kleidung und mit all Ihren Habseligkeiten zurück. Nichts darf in der Vergangenheit zurückbleiben."

„Wenn jemand also mit einem Messer zurückkommt, dann hat er es auf den Sprung mitgenommen? Es kann nicht aus der Vergangenheit stammen?"

„Natürlich nicht. Das wäre ein grober Verstoß. Der Transfer von Gegenständen ist übrigens automatisiert. Sie brauchen sich also nicht eigens darum kümmern. Wir haben trotzdem ein wachsames Auge darauf, dass kein Schlaumeier versucht, dieses System zu umgehen."

Der Beamte deutete in die Ecke, wo ein dreiköpfiger Hund saß. Mit einem Maul paffte er eine Zigarre, aus den beiden anderen Mäulern hingen lange Zungen.

„Das ist ja der Höllenhund", sagte Francis erstaunt.

„Sie sagen es. In der Hölle ist zurzeit nicht mehr viel los. Daher hilft er bei uns als Spürhund für verbotene Artefakte aus. Der Teufel und die Abteilungen für Finanzen und Zoll arbeiten eng zusammen."

„Den Verdacht habe ich schon immer gehabt", bestätigte Francis. „Jetzt noch eine Frage. Sie betrifft den Ort, an den ein Zeitreisender zurückkommt."

Der Beamte hob abwehrend die Hände. „Dafür bin ich nicht zuständig. Damit wenden Sie sich am besten an unsere Mitarbeiterin im Reisebüro."

An der Wand erschien plötzlich eine Glastür, an der die Aufschrift prangte: ‚Destinationen in alle Zeitzonen und Orte zu günstigen Konditionen. Chronos, Das Reisebüro Ihres Vertrauens'.

Francis wollte protestieren, aber Marie sagte: „Lass gut sein. Komm!"

Sie betraten das Reisebüro. Eine Dame in altertümlicher Kleidung und strenger Frisur schaute von ihrem Computerbildschirm auf und sagte freundlich: „Willkommen in unserem Institut. Bitte nehmen Sie Platz. Was darf ich für Sie tun?"

„Es geht um Zeitreisen", erklärte Francis.

„Natürlich, andere Destinationen bieten wir auch gar nicht an."

Die Dame blickte zwischen Francis und Marie hin und her und wurde plötzlich ernst: „Ich sage Ihnen das lieber gleich. Wir haben kürzlich ein Memo bekommen, wonach Zeitsprünge bloß zum Zwecke der Unzucht unerwünscht sind. Unser Institut steht dafür nicht zur Verfügung. Sie können daher nur in Einzelzimmern in verschiedenen Stockwerken untergebracht werden."

„Was heißt Unzucht?", fragte Marie indigniert. „Aus welchem Jahrhundert kommen Sie eigentlich?"

„In meiner aktuellen Konfiguration aus dem 19. Jahrhundert. Wie heißen Sie?"

„Francis Barre und Marie Lefevre", antwortete Francis schnell, weil Marie Anzeichen eines beginnenden Wutanfalls erkennen ließ.

Die Dame tippte auf ihrer Tastatur und starrte auf den Bildschirm. „Das ist etwas anderes", verkündete sie. „Ihre Klassifikation erlaubt ein toleranteres Vorgehen. Sie haben das Recht auf ein gemeinsames Zimmer mit besonders breitem Bett, auf Wunsch auch als Himmelbett ausgestaltet. Welche Reise schwebt Ihnen vor? In welche Zeit und in welche Gegend wollen Sie?"

„Warten Sie", unterbrach Marie. „Was steht über uns beide auf Ihrem Bildschirm?"

„Sie sind ein ordnungsgemäß registriertes Liebespaar mit der Klassifikation ‚sehr beständig', der Prognose ‚Eheschließung wahrscheinlich' und einem Zusatzvermerk, ‚voraussichtlich 3 gemeinsame Kinder'. Das hat unsere Zukunftsabteilung mit einer Wahrscheinlichkeit von 89 % und steigender Tendenz erhoben."

„Das ist ein Irrtum!", schrie Marie entsetzt. „Ich will keine Kinder! Schon gar keine drei! Ich heirate ihn auch nicht. Ich liebe ihn ja gar nicht! Außerdem hat er eine andere! Wie oft soll ich das denn noch sagen?"

„So oft Sie wollen", erwiderte die Dame freundlich. „Es wird Ihnen nur nichts nützen. Sie können nur auf den Unsicherheitsfaktor, die verbleibenden 11 % hoffen. Sie haben natürlich auch das Recht auf Einzelzimmer, um den prognostizierten Verlauf nicht noch zusätzlich zu beschleunigen, aber das wird dann teurer."

„Wir wollen gar nicht verreisen", mischte sich Francis neuerlich ein. Wir haben nur eine Frage: „An welcher Stelle kommt ein Zeitreisender zurück?"

„Das ist einfach: Üblicherweise durch das Portal, von dem er aufgebrochen ist. Optional kann der Reisende entweder schon bei Antritt der Reise oder bei einem vorzeitigen Abbruch einen anderen Rückkehrpunkt wählen."

„Wie geht das?"

„Ich habe darüber ein sehr informatives Merkblatt", sagte die Dame und kramte in ihrer Schreibtischlade. „Aber leider nur auf Japanisch. Im Grunde läuft es darauf hinaus, dass das System unmissverständlich erkennen muss, wohin Sie wollen. Das Beste wird sein, Sie fragen wegen der Details Ihre Mentoren."

„Dazu hätten wir nicht herkommen brauchen", murrte Francis und fragte weiter: „Was ist, wenn ein Reisender in der Vergangenheit stirbt?"

„Dann ist er tot", antwortete die Dame mit Grabesstimme, „und seine Reise ist beendet. Wir sorgen in diesem Fall dafür, dass er in die Gegenwart überführt wird."

„Lebendig oder tot?"

„Das kann man nicht eindeutig beantworten. Am besten wird sein, Sie fragen den Fachmann." Sie deutete auf eine Tür, die vorher noch nicht da gewesen war. Ein Schild verkündete: ‚Institut Vergissmeinnicht, Bestattungen, Überführungen und einfühlsamer Trost zu sehr günstigen Bedingungen. Exhumierungen und Preise auf Anfrage.'

Das Firmenlogo war ein grinsender Totenkopf.

„Lassen Sie den Unsinn", begehrte Francis auf. „Sie können mir genauso gut diese Auskunft geben."

„Das könnte ich, aber ich will nicht."

„Ich geh da nicht hinein", sagte Marie. „Das ist gruselig." Sie tastete nach Francis, legte ihre Hand Schutz suchend in die seine und hielt sie ganz fest.

„Interessant", bemerkte die Dame und klopfte mit dem Fingernagel gegen ihren Bildschirm. „Der Wahrscheinlichkeitsindex für eine künftige Eheschließung ist soeben auf 90 % gesprungen. Das geht schneller, als ich dachte."

Marie stieß einen Schreckensschrei aus und ließ Francis los, als ob sie sich die Finger verbrannt hätte. Dann stand sie entschlossen auf und ging durch die neue Tür. Francis beeilte sich, ihr zu folgen.

An den Wänden waren Särge in allen Größen und Ausführungen ausgestellt, dazu Kerzenleuchter und Musterkränze. Das Licht war gedämpft, aus einem Lautsprecher drang leise Musik, sehr getragen, aber auch nicht ausgesprochen traurig. Es roch nach Desinfektionsmittel und alten Blumen.

Ein kleiner Mann im schwarzen Anzug, der Francis an Rumpelstilzchen erinnerte, eilte ihnen mit ausgestreckten Armen entgegen und sprach ihnen mit ernster Miene sein tief empfundenes Beileid für den schweren Verlust aus, den sie erlitten hatten.

„Wir haben keinen Verlust erlitten", versuchte Francis zu erklären.

„Aber das werden Sie, mein Bester, das werden Sie sicher, früher oder später", sagte der Bestatter. „Und Sie tun gut daran, rechtzeitig Vorsorge zu treffen. Darf ich Sie um Ihre Namen bitten?"

„Francis Barre und Marie Lefevre."

„Francis Barre und Marie Lefevre", wiederholte der Bestatter und blätterte in schwarzumrandeten Zetteln. „Ach ja, da habe ich Sie schon." Er wandte sich an Marie. „Es ist zwar tatsächlich noch etwas früh, aber wie gesagt: Besser rechtzeitig vorsorgen, als später überhastete Entscheidungen treffen zu müssen. Ich nehme an, Gnädigste, Sie wollen für Ihren künftigen Gatten", er machte eine leichte Verbeugung Richtung Francis, „eine würdige letzte Ruhestätte erwerben?"

„Nein, um Himmels willen nein!", schrie Marie entsetzt. „Ich wünsche Francis noch ein langes Leben und er ist mit Sicherheit nicht mein künftiger Gatte. Ich werde überhaupt nicht heiraten!"

„Die Zukunft ist ungewiss, da haben Sie schon recht", bestätigte der Bestatter. „Man kann nur mit Wahrscheinlichkeitsmodellen arbeiten. Aber ich entnehme meinen Unterlagen, dass die Wahrscheinlichkeit für eine künftige Eheschließung zwischen Ihnen beiden derzeit ziemlich stabil bei 91 % liegt. Also ist es durchaus gerechtfertigt, die gemeinsame Zukunft und auch darüber hinaus zu planen. Wenn Gnädigste vielleicht ein geeignetes Sargmodell wählen wollen? Ich werde inzwischen die Maße des künftigen teuren Verblichenen nehmen." Er entrollte ein Maßband und versuchte Francis von Kopf bis Fuß abzumessen.

Francis hielt seine Hand fest und sagte drohend: „Unterstehen Sie sich! Alles, was wir wollen, ist eine Auskunft, und zwar nicht über Grabstätten, sondern über theoretische Fragen des Zeitreisens."

Der Bestatter war enttäuscht. „Schade. Ihre künftige Frau hätte so eine hübsche Witwe abgegeben. "

„Wenn ein Zeitreisender in der Vergangenheit stirbt, bringen Sie ihn zurück?"

„Ja gewiss. Zu sehr günstigen Konditionen, wie ich hinzufügen darf."

„Lebendig oder tot?"

„Beides ist möglich. Ich kümmere mich aber nur um die Toten. Die Lebenden sind mir gleichgültig." Er beugte sich vor und flüsterte vertraulich: „Wollen Sie vielleicht für Ihre künftige Frau eine Grabstelle erwerben? Im Allgemeinen sind Frauen ja langlebiger als Männer, statistisch gesehen, aber man kann ja nicht wissen."

Marie stieß einen empörten Schrei aus.

„Nein, das will ich nicht", lehnte Francis entschieden ab. „Wovon hängt es ab, ob einer, der in der Vergangenheit gestorben ist, lebendig oder tot zurückkehrt?"

„Das weiß man nicht. Es scheint nur zwei Gesetzmäßigkeiten zu geben. Wenn jemand so lange in der Vergangenheit bleibt, bis er eines natürlichen Todes stirbt, dann kehrt er auch nur als Toter zurück. Wenn jemand hingegen eines gewaltsamen Todes stirbt, stehen die Chancen genau 50:50. Die einen kommen lebendig zurück und sind dann völlig unversehrt, die anderen sind und bleiben tot. Wir hatten unlängst einen sehr interessanten Fall. Ein Zeitreisender hat am Hofe König Heinrich des VIII. eine blöde Bemerkung über seine Majestät gemacht und sollte hingerichtet werden. Der Versuch eines Notabbruchs ist gescheitert und man hat ihm tatsächlich den Kopf abgeschlagen. Ein klarer Fall, sollte man meinen. Aber was soll ich Ihnen sagen, er ist völlig unversehrt zurückgekommen und sein Kopf war genau dort, wo er sein sollte. Ein anderer hingegen, der bloß einen Degenstich erlitten hat, kam mausetot zurück, obwohl seine Verletzung vergleichsweise sehr viel geringer war als die des Geköpften. Es ist wie ein Glücksspiel, bei dem es um alles oder nichts geht. Ja, ja, mein Lieber, das Zeitreisen hat manche unerwünschte Risiken und Nebenwirkungen. Das bringt mich jetzt auf eine Idee, wie ich Ihnen helfen könnte. Sie sollten gleich jetzt eine gemeinsame Grabstelle erwerben. Dann brauchen Sie sich keine Gedanken mehr darüberzumachen, wer von Ihnen als erster ins Gras beißt. So ist sichergestellt, dass Sie auch im Tode vereint sind. Bei einer Ehewahrscheinlichkeit von inzwischen fast 92 % ist das nur ein geringes Risiko."

Marie hatte sich auf einen Sarg gesetzt, das Gesicht in den Händen verborgen und schüttelte nur von Zeit zu Zeit verzweifelt den Kopf.

Francis ließ sich nicht beirren. „An welcher Stelle kommt ein toter Zeitreisender zurück? Am Portal, so wie üblich?"

„Nein. Da gibt es eine Ausnahme von der Regel. Er kommt an der Stelle zurück, die mit jener korrespondiert, an der er in der Vergangenheit gestorben ist. Ist das wegen räumlicher Veränderungen nicht exakt möglich, an einer Stelle die möglichst nahe liegt." Er räusperte sich bedeutungsvoll. „Ich hätte noch ein lukratives Angebot für Sie. Wie wäre es mit einer Feuerbestattung? Das hat viele Vorteile. Der teure Verblichene wird dadurch nämlich transportabel. Man kann ihn mitnehmen, wenn man in eine andere Stadt umzieht. Mit einem Grab geht das nicht. Sobald man sich dann wieder verheiratet, kann man die Asche auch ins Meer streuen. Das ist eine sehr würdige, anrührende Zeremonie und man ist den Verstorbenen damit endgültig los. Bei Ihren Beziehungsdaten glaube ich allerdings nicht, dass sich der hinterbliebene Teil nochmals verheiraten wird. Wenn Sie gleich eine Anzahlung leisten, gebe ich Ihnen die Urnen gratis dazu."

Marie schaute auf und fragte müde: „Warum quälst du mich mit so dummen Reden, Schneewittchen?"

„Ich bin nicht Schneewittchen", protestierte der Bestatter, „obwohl ich es natürlich sein könnte. Und ich quäle dich auch nicht. Das tust du schon selber. Du solltest doch wissen, wie das hier abläuft. Ich arbeite bloß mit euren Wünschen, Fantasien, Vorstellungen und Ängsten."

Marie versteckte das Gesicht wieder in den Händen und schien zu weinen.

Francis warf ihr einen mitleidigen Blick zu, aber er war entschlossen, die Sache durchzuziehen. „Da ist noch etwas", sagte er. „Haben Sie unlängst die Überführung eines gewissen Peter Fox durchgeführt?"

„Fox? Ja natürlich. Messerstich in die Brust, direkt ins Herz. Sehr tragisch. Möchten Sie einen Kranz für das Begräbnis erwerben?"

„Nicht bei Ihnen. Können Sie mir sagen, wer ihn umgebracht hat?"

„Nein. Die Informationen über seinen letzten Zeitsprung sind nur im Zentralarchiv gespeichert. Es wäre aber sinnlos dort nachzufragen. Keiner Ihrer Mentoren hat die Sicherheitsstufe, die das Abrufen dieser Daten erlauben würde und Sie schon gar nicht"

Der Bestatter flackerte. An seiner Stelle erschien eine schöne junge Frau, weiß wie Schnee, rot wie Blut und schwarz wie Ebenholz.

„Schneewittchen!", rief Marie und wischte sich die Augen.

„Heul doch nicht ständig Marie", sagte Schneewittchen. „In Wahrheit ist alles ganz einfach. Du musst nur über deinen eigenen Schatten springen." Dann war sie wieder verschwunden.

„Was war das?", fragte Francis erstaunt.

„Offenbar eine Bildstörung", antwortete der Bestatter griesgrämig. „Manchmal bringe ich mich selber durcheinander. Besonders, wenn ich es mit so wirren Köpfen wie den euren zu tun habe. Verschwindet jetzt!"

Francis nahm gehorsam Marie in die Arme und sprach mit ihr das Abbruchkommando. Sie stiegen schweigend von der Steinplatte und setzten sich wieder auf die Bank. Nach einer Weile sagte Marie bitter. „Das habe ich notwendig gehabt. Ich hätte mich nicht mit dir treffen sollen. Jedes Mal, wenn wir gemeinsam durch das Portal gehen, endet es so. Das muss aufhören. Ich werde Professor Pelletier bitten, dass sie uns nicht mehr zusammen üben lässt."

„Glaubst du, dass es dann besser wird?"

„Wahrscheinlich nicht", räumte Marie ein. „Seit ich mit dir geschlafen habe, hat es das Portal, oder was auch immer dafür verantwortlich ist, auf mich abgesehen. Dieser Unfug, dass ich dich heiraten werde, diese lächerlichen Indexzahlen und Wahrscheinlichkeiten haben doch mit der Realität nichts zu tun und sollen mich nur in Verlegenheit bringen und ärgern."

„Ich gebe zu, dass sich das Portal sonderbar verhält", räumte Francis ein. „Gleichgültig, was wir im Hilfecenter wollen, sie kommen immer wieder auf unseren angeblichen Beziehungsstatus zu sprechen. Dass ich dich liebe, ist ja kein Geheimnis, aber was wollen sie von dir? Du magst mich ja gar nicht."

„So kann man das nicht sagen. Natürlich mag ich dich. Sonst wäre ich nicht hergekommen. Aber ich liebe dich nicht. Das Portal will mich offenbar mit deiner dummen Vernarrtheit in mich bestrafen."

„Als Strafe sehe ich mich aber nicht gerne", wandte Francis ein.

„Trotzdem ist es so. Das muss und wird aufhören. Ich werde mich auf Artikel 57 berufen."

„Was ist denn das schon wieder?"

„Das sagen sie den Schülern erst im zweiten Lehrjahr. Ich verrate es dir trotzdem. In Notsituationen kann man sich auf Artikel 57 berufen und sich praktisch über alles, das mit Zeitreisen zu tun hat, beschweren. Dann wird dein Fall von der obersten Instanz des Portals entschieden. Die Mentoren warnen dich allerdings ausdrücklich davor, leichtfertig diesen Artikel anzuwenden. Demjenigen, der bloß queruliert, drohen nämlich unangenehme Konsequenzen. Wenn dein Anliegen hingegen nicht völlig unberechtigt erscheint, beschäftigt sich die oberste Instanz eingehend damit und versucht dir zu helfen. So wie ich es nun sehe, werde ich im Hilfecenter unangemessen schikaniert. Da kann ich doch wohl Abhilfe verlangen. Was meinst du?"

„Ich bin mir nicht sicher. Was ist, wenn sie finden, dass diese angebliche Beziehungsprognose über uns beide korrekt ist?"

„Das wäre blöd. Aber es kann ja nicht sein. Vielleicht solltest du gemeinsam mit mir intervenieren."

„Dann müsste ich wahrheitsgemäß aussagen, dass ich dich liebe und sie werden sagen: ‚na eben'. Ich weiß nicht, ob das hilfreich wäre. Überschlafe das lieber noch einmal. Erinnere dich daran, wie unangenehm dein Disziplinarverfahren war. Mit solchen Instanzen ist nicht zu spaßen. Ich mache dir einen Vorschlag, damit du auf andere Gedanken kommst. Wenn du nichts Besseres vorhast, lade diesmal ich dich auf ein Mittagessen ein."

„Meinetwegen", stimmte Marie zögernd zu. „Aber ich will kein Wort mehr über Liebe und solchen Quatsch hören."

Sein Herz begann schneller zu schlagen, als sie sich bei ihm einhakte und er ihren Körper an seiner Seite spürte. „Ist doch klar", versicherte er. „Kein Wort mehr über Liebe und solchen Quatsch."

4

Während des Nachtisches rief Judith an, entschuldigte sich dafür, dass sie sich erst jetzt melde, und verlangte Francis dringend zu sehen.

„Das war ja klar", sagte Marie, als Francis erklärte, er müsse leider sofort aufbrechen. „Lauf zu deiner Judith, und kümmere dich nicht um die Rechnung. Ich mach das schon. Dann bist du mir eben zwei Mittagessen schuldig."

Francis versuchte sie zu küssen, aber sie drehte den Kopf weg, damit er nur ihre Wange traf.

Auf dem Weg von einer Liebe zur anderen, dachte Francis, dass die Situation schon recht verzwickt war. Zwar machte ihm Marie nicht die geringsten Hoffnungen, das konnte aber nichts daran ändern, dass er eine tiefe Zuneigung für sie empfand und sie begehrte. Andererseits hatte er zwar die von ihm lange heimlich verehrte Judith für sich gewonnen, er befürchtete aber, dass er sie wieder verlieren werde, sobald sie nach Europa reiste. „Marie hat schon recht", dachte er. „Sie wird wieder etwas mit ihrem Ex anfangen, und ich bin nicht bereit, darüber hinwegzusehen. Am Ende stehe ich überhaupt ohne Freundin da."

Der letzte Gedanke kam ihm ziemlich selbstsüchtig vor, aber er tröstete sich damit, dass ja niemand seine Gedanken lesen könne, außer vielleicht das Portal. Das führte ihn zu einer weiteren Überlegung. Die skurrilen Szenen, in denen das Portal ihn und Marie hartnäckig als Liebespaar bezeichnet und nicht nur eine Eheschließung, sondern auch gemeinsame Kinder prophezeit hatte, beruhten sicher nicht auf Informationen aus seinen Gedanken. Soweit hatte er die Funktionsweise des Portals schon verstanden. Er war zwar möglicherweise für die Szenerie verantwortlich, aber an eine Heirat oder gar an Kinder hatte er nicht einmal im Traum gedacht. Das musste von Marie gekommen sein. Also stimmte wahrscheinlich, was Dr. Winter gesagt hatte. Marie hatte sich in ihn verliebt, und zwar nicht nur ein bisschen, sondern so heftig, dass sie den Gedanken an eine gemeinsame Zukunft nicht aus dem Kopf bekam, auch wenn sie sich verzweifelt dagegen wehrte. „Arme Marie", dachte er selbstgefällig. „Wenn ich nicht mit

Judith zusammen wäre, könnte aus uns beiden sicher etwas werden. Nun, wir werden sehen. Wenn es mit Judith auf Dauer nicht klappt, dann bekommst du deine Chance."

Er war selbstkritisch genug, sich für solche Überlegungen ein wenig zu schämen. Aber was sollte man schon machen, wenn man zwei Mädchen liebte und von beiden wiedergeliebt wurde? Man musste sich für eine von beiden entscheiden und bloß darauf achten, dass man am Ende nicht beide los war. Er fragte sich, ob Judith ähnliche Überlegungen in Bezug auf ihn und ihren italienischen Freund anstellte. Wenn dem so war, dann ließ sie sich davon genauso wenig anmerken wie er.

Sie hatte vor ihrer Pension auf ihn gewartet und begrüßte ihn mit stürmischen Küssen. „Hast du schon gehört, was mit Peter geschehen ist?", fragte sie, als sie wieder zu Atem gekommen waren.

„Deswegen habe ich dich angerufen. Die Polizei war in aller Früh bei mir und wollte wissen, wo ich in der Nacht war."

„Mich haben sie sogar abgeholt und auf der Polizeistation ein Protokoll mit mir aufgenommen. Zum Glück habe ich nicht geschwindelt und gleich zugegeben, dass ich mit dir zusammen war. Sie haben trotzdem immer wieder gefragt, ob wir nicht doch noch an den Strand gefahren sind. Erst wie meine Zimmerwirtin und Cassius bestätigt haben, dass ich ab 2 Uhr zu Hause war und davor geraume Zeit im Hausflur mit dir geknutscht habe, haben sie mich gehen lassen. Sie tüfteln aber an einer Art Zeitdiagramm herum, und ich habe gehört, wie einer der Polizisten gesagt hat: ‚Es könnte sich trotzdem ausgegangen sein'. Ein anderer hat hingegen gemeint: ‚Wahrscheinlich nicht. Die Zeit ist einfach zu kurz gewesen.' Es kann doch nicht sein, dass sie uns im Verdacht haben? Das wäre doch unsinnig!"

„Sie überprüfen eben alle Möglichkeiten", beschwichtigte sie Francis. „Anderen aus dem Bekanntenkreis von Peter wird es genauso gegangen sein. Was ist mit Cassius?"

„Der hat ein bombensicheres Alibi. Mit Abigail dürfte es nicht so gelaufen sein, wie er sich das vorgestellt hat. Er war schon um 22 Uhr zu Hause."

„Es ist zwar sehr tragisch, was mit Peter geschehen ist", meinte Francis, „aber mit uns hat das nichts zu tun. Was wollen wir heute unternehmen?"

„Gehen wir jetzt gleich zu dir?"

Francis war überrascht. „Jetzt schon? Du meinst ... du willst ...?", fragte er zögernd.

„Na ja", sagte Judith. „Der frühe Nachmittag ist zwar kein schicklicher Zeitpunkt – Francis fragte sich, warum eigentlich nicht – aber ich bin ja auch nicht mehr lange da. Wir sollten jede Minute nutzen, solange wir die Gelegenheit haben. Du willst doch, oder?"

Und ob Francis wollte. Adams, der eben mit dem Mittagessen fertig geworden war, zog sich kopfschüttelnd zurück, als Francis mit Judith die Treppe zu seinem Zimmer hochstieg.

Judith schien tatsächlich keine Zeit verlieren zu wollen. Fasziniert betrachtete Francis den roten Fleck, der sich auf ihrer Brust abzuzeichnen begann, als sie sich auszog. „Sie ist unheimlich scharf auf mich", dachte er selbstgefällig.

Nach einer ziemlich hemmungslosen Stunde legten sie eine Pause ein. Judith schien es für angezeigt zu halten, eine Erklärung abzugeben. „Ich bin sonst nicht so", sagte sie, ohne genauer zu definieren, was sie mit ‚so' meinte. „Aber ich habe dich sehr, sehr lieb und ich habe schon recht lange enthaltsam gelebt. Seit dem letzten Sommer, um genau zu sein. Ich dachte, das macht mir nichts aus, aber wenn es dann doch passiert, merkt man erst, was einem gefehlt hat und will es wieder haben. Denkst du jetzt schlecht über mich?"

Francis gab seinerseits eine längere, sehr schöne Erklärung ab, die sich in etwa so zusammenfassen lässt, dass er nur gut über sie denke, sie das anbetungswürdigste Geschöpf sei, das er je kennengelernt habe, und dass der Sex mit ihr unbeschreiblich schön sei.

Judith war entzückt. „Du wirst mir so fehlen", flüsterte sie. „Ich weiß gar nicht, wie ich es drei lange Monate ohne dich aushalten soll."

„Du wirst ja Gesellschaft haben, wenn du die Schönheiten der Toskana erkundest", sagte Francis und war sich nicht sicher, ob es klug war, das jetzt zur Sprache zu bringen.

„Meinst du Rudolfo?"

Rudolfo. Jetzt hatte das Phantom einen Namen. Francis stellte sich einen athletischen, braun gebrannten Italiener vor, der Judith umsorgte und mit angenehmer Stimme über Geschichte und Kunst referierte, während sie gebannt an seinen Lippen hing und sich die weiße Haut in ihrem tiefen Ausschnitt zu röten begann.

„Das ist mir tatsächlich durch den Sinn gegangen", gestand er.

„Ach du lieber Dummkopf! Du musst dir keine Sorgen machen. Rudolfo und ich, wir werden nur gute Freunde sein, sonst nichts. Zur Liebe gehört auch Vertrauen, Francis. Du musst nur jetzt sehr lieb zu mir sein, damit es auch über den Sommer reicht."

Francis bemühte sich während der folgenden Stunde nach Kräften, diesen eingeforderten Vorrat an sexueller Erfüllung zu vermehren, dann war er an den Grenzen seiner Möglichkeit angelangt. Die vergangene Nacht forderte ihren Tribut.

Judith schien dennoch zufrieden zu sein. „Mach dir doch wegen Rudolfo keine Sorgen", sagte sie und streichelte ihn zärtlich. „Ich werde dich sicher nicht mit ihm betrügen."

Francis fragte sich, warum sie jetzt wieder damit anfing. Der Gedanke an Rudolfo schien sie zu beschäftigen.

„Schreibt ihr euch gelegentlich?", fragte er.

„Ja schon", bekannte sie. „Er schreibt mir fast jede Woche."

Francis dachte, dass er das wohl nur tun würde, wenn er etwa ebenso viele Antwortbriefe bekäme. Er erinnerte sich daran, dass sie das ganze vergangene Studienjahr Single und damit Rudolfo treu gewesen war, bis sie etwas mit ihm angefangen hatte. „Man kann es auch so sehen, dass sie jetzt Rudolfo mit mir betrügt", dachte er überrascht.

„Weiß Rudolfo von mir?", fragte er.

„Wie denn?", fragte sie irritiert. „Wir sind doch erst seit gestern beisammen. Das erkläre ich ihm lieber persönlich."

Francis entschloss sich, alles auf eine Karte zu setzen. „Was hältst du davon, wenn du den Sommer mit mir verbringst? Du musst ja nicht auf Italien verzichten. Wir beide könnten uns in der Toskana einige schöne Wochen machen, ganz ohne Rudolfo."

Judith reagierte fast schroff. „Vielleicht nächstes Jahr, Francis. Aber für heuer ist schon alles arrangiert. Das will ich nicht mehr umstoßen. Ich fliege ja auch mit meinem Bruder und meinen Eltern. Ich will doch nicht meine Familie vor den Kopf stoßen. Es geht auch nicht, dass du mich auf dieser Familienreise begleitest. Dazu kennen wir uns noch nicht lange genug. Was sollen denn meine Eltern denken?"

„Und was soll vor allem Rudolfo denken", dachte Francis und bekundete volles Verständnis. Dennoch war Judith über sein Ansinnen deutlich verstimmt. Sie suchte das Bad auf und erklärte dann, dass sie jetzt gehen müsse, er brauche sie nicht nach Hause zu bringen, sie habe noch Besorgungen zu machen.

Als sie gegangen war, dachte Francis bekümmert daran, dass sie während der vergangenen Stunden zweimal versehentlich und ohne dass es ihr selbst bewusst geworden war, ‚Oh Rudolfo' gestöhnt hatte, und dass sie vergessen hatten, eine neue Verabredung zu treffen.

Wenig später klopfte Adams an seine Tür und sagte: „Sie haben Glück, Francis."

„Ja sicher", antwortete Francis skeptisch und wunderte sich, dass Adams seine diskrete Zurückhaltung aufgegeben hatte. „Sie ist ein wunderbares Mädchen."

„Das meine ich nicht. Sie haben deswegen Glück, weil sich die beiden Damen beinahe begegnet wären. Sie wissen, dass ich mich um solche Dinge nicht kümmere, aber ich wünsche Frieden und Ruhe in meinem Haus. Das Letzte, was ich brauchen kann, sind lautstarke Szenen oder gar zwei Frauen, die miteinander raufen und dabei alles zerschlagen. Das ist mir bei einem Ihrer Vorgänger passiert und ich habe jetzt noch Albträume davon. Wenn Sie mir den Rat erlauben wollen: Teilen Sie Ihre Termine so ein, dass Sie einen gewissen Sicherheitsabstand zwischen den Damen einplanen."

„Was meinen Sie eigentlich?", fragte Francis.

„Unten wartet eine junge Dame und möchte zu Ihnen. Sie sagt, sie heißt Abigail. Kennen Sie sie? Soll ich sie heraufschicken?"

„Ja bitte. Ich kenne sie natürlich, aber ich war mit ihr nicht verabredet."

„Umso schlimmer", sagte Adams düster. „Überraschende Besuche von Damen sind besonders konfliktträchtig." Er entfernte sich kopfschüttelnd.

Abigail begrüßte Francis unbefangen und meinte: „Entschuldige, wenn ich so unangemeldet komme, aber du bist nicht ans Telefon gegangen und es eilt. Ich bin eine Art Postbote. Die Meister haben unsere jährliche Vollversammlung überraschend vorverlegt. Die Teilnahme ist Pflicht. Wir treffen uns im heutigen Heimatkundemuseum in der Walpurgisnacht des Jahres 1903. Beginn ist um 21 Uhr. Wir sollen aber etwas früher da sein. Der Sprung ist als Gemeinschaftssprung angelegt."

„Das wird aber ein ziemliches Gedränge am Portal", wunderte sich Francis. „Das geht doch gar nicht."

„In diesem speziellen Fall schon. Sie haben das mit dem Portal arrangiert. Jeder springt im Laufe des Tages für sich allein, aber es gilt trotzdem als Gemeinschaftssprung. Der Sprungbefehl ist daher ein bisschen komplizierter, darum habe ich ihn dir hier aufgeschrieben."

„Danke." Francis studierte den Zettel, den sie ihm gab.

„War das Judith, die eben gegangen ist?", fragte Abigail neugierig. „Sie hat verstört gewirkt. Habt ihr euch gestritten?"

„Das nicht gerade. Es ist nur so, dass sie offenbar einen Freund in Italien hat. Ich habe geglaubt, das sei vorbei, aber wie sich herausgestellt hat, korrespondieren sie regelmäßig miteinander und wollen sich in den Ferien wieder treffen."

„Fernbeziehungen sind immer ein Problem", bemerkte Abigail sachkundig. „Sie hat ohnehin lange durchgehalten. Fast hätte sie es geschafft, aber dann bist im letzten Moment du gekommen. Klar, dass sie jetzt ein schlechtes Gewissen hat."

„Und was ist mit mir?"

„Was soll mit dir schon sein? Sie wird zu Semesterbeginn wieder zurückkommen und du hast dann ein ganzes Jahr Zeit, um die Sache für dich zu entscheiden."

„Und bis dahin, während der Ferien?"

„In den Ferien wird sie es besonders wild mit ihrem Italiener treiben. Das ist oft so, wenn eine Frau ein schlechtes Gewissen hat", belehrte ihn Abigail herzlos.

„Ich kann das nicht akzeptieren", stöhnte Francis.

„Warum nicht? Die Situation ist dann für dich auch nicht anders als schon jetzt. Er war eben vor dir am Zug. Wenn dir etwas an ihr liegt, musst du um sie kämpfen."

„Ich bin nicht so fürs Kämpfen in einer Dreiecksbeziehung. Ich habe gern klare Verhältnisse."

„Sobald man klare Verhältnisse hat, beginnt es langweilig zu werden", erklärte ihm Abigail. „Weißt du, was ich wirklich glaube? Sie wird ihren Italiener vielleicht mit dir betrügen, aber am Ende wird sie sich für ihn entscheiden. Er wird ihr den Seitensprung – das bist du – großmütig verzeihen, falls er überhaupt davon erfährt. Du darfst nicht vergessen, dass ihre Eltern sehr, sehr wohlhabende und einflussreiche Leute sind. So etwas ist ein wahres Liebeselixier. Es spornt an und fördert gleichzeitig die Toleranz."

„Bist du wirklich so ein zynisches Miststück, wie du tust?", fragte Francis erbittert.

„Ich glaube schon", meinte Abigail ungerührt und ohne beleidigt zu sein. „Man kann es auch so formulieren, dass ich die Dinge sehr realistisch sehe."

„Etwas Ähnliches hat mir ein anderes Mädchen unlängst auch schon gesagt."

„Wahrscheinlich die kleine Lefevre. Schau nicht so erstaunt, Francis. Glaubst du, es ist nicht aufgefallen, dass du ständig mit ihr zusammensteckst?"

„Wir üben zusammen."

„Ganz sicher nicht nur die Kunst des Zeitspringens, wenn stimmt, was man über Marie so hört. Wenn du dir über Untreue Gedanken machst, solltest du vielleicht bei dir selber anfangen."

„Wie steht es eigentlich zwischen dir und Cassius?", lenkte Francis eilig ab.

Abigail zuckte mit den Schultern. Nachdem sich Francis ihr anvertraut hatte, schien sie ihrerseits keine Bedenken zu haben, auch über ihre Beziehung mit Cassius zu reden. „Er kommt schön langsam voran", sagte sie. „Nicht so rasch, wie er sich das wünscht, aber Schritt für Schritt. Ich musste ihn zwar gestern Abend enttäuschen, aber ganz leer ist er doch nicht ausgegangen. Ich glaube, er war am Ende recht befriedigt. Man muss das Feuer langsam anfachen, damit es richtig schön brennt. Was schaust du denn so, Francis? Denkst du, Frauen sind engelgleiche Wesen? Nur die Dummen, Naiven oder Unerfahrenen stolpern in ein Bett, in das sie eigentlich gar nicht wollen. Wir anderen gehen meist recht planmäßig vor."

„Marie ist nicht so", sagte Francis spontan.

Diesmal blieb Abigail vor Staunen der Mund offen stehen. „Du glaubst, Marie sei anders? Gerade Marie? Francis! Ich glaube, du hast wirklich ernsthafte Probleme, und zwar nicht nur mit Judith."

„Da kannst du recht haben", bestätigte Francis bedrückt. „Etwas anderes: Was hört man über den Mord an Peter? Judith und ich sind von der Polizei befragt worden. Sie haben unser Alibi überprüft."

„Nicht nur eures. Bei Cassius und mir waren sie auch schon. Cassius hat ja ein einwandfreies Alibi, aber mit mir haben sie sich schwergetan. Nachdem ich mich von Cassius verabschiedet hatte, bin ich nämlich noch ein bisschen um die Häuser gezogen und erst am Morgen nach Hause gekommen. Sie haben aber keinen Zusammenhang zwischen mir und Peter herstellen können. Ich habe ihn ja kaum gekannt. Näheres weiß ich auch nicht. Vielleicht erfahren wir heute Abend mehr. Du kannst den Sprung jederzeit machen. Am besten möglichst bald, damit es zu keinem Stau am Portal kommt. Jetzt muss ich aber weiter. Ich habe noch ein paar Einladungen zuzustellen."

„Danke, dass ich mit dir reden durfte", sagte Francis.

Abigail blieb an der Tür stehen und ein schelmisches Lächeln huschte über ihr Gesicht. „Jederzeit gern. Ich habe schon immer eine kleine Schwäche für dich gehabt, Francis. Das Rosentattoo auf deiner linken Pobacke ist übrigens ganz entzückend."

„Woher weißt du das?", fragte Francis verblüfft.

„Ja woher wohl?", fragte Abigail unschuldig und enteilte.

Wenig später verließ auch Francis das Haus und begab sich zum Portal. Auf der Bank saß Lucie, die Kellnerin aus der Bowlinghalle und angehende Mentorin, und sah ihm entgegen. „Hallo Francis. Springst du auch schon?", fragte sie.

„Ich dachte, ich komme früher her, damit ich jemanden von uns treffe. Abigail hat mir den Sprungbefehl zwar aufgeschrieben, aber er ist sehr kompliziert."

„Was ist dir daran unklar?"

Francis zeigte ihr den Papierstreifen. „Heißt das ‚Orbit'? "

„Du lieber Himmel, nein!", rief Lucie. „Wenn du an dieser Stelle ‚Orbit' sagst, wird deine Eingabe als unzulässig zurückgewiesen. Das ist wenigstens zu hoffen. Wenn sie akzeptiert wird, findest du dich nämlich auf einer Umlaufbahn um die Erde wieder. Dann wirst du zwar sofort ersticken oder platzen und wieder zurückgebracht werden, aber das kann ins Auge gehen, wie wir am Beispiel des armen Peter gesehen haben. Nein, das soll ‚obit' heißen. Abigail hat wirklich eine furchtbare Klaue. Ich muss ihr sagen, dass sie künftig solche Anweisungen für Anfänger ausdrucken soll."

„Das ist ja gefährlich", entsetzte sich Francis.

Lucie lachte gutmütig und nahm ihn bei der Hand. „Überhaupt nicht. Komm mit, wir machen den Sprung gemeinsam, dann kannst du nicht verloren gehen."

5

Das alte Herrenhaus auf dem Hügel war seit Jahren unbewohnt und wurde von der Bevölkerung gemieden. Es hieß, dort solle es nicht mit rechten Dingen zugehen und spuken. Trotzdem kam in der Walpurgisnacht des Jahres 1903 ein Fuhrmann, der sich verspätet hatte und an solche Geschichten nicht glaubte, mit seinem Gespann an diesem Haus vorbei und hatte ein Erlebnis, das ihn eines Besseren belehrte. Er bemerkte nämlich, dass zwischen schwarzen Vorhängen, welche die Fenster bedeckten, Licht durchschimmerte und sah schattenhafte Gestalten, die sich hinter den Vorhängen bewegten. Dazu vernahm er Musik, die nur höllischen Ursprungs sein konnte. Es handelte sich, wie seine Nachkommen sofort erkannt hätten, um ein bekanntes Stück der Rolling Stones.

Nicht genug damit: Plötzlich tauchte aus dem Nichts ein lachendes Paar auf, das sich an der Hand hielt. Ferner Donner war zu hören, obwohl nichts auf ein Gewitter hindeutete. Es war dem Fuhrmann, als ob er Schwefeldampf riechen könne. Das Weib war mit Sicherheit eine Hexe, das konnte man schon an ihren ausladenden Formen und ihrer unanständigen Kleidung erkennen. Der Bursche an ihrer Seite wirkte zwar unscheinbar, musste aber ihr teuflischer Buhle sein, der sich, wie es der Böse und seine Unterteufel gerne taten, harmlos gebärdete, um die Menschen besser verführen zu können. Jetzt hatten ihn die beiden dämonischen Gestalten entdeckt. Der Teufelsgeselle streckte die Hand gegen ihn aus und zeigte auf ihn. Mit einem würgenden Angstschrei hieb der Fuhrmann auf seine Pferde ein und hielt erst inne, als er schweißüberströmt das Wirtshaus erreicht hatte, wo er zuerst einen dreifachen Schnaps begehrte und dann berichtete, er sei beim alten Herrenhaus in einen Hexensabbat geraten und dem Leibhaftigen nur mit Mühe entkommen. Die anderen Gäste, alles aufgeklärte Leute, schalten ihn einen Trunkenbold, aber so mancher dachte heimlich bei sich, dass es in so einer Nacht schon recht unklug war, sich dem verrufenen Haus zu nähern.

„Glaubst du, wir haben ihn erschreckt?", fragte Francis und sah dem davonrasenden Gespann nach.

„Ganz sicher sogar", antwortete Lucie. „Aber er ist der Einzige, der heute Nacht diesem Haus nahekommt. Wir haben das im Vorfeld sicherheitshalber abgecheckt. Komm, lass uns hineingehen."

Die Veranstaltung begann pünktlich um 21 Uhr. Zuerst wurden die Rolling Stones zum Schweigen gebracht und in einer Schweigeminute des verstorbenen Peter Fox gedacht.

Danach hielt sein Mentor, Professor Markham, eine Ansprache, in der er den Verlust eines wertvollen Mitgliedes ihrer Gemeinschaft beklagte und Peter als begabten jungen Mann bezeichnete, der von hohen sittlichen Idealen beseelt gewesen sei. Wenn manche der Anwesenden anderer Meinung waren, so behielten sie ihre Zweifel für sich und nickten bloß ernst mit den Köpfen.

Markham schloss seine Ausführungen mit einer Ermahnung an die Schüler, sich auf Zeitsprüngen vorsichtig und verantwortungsvoll zu verhalten und keinesfalls der Versuchung zu erliegen, sich ungehemmten sexuellen Verfehlungen hinzugeben. Warum er Letzteres sagte, war in diesem Zusammenhang nicht ganz klar. Francis vermutete, dass sich bei den Mentoren die Meinung durchgesetzt hatte, dass Peter, dessen Weibergeschichten ja kein Geheimnis waren, bei seinem letzten Sprung über die Stränge geschlagen und nicht nur Opfer, sondern auch Täter gewesen war. Was mit Peter wirklich geschehen sei, werde für immer ungeklärt bleiben, fügte Markham hinzu, weil das Portal keine diesbezüglichen Informationen preisgäbe.

In der folgenden Pause machte sich Francis auf die Suche nach Marie. Er entdeckte sie schließlich an einem Tisch mit belegten Brötchen, wo sie sich angeregt mit Abigail unterhielt. Die beiden hatten ihn schon längst gesehen und blickten mehrmals zu ihm. Francis hatte den Eindruck, dass sie über ihn sprachen. Abigail redete lachend auf Marie ein, aber Marie schüttelte nur stur den Kopf und schaute finster. Ein gesunder Instinkt riet Francis, sich im Augenblick von den beiden Mädchen fernzuhalten. Es kam ihm allerdings vor, als ob Abigail mehrmals seinen Namen genannt hatte.

„Silentium", rief Professor Swanson mit lauter Stimme und bat die Anwesenden, im Seminarraum Platz zu nehmen.

Wie es der Zufall und auch ein geschicktes Drängeln fügten, kam Francis neben Marie zu sitzen.

Swanson stellte Francis als neuen Schüler vor. Zu seiner Erleichterung wurde er nicht mit Vorschusslorbeeren bedacht, sondern lediglich mit der Ermahnung, dass er noch viel zu lernen habe, damit er sich seines Vaters, der sich zurzeit auf einer Studienreise im alten Rom befände, würdig erweise. Bei dieser Gelegenheit entschuldigte Swanson auch die Abwesenheit von Professor Barre, dessen Rückkehr man allerdings schon in den nächsten Wochen erwarte.

Marie stieß Francis den Ellenbogen in die Rippen und flüsterte: „Steh auf!"

Gehorsam stand Francis auf und verbeugte sich nach allen Seiten. Er wurde mit freundlichem Applaus begrüßt.

Es folgte ein Vortrag, den ein Professor Matheus hielt. Er kam von den Philosophen und dementsprechend fiel sein Vortrag aus. Er befasste sich nicht mit mathematischen Theorien, sondern mit der grundsätzlichen Frage nach dem Zweck des Zeitreiseportals, ohne auf die Fragen einzugehen, woher es kam und wie es funktionierte. „Es scheint", so führte er aus, „dass das Portal nicht nur Zeitreisen ermöglicht, sondern auch eigene Zwecke verfolgt. Man kann sagen, es versucht die Zeitreisenden zu manipulieren, zur Selbsterkenntnis zu führen und auch zu prüfen. Das lässt die Vermutung zu, dass die Portale von einer Intelligenz geschaffen wurden, deren Absicht nicht primär darin bestand, uns Zeitreisen zu ermöglichen. Die Zeitreisemöglichkeiten, so wie wir und unsere Vorgänger sie vorgefunden haben, sind eher wie der Honig, mit dem geeignete Subjekte angelockt werden sollen. Die Art der Zeitreisen, die uns geboten werden, entspricht ja auch so gar nicht jenen Zeitreisen, wie sie in der einschlägigen Fachliteratur und noch weniger in der Belletristik beschrieben werden. Es handelt sich zwar um exakte Szenerien vergangener Zeiten, in denen wir volle Handlungsfreiheit haben, aber jede dauerhafte Störung der Kausalität und damit jede direkte Einflussnahme auf die Gegenwart wird unterbunden. Wir sprechen von einer alternativen Realität, aber ich meine, das ist schon zu viel. Es handelt sich wohl nur um eine virtuelle Realität. Ich habe nämlich den Eindruck, dass wir auf unseren Zeitsprüngen wie in einer Laborsituation bloß als Studienobjekte dienen, für wen auch immer. Bedenken Sie, dass die Art, wie das Portal funktioniert, uns suggeriert, wir könnten handeln, ohne uns um moralische Maximen kümmern zu müssen. Alles, was wir tun, bleibt letztendlich ohne Wirkung, ohne Folgen und Konsequenzen. Wenn die Reise zu Ende ist, ist alles vorbei und nie geschehen. Das ist wie eine Art vorweggenommene Generalabsolution. Ich meine, das sind die idealen Voraussetzungen, um zu studieren, wie sich Menschen in einer solchen Situation absoluter Freiheit verhalten. Natürlich gibt es welche unter uns, die diesen Versuchungen nicht erliegen. Vor allem, wenn es ihnen nur darum geht, historische Studien zu treiben. Bei den meisten von uns ist das aber anders. Seien Sie doch zu sich selbst ehrlich und denken Sie daran, was Sie schon auf Zeitsprüngen getan haben. Das gilt vor allem für die Schüler. Es mag ja nichts besonders Schlimmes gewesen sein, aber doch Dinge, die Sie in der Realität niemals zu tun gewagt hätten."

Diese Ausführungen stießen nicht auf ungeteilte Zustimmung. Besonders von den Naturwissenschaftlern kam entschiedener Widerspruch. Dabei tat sich besonders Professor Swanson hervor. Er warf den Zuhörern mathematische Argumente an den Kopf, mit denen er bewies, dass reale Zeitreisen möglich seien. Das Portal verwalte zwar solche Aktivitäten, sagte er, die Zeitreisen selbst folgten aber Naturgesetzlichkeiten und seien alles andere als bloße Fiktion. Es könne bei vernünftiger Betrachtung zwar nicht bestritten werden, dass die Portale von einer überlegenen Intelligenz geschaffen worden seien, es sei aber nur mehr eine Frage der Zeit – an dieser Stelle lachten einige Zuhörer aus dem philosophischen Lager – bis das Geheimnis der Portale und ihre Erbauer entschlüsselt werde. Dies sei eine der vornehmsten Aufgaben der Naturwissenschaften und könne auch nur von diesen gelöst werden und nicht von theoretischen Grüblern.

Swanson erhielt stürmischen Beifall. Es folgte eine angeregte Diskussion, in der die Naturwissenschaftler eindeutig die Oberhand behielten. Vor allem deswegen, weil ihre Gegner nicht in der Lage waren, den mathematischen Beweisführungen zu folgen und sachgerechte Kritik an ihnen zu üben.

Als sich die Wogen etwas glätteten und die Diskussion erlahmte, hob Marie entschlossen die Hand.

„Ja, Kollegin Lefevre?", fragte Matheus, der das Rednerpult besetzt gehalten hatte.

„Ausgehend von Ihrer Theorie, Herr Professor, halten Sie es auch für möglich, dass das Portal einen Benutzer bewusst schikaniert oder sogar bestraft?"

„Ich habe schon erklärt, dass meiner Meinung nach das Portal versucht, seine Benutzer zu manipulieren, um seine Reaktionen zu studieren. Dazu setzt es Aktionen, die vom Benutzer durchaus auch als Schikane empfunden werden können. Stellen Sie sich eine Ratte in einem Labyrinth aus Glas vor ..." Ein Sturm der Entrüstung erhob sich. Matheus zuckte resignierend mit den Schultern.

Francis fasste sich ein Herz und hob die Hand.

„Unser neuer Schüler hat auch eine Frage?"

„Eine Frage, die mich sehr bewegt. Wenn ein Zeitreisender eines gewaltsamen Todes stirbt, scheint es ein Glücksspiel mit einer Chance von 50:50 zu sein, ob er tot oder lebend zurückkehrt. Was hat es nach Ihrer Theorie damit auf sich?"

Es wurde plötzlich still im Saal.

Matheus nickte ernst mit dem Kopf. „Darüber kann ich auch nur spekulieren, was mir die Kollegen von den Naturwissenschaften sicher gleich vorwerfen werden. Ich habe mich mit diesem Phänomen aber eingehend auseinandergesetzt und glaube, es handelt sich um einen Selektionsprozess. Das Portal verzichtet offenbar darauf, einem Zeitreisenden unmittelbaren körperlichen Schaden zuzufügen. Es ist kein einziger solcher Fall bekannt geworden. Sobald aber jemand während eines Sprunges eines gewaltsamen Todes stirbt, entscheidet das Portal, ob er weiterhin leben soll. Nur dann gestattet ihm das Portal eine unbeschadete Rückkehr. Ansonst bleibt er tot und scheidet aus dem Spiel aus. Nach welchen Kriterien das Portal dabei vorgeht, ist nicht eindeutig. In den Fällen, die ich studiert habe, waren die Toten aber mehrheitlich solche Menschen, die dazu geneigt haben, in der Vergangenheit Verbrechen zu begehen. Ich lege Wert auf die Feststellung, dass man das sicher nicht von Peter Fox, um den wir heute trauern, sagen kann."

Niemand äußerte sich dazu. Die Diskussion über dieses Thema wurde geschlossen und eine kurze Pause ausgerufen.

„Kleb doch nicht ständig an mir", sagte Marie unwillig, als ihr Francis dicht auf den Fersen zum Buffet folgte. Beleidigt blieb Francis stehen und machte Anstalten, in eine andere Richtung zu gehen.

Marie drehte sich zu ihm um. „Wo willst du denn jetzt wieder hin?"

„Weißt du eigentlich, was du willst?", fragte Francis.

„Nein! Doch: Ich will ein Lachsbrötchen und ein Glas Sekt."

Weil sie nichts tat, um sich selbst die Leckerbissen zu besorgen, beeilte sich Francis, ihr das Verlangte zu bringen.

Abigail, die auf der anderen Seite des Tisches stand, beobachtete die Szene und grinste.

„Was hältst du von den Theorien, die der alte Matheus verbreitet?", wollte Marie wissen als Francis zurückkam. „Danke übrigens, dass du mir gleich drei Brötchen gebracht hast. Dir kann es ja egal sein, wenn meine Figur aus dem Leim geht."

„Manches von dem, was er gesagt hat, ist mir auch schon durch den Sinn gegangen", gestand Francis, „obwohl ich die Vorstellung beängstigend und auch frustrierend finde. Vielleicht wäre es am besten, mit dem Zeitspringen einfach aufzuhören."

„Wahrscheinlich wäre es das. Nur macht das keiner, du auch nicht. Die Verlockung ist einfach zu groß. Wer einmal durch das Portal gegangen ist, kommt davon nicht mehr los. Glaubst du, das Portal kann bewirken, dass sich zwei Menschen ineinander verlieben?"

„Wenn Gertrud im Hilfecenter nicht gelogen hat – und ich glaube nicht, dass uns das Portal belügt – dann hat es keinen direkten Zugriff auf die Gefühlsebene. Sobald sich allerdings zwei Menschen im Einflussbereich des Portals ineinander verlieben, wäre das eine ideale Situation für eine Verhaltensstudie, besonders wenn ein gewisses Konfliktpotenzial besteht. Dann wird das Portal mit den Möglichkeiten, die sich daraus ergeben, experimentieren. Immer natürlich unter der Voraussetzung, dass Matheus mit seiner Theorie recht hat. Mir ist allerdings aufgefallen, dass dieses Phänomen nur im Hilfecenter auftritt. Vielleicht ist es ja auch so, dass es uns bloß helfen will, wie der Name sagt."

„Eine schöne Hilfe ist das! Du weißt doch, dass ich dich nicht liebe?", fragte Marie streng.

„Das hast du mir oft genug gesagt. Erzähl das lieber den Leuten im Hilfecenter. Was ich für dich empfinde, weißt du ja." Es sah wie eine zufällige Berührung aus, als Francis über ihr Hinterteil streichelte.

Marie reagierte sofort. „Willst du ein Verfahren wegen sexueller Belästigung?", zischte sie.

„Na hör mal. Immerhin sind wir ein registriertes Liebespaar mit der Nummer 326B76x. Das ist amtlich, sagt das Portal."

„Hau ab, Francis!", befahl Marie, „und denk an Judith."

Eine Glocke ertönte, beendete die Pause und rief die Teilnehmer wieder in den Seminarraum. Francis gelang es ohne Schwierigkeiten, wieder den Platz neben Marie zu ergattern. Das lag daran, dass die anderen Tagungsteilnehmer meinten, er und Marie gehörten zusammen und ihm daher Platz machten.

„Jetzt kommt die Prüfung", raunte ihm Marie zu. „Da kannst du erleben, was noch alles auf uns zukommt, und was wir noch lernen müssen. Das ist etwas anderes als die paar Hüpfer, die wir bisher gemacht haben. Wenn er besteht, wird er zum Mentor befördert."

Der Kandidat, ein ernster Mann mittleren Alters mit Namen Patrick, wurde nach vorne gerufen. Aufmunternde Rufe aus den Zuschauerreihen begleiteten ihn. Die Prüfungskommission bestand aus den Professoren

Swanson, Markham und der Kuratorin des Heimatkundemuseums, Miss Watson. Zuerst wurden dem Kandidaten eine Reihe von komplizierten theoretischen Fragen gestellt. Das meiste davon verstand Francis nicht, und er fragte sich verzagt, wie er die unzähligen Formeln, Bedingungen, Nebenbedingungen und Sprungbefehle jemals erlernen, geschweige denn begreifen solle. Patrick hatte keine Schwierigkeiten. Er antwortete wie aus der Pistole geschossen.

Nach zwanzig Minuten verkündete Swanson: „Das war sehr ordentlich, Patrick. Jetzt kommen wir zum praktischen Teil. Sie werden sich von hier aus im Portal einloggen."

„Das geht also, wenn man weiß, wie man es anstellt", dachte Francis erstaunt. „Man muss nicht unbedingt das Portal aufsuchen."

„Danach werden Sie sich ins antike Rom begeben und zwar an den Hof des Kaisers Titus. Dort werden Sie Professor Barre treffen. Wir haben das mit Professor Barre verabredet, bevor er abgereist ist. Sie werden ihn an einem Ort treffen, wo ihr ungestört seid. Dazu ist es natürlich notwendig, dass Sie sich in jene alternative Vergangenheit einloggen, die Professor Barre geschaffen hat. Ist bis jetzt alles klar?" Patrick nickte. „Gut. Sie werden Professor Barre hier finden. Der Treffpunkt ist angekreuzt. Es handelt sich um eine exakte Karte, welche die für Sie aktuellen Gegebenheiten in Rom wiedergibt." Swanson schob eine Karte über den Tisch. „Professor Barre wird Ihnen eine Losung geben, die uns beweist, dass Sie tatsächlich mit ihm gesprochen haben. Nach einer halben Stunde kehren Sie zurück und zwar genau hierher auf den Stuhl, auf dem Sie sitzen. Jetzt konzipieren Sie die Sprung- und Rückkehrbefehle. Sie dürfen dazu Unterlagen benutzen." Er deutete auf einen Stoß Bücher, die auf dem Tisch der Prüfer lagen. „Ich brauche Ihnen wohl nicht zu sagen, dass äußerste Genauigkeit von Nöten ist."

„Das klingt verdammt kompliziert", dachte Francis. „Wenigstens erfahre ich, wie es meinem Vater geht." Er sah Marie an.

Sie zuckte mit den Schultern. „Ich könnte es auch nicht", beantwortete sie seine unausgesprochene Frage. „Aber es dauert Jahre, bis man so weit ist, dass man für eine Mentorenstelle infrage kommt."

Patrick hatte die Unterlippe zwischen die Zähne geklemmt und schrieb eifrig auf einem Blatt Papier. Dazu benutzte er dickleibige Tabellenwerke. Schließlich verkündete er: „Ich bin so weit!"

„Dann los!", befal Swanson.

Patrick räusperte sich und sprach mit lauter deutlicher Stimme eine Gruppe sehr komplizierter, langer Befehle.

Einen Moment lang geschah gar nichts, dann flackerte er und war verschwunden.

„Ich denke, wir machen eine Kaffeepause", verkündete Swanson. „Bitte finden Sie sich pünktlich in zwanzig Minuten wieder ein."

Marie akzeptierte, dass Francis an ihrer Seite blieb und bat ihn, ihr auch Kaffee zu bringen: mit zwei Stück Zucker und viel Milch. Als Francis zu dem kleinen Tischchen, an dem Marie stand, zurückkehrte, hatte sich Abigail dazugesellt.

„Das ist lieb von dir, Francis", bedankte sie sich. „Bitter und stark: Genauso wie ich es mag." Sie nahm ihm ungeniert den Becher weg, den er für sich selber mitgebracht hatte.

Francis blieb nichts anderes übrig, als sich neuerlich zur Kaffeekanne zu begeben. Bei seiner Rückkehr konnte er gerade noch hören, wie Abigail sagte: „Sei doch nicht so stur. Gib euch eine Chance. Du könntest es wirklich schlechter treffen ..."

„Redet ihr von mir?", fragte Francis argwöhnisch.

„Ja klar", spottete Abigail. „Du gehst uns nicht aus dem Sinn. Wir können über gar nichts anderes reden als über dich."

Francis verzichtete darauf, eine witzige Antwort zu geben. Es fiel ihm auch keine ein. „Glaubt ihr, Patrick schafft es?", fragte er stattdessen.

„Sicher", antwortete Marie. „Er ist schon immer einer der besten Schüler gewesen. Zuletzt hat er als Seniorschüler auch schon Anfänger betreut. Da kann nichts schiefgehen."

„Vor ein paar Jahren ist es schiefgegangen", warf Abigail ein. „Da hat sich ein Kandidat mit den Sprungkoordinaten vertan und musste abbrechen, weil ihm eine Horde wild gewordener Hunnen auf den Fersen war. Er ist durchgefallen, konnte aber im Jahr danach die Prüfung wiederholen und hat auch bestanden. Er ist zwar Mentor geworden, durfte aber bis jetzt noch keinen eigenen Schüler wählen. Dort drüben steht er. Der langmähnige Freak mit dem schäbigen Schnurrbart. Er schaut selber aus wie ein Hunne. Vielleicht hat ihn sein Durchfaller zu diesem Outfit inspiriert." Die beiden Mädchen lachten.

Die Glocke ertönte und mahnte die Seminarteilnehmer, wieder ihre Plätze einzunehmen. Marie duldete es, dass Francis sie bei der Hand hielt, damit sie nicht getrennt wurden und wieder nebeneinander zu sitzen kamen.

„Bilde dir ja keine Schwachheiten ein", ermahnte sie ihn, nachdem sie Platz genommen hatten, und löste nachdrücklich ihre Hand aus der seinen. Ruhe kehrte ein. Die Anwesenden starrten auf den leeren Stuhl. Professor Swanson hatte eine Taschenuhr gezogen und beobachtete konzentriert das Zifferblatt. Plötzlich ließ die Uhr ein leises melodisches Läuten hören. Gleichzeitig flimmerte die Luft über dem Stuhl und Patrick saß wieder an seinem Platz. Die Anwesenden applaudierten begeistert.

„Sie sind pünktlich, Patrick", lobte Swanson. „Was bringen Sie uns von Professor Barre?"

„Ich soll Ihnen Folgendes ausrichten: Wenn man zwei Stunden lang mit einem Mädchen zusammensitzt, meint man, es wäre eine Minute. Sitzt man jedoch eine Minute auf einem heißen Ofen, meint man, es wären zwei Stunden. Das ist Relativität."

Die Anwesenden lachten. Swanson lächelte. „So hat es unser verehrter Albert Einstein gesagt. Die Antwort ist richtig. Ich gratuliere, Patrick. Wie geht es unserem Freund Barre?"

„Recht gut. Er hat sich sehr gefreut, als ich ihm erzählt habe, dass sein Sohn zu uns gestoßen ist." Patrick sah suchend ins Auditorium. „Er lässt dich grüßen, Francis. Er kommt bald zurück. Ich soll dir ausrichten, du mögest dich in den Ferien ein wenig um euer Haus kümmern."

„Danke!", rief Francis. „Was macht mein Vater im alten Rom? Gehört er zum Beraterstab des Kaisers?"

„Nicht unmittelbar", lächelte Patrick. „Es ist ihm gelungen, sich in eine Gruppe von Sklaven zu schwindeln, die für die Pflege der kaiserlichen Gemächer zuständig ist. So kann er in unmittelbarer Nähe des Kaisers seine Studien durchführen. Er ist sogar für den Nachttopf seiner Erhabenheit zuständig und macht seine Sache sehr gut. Ich darf berichten, dass ihm der Imperator Titus Flavius Vespasianus bereits zweimal einen anerkennenden Fußtritt versetzt hat, wovon einer, direkt in die Rippen, allerdings ein wenig schmerzhaft war. Dein Vater ist eben ein Forscher, der keine Mühen und Anstrengungen scheut."

„So habe ich mir das nicht vorgestellt", murmelte Francis.

Professor Swanson schaute seine beiden Mitjuroren an, die ihm zunickten. „Ich denke, es bedarf keiner weiteren Beratung", verkündete Swanson. „Du hast bestanden, Patrick. Ich bitte die Anwesenden, sich für die Beeidigung des Kandidaten als neuen Mentor zu erheben."

Nach diesem Festakt wurden noch etliche organisatorische Informationen verlesen, die Francis nicht sonderlich interessierten. Dann schloss Swanson pünktlich zu Mitternacht die Veranstaltung. Francis studierte den Zettel, den ihm Abigail gegeben hatte und seufzte.

„Was hast du?", fragte Marie. „Ist etwas unklar?"

„Hoffentlich nicht. Auf dem Herweg wäre ich beinahe in einer Umlaufbahn um die Erde gelandet. Zum Glück habe ich Lucie getroffen, die mich mitgenommen hat. Ich kann sie aber jetzt nirgends mehr sehen."

Marie zögerte einen Augenblick. Dann sagte sie: „Ich bring dich nach Hause. Du darfst meine Hand halten." Sie sprach gelassen einen Befehl aus, der Francis recht kompliziert vorkam. Im nächsten Moment standen sie im Hausflur seiner Pension.

Als ob sie seine Gedanken gelesen hätte, sagte Marie: „Nein, ich komme sicher nicht mit hinauf. Und wenn du versuchst mich zu küssen, trete ich dich dorthin, wo es besonders wehtut."

„Danke fürs Heimbringen", antwortete Francis enttäuscht.

„Mach ich doch immer gern." Marie überraschte ihn, indem sie ihn spontan auf die Wange küsste. Im nächsten Moment war sie in der Dunkelheit verschwunden.

6

Am Morgen des 6. Juni erhielt Francis neuerlich Besuch von der Polizei. „Guten Morgen, Herr Barre", sagte Inspektor Dawson, als Adams ihn und Sergeant Harris ins Frühstückszimmer führte. „Entschuldigen Sie, dass wir Sie schon wieder beim Frühstück stören. Es sind ein paar Probleme aufgetaucht, bei deren Lösung Sie uns vielleicht behilflich sein können. Wir dürfen doch Platz nehmen?"

„Natürlich", antwortete Francis höflich. „Kaffee?"

„Nein, danke. Wissen Sie, was das ist?" Er legte eine Fotografie vor Francis.

„Ein Messer, wahrscheinlich ein Klappmesser. Ist das die Mordwaffe?"

„Ja, das ist die Mordwaffe. Es handelt sich um ein Springmesser italienischer Provenienz. Ein sehr effizientes und tödliches Instrument. Auf Knopfdruck springt eine stilettartige Klinge heraus, die ohne wesentliche Kraftanstrengung durch Kleidung und Gewebe geht, fast so wie durch Butter. Haben Sie dieses Messer schon einmal gesehen?"

„Nicht dass ich wüsste."

„Ihnen gehört es nicht?"

„Sicher nicht! Und ich weiß auch nicht, wem es gehört."

„Denken Sie nach. Haben Sie es vielleicht einmal bei Ihrer Bekannten, Judith Gallard, gesehen? Soviel wir wissen, hat sie sich in den vergangenen Sommerferien in Italien aufgehalten."

„Ich habe dieses Messer ganz sicher noch nie gesehen und schon gar nicht bei Judith. Was bringt Sie übrigens zu der Vermutung, dass es Judith gehören könne? Bloß weil sie in Italien Urlaub gemacht hat?"

„Nicht nur das", antwortete Dawson und beobachtete Francis wie die Katze eine Maus. „Wir haben auch Judiths Fingerabdrücke auf dem Messergriff gefunden."

„Das ist unmöglich", rief Francis erschrocken. „Judith kann das sicher aufklären."

„Das haben wir auch gehofft und Miss Gallard zu diesem Zweck festgenommen. Aber leider konnte oder wollte sie keine sachdienlichen Hinweise geben. Sie bestreitet, dieses Messer zu kennen, geschweige denn es je in Händen gehalten zu haben. Allerdings beruft Sie sich auf ihr Alibi, und das wiederum führt uns in aller Früh zu Ihnen, Herr Barre. So wie Sie uns den Ablauf des Abends geschildert haben, wäre es Miss Gallard tatsächlich kaum möglich gewesen, die Tat zu begehen. Andererseits sind Fingerabdrücke auf der Mordwaffe, die noch in der Brust des Opfers steckt, schon sehr gewichtige Indizien. Begreifen Sie die Folgerungen, die sich daraus ergeben?"

„Ist es möglich, dass Sie und Miss Gallard in dieser Nacht nicht doch am Strand waren?", ergriff Sergeant Harris das Wort. „Vielleicht haben Sie uns das bisher nur aus Angst verschwiegen? Das könnten wir durchaus verstehen. War es etwa so, dass Sie von Peter Fox, der ja einen gewissen Ruf hatte, und der Miss Gallard nachstellte, überrascht und bedrängt wurden. Er war Ihnen körperlich doch weit überlegen. Könnte es sein, dass Miss Gallard nur in Notwehr gehandelt hat?"

„Nein", antwortete Francis entschlossen. „Es war genauso, wie ich es Ihnen geschildert habe. Ich war die ganze Zeit über mit Judith beisammen."

„Wenn das so war, müssen wir annehmen, dass Sie auch bei dem Mord anwesend waren", sagte Dawson drohend.

„Ich war bei keinem Mord dabei", schrie Francis.

„Dann war vielleicht Miss Gallard allein am Strand", warf Harris ein, „und Sie geben ihr ein falsches Alibi. „Es wäre eine schwere Straftat, wenn Sie die Justiz auf diese Weise behindern. In jedem Fall schaut es nicht gut für Sie aus."

„Wollen Sie mich jetzt verhaften?", fragte Francis beklommen.

„Das würde ich tatsächlich gerne", bekannte Dawson, „aber der Richter hat noch Bedenken und zögert, den Haftbefehl gegen Sie zu unterschreiben. Ich darf Sie trotzdem bitten, die Stadt nicht zu verlassen und sich jederzeit zu unserer Verfügung zu halten."

„Was ist mit Judith?"

„Sie bleibt vorläufig in Verwahrung. Der Richter wird in Kürze über die Verhängung der Untersuchungshaft entscheiden. Aufgrund der Fingerabdrücke haben weder ich noch der Staatsanwalt Zweifel, wie die Sache ausgehen wird."

„Darf ich sie besuchen?"

„Ganz sicher nicht. Sie sind Zeuge und meiner Meinung nach auch der Mittäterschaft verdächtig. Guten Morgen, Herr Barre. Wir sehen uns gewiss bald wieder."

Nachdem die Beamten gegangen waren, rief Francis sofort Cassius an. Judiths Bruder war außer sich, konnte aber nur berichten, dass seine Schwester am frühen Morgen von der Polizei abgeholt worden war. Er hatte sofort ihre Eltern verständigt, die den besten Strafverteidiger des Staates engagiert hatten. Sie würden gemeinsam mit dem Anwalt am Nachmittag eintreffen. Außerdem müsse er sich eine neue Unterkunft suchen, weil sie von ihrer Zimmerwirtin – Judith in Abwesenheit – hinausgeschmissen worden seien. Die gute Frau hätte erklärt, mit Leuten, die mit der Polizei zu tun hätten, wolle sie nichts zu tun haben; man habe sie wie eine Verdächtige verhört und daran seien Judith und Cassius schuld.

Professor Swanson war nicht zu erreichen. Francis verzichtete darauf, ihm eine Nachricht auf die Box zu sprechen.

Marie hingegen meldete sich sofort. „Was gibt's in aller Früh, Francis?"

„Judith ist verhaftet worden", berichtete Francis aufgeregt. „Man glaubt, sie habe Peter umgebracht, weil ihre Fingerabdrücke auf der Tatwaffe waren."

„Ach du liebe Scheiße!"

„Können wir einander treffen? Bitte, Marie! Wir müssen etwas unternehmen. Sie ist unschuldig, das weiß ich genau."

„Schön langsam gewöhne ich mich daran, dass du nach mir schreist, wenn es Schwierigkeiten gibt. Ich habe aber keine Ahnung, wie ich dir oder Judith helfen könnte." Francis sagte nichts. „Also gut", gab Marie nach. „Wie immer: In einer halben Stunde beim Portal."

Zur gleichen Zeit klopfte Sergeant Harris mit dem Fingerknöchel auf die Apparatur, die er vor sich hatte und nahm den Kopfhörer ab. „Er will sich in einer halben Stunde mit dieser Marie Lefevre treffen", sagte er zu Inspektor Dawson, der neben ihm im Wagen saß. „Ich habe aber nicht verstanden, wo. Auf einmal war die Verbindung weg."

„Lefevre?", fragte Dawson. „Ist das nicht die kleine Französin, die auch auf der Abschussliste von Fox steht? War sie nicht sehr wütend, weil Fox seine Eroberung mit intimen Details im Internet gepostet hat?"

„Genau das ist sie. Sie wurde aber von den Kollegen überprüft und hat für die Mordnacht ein bombensicheres Alibi."

„Das hatte die Gallard auch, bevor wir ihre Fingerabdrücke identifiziert haben. Da kommt Barre! Fahr ihm nach! Ich will doch zu gerne wissen, was er mit der Lefevre zu reden hat."

Francis fuhr mit seinem Roller los und merkte nicht, dass ihm ein Wagen folgte. Am Eingang zum Park stellte er sein Fahrzeug ab und eilte zu Fuß weiter.

Dawson und Harris versuchten ihn unauffällig zu beschatten, was sich nicht als einfach erwies, weil der fluchende Harris in einem Koffer ein Richtmikrofon mitschleppte, das eigentlich nur für den Einsatz vom Auto aus gedacht war.

„Danke, dass du gekommen bist", sagte Francis zu Marie, die bereits auf ihn wartete.

„Was bleibt mir denn anderes übrig. Irgendwie bin ich ja als deine Aufsichtsschülerin für dich verantwortlich."

„Nochmals danke. Was können wir für Judith tun? Sie ist unschuldig, das kann ich bezeugen. Sie war wirklich die ganze Zeit über mit mir zusammen. Aber die Bullen wollen mir nicht glauben."

„Nun, ja", meinte Marie nachdenklich. „Judith ist einerseits unschuldig. Es schaut aber so aus, als ob sie Peter tatsächlich umgebracht hat: Es war sozusagen ihr anderes ‚Ich' in einer alternativen, von Peter geschaffenen Vergangenheit. Das würde auch ihre Fingerabdrücke auf der Mordwaffe erklären."

Dawson und Harris hatten inzwischen ein Plätzchen gefunden, wo sie durch Büsche vor Blicken halbwegs geschützt waren. „Ca. 100 Meter und keine störenden Hindernisse", konstatierte Harris zufrieden. Er packte das Richtmikrofon aus, setzte seine Kopfhörer auf und richtete das Mikrofon auf das Pärchen, das auf der Bank saß.

„Wahrscheinlich hat sich Peter entschlossen, in die Vergangenheit zu gehen, um dort zu erreichen, was ihm in der Gegenwart nicht gelungen ist", fuhr Marie fort. „Er hat sich an Judith herangemacht und ist dabei wahrscheinlich zu weit gegangen. Es würde mich nicht wundern, wenn er versucht hat, sie zu vergewaltigen. Er wird sich gedacht haben, dass ihm dabei ja nichts passieren kann, weil nichts geschehen ist, sobald er den Zeitsprung beendet. Damit hat er sich allerdings gründlich verrechnet. Judith wird sich gewehrt und ihn umgebracht haben, und das Portal hat entschieden, dass er tot bleiben soll. So oder so ähnlich wird es wahrscheinlich abgelaufen sein. Nur leider werden wir es nie erfahren, weil mit Peters Tod auch seine alternative Vergangenheit endgültig erloschen ist. Die Mordwaffe muss ihm gehört haben, weil sie mit ihm zurückgekommen ist, allerdings mit Judiths Fingerabdrücken."

Sergeant Harris war frustriert. „Der Krempel funktioniert nicht richtig", beklagte er sich. „Ich kriege nur Wortfragmente herein, mit denen man nichts anfangen kann. Ständig wird der Ton unterbrochen, fast so, als ob er absichtlich gestört würde. Ich verstehe das nicht!"

„Wie kann es sein, dass Judiths Fingerabdrücke auf der Mordwaffe waren?", grübelte Francis. „Ich dachte, es darf nichts aus der Vergangenheit zurückkommen, das nicht hingebracht wurde. Sollte das nicht auch für Fingerabdrücke gelten?"

„Eine interessante Frage", gab Marie zu. „Ich weiß es leider auch nicht."

„Fragen wir", sagte Francis entschlossen. „Gehen wir ins Hilfecenter. Du kommst doch mit?"

„Ich weiß nicht", zögerte Marie. „Ich habe keine Lust mich wieder veralbern zu lassen, wenn ich dort mit dir auftauche. Außerdem haben ja schon Mentoren versucht Auskunft zu bekommen und haben auch nichts erreicht."

„Wir sollten trotzdem nichts unversucht lassen. Wir müssen doch etwas unternehmen, um Judith zu helfen!"

„Ja sicher", antwortete Marie verdrossen. „Wir müssen Judith helfen. Wozu solltest du mich sonst schon brauchen. Also tun wir es."

„Jetzt sind sie aufgestanden und gehen Hand in Hand zu der Eiche hinüber", sagte Dawson. „Das ist ja interessant: Hand in Hand! Die beiden scheinen sich recht gut zu kennen: sehr viel besser, als wir bisher vermutet haben." Er war einen Augenblick abgelenkt und sah nach seinem Partner. „Was machst du da eigentlich?"

Harris schraubte verbissen an der Feinjustierung seines Richtmikrofons. „Ich kriege alle möglichen Signale herein, aber nichts von den beiden", klagte er.

„Denk intensiv an den Zollbeamten, mit dem wir unlängst gesprochen haben", befahl Marie. „Sonst schicken sie uns aus Jux und Tollerei wieder im Kreis." Sie sprach den Sprungbefehl für sich und Francis.

Maries Rat war richtig gewesen. Sie standen im Zollbüro. Es war auch derselbe Beamte, mit dem sie gesprochen hatten. Nur hatte er jetzt einen Glatzkopf. Er sah Francis vorwurfsvoll an.

„Tut mir leid", entschuldigte sich Francis. „Ich hatte Sie kahlköpfig in Erinnerung. Da habe ich wohl geirrt."

„Ich glaube nicht, dass Sie sich auf diese Weise besonders beliebt machen", antwortete der Beamte. „Ich hatte früher sehr schöne braune Haare. Was wollen Sie schon wieder?"

„Wir wollen nicht verreisen, wir wollen nichts über unseren Beziehungsstatus hören, wir haben auch nichts zu verzollen. Wir wollen bloß eine Auskunft betreffend Ein- und Ausfuhr von Gegenständen in beziehungsweise aus der Vergangenheit."

„Habe ich mich unlängst unklar ausgedrückt?"

„Keineswegs. Trotzdem habe ich Zweifel bekommen. Gegenstände können sich doch verändern: nur geringfügig, vielleicht sogar nur auf molekularer Ebene. Sie können abgenutzt oder schmutzig werden, oder Anhaftungen haben. Wird das alles bei der Rückkehr ausgeglichen?"

„Weitestgehend", antwortete der Beamte. „Es gibt allerdings eine Toleranzgrenze. Wenn die Veränderungen so geringfügig sind, dass sie unterhalb der Messgenauigkeit liegen, bleiben sie unberücksichtigt."

„Wie steht es mit Fingerabdrücken?"

„Fingerabdrücke? Ich glaube nicht, dass wir schon einen solchen Präzedenzfall hatten." Der Beamte nahm ein dickes Buch vom Regal und blätterte in dem alphabetischen Inhaltsverzeichnis, wobei er ‚Fingera, Fingerab' murmelte.

„Nein", verkündete er schließlich. „Über Fingerabdrücke habe ich nichts."

„Es hat aber den Anschein, als ob Fingerabdrücke aus der Vergangenheit in die Gegenwart transportiert wurden", erklärte Francis.

„Nein, das halte ich nicht für wahrscheinlich", erklärte der Beamte abweisend. „Bitte unterstellen Sie uns keine Fehler. Wenn an einem Gegenstand Fingerabdrücke waren, dann waren sie das auch schon, bevor dieser Gegenstand in die Vergangenheit gebracht wurde."

„Können Sie das trotzdem überprüfen?"

Wie die meisten Beamten hielt auch dieser nicht viel davon, wenn er von lästigen Parteien mit Anliegen bedrängt wurde. „Nur wenn Sie ein begründetes Interesse nachweisen können", sagte er streng. „Und das ist sicher nicht der Fall."

„Es geht um meine Freundin. Ihr Name ist Judith Gallard."

„Ihre Freundin?" Der Beamte zog die Augenbrauen hoch. „Wenn ich mich recht erinnere, ist die schweigsame junge Dame an ihrer Seite Ihre Freundin! Sie sind registriert als Liebespaar ..." Er suchte in den Unterlagen auf seinem Tisch. „Nein, doch nicht", murmelte er. „Das ist eigenartig."

„Ich kann bestätigen, dass nicht ich, sondern Judith seine Freundin ist", mischte sich Marie selbstlos ein.

„Ja schon gut", sagte der Beamte, der noch immer etwas verwirrt schien. „Bitte schildern Sie mir Ihr Problem. Um welchen Zeitsprung hat es sich gehandelt?"

„Unternommen hat ihn Peter Fox. Zurückgekommen ist er in der Nacht auf den 5. Juni, und zwar tot."

Der Beamte tippte auf seiner Computertastatur. „Stimmt", sagte er schließlich. „Er hatte ein Messer in der Brust."

„Auf diesem Messer waren die Fingerabdrücke meiner Freundin. Sie wird jetzt des Mordes verdächtigt, obwohl sie zur Tatzeit mit mir beisammen war."

„Dann waren die Abdrücke schon vorher drauf", beharrte der Beamte.

„Das halte ich für unmöglich. Ich fürchte, Judith hat Peter Fox in einer von diesem selbst geschaffenen alternativen Vergangenheit getötet und ihre Fingerabdrücke auf der Tatwaffe sind versehentlich in die Gegenwart gelangt, wo sie nun Gefahr läuft, als Unschuldige verurteilt zu werden."

Der Beamte schüttelte seinen Glatzkopf. „Ich weiß nicht, was Sie wollen. Sie gehen doch selbst davon aus, dass sie eine Mörderin ist. Natürlich ist sie schuldig!"

„Jetzt hören Sie mir gut zu", ergriff Marie die Initiative. „Fingerabdrücke sind auch Materie: Fett, Hautpartikel, Schweiß und was weiß ich noch alles. Die sind Ihnen einfach entgangen. Versuchen Sie ja nicht, diesen Vorfall unter den Teppich zu kehren! Ihr Versehen hat eklatante Auswirkungen auf die Gegenwart. Das ist ein Verstoß gegen das Grundgesetz des Zeitreisens! Man kann gar nicht absehen, welche Folgerungen sich in der Zukunft daraus noch ergeben. Unternehmen Sie jetzt endlich etwas, oder ich wende mich an Ihren Vorgesetzten!"

„Oh, mein Gott", murmelte der Beamte, der bleich geworden war. „Ein möglicher Verstoß gegen Artikel IX Absatz 2 Lit. d). Das kann mich meine Beförderung kosten. Ich werde mich sofort an die interne Revision wenden!" Er tippte mit verzweifelter Eile auf seiner Tastatur. Dann wartete er ab und starrte auf den Bildschirm.

„Sie haben recht", bekannte er schließlich bedrückt. „Die innere Revision bestätigt den Vorfall." Seine Miene hellte sich plötzlich auf. „Warten Sie, da kommt noch ein Zusatz. Sie schreiben: ,Keine weitere Veranlassung erforderlich. Das Problem löst sich voraussichtlich von selbst. Den 8. Juni abwarten.' Da bin ich aber froh. Das Problem löst sich von selbst! Ich habe auch keine Ahnung wie, aber es ist eine alte Beamtenweisheit, dass sich viele Probleme mit der Zeit von selbst lösen, wenn man hektische Aktivitäten vermeidet. Ich freue mich, dass ich Ihnen behilflich sein konnte. Auf Wiedersehen."

„Das ist alles, was Sie uns sagen können?", fragte Francis.

„Was wollen Sie denn noch? Das Problem löst sich von selbst! Sind das nicht gute Nachrichten? Warten Sie! Da kommt noch eine Nachricht. Sie sollen sich in der Personalabteilung melden." Er deutete auf eine Tür, die plötzlich in der Wand erschienen war. „Vielleicht erfahren Sie dort mehr."

„Ich will da nicht hinein", protestierte Marie. Sie folgte dennoch Francis, der schon durch die Tür trat.

„Wir sind Francis Barre und Marie Lefevre", sagte Francis.

„Sehr schön, dass Sie Zeit gefunden haben, herzukommen", antwortete der freundliche dicke Mann hinter dem Schreibtisch. „Bitte nehmen Sie doch Platz. Ich bin verpflichtet, Sie über eine Änderung Ihres Personalstatus zu informieren: Ihre Registrierung als Liebespaar wurde von Amts wegen gelöscht."

„Na Gott sei Dank! Endlich hat er eingesehen, dass er mich nicht liebt", rief Marie. „Er hat ja auch seine Judith."

„Wenn Sie Ihren Begleiter meinen", sagte der Mann hinter dem Schreibtisch, „so hat er nichts damit zu tun. Seine Gefühle für Sie sind unverändert. Ich könnte natürlich auch den Vergleichswert für diese Judith erheben, aber was haben wir schon davon?"

„Sie meinen, er liebt mich noch immer?" Marie versuchte enttäuscht zu klingen, was ihr nicht sehr überzeugend gelang. Sie wischte sich unauffällig über die Augen.

„Ja, das tut er, ebenso wie Sie ihn lieben. Mit Ihnen beiden hat das nichts zu tun. Die interne Revision hat im Einvernehmen mit der Zukunftsabteilung Ihre Klassifikation von ‚sehr beständig' auf ‚Fortsetzung unmöglich' herabgestuft. Damit ist auch automatisch die Löschung ihres Status als Liebespaar verbunden."

„Ja warum denn nur?", wollte Francis wissen. „Wir wollen das doch gar nicht." Marie widersprach ihm nicht.

„Ich fürchte, darauf kommt es nicht an", erklärte der freundliche Mann. „Ich entnehme meinen Unterlagen, dass dafür ein äußeres Ereignis verantwortlich sein wird."

„Wird einer von uns beiden sterben?", fragte Marie entsetzt.

„Das kann ich nicht sagen. Diese Information habe ich nicht. Ich kann Ihnen lediglich sagen, dass dieses Ereignis höchstwahrscheinlich am 8. Juni stattfinden wird. Das Problem war offenbar schon früher bekannt, aber die Wahrscheinlichkeit seines tatsächlichen Eintrittes hat sich inzwischen entscheidend verdichtet. Ich rate Ihnen daher, die Zeit zu nutzen, die Ihnen noch bleibt, wenn auch nur als unregistriertes Liebespaar. Jetzt entschuldigen Sie mich bitte. Es genügt, wenn Sie ‚abbrechen' sagen."

„Sie gehen doch nicht zu der Eiche", flüsterte Dawson. „Sie wandern den Weg entlang. Irgendwie wirken sie bedrückt. Pack deinen Krempel zusammen. Ich will wissen, was sie jetzt unternehmen."

Sergeant Harris bemühte sich hektisch, sein Richtmikrofon zusammenzufalten, als ihn ein Gummiknüppel auf die Schulter tippte. Hinter ihm standen zwei Mann der Campuspolizei.

„Was haben Sie denn da?", fragte der eine.

„Wir mögen keine Spanner am Campus", fügte der andere hinzu.

Inspektor Dawson rappelte sich hoch. „Ich bin Polizeibeamter", erklärte er würdevoll und wies seine Marke vor. „Wir führen eine Observation durch."

„Sie belauschen Leute mit einem Richtmikrofon?", fragte der eine Beamte.

„Haben Sie dafür überhaupt eine richterliche Bewilligung?", wollt der andere wissen.

„Ich brauche keine Bewilligung!", schrie Dawson und sah Francis und Marie nach, die aus seinem Blickfeld zu verschwinden begannen.

„Ich glaube, er braucht schon eine Bewilligung", meinte der erste Beamte.

„Das werden wir klären", pflichtete ihm sein Kollege bei. „Wenn uns die beiden Herren folgen wollen? Wir wollen nur kurz mit Ihrem Vorgesetzten telefonieren."

Francis und Marie waren inzwischen um die Wegbiegung verschwunden.

7

„Ich glaube, ich weiß, was es mit dem 8. Juni auf sich hat", sagte Francis. „Ich wollte am 2. Juni. Judith von zu Hause abholen. Sie ist nicht gekommen und ich musste feststellen, dass es der 8. Juni war. Ich bin offenbar ein paar Tage in die Zukunft gerutscht, ohne es zu merken. Daraufhin habe ich sofort das Hilfecenter aufgesucht und die haben gemeint, ich sei das Opfer einer Interferenz geworden. Erwarte jetzt nicht, dass ich dir das genau erklären kann. Ich habe nichts davon verstanden. Sie sind aber davon ausgegangen, dass ich am 8. Juni eine Aktion gesetzt hätte oder besser gesagt setzen werde, die dieses Phänomen auslöst. Sie wollten mich zuerst am 8. Juni belassen, ich konnte sie jedoch dazu bewegen, mich wieder auf den 2. Juni zurückzusetzen. Ich wurde aber davor gewarnt, am 8. Juni etwas Unbesonnenes zu tun. So wie es jetzt ausschaut, werde ich mich höchstwahrscheinlich nicht daran halten. Ich weiß bloß nicht, was es sein wird, das ich anstelle."

„So etwas habe ich noch nie gehört", staunte Marie. „Aber das bedeutet doch, dass du noch die Wahl hast. Wenn du am 8. Juni dem Portal fern bleibst und nichts, absolut nichts unternimmst, wird diese Gefahr an dir vorbeiziehen und nichts Schlimmes wird geschehen."

„Dann kriegen wir vielleicht sogar unseren Status als Liebespaar zurück", scherzte Francis.

„Da kann man nichts machen", erklärte Marie abweisend.

Francis kam ein anderer Gedanke. „Was haben sie eigentlich gemeint, als sie sagten, das Problem mit Judith werde sich von selbst lösen? Besteht da ein Zusammenhang mit dem, was ich am 8. Juni tun oder auch nicht tun werde?"

„Das ist zu befürchten", antwortete Marie traurig. „Du wirst es also wahrscheinlich doch tun. Wenigstens bin ich dich dann los."

„Es wird um 15 Uhr sein", grübelte Francis. „Ich habe zu diesem Zeitpunkt genau gespürt, dass etwas passiert ist."

Sein Handy meldete sich. „Sie wollten mich sprechen, Francis?", fragte Swanson. „Sie haben Ihren Termin heute früh verpasst."

„Gott sei Dank, dass ich Sie erreiche, Herr Professor. Ich fürchte, ich stecke in Schwierigkeiten, in großen Schwierigkeiten. Dürfen Marie und ich zu Ihnen kommen?"

„Wieso ich auch?", flüsterte Marie.

„Marie ist bei Ihnen? Dann kann ich mir schon vorstellen, welche Schwierigkeiten das sind. Ich fürchte, da kann ich auch nicht helfen. Ihr müsst schon selber mit euren Beziehungsproblemen klarkommen."

„Das ist es nicht, Herr Professor, jedenfalls nicht nur. Es ist weit schlimmer."

„Ich bin noch eine Stunde im Institutsgebäude", antwortete Swanson nach kurzer Pause und beendete das Gespräch.

„Wieso muss ich mitkommen?", protestierte Marie.

„Weil ich dich dabei haben will und weil es möglicherweise auch dich betrifft."

„Was für ein Schlamassel", klagte Marie. „Ich wäre viel besser dran, wenn ich dich nie kennengelernt hätte."

Dennoch folgte sie Francis, der zum Institutsgebäude eilte.

„Wo brennt der Hut?", fragte Swanson, als Francis und Marie vor ihm saßen.

Francis schilderte ihm genau, was sich ereignet hatte. Er berichtete von Judiths Verhaftung und was sie im Hilfecenter des Portals erfahren hatten. Je länger er sprach, desto besorgter sah Swanson drein.

„Das ist fatal", meinte er schließlich. „Ich habe keine Ahnung, wie wir Judith helfen könnten. Ich stimme Ihnen allerdings zu, dass Ereignisse, die am 8. Juni stattfinden werden, der Schlüssel zu dem Ganzen sind. Ich stimme Ihnen auch zu, dass Sie in diese Ereignisse involviert sein werden. Eines kann man jedenfalls mit Sicherheit sagen, wenn man die Aussagen des Portals interpretiert. Das Problem mit Judith wird sich wirklich von selbst lösen. Das Portal lügt nicht. So sonderbar es klingt, aber Sie brauchen sich um Judith keine Sorgen zu machen. Übermorgen ist sie aus dem Schneider, auf welche Weise auch immer. Auch die zweite Aussage ist unmissverständlich. Mit Eintritt des bewussten Ereignisses ist auch Ihre Beziehung zu Marie zu Ende."

„Es liegt aber immer noch an mir, ob ich diese Bedingung auslöse?", fragte Francis.

„Auch in diesem Punkt sollten wir vorsichtig sein. Ich habe ja nur Ihre Berichte. Aber wenn ich Sie richtig verstanden habe, hat das Portal niemals ausdrücklich behauptet, dass Sie am 8. Juni jenes Ereignis auslösen werden, welches das Problem Judith lösen wird. Es hat nur zu erkennen gegeben, dass auch Sie möglicherweise an diesem Tag eine unbesonnene Aktion setzen werden und davor gewarnt. Denken Sie nur an Ihr Erlebnis vom 2. Juni und was Ihnen der Pastor im Hilfecenter über Interferenzen erklärt hat. Wie ich schon sagte: Das Portal lügt nicht, aber es überlässt es uns, aus den fragmentarischen Informationen, die es uns gibt, die richtigen Schlüsse zu ziehen."

„Das könnte aber auch bedeuten, dass Judith am 8. Juni stirbt. Auch dann wäre das Problem gelöst", warf Marie erschrocken ein. „Und Francis hört einfach auf, hinter mir herzulaufen."

„Das könnte tatsächlich so sein", bestätigte Swanson. „Nur halte ich es für unwahrscheinlich. Das Portal hat keinen Zweifel daran gelassen, dass auch Sie, Marie, von diesem Ereignis betroffen sein werden, und zwar so nachhaltig, dass jede Beziehung zwischen Ihnen und Francis unmöglich wird."

„Daraus ergeben sich eine Menge sehr beängstigender Möglichkeiten", klagte Francis.

„Könnten nicht Sie beim Portal nachfragen?", forderte Marie. „Sie sind immerhin Mentor und das Portal wird mit Ihnen anders umgehen als mit uns. Uns verarscht es doch nur und speist uns mit Szenerien und Erklärungen ab, die es wahrscheinlich originell findet."

„Ich kann es versuchen", räumte Swanson ein. Er klang skeptisch.

Seine Skepsis erwies sich als berechtigt. Er sprach einen Sprungbefehl, flimmerte kurz und sah besorgter aus als je zuvor. „Das ist sehr beunruhigend", berichtete er. „Man war sehr höflich zu mir und hat mir noch weniger gesagt, als euch. Sie haben meine Sicherheitseinstufung herabgesetzt und erklärt, sie dürften mir überhaupt keine Auskunft geben. So etwas ist noch nie passiert!"

„Ja wie haben die denn das begründet? Haben sie es überhaupt begründet?", fragte Francis aufgeregt.

„Das haben sie. Sie haben gesagt, auch ich sei ein Betroffener."

„Ach du liebe Scheiße!"

„Sie sagen es, Marie, Sie sagen es. Ich werde mich sofort mit den anderen Mentoren beraten. Vielleicht finden wir eine Lösung. Heute und morgen wird ja noch nichts Entscheidendes passieren, nehme ich an. Erst übermorgen wird es kritisch. Wenn Sie mich jetzt entschuldigen wollen, ich muss einige Telefonate führen."

„Was jetzt?", fragte Marie, als sie auf der Straße standen.

„Komm mit zu mir", bat Francis. „Du hast doch gehört, wie wenig Zeit uns noch bleibt. Die sollten wir nützen. Das hat auch der Mann in der Personalabteilung gemeint."

Er versuchte sie in die Arme zu nehmen. Sie stieß ihn zurück. „Du bist so blöd!", schrie sie. „Das würde doch nur alles noch schlimmer machen! Begreifst du das denn nicht?" Ein Schluchzen rang sich aus ihrer Kehle, dann drehte sich um und rannte davon.

Francis sah ihr nach und kam sich tatsächlich sehr blöd vor.

Am Nachmittag erhielt Francis zu seiner Überraschung einen Anruf von Judith. Der von ihren Eltern in Marsch gesetzte Staranwalt schien tatsächlich sein Geld wert zu sein. Judith war gegen Kaution auf freien Fuß gesetzt worden, durfte allerdings die Stadt nicht verlassen. Francis freute sich. Einerseits natürlich, weil er sich Sorgen um sie gemacht hatte, andererseits, weil es so aussah, als ob aus ihrer Reise nach Europa und damit zu Rudolfo nichts werden sollte. Judith war auch der Meinung, dass sie sich bald sprechen sollten und versprach, in einer Stunde bei ihm zu sein.

„Das war ja zu erwarten, dass sie sofort zu Barre fährt", sagte Inspektor Dawson eine Stunde später missmutig. Er und Harris waren Judith nachgefahren und parkten gegenüber der Pension, in der Francis wohnte. „Jetzt haben sie Gelegenheit, ihre Aussage aufeinander abzustimmen."

„Es ist ein Skandal, dass sie Richter Belford laufen hat lassen", pflichtete ihm Harris bei.

Dawson zuckte mit den Schultern. „Du kennst doch den alten Belford. Er hat uns ja schon den Haftbefehl gegen Barre nicht unterschrieben. Jetzt ist auch noch dieser geschniegelte Anwalt aufgetaucht und hat ihm den Kopf schwindelig geredet. Der Staatsanwalt hat sich mit Händen und Füßen gewehrt, aber er konnte nichts ausrichten. Belford hat Zweifel bekommen, er bekommt in solchen Fällen immer Zweifel, und hat letztlich einer Kaution zugestimmt."

„Hunderttausend Dollar sind allerdings auch kein Pappenstiel."

„Für ihren Vater schon. Die Gallards schwimmen im Geld. Du wirst schon sehen, der sorgt dafür, dass sein verzogenes Töchterchen heil aus der Sache herauskommt."

Das verzogene Töchterchen hatte inzwischen Francis mit vielen heißen Küssen begrüßt und sich von ihm mit ebenso viel heißen Küssen trösten lassen. Sie weinte auch nur ganz wenig, gerade genug, damit der Beschützerinstinkt ihres Freundes nicht erlahmte. „Im Gefängnis war es gar nicht so schlimm", vertraute sie Francis an. „Ich habe eine Einzelzelle bekommen und durfte sogar Fernsehen. Ich war ja auch Untersuchungshäftling. Trotzdem war es natürlich ein Schock, dass sie mich eingesperrt haben. Zum Glück hat mich der Anwalt meines Vaters, Dr. Farmer, wieder herausgeholt. Morgen habe ich einen Termin mit ihm, damit wir meine Verteidigung festlegen. Er meint, er wolle überhaupt verhindern, dass es zu einer Anklageerhebung gegen mich kommt. Er hat auch gemeint, ich solle mit dir sprechen, damit wir bei einer Anhörung nicht versehentlich unterschiedliche Angaben machen. Du bist immerhin mein Alibi."

„Und dieses Alibi ist wasserdicht. Ich bin mir sicher, die blöde Sache mit deinen Fingerabdrücken auf dem Messergriff wird sich auch noch als Irrtum herausstellen."

„Das ist auch noch so ein Problem, über das ich mit dir sprechen möchte. Ich weiß nicht, was ich Farmer morgen sagen soll. Bisher habe ich nichts zugegeben, aber die Fingerabdrücke sind tatsächlich von mir, weil dieses Messer mir gehört."

Francis war wie erschlagen. „Sag das noch einmal!", forderte er.

„Das Messer gehört mir. Rudolfo hat es mir geschenkt. Ich hatte es immer einstecken, wenn ich am Abend allein unterwegs war."

„Wie ist es dann in die Brust von Peter gekommen?"

„Das weiß ich auch nicht. Ich habe es verloren. An dem Tag, als du mich im ‚Haven Club' näher kennengelernt hast, hat mich Peter am Vormittag von der Schlussvorlesung bei Swanson abgeholt."

„Mit seinem roten Sportwagen, ich habe ihn gesehen", murmelte Francis.

„Ja. Er ist mit mir zu dem Platz am Strand gefahren, wo man ihn tot aufgefunden hat. Wir haben zuerst herumgealbert und ich habe ihm mein Messer gezeigt. Dann muss es mir hinuntergefallen sein, ohne dass ich es bemerkt habe, weil ich mit etwas anderem beschäftigt war."

„Du hast mit ihm gefickt", sagte Francis vorwurfsvoll.

„Nicht richtig", gestand Judith verlegen. „Aber es wäre dazu gekommen, wenn wir nicht gestört worden wären. Plötzlich haben wir bemerkt, dass einer im Gesträuch sitzt und uns zuschaut und dabei – du weißt schon, was manche dieser Burschen machen. Es war mir schrecklich unangenehm und ich habe geschrien. Peter ist ins Gebüsch gesprungen und wollte den Kerl verprügeln, aber der hat noch schneller rennen können als Peter und das in seinem Zustand. Damit war die Stimmung natürlich verdorben und ich wollte nicht mehr. Ich habe am Nachmittag Abigail davon erzählt und dabei auch bemerkt, dass ich mein Messer verloren habe. Abigail hat mich vor Peter gewarnt. Sie hat mir erzählt, dass Peter seine Eroberungen im Internet bekannt gibt und damit war er endgültig bei mir abgemeldet. Ich bin am Vormittag des nächsten Tages zu dem Platz gefahren, um mein Messer zu suchen. Es war aber nicht mehr da. Jemand muss es gefunden und dann Peter damit umgebracht haben. Hoffentlich findet man den Mörder bald, damit dieser Albtraum ein Ende hat."

„Das glaube ich nicht", dachte Francis. „Peter hat dein Messer eingesteckt und in die Vergangenheit mitgenommen. Wer ihn dort getötet hat, wird man nie erfahren, vielleicht warst es ja doch du."

Laut sagte er: „Es könnte große Probleme geben, wenn die Polizei nachweisen kann, dass es dein Messer war. Wusste jemand, dass du es dir gehört?"

„Ein paar Leuten schon", bekannte Judith bedrückt.

„Dann solltest du es unbedingt Dr. Farmer mitteilen. Er wird wissen, wie man am besten damit umgeht. Wahrscheinlich wird er dir raten, es der Polizei zu sagen und zu erklären, du hättest es bis jetzt aus Angst nicht gesagt. Dein Anwalt habe dich aber davon überzeugt, dass es geradezu deine Unschuld beweise. Das ist auch wirklich so, wenn Abigail deine Geschichte bestätigt."

„Du bist so klug und lieb", sagte Judith und schlang die Arme um seinen Hals.

„Ich glaube, das wird nichts mehr", mutmaßte Sergeant Harris. „Sie bleibt die Nacht über bei ihm. Wir sollten abbrechen und morgen früh wieder herkommen."

„Sie hält sich für ein anständiges Mädchen, das nicht die ganze Nacht über ausbleibt", wandte Dawson ein.

Harris schüttelte den Kopf. „Heute schon. Das ist ihr inzwischen egal, seit sie des Mordes verdächtigt wird. Außerdem muss sie ihr Alibi bei Laune halten."

„Wir werden sehen, ob du recht hast", gab Dawson nach, weil er auch keine Lust hatte, noch stundenlang im Auto zu sitzen. „Dann lass uns für heute Schluss machen."

8

Es war der Morgen des 7. Juni. Adams bewies einmal mehr, dass er eine Perle von Hauswirt war. Als Francis und Judith die Treppe herunterschlichen, schaute er aus der Küche und fragte mit unbewegtem Gesicht: „Darf ich für zwei Personen im Frühstückszimmer anrichten, Herr Barre?"

Judith wurde bis über beide Ohren rot, dann sagte sie tapfer: „Sie sind sehr freundlich, Herr Adams. Ich hätte sehr gern ein Frühstück."

Das Frühstück verlief sehr harmonisch, bis Adams zur Tür hereinschaute: „Sie sind ein sehr gefragter Mann, Herr Barre. Draußen sind zwei Herren von der Polizei, die ein paar Auskünfte von Ihnen wollen. Ich habe gesagt, ich wüsste nicht, ob Sie zu sprechen wären." Er schaute vielsagend nach Judith. „Ich weiß aber nicht, ob das etwas nützen wird. Die beiden Herren wirken sehr dienstlich."

„Dieselben, die schon zweimal hier waren?"

„Ja, das sind sie wohl."

„Ich kenne sie auch", sagte Judith. „Und sie wissen wahrscheinlich ohnehin, dass ich hier bin. Sie sollen ruhig hereinkommen."

„Guten Morgen, Herr Barre, Miss Gallard", grüßte Dawson. „Ich hoffe wir stören nicht allzu sehr."

Francis hielt es für angezeigt, höflich zu sein. „Keineswegs. Bitte nehmen Sie doch Platz. Kaffee?"

„Nein, danke", lehnte Dawson ab. „Ja, bitte", sagte Harris, was ihm einen bösen Blick seines Chefs eintrug.

„Was führt Sie diesmal zu uns?", erkundigte sich Francis scheinheilig, während er Harris einschenkte.

„Noch immer dieser leidige Mord an Peter Fox, zu dem wir noch ein paar kleine Fragen haben. Es trifft sich gut, dass Miss Gallard auch anwesend ist." Dawson lächelte verschlagen. „Es sind nur ein paar kleine Auskünfte, die wir brauchen. Zuerst darf ich Sie fragen, Herr Barre, ob Ihnen eine Marie Lefevre bekannt ist."

„Marie? Ja natürlich." Ein jäher Schreck durchfuhr Francis. „Es ist ihr doch nichts zugestoßen?"

„Das hoffen wir nicht. Es tut mir leid, dass ich Sie erschreckt habe. Kennen Sie Miss Lefevre gut?"

„Wir sind befreundet."

„Wie befreundet? Verzeihen Sie mir die Frage, aber haben Sie ein Verhältnis mit Miss Lefevre?"

Dawson stellte die Frage an Francis, aber er behielt dabei Judith im Auge. Judith ihrerseits betrachtete mit gerunzelter Stirn Francis.

„Nein, gewiss nicht", sagte dieser und hoffte, dass es ehrlich klang. „Was ist mit Marie?"

„Wann haben Sie sie zuletzt gesehen?"

Francis vermutete, dass er und Marie beobachtet worden waren und blieb so gut als möglich bei der Wahrheit. „Gestern Vormittag. Wir haben uns im Park getroffen und sind dann gemeinsam zu einer Besprechung mit Professor Swanson gegangen. Es ging darum, ob wir an einem Forschungsprojekt teilnehmen sollen, dass der Professor plant. Danach haben wir uns getrennt."

„Ach so." Dawson wandte sich an Judith. „Kennen auch Sie diese Miss Lefevre?"

„Er versucht Judith eifersüchtig zu machen", dachte Francis. „Er will einen Keil zwischen uns treiben, damit sich einer von uns verplappert."

Judith antwortete dem Inspektor, sah dabei aber Francis an: „Ist das nicht die französische Gaststudentin? Recht hübsch, ein bisschen vollschlank und gelegentlich trägt sie Zöpfe? Ich habe sie schon gesehen, kenne sie aber nicht persönlich. Soviel ich weiß, studiert sie Literatur. Ich frage mich, was sie bei einem Projekt soll, das ein Professor für Physik plant."

„Du solltest besser den Mund halten", dachte Francis.

Dawson lächelte. „In der Tat, das ist sonderbar."

„Es handelt sich um kein fachspezifisches Projekt", erklärte Francis eilig, „sondern um eine Art psychologischen Test. Es geht darum, herauszufinden, wie sich die Probanden verhalten, wenn sie nicht fürchten müssen, die Konsequenzen ihrer Handlungen zu verantworten."

„Ich muss ehestens mit Swanson reden, damit er diese Geschichte bestätigt", dachte Francis.

„In so einer Welt möchte ich nicht Polizist sein", philosophierte Harris. „Da wäre ja Mord und Totschlag an der Tagesordnung und noch vieles mehr."

„Viele Verbrecher denken ohnehin, dass sie nicht zur Verantwortung gezogen werden, weil sie sich für besonders schlau halten", sagte Dawson. „Was mich zu meiner nächsten Frage führt, Miss Gallard. Es handelt sich um jenes Messer, auf dem sich unerklärlicherweise Ihre Fingerabdrücke befinden. Könnte es nicht sein, dass es doch aus Ihrem Besitz stammt? Wir haben Zeugen gefunden, die so ein Messer bei Ihnen gesehen haben wollen."

„Das war zu befürchten", dachte Francis.

Judith schluckte. „Ich würde Ihre Fragen sehr gern beantworten, Herr Dawson, aber mein Anwalt hat mir befohlen, nichts mehr ohne sein Beisein auszusagen."

„Aber das ist doch nur eine harmlose Frage. Es genügt, wenn Sie ‚nein' sagen."

„Und dann haben sie dich als Lügnerin festgenagelt", dachte Francis und warf Judith einen warnenden Blick zu.

Judith ging nicht in die Falle: „Es tut mir leid, Herr Inspektor. Ich kenne mich in juristischen Dingen nicht aus und möchte lieber nur das tun, was mein Anwalt sagt."

Dawson wirkte gar nicht enttäuscht, sondern eher zufrieden. „Natürlich, das verstehe ich voll und ganz. Da ist noch eine Frage, die mich bewegt. Sie haben ausgesagt, dass Sie beide Peter Fox zuletzt am Abend des 1. Juni gesehen haben. Fox schien seither spurlos verschwunden gewesen zu sein, bis er in der Nacht zum 5. Juni getötet und sein Leichnam entdeckt wurde. Wir haben jetzt aber eine Zeugin gefunden, die behauptet, ihn dazwischen gesehen zu haben. Sie behauptet, sie habe Fox am Vormittag des 4. Juni, also an seinem letzten Tag gesehen. Er ist im Park in der Nähe einer großen Eiche auf einer Bank gesessen, und zwar mit einer gewissen ..."

„Abigail Miller", las Harris gehorsam von seinem Notizblock ab.

„Ja richtig, Miller. Die beiden haben sich angeregt unterhalten. Wenn ich mich nicht irre, ist Miss Miller eine gute Bekannte von Ihnen?"

„Sie ist die Freundin meines Bruders", erklärte Judith.

„Ja, das haben Sie uns schon gesagt. Umso mehr verwundert es mich, dass sie auch ein sehr freundschaftliches Verhältnis zu Peter Fox gehabt zu haben scheint. Sie hat Fox zum Abschied geküsst und es war kein schwesterlicher Kuss, ganz und gar nicht, wie meine Zeugin betont hat."

Judith schaute verwirrt. „Uns ist nicht bekannt, dass Abigail Peter besonders gut kannte", antwortete Francis für beide. „Warum fragen Sie nicht Abigail selbst?"

„Das ist noch so ein Problem", antwortete Dawson bekümmert. „Wir konnten Miss Miller bisher nicht erreichen. Es ist schon recht beschwerlich, wenn wichtige Zeugen ständig abhandenkommen. Nun Miss Gallard, bei Ihnen besteht diese Gefahr ja nicht, wie ich hoffe. Sie und selbstverständlich Ihr Anwalt werden demnächst eine Vorladung zu einer sehr ausführlichen Vernehmung erhalten. Und auch Sie, Herr Barre, werden uns demnächst die Ehre geben müssen. Vielleicht besorgen Sie sich auch einen Anwalt. Ich wünsche noch einen guten Tag."

„Das war knapp", sagte Francis, nachdem Dawson und Harris gegangen waren. „Du musst sofort mit deinem Anwalt reden."

„Ja, das werde ich. Was ist das zwischen dir und dieser Lefevre? Hast du etwas mit ihr?"

„Wir sind befreundet und sonst nichts", erklärte Francis und machte sich damit Maries Version ihrer Beziehung zu eigen. Seine Gefühle für Marie bedurften dabei keiner Erwähnung, fand er. „Weißt du, wo Abigail sein könnte?"

„Sie hilft Cassius unseren Umzug zu organisieren. Wir sind ja aus unserer Pension hinausgeworfen worden. Jetzt ziehen wir vorläufig in ein Hotel und was wir nicht mitnehmen können, kommt in einen Lagerraum. Wahrscheinlich sind Cassius und Abigail gerade mit dem Transport beschäftigt. Am Nachmittag kommen meine Eltern an."

„Dann wird aus eurer Italienreise wohl nichts?"

„Mein Vater wird schon nach Europa fliegen. Es ist ja eine Geschäftssache. Ich darf hier nicht weg und meine Mutter wird bei mir bleiben. Auch Cassius bleibt da. Er will ohnehin lieber mit Abigail beisammen sein. Ich bin schon neugierig, wie Abigail die Geschichte mit Peter erklärt."

„Sei vorsichtig, damit du keine unnötigen Probleme zwischen ihr und Cassius auslöst. Du weißt doch, wie Peter war. Beinahe hätte er sogar dich herumgekriegt und jetzt ist er tot. Warum schlafende Hunde wecken? Warne lieber Abigail, dass die Polizei mit ihr sprechen will. Tut mir übrigens leid, dass aus der Toskana nichts wird."

„Nein, das tut es nicht, es tut dir ganz und gar nicht leid", sagte Judith und küsste ihn auf den Mund. „Ich muss jetzt los. Ich melde mich wieder bei dir."

Kaum war Judith gegangen, rief Francis Marie an. „Was willst du schon wieder?", fragte sie unwillig. „Fühlst du dich einsam? Ist Judith schon gegangen?"

„Du weißt doch gar nicht, ob sie bei mir war."

„Oh doch, das weiß ich. Ich habe Abigail getroffen, und die hat mir erzählt, dass Judith enthaftet wurde und gleich zu dir gefahren ist. Seither ist sie noch nicht nach Hause gekommen. Sie hat sicher bei dir übernachtet. Na los, lüg mich an!"

„Ich will dich ja gar nicht anlügen", sagte Francis gequält. „Sie war hier und wie wir beim Frühstück gesessen sind, hat uns die Polizei besucht."

„Oje. Das war sicher peinlich."

„Nicht nur peinlich. Sie haben herausgefunden, dass die Mordwaffe Judith gehört. Zum Glück hat sie einen gewieften Verteidiger und sie hat jede Aussage dazu verweigert. Die Polizei sucht außerdem Abigail. Sie soll angeblich am Tag vor seinem Tod mit Peter gesehen worden sein. Die beiden sollen sich sogar geküsst haben. Verstehst du das? Sie haben sich doch gar nicht gekannt."

„Ein bisschen haben sie sich schon gekannt."

„Wie meinst du das?"

„Es war vor zwei Jahren. Da haben die beiden etwas miteinander gehabt. Das war, bevor er damit angefangen hat, seine Eroberungen im Internet zu veröffentlichen. Trotzdem war er schon damals ein Miststück. Er hat sie einfach stehen lassen und mit einer anderen etwas angefangen. Dass sie ihn jetzt geküsst haben soll, wundert mich aber. Weißt du, mit Peter war es wie mit einer Kinderkrankheit. Die fängst du dir auch ganz leicht ein, aber wenn du sie gehabt hast, bist du für immer immun dagegen."

„Sehr eigenartig", befand Francis. „Können wir uns treffen?"

„Es bleibt mir gar nichts anderes übrig. Swanson und Pelletier wollen uns in einer halben Stunde beim Portal sehen. Sie konnten dich aber nicht erreichen, weil du dein Handy abgeschaltet hattest. Professor Pelletier hat allerdings gemeint, dass du mich sicher bald anrufen wirst. Ich habe keine Ahnung, wieso sie darauf kommt."

Marie unterbrach die Verbindung, ehe Francis antworten konnte.

Als Francis beim Portal eintraf, waren die beiden Professoren und Marie schon anwesend.

„Es gibt keine Neuigkeiten", beantwortete Swanson die Frage, die Francis noch gar nicht gestellt hatte. „Ich habe mich mit den Mentoren und den anderen Meistern beraten, allerdings ohne Ergebnis. Die allgemeine Meinung ging allerdings dahin, dass man Sie morgen unter Aufsicht stellen sollte, damit Sie keinen Unfug anrichten können."

„Ich soll eingesperrt werden?"

„So würde ich es nicht formulieren. Sie würden den Tag in angenehmer Gesellschaft verbringen. Mit ein paar Mentoren oder mit Marie, wenn sie das will."

„Ich will nicht", erklärte Marie nachdrücklich.

„Nun, ich habe mich ohnehin dagegen ausgesprochen", sagte Swanson und seufzte. „Ich glaube nämlich nicht, dass man den Lauf der Dinge so leicht beeinflussen kann. Wir werden also weitermachen wie bisher und warten, was auf uns zukommt. Deswegen habe ich auch die heutige Unterrichtsstunde angesetzt. Marie weiß schon, um was es geht und sie hat diese Übung schon öfter gemacht. Heute lernen Sie den sogenannten Kaskadensprung, Francis. Das ist eine relativ einfache Übung. Wenn Sie in eine alternative Vergangenheit gesprungen sind, haben Sie dieselben Handlungsmöglichkeiten wie in Ihrer Realzeit. Das bedeutet, Sie können auch aus Ihrer alternativen Vergangenheit einen Sprung machen und von Ihrer neuen Destination ebenso, theoretisch so oft Sie wollen. Es gibt dabei nur eine Begrenzung. Der Zeitrahmen Ihres Ursprungssprunges muss eingehalten werden. Wenn Sie also drei Stunden zurückgegangen sind und es verbleiben Ihnen noch zwei Stunden, können Sie ohne Weiteres einen Sprung von einer Stunde zurück machen. Sollten Sie allerdings vier Stunden zurückwollen, würde dieser Befehl als ungültig abgewiesen werden, weil er den Rahmen der Ausgangssituation überschreitet. Man verwendet den Kaskadensprung, um die Optionen einer Situation auszuloten. Lassen Sie mich das an einem einfachen Beispiel erklären: Nehmen wir an, Sie gehen in die Vergangenheit, um Marie zu verführen und werden abgewiesen, obwohl die Chancen gar nicht so schlecht standen. Sie müssen also an einer bestimmten Stelle etwas falsch gemacht haben. Deswegen springen Sie zurück und versuchen es besser zu machen. Noch immer klappt es nicht und Sie wiederholen den Vorgang, bis Sie schließlich den Dreh heraus haben, Marie gefügig wird oder Ihre Zeit abgelaufen ist. Wie Sie sicher erkannt haben, handelt es sich dabei um dasselbe Prinzip, dass auch bei Zeitschleifen auftritt, nur eben kontrolliert. Sie müssen jede einzelne Destination abbrechen, um auf die Ausgangsposition zurückzukommen oder Sie geben den Befehl 'Generalabbruch'. Dann ist der gesamte Vorgang zu Ende. Alles klar?"

„Wenn er versucht, mich auf diese Weise herumzukriegen, reichen hundert Jahre nicht", erklärte Marie trotzig.

„Es war ja nur ein Beispiel", sagte Swanson besänftigend, „damit er es versteht. Wie weit wollt Ihr zurückgehen?"

„Drei Stunden?", schlug Francis vor.

„Idiot", schimpfte Marie. „Vor drei Stunden bist du noch mit Judith im Bett gelegen und ich habe zu Hause Frühstück gegessen. Allein, wie ich betonen möchte. Wie sollen wir denn da zusammenkommen? Willst du Judith sein lassen und zum Portal rasen, um mich zu treffen?"

„Aber Marie", tadelte Professor Pelletier. „Sie sollen als Aufsichtsschülerin Ihren Schützling keinen Idioten heißen, sondern ihm geduldig das Problem erklären."

Marie holte tief Luft. „Wir müssen an einen Punkt zurückgehen, an dem wir schon zusammen waren, oder doch leicht zusammenfinden können, wenn wir gemeinsam agieren wollen. Verstehst du das, du Schaf?"

Francis hatte eine Idee. „Wie wäre es dann mit dem 4. Juni, später Vormittag? Damals sind wir von dem Sprung zurückgekommen, bei dem ich mich in deine Destination eingeloggt hatte. Wir sind genau hier gewesen. Kriegst du das hin?"

„Du glaubst gar nicht, was ich alles hinbekomme", antwortete Marie. Sie zog einen Notizblock hervor und begann zu schreiben. „Das müsste hinkommen", sagte sie schließlich. „Ich habe einen Zeitrahmen von drei Stunden gewählt und einen gemeinsamen Sprungbefehl konzipiert, damit er mir nicht verloren geht." Sie zeigte ihre Aufzeichnungen Professor Pelletier.

„Sehr gut", lobte diese. „Rufen Sie mich an, sobald Sie zurückgekommen sind." Sie hakte sich bei Professor Swanson unter und ging mit ihm fort.

„Dann komm", befal Marie. Sie nahm Francis bei der Hand, zog ihn auf das Portal und las den Sprungbefehl von ihrem Block ab.

Es hatte zu regnen begonnen. Das Wasser tropfte von den Blättern der alten Eiche. „So ein Sauwetter", schimpfte Marie. „Ich habe ganz vergessen, dass es damals geregnet hat. Hättest du dir nicht eine gemütlichere Destination aussuchen können? Was suchst du denn?"

„Abigail und Peter", antwortete Francis. „Ich habe dir doch erzählt, dass sie angeblich an diesem Vormittag hier gesehen wurden. Sie sollen auf der Bank gesessen haben."

„Sicher nicht im Regen", vermutete Marie. „Das muss früher gewesen sein. Springen wir eine halbe Stunde zurück. Immerhin ist das ja die Übung, die ich dir zeigen soll. Ab jetzt genügt es, wenn du dich einloggst und einfach sagst ‚eine halbe Stunde zurück'."

Es sah nach Regen aus. Die Bank war leer. Francis sah sich um, konnte aber nur ein paar Spaziergänger erkennen, die davoneilten, um nicht nass zu werden.

„Nichts", konstatierte er enttäuscht.

„Also noch eine halbe Stunde zurück", ordnete Marie an. „Du weißt ja, wie es geht."

Die Sonne schien warm, obwohl sich bereits Wolken zusammenzogen. Francis sah sich um. „Dort!", stieß er hervor. „Dort kommt Abigail! Los hinüber zu dem Gebüsch, damit sie uns nicht sieht." Francis und Marie liefen los und duckten sich hinter das Gesträuch, das auch schon Dawson und Harris als Deckung gedient hatte.

Abigail setzte sich auf die Bank und blätterte gelangweilt in einer Zeitschrift.

„Dort kommt Peter", zischte Marie.

Peter ging nicht auf dem Weg, sondern schlich sich über die Wiese an Abigail heran und hielt ihr mit der Hand die Augen zu. Abigail kreischte auf, dann brachen beide in Gelächter aus. Peter küsste sie zärtlich, zuerst auf den Hals und dann auf den Mund.

„Ich würde es nicht glauben, wenn ich es nicht selber sehen könnte", flüsterte Marie. „Verstehst du etwas von dem, was sie reden?"

„Kein Wort", antwortete Francis. „Aber so wie sie sich verhalten, kann ich mir schon vorstellen, um was es geht."

Ein Gummiknüppel tippte Francis auf die Schulter. Hinter ihm standen zwei Mann der Campuspolizei.

„Was machen wir denn da?", fragte der eine.

„Belauschen wir hier Liebespaare?", wollte der andere wissen.

„Wir mögen keine Spanner auf dem Campus", fügte der erste hinzu.

„Eine Dame sollte so etwas überhaupt nicht tun", rügte der andere.

„Ach leck mich doch", fauchte Marie und sagte laut und deutlich, noch ehe der Polizist seiner Empörung Ausdruck verleihen konnte: „Generalabbruch."

Die Szenerie hatte sich kaum verändert. Bloß dass auf der Bank niemand saß, das Wetter besser war, und weit und breit keine Polizisten zu sehen waren. Francis und Marie stiegen von der Steinplatte und setzten sich auf die Bank.

„Lange waren wir ja nicht weg", meinte Marie.

„Lange genug", sagte Francis. „Cassius kann einem leidtun. Er ist so verliebt in sie."

„Ist das ihr Freund, der Bruder von Judith?"

Francis nickte.

„Man soll das auch nicht überbewerten. Die beiden kennen sich halt von früher. Ich weiß, das klingt jetzt herzlos, aber das Problem hat sich mit Peters Tod ohnehin von selbst erledigt. Für Abigail ist es sicher auch besser so. Peter hätte ihr doch nur ihre Beziehung zu diesem Cassius kaputtgemacht und sie dann stehen lassen."

„Hast du ihn umgebracht?", fragte Francis. „Versucht hast du es ja schon einmal."

Marie zuckte mit den Schultern. „Das war in meiner alternativen Vergangenheit. Da kannst du keinen umbringen, sodass er auch tot bleibt, sondern nur selbst zu Tode kommen. Das weißt du doch. Freilich, wenn Peter einen Zeitsprung gemacht hat und meinem vergangenen ‚Ich' begegnet ist, kann es schon sein, dass ich es war, die ihn erstochen hat. Nur leider weiß ich dann davon nichts. Du kennst doch die Regeln. So wie es ausschaut, war es aber wahrscheinlich doch deine Judith. Ich glaube allerdings, ihr Anwalt wird sie heraushauen." Sie klopfte ihm auf die Schulter. „Lass den Kopf nicht hängen. Es wird schon alles in Ordnung kommen. So, ich muss jetzt gehen."

„Ich will nicht, dass es so endet", sagte Francis. „Du weißt, was für ein Tag morgen ist."

„Ein Tag wie jeder andere auch. Ruf mich an, wenn er vorüber ist und wir noch da sind. Leb wohl, Francis."

Francis sah ihr bedrückt nach und fragte sich, ob es das letzte Mal war, dass er sie sah. Er blieb auf der Bank sitzen und dachte lange nach. Dann trat er entschlossen auf die alte Steinplatte und sagte: „42, Francis Barre, 4.7.1999, Hilfe."

Er stand vor einer hohen Eichentür in einem sehr vornehmen Stiegenhaus. Auf der Tür stand in goldenen Lettern: ‚Dr. Orator Papyrius: Fachanwalt für Zeitreiserecht'.

Francis drückte die Klingel. Die Tür summte und ließ sich öffnen. In dem gediegen eingerichteten Vorraum saß eine attraktive junge Dame und blickte Francis entgegen. „Ja, bitte?"

„Mein Name ist Francis Barre. Ich brauche eine Auskunft."

„Dazu sind wir da. Das Honorar wäre im Voraus zu entrichten. Bezahlen Sie bar? Das wäre uns am liebsten."

„Ich wusste nicht, dass ich bezahlen muss", sagte Francis verwirrt. „Bisher waren die Auskünfte gratis. Ich fürchte, ich habe nicht genug Geld bei mir."

Die junge Dame seufzte. „Dann werden wir das Honorar von Ihrem Konto abbuchen. Bitte unterschreiben Sie."

Sie legte ein Formular vor ihn, das so klein bedruckt war, dass Francis die Schrift nicht lesen konnte. „Ich wusste auch nicht, dass ich hier ein Konto habe", zögerte er.

„Es ist das Konto Ihrer Lebenszeit. Sie brauchen sich keine Sorgen zu machen. Wir halten uns genau an die Honorarordnung. Man vergeudet ja auch sonst viel Lebenszeit für unwichtige Dinge, da soll es Ihnen auf diese Kleinigkeit doch nicht ankommen." Resignierend unterschrieb Francis.

Die Vorzimmerdame lächelte zufrieden und verkündete: „Der Herr Doktor wird Sie jetzt empfangen." Sie deutete auf eine Polstertür. Ein Schild mit der Aufschrift: ‚Bitte eintreten' leuchtete auf.

Dr. Papyrius, ein kleiner Mann mit faltigem Gesicht und hellwachen Augen, begrüßte Francis geradezu überschwänglich. „Was bedrückt Sie, lieber Herr Barre? Wie darf ich Ihnen helfen?" Er ergriff Francis' rechte Hand mit beiden Händen und drückte sie innig.

„Ich benötige eine Auskunft, besser gesagt einen Kommentar zu einem speziellen Aspekt des Zeitreisens."

„Natürlich, mein Lieber, natürlich. Kommentare sind unsere Spezialität." Papyrius deutete auf eine Bücherwand, die mit dickleibigen Folianten gefüllt war.

„Ich hatte kürzlich ein Gespräch mit einer Freundin", begann Francis und nahm auf dem ledergepolsterten Besucherstuhl Platz. „Sie hat bemerkt, dass sie möglicherweise in der alternativen Vergangenheit eines anderen Zeitreisenden Dinge, schlimme Dinge, getan haben könnte, von denen sie aber naturgemäß nichts weiß."

„Diese Aussage ist korrekt", bestätigte Papyrius. „Sie kann nichts davon wissen, es sei denn, dieser Zeitreisende würde ihr davon erzählen. Dann wüsste sie aber immer noch nicht, ob er die Wahrheit erzählt, und sie hat keine Möglichkeit, das herauszufinden."

„Eine andere Bekannte hat eine Bemerkung gemacht, die mich vermuten lässt, dass sie auf einem oder mehreren ihrer Zeitsprünge mit mir intim war."

„Es handelt sich um dasselbe Problem", antwortete Papyrius. „Sie haben keine Möglichkeit Ihre Vermutung zu verifizieren."

„Das führt mich zur nächsten Frage. Wenn ich einen Zeitsprung unternehme und in der Vergangenheit anderen Menschen begegne, sind das echte Menschen?"

„Selbstverständlich! Sie denken, fühlen, haben einen eigenen freien Willen, sind mit allen Menschenrechten ausgestattet und können alles machen, was sie auch in ihrer Realzeit machen könnten."

„Was geschieht mit ihnen, wenn ich meinen Sprung beende?"

„Die Frage ist falsch gestellt. Es kann mit ihnen nichts geschehen, weil es sie nie gegeben hat, sobald der Sprung beendet ist. Es gibt und gab für sie nur ihre Existenz in Ihrer alternativen Existenz."

„Sie werden ausgelöscht? Dinge, schöne oder schreckliche Dinge, die sie erlebt und getan haben, werden einfach ausgelöscht?"

„Sie verstehen noch immer nicht. Niemand und nichts wird ausgelöscht. Man kann nur etwas löschen, das existiert hat, aber nichts, dass es nie gegeben hat. Das ist das Grundprinzip, die Ultima Ratio des Zeitreisens."

„Kann einer dieser Menschen erfahren, dass er sich beispielsweise in meiner alternativen Vergangenheit befindet und seine Existenz nur eine temporäre ist, die letztlich von meinem Willen abhängt?"

„Das ist ausgeschlossen, es sei denn, Sie verraten es ihm. Aber dann wüsste er immer noch nicht, ob Sie die Wahrheit sagen. Er hat keine Möglichkeit, das zu überprüfen."

„Werden Zeitreisen und alles, was sich auf ihnen ereignet hat, registriert und gespeichert."

„Das werden sie in der Tat im Zentralregister."

„Dort könnte man also erfahren, was sich auf einem bestimmten Zeitsprung ereignet hat?"

„Sie verwenden ganz zutreffend den Konjunktiv: Man könnte, theoretisch, aber man kann nicht. Solche Anfragen – ich habe es versucht – werden regelmäßig abschlägig beschieden; angeblich aus Gründen des Datenschutzes."

Francis schüttelte enttäuscht den Kopf.

„Das mag für den Laien verwirrend klingen", tröstete ihn Papyrius, „aber glauben Sie mir, es ist alles sehr sinnvoll geregelt und dient dem Schutz dieser Menschen. Stellen Sie sich doch nur vor, einer von ihnen – wir Fachleute nennen sie Sekundärexistenzen – könnte seine Erinnerungen in seine Realexistenz mitnehmen. Dann hätte er plötzlich für denselben Zeitraum zwei unterschiedliche Erinnerungen, oder zwanzig, oder hundert, je nachdem, in wie vielen alternativen Vergangenheiten er eine Rolle gespielt hat, und er wüsste nicht wieso. Er würde auf der Stelle den Verstand verlieren und verrückt werden. Das menschliche Gehirn ist für solche Herausforderungen nicht gerüstet. Selbst Zeitreisende, die ja auch mit diesem Phänomen konfrontiert werden, können Schwierigkeiten bekommen, obwohl sie darauf trainiert werden, mit konkurrierenden Erinnerungsblöcken umzugehen. Deshalb sind längere Aufenthalte in einer entfernten historischen Vergangenheit für die geistige Stabilität auch weit weniger gefährlich als eine Serie kurzer, gegenwartsnaher Sprünge. Dies kann nämlich zu erheblichen Verwirrungen führen. Verstehen Sie das, Herr Barre?"

Francis nickte bedrückt.

„Es freut mich, wenn ich Ihnen helfen konnte", sagte Papyrius gütig. „Wie ich sehe, ist Ihre bezahlte Konsultationszeit abgelaufen. Sagen Sie einfach ‚Abbrechen', sonst müssten wir Ihnen noch eine Konsultationseinheit verrechnen."

9

Der Morgen des 8. Juni dämmerte herauf. Francis hatte wenig geschlafen. Er hatte sich die halbe Nacht im Bett herumgewälzt, während ihm die Gedanken wie Mühlräder im Kopf herumgegangen waren. Jetzt lag er apathisch da, beobachtete, wie es vor seinem Fenster heller wurde und die Zeit herankam, zu der er auf ein Frühstück hoffen konnte.

„Sie sehen müde aus, Herr Barre, wenn Sie mir die Bemerkung gestatten wollen", meinte Adams, als er das Frühstück servierte.

„Ich hatte gestern einen schweren Tag und der heutige wird wahrscheinlich noch schlimmer. Ich darf nicht vergessen, meinen Mentor, ich meine meinen Professor, anzurufen."

„Sie sollten Ihr Studium nicht so verbissen betreiben", riet Adams. „Genießen Sie doch die Ferien. Machen Sie sich ein paar schöne Tage mit der jungen Dame, die uns bisweilen beehrt."

Wenigstens blieb Francis an diesem Morgen von einem Besuch durch die Polizei verschont. Das war aber nur ein geringer Trost, weil er durch das Fenster sehen konnte, dass Sergeant Harris in einem Wagen auf der gegenüberliegenden Straßenseite parkte. Auch er sah sehr übernächtig aus. Francis überlegte, ob er ihm einen Becher Kaffee hinausbringen solle, ließ es aber dann bleiben.

Er versuchte der Reihe nach Judith, Cassius, Professor Swanson und Marie anzurufen, aber niemand nahm den Anruf entgegen. „Keiner will mit mir reden, es ist, als ob mich alle meiden, wie einen, der Unglück bringt", dachte er erbittert.

Den Vormittag verbrachte er damit, in seine Skripten zu starren, ohne zu erfassen, was er gerade las. Eine lähmende Antriebslosigkeit hatte ihn befallen. Er konnte geradezu den Fluss der Zeit vorbeirauschen hören, während der Nachmittag, an dem sich irgendetwas Entscheidendes, wahrscheinlich Schreckliches ereignen würde, unaufhörlich näher rückte. Francis trieb auf diesen Augenblick zu und konnte schließlich gar nicht mehr erwarten, ihn zu erreichen, was immer er auch bringen würde.

Um 14 Uhr raffte er sich auf und ging zum Portal. „Ich bleibe einfach hier auf dieser Bank sitzen und warte was geschieht", dachte er. Die Welt rund um ihn herum schien leer zu sein. Auch die Zeit, die vorher so rasch auf diesen Augenblick zugeeilt war, verging plötzlich mit quälender Langsamkeit. Die Uhr am großen Institutsgebäude schlug eine halbe Stunde nach 14 Uhr.

„Na, das ist aber eine Überraschung: Sitzt da an diesem schönen Tag und bläst Trübsal. Was ist denn los mit dir Francis? Hat dich Judith versetzt?" Abigail stand vor ihm und lachte. „Oder vielleicht Marie? Bei dir weiß man ja nicht so genau."

Francis empfand tiefe Erleichterung und Freude, als er Abigail sah. Endlich jemand, mit dem er reden konnte!

„Alle beide", sagte er. „Sie gehen nicht ans Telefon."

„Das kann ich dir erklären. Judith sitzt schon die längste Zeit mit ihrem Vater und dem Anwalt beisammen und Marie ist zu Professor Pelletier gerufen worden. Da schaust du, wie gut ich informiert bin, was? Ja, ja mein Lieber: Wenn man gleichzeitig zwei Mädchen hat, kann man auch den doppelten Kummer bekommen. Sonst hast du dir solche Eskapaden nie geleistet." Sie setzte sich neben ihn auf die Bank.

„Was heißt das ‚sonst'?", fragte Francis argwöhnisch. „Jetzt sag mir ganz ehrlich, Abigail: Haben wir etwas miteinander gehabt? Auf einem deiner Zeitsprünge?"

„Willst du das wirklich wissen, Francis?", fragte Abigail kokett. „Also gut. Ich verrate es dir. Die Antwort ist: Ja. Und zwar nicht nur einmal, sondern genau fünfmal. Ich habe dir doch gesagt, dass ich eine Schwäche für dich habe. Auch diesmal habe ich ein paar romantische Tage mit dir geplant, aber dann hast du auf einmal mit Judith und Marie angefangen und ich musste mich mit Cassius trösten."

Langsam sickerte in seinen Verstand, was sie gesagt hatte und es lief ihm kalt über den Rücken. „Bist du auf einem Zeitsprung?", fragte er mit stockender Stimme. „Bin ich eine sekundäre Existenz in einer deiner alternativen Vergangenheiten?"

Abigail schaute betreten zu Boden. „Das hätte mir nicht passieren dürfen", bekannte sie. „Ich hätte mich nicht verplappern dürfen."

„Bin ich eine sekundäre Existenz?", schrie Francis.

„Bitte reg dich doch nicht auf. Das waren wir doch schon alle: sekundäre Existenzen in den alternativen Vergangenheiten anderer. Das ist doch nichts Schlimmes, weil man gar nichts davon weiß. Es ist so, wie wenn ein anderer von dir träumt. Es tut mir leid, dass ich es dir verraten habe. Ich wollte dich nicht verletzen."

„Das ist es also", dachte Francis verzweifelt. „Deswegen löst sich das Problem mit Judith von selbst, und deswegen ist es zwischen mir und Marie aus. Sie wird nicht einmal wissen, dass es mich gibt, wenn das hier vorbei ist, geschweige denn in mich verliebt sein. Judith wird zu ihrem Rudolfo gefahren sein, und ich bin kein Zeitreisender mehr."

„Warum musstest du das machen?", fragte Francis müde. Wenn du wirklich eine Schwäche für mich gehabt hast, hättest du mich doch leicht in unserer Realzeit kennenlernen können. Du hast doch alle Informationen über mich gehabt."

„Ich habe mich nicht getraut", gestand Abigail. „In der Wirklichkeit ist das alles nicht so einfach. Auf einem Sprung fühle ich mich sicher. Da kann ich alles machen, da kann mir nichts passieren, wenn wirklich etwas schiefläuft, breche ich einfach ab."

„Es ist wie eine Sucht", dachte Francis. „Wenn man einmal damit begonnen hat, seine Wünsche und Träume ganz ohne die Risiken der Realität auszuleben, kann man nicht mehr damit aufhören."

„Arme Abigail", sagte er.

„Bedauerst du mich etwa?", fragte sie. „Dazu besteht kein Grund. In ein paar Minuten ist es vorbei und nichts ist passiert."

„Nichts ist passiert", stimmte er ihr zu. „Und auch für den Mord an Peter kann dich keiner verantwortlich machen, weil er gar nicht passiert ist."

Sie fuhr zurück. „Das weißt du?"

„Es ist mir auch eben erst klar geworden. Aber ich hätte schon früher darauf kommen können. Judith hat dir von ihrem Erlebnis mit Peter erzählt und dass sie ihr Messer dabei verloren hat. Du bist daraufhin sofort zu diesem Platz am Seeufer gegangen und hast das Messer an dich gebracht. Am nächsten Tag hat auch Judith ihr Messer dort gesucht, es aber natürlich nicht gefunden. Marie und ich haben sie auf einem Übungssprung dabei beobachtet. Inzwischen, wahrscheinlich am 4. Juni, ist Peter von einem Zeitsprung zurückgekommen, den er noch am Abend des 1. Juni angetreten hat. Was er dabei gemacht hat, weiß ich nicht."

„Ich kann es dir sagen", warf Abigail ein. „Er hat es mir erzählt. Er hat den Abend des 1. Juni, an dem du mit Judith abgehauen bist, korrigiert und sie doch noch herumgekriegt." Abigails Stimme klang gehässig. „Die beiden haben drei Tage lang hemmungslos gefickt. Deine Judith hat es faustdick hinter den Ohren, lieber Francis."

Francis ließ sich nicht aus der Ruhe bringen. „Wie wir beide wissen, ist das nie passiert, nachdem Peter den Sprung beendet hat und zurückgekehrt ist. Kurz danach hast du dich mit ihm getroffen. Wie ihr in Kontakt gekommen seid, weiß ich nicht, es ist aber auch gleichgültig. Marie und ich haben euch jedenfalls bei einem Übungssprung beobachtet, wie ihr am. 4. Juni hier auf dieser Bank gesessen seid und miteinander geschmust habt. Ich nehme an, ihr habt dann in der Nacht zum 5. Juni einen gemeinsamen Sprung unternommen. Du hast an diesem Abend zu mir gesagt, dass Cassius enttäuscht sein werde, weil du noch eine Verabredung hast. Das wird Peter gewesen sein. Du warst auch die Einzige von uns, die kein Alibi hatte, abgesehen davon, dass du behauptet hast, du wärst um die Häuser gezogen. Auf diesem gemeinsamen Sprung, wahrscheinlich kurz nach eurer Ankunft hast du Peter erstochen und das Messer mit Judiths Fingerabdrücken in seiner Brust stecken lassen. Ich nehme an, du selber hast Handschuhe getragen. Du konntest natürlich nicht wissen, ob Peter tot oder lebendig zurückkommt. Es war eine Chance 50:50 und du hast gewonnen. Peter war tot und du hast zugeschaut, wie Judith verhaftet wird. Ich frage mich nur warum?"

„Es war eine spontane Entscheidung", antwortete Abigail gelassen. „Nachdem es mit dir nichts geworden ist, wollte ich die Zeit anders nutzen. Mit Peter hatte ich ohnehin noch eine Rechnung offen, so wie er mich vor zwei Jahren behandelt hat, und Judith wollte ich etwas antun, weil sie mir bei dir in die Quere gekommen ist. Deswegen wollte ich ja auch Marie darin bestärken, mit dir ebenfalls etwas anzufangen. Dann hätte Judith wenigstens gewusst, wie es ist, wenn einem der Mann weggeschnappt wird."

„Du bist ein abscheulicher Mensch, Abigail: Eine gewissenlose Intrigantin und eine kaltblütige Mörderin."

„Ist doch gar nicht wahr. Ihr wart schließlich alle nur sekundäre Existenzen in meiner kleinen Kriminalkomödie und wie wir wissen, können sekundäre Existenzen keinen Schaden nehmen. Sie leben unangefochten ihre Realexistenz weiter, während gleichzeitig so eine Scharade wie diese hier stattfindet. Glaube mir Francis, in der Realität könnte ich keinem Menschen so etwas Böses antun. In wenigen Minuten ist die Zeit abgelaufen. Meine Rückkehr wird um 15 Uhr erfolgen. Dann ist das alles hier nie geschehen und niemand wird es wissen."

„Du wirst es wissen und das Portal wird es auch wissen."

„Das Portal weiß gar nichts. Das ist bloß eine Maschine."

„Täusch dich da nur nicht, Abigail."

„Ach komm schon. Verzeih mir und gib mir einen Abschiedskuss." Die Uhr schlug einmal.

Francis stieß Abigail weg. „Ich akzeptiere das nicht!", rief er verzweifelt und sprang auf das Portal. Die Uhr schlug zum zweiten Mal.

„42, Francis Barre, 4.7.1999, Hilfe!", schrie Francis. Die Uhr schlug zum dritten Mal. Die Zeit stand still.

Teil III

Marie

1

Von dem verwitterten Kreuzrippengewölbe rieselte Staub. Der Boden war mit undefinierbarem Unrat bedeckt. Francis glaubte einige halb vermoderte Knochen zu erkennen. Es roch nach Vergänglichkeit und Verwesung. Jemand hatte die Wände der kleinen, fensterlosen Kapelle mit obszönen Sprüchen und Zeichnungen verunstaltet.

Das Skelett hockte auf den Resten einer zerbrochenen Gebetsbank und hielt eine Sanduhr vor seine leeren Augenhöhlen. Hinter ihm lehnte eine Sense an der Wand. Die Klinge war rostig und schartig.

„Da wären wir also wieder", sagte das Skelett mit blecherner Stimme, die aus seinem Schädel zu kommen schien. „Und das im allerletzten Augenblick." Es hielt Francis die Sanduhr vors Gesicht. Einige wenige Sandkörner schwebten in der Bewegung erstarrt über dem Sandhäufchen im unteren Glas. Das obere Glas war leer. „Was willst du?"

„Gerechtigkeit und Hilfe."

„Beides kann ich dir verschaffen. Das ist die Spezialität des Todes. Du brauchst nur ‚beenden' zu sagen und dir wird Gerechtigkeit und Hilfe zuteil. Nichts wird dich mehr belasten und bekümmern. Du wirst vielleicht nicht glücklich, aber auch nicht unglücklich sein. Wenn man es recht bedenkt, ist das ja auch schon eine Definition von Glück. Also, lass uns diese Unterhaltung, die doch zu nichts führt, beenden."

„Du bist nicht der Tod", antwortete Francis, „und das hier ist das Hilfecenter des Zeitreiseportals. Könntest du bitte aufhören, mit deinen Knochen zu klappern?"

„Mir ist kalt", klagte das Skelett. „Du stehst da, eingehüllt in warmes, weiches Fleisch, das noch kein bisschen vermodert ist, und noch dazu in einer Flanelljacke. Ich aber friere bis auf die Knochen. Schau mich doch an." Das Skelett richtete den leeren Blick an sich hinunter und schüttelte den Schädel.

„Selber schuld! Du hast diese Szenerie und dieses Outfit gewählt, weil du denkst, es passt zu meiner derzeitigen Stimmung und Situation. Wir könnten genauso gut gemütlich beisammensitzen und alles in Ruhe besprechen. Du könntest meinetwegen wieder der lustige Kobold, dessen Namen man nicht sagen darf, sein."

„Wir wollen doch nicht stillos werden", rügte ihn das Skelett. Es schüttelte plötzlich heftig die Sanduhr, aber die in der Zeit eingefrorenen Sandkörner bewegten sich nicht. „Ich wüsste auch nicht, was wir noch zu besprechen hätten."

„Ich bin eine sekundäre Existenz", sagte Francis.

„Ja, das bist du wohl, obwohl Existenz fast schon zu viel gesagt ist. Sie beträgt gerade noch sieben fallende Sandkörner. Komm, Francis, lassen wir sie fallen." Es schüttelte neuerlich das Stundenglas.

„Wenn ich das tue, wird es mich nicht mehr geben."

„Falsch, Francis, ganz falsch. Etwas kann es nur dann nicht mehr geben, wenn es vorher da war. Sobald das letzte Korn gefallen ist, wird es dich aber nie gegeben haben. So viel solltest du schon begriffen haben. Es wird aber noch immer, und allein darauf kommt es an, den realen Francis geben, der inzwischen einige unbeschwerte Tage verlebt hat und dem es gut geht, soviel darf ich dir verraten."

„Er wird aber kein Zeitreisender mehr sein."

„Wenn wir dieses unpassende ‚mehr' aus deinem Satz streichen, ist es richtig. Denn er war nie ein Zeitreisender."

„Ich will aber das, was ich während der letzten Tage erlebt habe und meine Eigenschaft als Zeitreisender nicht aufgeben."

„Ich verstehe dich, Francis, aber so sind die Regeln. Selbst wenn ich wollte, könnte ich dir nicht helfen. Das übersteigt bei Weitem meine Möglichkeiten. Wir hätten dieses Problem nicht, wenn sich Abigail nicht verraten hätte. Ich überlege mir ernsthaft, sie dafür zu bestrafen."

„Lass sie in Frieden. Ich wäre auch selbst draufgekommen."

„Ja vielleicht, aber nicht rechtzeitig und das Ganze hier wäre uns erspart geblieben und schon vorbei. Du existierst bloß deswegen noch, weil die Zeit nicht weiterläuft, solange du dich im Hilfecenter aufhältst. So leid es mir tut, aber ich muss dem ein Ende setzen. Ich mache das sonst nicht, aber ich muss dich wohl hinauswerfen." Die knöcherne Hand schüttelte neuerlich das Stundenglas, diesmal heftiger als zuvor.

Francis schien, als ob Sandkörner langsam zu fallen begannen. „Warte", schrie er und erinnerte sich an das, was Marie gesagt hatte. „Ich berufe mich auf Artikel 57!"

Das Skelett hielt inne und glotzte Francis mit dunklen Augenhöhlen an. „Das kannst du nicht!"

„Ich weiß, dass ich es kann. Ich weiß, dass du es mir nicht verwehren darfst! Es ist mein gutes Recht!"

„Du willst dein Recht?", fragte das Gerippe drohend. „Das ist schon manchem schlecht bekommen. Weißt du, was sie mit dir machen, wenn du sie mit einem unberechtigten Anliegen belästigst? Den Letzten haben sie fast hundert Jahre eingesperrt. Er musste den gesamten Kodex des Zeitreisens, immerhin mehr als dreitausend Seiten, auswendig lernen und fehlerfrei aufsagen. Nach jedem Versprecher musste er neu anfangen. Draußen vergeht ja inzwischen keine Zeit, aber hier sind hundert Jahre, hundert Jahre. Willst du dir das wirklich antun?"

„Ich muss es versuchen", beharrte Francis, obwohl ihm flau wurde.

„Du hast doch keine Ahnung vom Zeitreiserecht. Da genügt es nicht, wenn du herumjammerst und sagst: ‚Ich will, ich will'. Der Advocatus Diaboli wird dich fertigmachen."

„Du hast recht. Ich brauche professionelle Hilfe. Ich werde Dr. Papyrius mit meiner Vertretung betrauen."

„Ich wollte, ich hätte Augen, um sie verdrehen zu können", stöhnte das Skelett.

„Ach komm schon! Ich weiß, dass du auch Dr. Papyrius sein kannst, ebenso wie Rumpelstilzchen, Schneewittchen, Gertrud, der Zollbeamte und alle anderen."

„Bis zu einem gewissen Grad stimmt das", sagte das Skelett. Plötzlich hatte es eine weiße, gelockte Perücke über den kahlen Schädel gestülpt und sah komisch und gruselig zugleich aus. „Lass das gefälligst", forderte es empört.

„Entschuldige, ich habe mir dich nur als Anwalt vorgestellt", sagte Francis. „Machst du es?"

„Mir bleibt wohl nichts anderes übrig", grollte das Skelett und verwandelte sich unversehens in den Dr. Orator Papyrius.

„Es freut mich, dass Sie mir Ihr Vertrauen geschenkt haben", erklärte Papyrius salbungsvoll. „Sie sind doch damit einverstanden, dass mein Honorar im Voraus von Ihrem Konto abgebucht wird? Man weiß ja nie, wie so ein Prozess ausgeht. Vielleicht werden Sie nach der Urteilsverkündung eine Zeit lang nicht mehr verfügbar sein."

An der Kapellenwand erschien plötzlich eine hohe doppelflügelige Eichentür, die so gar nicht hierher passte. Darüber stand ‚Verhandlungssaal IV'. Eine Lautsprecherstimme ertönte: „Beschwerdesache des Francis Barre, Verhandlungssaal IV, bitte eintreten!"

Der Verhandlungssaal bot einen imposanten Anblick. Die hölzerne Kassettendecke war mit Wappen geschmückt, die Francis noch nie gesehen hatte. Der Richtertisch stand auf einem erhöhten Podest und war mit drei würdigen Männern in hermelingeschmückten Roben und einem weniger würdevollen Schriftführer besetzt. Vor ihnen stand das fatale Stundenglas. Es waren auch eine Menge Zuhörer gekommen, die Francis bekannt vorkamen. Es handelte sich um die Mitglieder der Kirchengemeinde, die von ihrem Pastor angeführt wurden. Darunter war auch der Kerl, der unter seinem Mantel den Strick mitgebracht hatte. Er zog ihn heimlich hervor, zeigte Francis die Schlinge und zwinkerte ihm zu.

Rechter Hand saß zu Francis' Entsetzen der Teufel. Er hatte seinen aufgeblähten roten Leib in einen voluminösen Talar gehüllt. Auf dem Kopf trug er eine wallende Perücke, in die er Löcher geschnitten hatte, damit die Hörner durchpassten.

„Was macht den der hier?", flüsterte Francis.

„Das ist der Advocatus Diaboli", flüsterte Papyrius zurück. „Was immer wir auch vorbringen, er wird zu beweisen versuchen, dass es nicht stimmt."

„Ist der Beschwerdeführer anwesend?", fragte der Vorsitzende. Er war der mittlere der drei Richter. Man konnte auch daran erkennen, dass er der Vorsitzende war, weil die Lehne seines Stuhles höher war, als die seiner Kollegen.

Papyrius packte Francis am Arm und führte ihn vor den Richtertisch, wo sich beide tief verbeugten. „Der Beschwerdeführer Francis Barre ist anwesend, Euer Ehren. Er wird von mir, Dr. Orator Papyrius, zugelassener Anwalt, vertreten."

„Nehmen Sie Platz." Der Vorsitzende wedelte mit der Hand, als ob er zwei Fliegen verscheuchen wolle.

Francis und Papyrius setzten sich an den Tisch links vom Richtertisch.

„Der Vertreter des Beschwerdeführers möge die Beschwerde vortragen", befahl der Vorsitzende.

Der Teufel sprang auf. „Ich erhebe Einspruch", erklärte er. „Ich beantrage die Beschwerdeführung a limine, als unzulässig zurückzuweisen."

„Das fängt ja gut an", ärgerte sich der Vorsitzende. „Weshalb denn?"

„Der Beschwerdeführer ist eine sekundäre Existenz. Infolge seiner latenten, aber letztlich unausweichlichen Nichtexistenz ist er als Nichtperson anzusehen und als solche nicht legitimiert, vor diesem Gericht Beschwerde zu führen."

Papyrius erhob sich. „Ich muss meinem teuflischen Kollegen widersprechen. Nach dem klaren Wortlaut der Prozessvorschriften hat jeder Zeitreisende das Recht, diesen hohen Senat anzurufen. Es sind keine Ausnahmen normiert. Nun ist mein Mandant, sekundäre Existenz oder nicht, unzweifelhaft Zeitreisender, sonst könnte er ja gar nicht hier sein. Seine Beschwerde muss also gehört werden."

„Ich sehe das auch so", erklärte der Vorsitzende. „Fahren Sie fort."

„Am 9. Juni dieses Jahres hat Abigail Miller, registrierte Zeitschülerin am hiesigen Portal, einen Zeitsprung unternommen. Sie ist auf den 30. Mai zurückgegangen. Es hat sich um einen einfachen Sprung auf ihrer eigenen Lebenslinie gehandelt, der mit dem 8. Juni 15 Uhr alternativer Zeit geendet hat. Infolge Einrechnung der Sprungdauer ist Abigail Miller vor Kurzem, also am 18. Juni wieder in der Realzeit angekommen. Der Beschwerdeführer hat in dieser alternativen Vergangenheit, die von Miss Miller initiiert wurde, tatsächlich den Status einer sekundären Existenz innegehabt. In dieser Zeit wurde er allerdings als ordentlicher Zeitreiseschüler registriert. Ich darf den hohen Senat darauf hinweisen, dass Derartiges noch nie vorgekommen ist. Wie immer der hohe

Senat auch entscheiden wird, es handelt sich um einen wichtigen Präzedenzfall, der zu Recht diesem Gericht vorgetragen wurde. Mein Mandant begehrt nun, dass er die Zulassung als Zeitreiseschüler behalten darf. Damit ist notwendigerweise auch die Belassung der Erinnerung an seine Zeit als sekundäre Existenz verbunden."

„Gegen dieses Begehren kann ich nur schärfstens protestieren", erklärte der Teufel. Aus seinen Nasenlöchern stoben kleine Flammen. „Das würde einer Reihe fundamentaler Grundsätze widersprechen. Mit der Beendigung ihres Sprunges durch Miss Miller ist diese Zeitspanne, auf die sich der Beschwerdeführer beruft, zu einem nie Gewesenen geworden. Der Beschwerdeführer hat sich lediglich durch seine Belästigung dieses Gerichtes eine Art Zeitasyl erschlichen. Ich komme nicht umhin, seine Bestrafung wegen mutwilliger Prozessführung zu fordern."

„Mein höllischer Kollege schießt wie immer übers Ziel", erwiderte Papyrius. „Strafe hat mein Mandant keineswegs verdient. Er beruft sich vielmehr darauf, dass der Status eines Zeitreisenden nur unter bestimmten im Kodex genau aufgezählten Fällen aberkannt werden darf. Keiner dieser Fälle trifft auf ihn zu."

Der Teufel lachte lautlos, sodass sein dicker Bauch unter dem Talar nur so hüpfte. „Was während Miss Millers Zeitsprung geschehen ist", erklärte er, „ist inzwischen nie geschehen. Daher ist der Beschwerdeführer auch nie Zeitreisender geworden und man kann etwas, dass nie gewährt wurde, auch nicht aberkennen."

Papyrius lächelte. „Und doch steht mein Mandant hier und ist Zeitreisender, und er ist es noch immer. Denn sonst hätte ihn das Portal längst ausgespien."

„Da ist etwas dran", meinte der Vorsitzende.

„Ich warne davor, einen gefährlichen Präzedenzfall zu schaffen", rief der Teufel. Kleine Funken stoben wie Speichel aus seinem Maul. „Ich beantrage eine regelkonforme Lösung. Sobald der Beschwerdeführer diesen Ort verlässt, lösen sich alle Probleme von selbst. Er war nie Zeitreisender und wird glücklich und unbeschwert von all dem, was ihn jetzt bewegt, in der Realzeit weiterleben, besser gesagt, er hat ja auch bereits so in der Realzeit weitergelebt. So sieht es das System vor und so ist es recht."

„Das hat auch viel für sich", erklärte der Vorsitzende zögernd.

Der Teufel setzte noch eins drauf. „Das ist letztlich so auch zu seinem Besten. Es wird ihn von seiner sündhaften und unglücklichen Liebe zu Marie befreien. Er weiß und wird gar nicht wissen, dass es sie gibt."

„Was ist das mit dieser Marie?", wollte der Vorsitzende wissen.

Der Schriftführer blätterte in seinen Unterlagen und las vor: „Marie Lefevre, Schülerin am hiesigen Portal. Der Beschwerdeführer und sie haben sich im fraglichen Zeitraum kennengelernt und waren vorübergehend als Liebespaar mit hoher Klassifikation eingestuft."

„So ist es", triumphierte der Teufel. „Das ganze Sinnen und Trachten des Beschwerdeführers ist in Wahrheit nur darauf ausgerichtet, mit dieser Lefevre zu sündigen und Unzucht zu treiben. Nur deshalb belästigt er dieses hohe Gericht."

„Interessant", meinte der Vorsitzende. „Was sagt der Beschwerdeführer dazu?"

„Ich liebe Marie."

„Interessant", wiederholte der Vorsitzende. „Nun, gesetzt den Fall, wir würden Sie jetzt vor die Wahl stellen, entweder auf Marie oder auf das Zeitreisen zu verzichten. Wie würden Sie sich entscheiden?"

„Sagen Sie, Sie würden sich für das Zeitreisen entscheiden, weil es das Wichtigste in Ihrem Leben ist", flüsterte Papyrius.

„Ich würde mich für Marie entscheiden", antwortete Francis ohne zu zögern. Papyrius verbarg das Gesicht in den Händen.

„Interessant", sagte der Vorsitzende zum dritten Mal.

Die beiden beisitzenden Richter kritzelten etwas auf Zettel, die sie ihm zuschoben.

Der Vorsitzende las, was sie geschrieben hatten, bedeckte das Haupt mit einem Barett und erhob sich. Alle Anwesenden standen gleichfalls auf. „Vernehmen Sie die Entscheidung des obersten Zeitgerichtes am Portal Amerika", verkündete der Vorsitzende mit förmlicher Stimme. „Der Beschwerde des Francis Barre wird Folge gegeben. Seine als sekundäre Existenz erlangte Zulassung als Zeitreisender wird auf seine Realexistenz übertragen. Dasselbe gilt für die damit im Zusammenhang stehenden Erinnerungen. Gegen diese Entscheidung ist kein Rechtsmittel zulässig. Die Kosten des Verfahrens werden dem als Beschwerdegegner auftretenden Teufelsanwalt auferlegt.“

Es stank plötzlich nach Pech und Schwefel im Saal. Alle setzten sich wieder.

„Dem Vertreter der Teufelsanwaltschaft ist insoweit recht zu geben“, führte der Vorsitzende aus, „als es für einen solchen Fall weder eine Vorschrift noch eine Präzedenzentscheidung gibt, was dafür sprechen würde, dem Automatismus des Systems seinen Lauf zu lassen. Anderseits besteht auch keine Vorschrift, die zu einem solchen Vorgehen verpflichten würde. Wir haben daher einen gewissen Spielraum für eine Ermessensentscheidung gesehen, die nach dem einstimmigen Votum des Senates so ausgefallen ist, wie verkündet. Nur der Vollständigkeit halber sei darauf hingewiesen, dass jene Irritation im Zeitgefüge, die zu einer Interferenz geführt hat, mit der sich unser verehrter Pastor vor einigen Tagen beschäftigen musste, auf die Ereignisse des heutigen Tages zurückzuführen sind.“

„Die Wege des Herrn sind unergründlich“, murmelte die Kirchengemeinde. Nur der mit dem Strick murrte: „unverständlich, völlig unverständlich“.

Der Vorsitzende wandte sich direkt an Francis. „Sobald Sie diesen Saal verlassen haben, wird es Sie, so wie Sie jetzt vor uns stehen, nie gegeben haben. Das ist unumstößliche Regel. Sie werden aber in Ihrer realen Existenz plötzlich Erinnerungen haben, die Sie zuvor nicht hatten. Ich mache Sie darauf aufmerksam, dass das einen erheblichen Schock auslösen kann. Wenn Sie dadurch Schwierigkeiten bekommen, zögern Sie nicht, beim Portal Hilfe zu suchen. Was Ihre Beziehung zu Marie Lefevre anlangt, ist es ganz allein Ihre Sache, was Sie daraus machen. In diesem Punkt werden wir uns nicht einmischen.“

„Danke“, stammelte Francis. „Sie waren sehr ...“ Er wusste nicht, was er sagen sollte: freundlich, gütig, hilfsbereit, verständnisvoll, vielleicht sogar gerecht.

Der Vorsitzende lächelte. „Man könnte auch sagen, du hast heute eine Prüfung bestanden, Francis. Eine von vielen, die noch folgen werden. Die Verhandlung ist geschlossen.“

Er schlug mit seinem Hammer auf den Tisch. Es hallte wie ein Donnerschlag. Die letzten Sandkörner im Stundenglas fielen. Die ganze Szenerie löste sich auf und verschwand. Nur der Teufel hielt noch einen Augenblick stand. Er schwebte vor Francis und sah ihn böse an. Dann zerstob auch er in einer Wolke rot schimmernder Seifenblasen, die rasch hintereinander zerplatzten.

2

Francis war am 18. Juni mit dem Bus zu seinem Elternhaus gefahren, um nach dem Rechten zu sehen. Am frühen Nachmittag kam er nach mehrstündiger Fahrt an. Das Haus hatte jene bedrückende Atmosphäre angenommen, die unbewohnten Häusern oft schon nach kurzer Zeit zu eigen ist. Es war alles so, wie er es verlassen hatte, aber mit einem Schleier von Staub bedeckt, der sich über alle Gegenstände und Erinnerungen zu legen begann. Er war durch die Räume gewandert und hatte lange vor dem Schreibtisch seines Vaters gestanden, der noch immer mit aufgeschlagenen Büchern und Notizen bedeckt war, so als ob Professor Barre nur für einen kurzen Augenblick in den Garten gegangen wäre, um frische Luft zu schöpfen.

Es war jetzt mehr als ein halbes Jahr her, seit er auf der Suche nach einem vielversprechenden Ausgrabungsplatz in Ägypten spurlos verschwunden war. Francis begann sich nach und nach mit dem Gedanken abzufinden, dass er seinen Vater verloren haben könnte. Der einzige Hoffnungsschimmer, der blieb, war, dass man bisher seine Leiche nicht gefunden hatte, obwohl die Ägypter das infrage kommende Gebiet mit Militär und Polizei abgesucht hatten. Dann hatte ihn das Außenamt davon informiert, es gäbe ein Gerücht, wonach sein Vater entführt worden sei. Aber auch dieser Hinweis hatte sich nicht bestätigen lassen. Obwohl Francis immer wieder nachfragte, man wusste nichts, versicherte ihm aber, dass man unermüdlich am Ball bleiben und ihn sofort informieren werde, wenn sich eine neue Spur ergäbe. Es war, als ob sein Vater etwas geahnt hätte. Francis erinnerte sich an ihr letztes Gespräch. Sein Vater hatte ihm gesagt, er solle sich keine Sorgen machen, wenn er eine Zeit lang nicht erreichbar sein sollte, er werde sehr entlegene Gebiete aufsuchen, von wo er keine Nachricht geben könne. Er hatte für Francis auch ein Konto eingerichtet, das diesem zumindest für zwei Jahre finanzielle Unabhängigkeit verschaffte.

„Das ist doch nicht notwendig, Papa", hatte Francis gesagt, obwohl er sich freute, nicht auf den monatlichen Scheck warten zu müssen. „So lange bleibst du doch nicht weg."

„Sicher ist sicher", hatte sein Vater geantwortet und ihm zusätzlich die Adresse eines Anwaltes gegeben, an den er sich jederzeit wenden könne, nur für alle Fälle.

Auch das Zimmer seiner Mutter war unverändert und voller Erinnerungen. Die Schranktüren standen offen, leere Schubladen waren aufgezogen und einige wenige als nutzlos erachtete Gebrauchsgegenstände lagen herum. Es wirkte wie ein Wrack, das von seiner Besatzung fluchtartig verlassen worden war. So ähnlich war es ja auch gewesen, als seine Mutter das sinkende Schiff ihrer gescheiterten Ehe aufgegeben hatte und nach New York gezogen war. Jetzt war sie mit einem Immobilienmakler verheiratet, den Francis noch nie kennengelernt hatte und auch nicht kennenlernen wollte.

Sein Vater hatte das Zimmer so belassen, wie es war, weniger aus sentimentaler Neigung, sondern eher als Ausdruck seiner Resignation und als Warnung für ihn selbst, nie mehr zu heiraten.

Kurz nachdem sein Vater verschwunden war, hatte Francis mit seiner Mutter telefoniert. Sie hatte sich angemessen betroffen gezeigt, wobei die Betonung auf angemessen liegt. Im Grunde berührte es sie nicht mehr, als ob einem entfernten Verwandten, mit dem man schon lange keinen Kontakt mehr gehabt hatte, etwas zugestoßen sei. Immerhin fragte sie ihn, ob er Geld brauche. Sie könne mit seinem Stiefvater – wie Francis dieses Wort hasste – reden, der werde sicher in die Bresche springen, natürlich nur vorübergehend und im vernünftigen Rahmen. Immerhin sei Francis ja schon erwachsen und könne in absehbarer Zeit selbst für sich sorgen. Papa – sie meinte ihren derzeitigen Mann – habe ja auch noch für zwei Kinder aus seiner ersten Ehe zu sorgen.

Francis hatte sich bedankt und erklärt, er benötige keine Hilfe, was erleichtert zur Kenntnis genommen wurde. Seither hatte er mit seiner Mutter nicht mehr gesprochen und sie hatte auch nicht versucht, mit ihm Kontakt aufzunehmen.

Francis wanderte weiter durch das Haus und staunte, wie fremd ihm sein eigenes Zimmer geworden war, seit er ausgezogen war, um nächst der Universität zu wohnen. Es war, als ob ein anderer Junge hier gehaust hätte, einer, der die Comics seiner Kinderzeit sorgsam aufgehoben, Poster von halb nackten Mädchen an die Wand geklebt und Schellacks gesammelt hatte.

Er betrachtete fast gerührt seinen alten Computer, ein Unding mit Röhrenbildschirm und einem übergroßen Tower. Es musste fast drei Jahre her sein, seit er ihn zum letzten Mal in Betrieb gehabt hatte. Er streckte spontan die Hand aus und drückte den Knopf. Das Gerät gab ein Surren, Rattern und Brummen von sich, beunruhigende Geräusche, die ihm aber vertraut waren. So hatte es sich zuletzt immer angehört. Der Bildschirm wurde hell, während das System mühsam hochfuhr. Ein ‚Dingdong' war zu hören, dann poppte ein Fenster auf und verkündete: „Sie haben eine neue Nachricht!"

Francis war verblüfft. Er hatte bei seinem Auszug das Mailprogramm deaktiviert und seine Mailadresse geändert. Irgendwo in den elektronischen Eingeweiden des alten Dings mussten noch Reste früherer Aktivitäten herumirren. Neugierig klickte er auf den Button. Die Nachricht öffnete sich und verblüffte ihn noch mehr. Dort stand: *„Sehr geehrter Herr Barre! Wir bestätigen, dass Sie auf unserem Portal angemeldet und ordnungsgemäß registriert wurden. Die erforderlichen Informationen werden Ihnen nun schrittweise übermittelt. Schalten Sie Ihren Computer nicht aus. Bitte antworten Sie nicht auf diese automatisch generierte Nachricht. Bei Fragen oder Problemen kontaktieren Sie unser Hilfecenter. Dazu drücken Sie die Enter-Taste. Mit freundlichen Grüßen, Zentrale Portalverwaltung."*

Noch während Francis versuchte, die Mailadresse und das Datum zu entziffern, begann sich die Nachricht aufzulösen. Sie zerrann förmlich vor seinen Augen und war verschwunden. Dann öffnete sich der Bildschirmschoner und zeigte ihm ein nacktes, sehr hübsches Mädchen, das ihn anlächelte. Das Mädchen erinnerte ihn an Marie.

„Welche Marie?", dachte er im selben Augenblick. „Ich kenne doch keine Marie." Bilder huschten durch seinen Kopf. Er sah sich mit diesem Mädchen eng umschlungen im Bett liegen. Er glaubt sogar ihr heftiges Atmen zu hören.

„Das fehlte noch", dachte er über sich selbst empört. „Ich starre wie ein Fünfzehnjähriger ein Bildschirmmädchen an und bekomme feuchte Träume." Er konnte sich auch gar nicht erinnern, diesen Bildschirmschoner installiert zu haben.

„Wahrscheinlich kommt dieses Bild von dem ominösen Portal", so dachte er. „Hoffentlich ist das kein Computervirus."

Er streckte seine Hand aus, um den Computer abzuschalten, hielt aber inne, weil ihm ihr Name einfiel. „Sie heißt Marie Lefevre", dachte er verblüfft. Ich kenne sie ja doch. Aber woher nur?"

Das Bild auf dem Schirm wechselte. Dieses Mädchen kannte er mit Sicherheit. Sie lag in eindeutiger Pose auf dem Bett in seiner Pension und streckte ihm die Arme entgegen. „Judith", dachte er. „Das ist eine Schweinerei! Es muss sich um eine Fotomontage handeln. Wer macht bloß so etwas? Wieso zum Teufel schickt man mir solche Bilder?"

Er hatte Judith zuletzt in der Schlussvorlesung von Professor Swanson gesehen, aber keine Gelegenheit gefunden, sie anzureden. Sie war nämlich von einem Angeber mit einem roten Sportwagen abgeholt worden. Soviel er wusste, war sie vor mehr als einer Woche mit ihrem Bruder und ihren Eltern nach Europa geflogen.

„Wahrscheinlich ist sie jetzt schon bei ihrem Rudolfo", dachte er und gleich darauf: „Welcher Rudolfo? Wie komme ich nur auf diesen Namen?" Ein neuer Gedanke schoss ihm durch den Kopf: „Sie kann gar nicht abgereist sein! Sie wurde doch gegen Kaution entlassen! Sie hat Peter Fox umgebracht! Nein", durchfuhr es ihn sofort, „das stimmt ja auch nicht. Abigail hat Fox umgebracht! Wie komme ich nur darauf? Ich habe diesen Fox doch erst gestern getroffen! Er war quicklebendig!"

Das Bild wechselte neuerlich. „Ich habe dieses Mädchen noch nie gesehen, aber ich weiß, dass sie Abigail Miller heißt", dachte er. Er fasste sich verzweifelt an den Kopf. Immer rascher überfluteten Erinnerungen, die nur Wahnvorstellungen sein konnten, seinen Verstand. „Ich werde verrückt", dachte er, „oder jemand hat mir eine Droge beigebracht. Ja, das wird es sein. Der Bursche, der neben mir im Autobus gesessen hat und mir eine Halspastille angeboten hat."

Er verspürte, wie er Kopfschmerzen bekam und ein heftiges Schwindelgefühl überfiel ihn. Welle um Welle drangen neue Bilder und Informationen auf ihn ein.

„Welches Zeitportal?", überlegte er verstört. „Soll das dieses Portal sein, von dem die Nachricht gekommen ist? Und wieso bin ich ein Zeitreisender? Um Himmels willen, ich brauche einen Arzt, ich brauche Hilfe!" Er stierte mit tränenden Augen seine Computertastatur an, dann drückte er mit zitternder Hand die Enter-Taste.

Das helle Neonlicht blendete ihn und er kniff die Augen zu. Der Saal hatte weiße Wände und mehrere orangefarbene Türen, die Optimismus und Heiterkeit vermitteln sollten, auf ihn aber eher bedrohlich wirkten. Daran waren auch die Aufschriften schuld: „Geschlossene Abteilung, Infektionsabteilung, Notoperationen, Intensivabteilung, Pathologie"

„Ja bitte?", frage die Krankenschwester, die hinter der Rezeption saß.

„Wo bin ich hier, wie bin ich hergekommen?", stammelte Francis.

„Sie sind in der Notaufnahme des Hilfecenters. Sie haben den Notruf getätigt. Setzen Sie sich. Sie werden aufgerufen."

Sie deutete auf die Bänke, die den größten Teil des Raumes einnahmen, und auf denen Menschen in den verschiedensten Stadien des Jammers saßen. Besonders entsetzte sich Francis über einen Mann in altertümlicher Tracht, der seinen abgeschlagenen Kopf auf den Knien hatte. Die Augen des Kopfes rollten hin und her und der Mund klagte: „Wann komme ich endlich dran? Ich sitze schon seit drei Tagen hier und habe furchtbare Halsschmerzen."

„Was haben Sie?", fragte die Krankenschwester Francis. „Sie sind ja ganz blass geworden. Sie werden mir doch nicht hier umfallen?"

„Ich glaube, ich werde, nein, ich bin wahrscheinlich schon verrückt geworden", stammelte Francis.

„Tief durchatmen und ruhig bleiben", befahl die Schwester. „Führen Sie sich nicht so auf. Das ist alles nur Einbildung. Gleich kommt Professor Freud und sieht nach Ihnen."

„Wer?"

„Professor Freud." Die Schwester beugte sich vor und flüsterte vertraulich: „Er behauptet, Professor Sigmund Freud zu sein, ist es aber nicht. Spielen Sie trotzdem mit, sonst wird er wütend. Er ist ein bisschen verrückt."

„Ein Verrückter soll mich untersuchen?", protestierte Francis, dessen Verwirrung sich steigerte.

„Haben Sie etwa Vorurteile gegen die Integration behinderter Menschen ins Berufsleben?", fragte ihn die Schwester streng. „Sie werden sehen, Sie sind bei ihm in den besten Händen."

Durch die Tür trat ein würdiger älterer Herr mit Bart und Brille. Er rauchte ungeniert eine dicke Zigarre, deren Gestank sich mit dem sonst allgegenwärtigen Geruch nach Desinfektionsmittel vermischte.

„Dieser Mann behauptet, verrückt zu sein, Herr Professor", meldete die Schwester.

„Wenn er das von sich sagt, ist er es wahrscheinlich gar nicht", erklärte der Professor. „Man muss sich nur vor jenen hüten, die behaupten, normal zu sein. Bei denen sind Tobsuchtsanfälle weit häufiger zu erwarten. Wie lautet die Einlieferungsdiagnose?"

„Die Schwester nahm eine Karte zur Hand und verkündete. „Er heißt Francis Barre und leidet unter Erinnerungsstörungen, verbunden mit geistiger Verwirrung, vermutlich hervorgerufen durch einen zu rasch durchgeführten Erinnerungstransfer."

„Wir werden sehen", meinte der Professor. „Man reiche mir mein Seelenglas."

Die Schwester griff unter die Theke und gab ihm ein Vergrößerungsglas von der Größe einer Autofelge. Der Professor studierte damit eingehend Francis' Kopf. Von dessen Seite aus waren zwei riesige brillenbewehrte Augen zu sehen.

„Das ist ja ein ordentliches Wirrwarr", befand der Professor. „Sagen Sie, Herr Barre, lieben Sie Ihre Mutter?"

„Nicht besonders", bekannte Francis.

„Aha. Er hat seine ödipale Phase bereits überwunden."

Die Schwester machte eine Notiz auf der Karteikarte.

„Mir scheint, es besteht aber eine ungesunde orale Fixierung." Der Professor sog heftig an seiner Zigarre und hüllte Francis in eine Rauchwolke.

Francis hustete. „Können Sie mir helfen? Was soll denn aus mir werden, wenn ich weiter so spinne?"

„Sie könnten Fantasyromane schreiben", riet ihm der Professor. „Dabei ist zu viel gesunder Menschenverstand ohnehin hinderlich."

Francis gab einen Klagelaut von sich.

„Nur nicht verzweifeln", tröstete ihn der Professor. „Ich werde Sie gleich ambulant behandeln. Das kriegen wir schon wieder hin. Eine wohl bemessene Dosis ‚Malleus Ligneus' bringt alles wieder in Ordnung."

Die Schwester griff neuerlich unter die Theke und brachte einen großen Holzhammer zutage.

„Sie werden doch nicht ...", versuchte Francis zu protestieren.

„Aber ja doch", sagte Dr. Freud und schlug ihm mit aller Kraft den Hammer auf den Kopf.

3

Als Francis erwachte, wusste er zunächst nicht, wo er war. Erst langsam fand er sich zurecht. Er lag angekleidet auf dem Bett in seinem ehemaligen Kinderzimmer. Der Computer summte zufrieden vor sich hin und es war ihm, als ob ein Hauch von Zigarrenrauch in der Luft hinge. Draußen war es bereits hell. Die Erinnerung an den vergangenen Tag kam langsam zurück. Francis durchforstete sie vorsichtig, so wie man einen angeschlagenen Körperteil abtastet, um festzustellen, wo er schmerzt. Er fand nichts Beunruhigendes. Ganz im Gegenteil: Alle seine Erinnerungen waren wohlgeordnet und ordentlich voneinander abgegrenzt. Er ließ sie wie Filme vor seinen inneren Augen ablaufen und konnte zunächst gar nicht fassen, was ihm offenbar wurde. „Ich bin nicht verrückt", dachte er. „Ich bin offenbar wirklich ein Zeitreiseschüler und ich habe mich in Marie und Judith verliebt und mit beiden geschlafen. Wer hätte das gedacht!"

Ganz traute er der Sache aber noch nicht. Zu unwahrscheinlich erschien ihm die Sache. Im Hintergrund lauerte noch immer der Gedanke, dass so etwas doch nicht möglich sein könne. Er rappelte sich hoch und betrachtete den Bildschirm des Computers. Dort stand: „*Download abgeschlossen. Neue Dateien wurden installiert. Um Ihr Produkt zu überprüfen, drücken Sie F12 und geben einen entsprechenden Befehl ein.*"

Francis zögerte einen Augenblick, dann folgte er der Anweisung. Ein Eingabefeld erschien. Entschlossen schrieb Francis: „42, Francis Barre, 4.7.1999, achtzehn Stunden zurück." Er drückte die Eingabetaste.

Die Autobusfahrt näherte sich ihrem Ende. Das Nest hieß Brooks Bridge und war nach einem Samuel Brook benannt, der hier vor gut hundertfünfzig Jahren eine Brücke über das Flüsschen gebaut und eine Siedlung gegründet hatte, von der er glaubte, sie werde sich in wenigen Jahrzehnten zu einem bedeutenden Zentrum entwickeln. Daraus war nichts geworden. Die Eisenbahn hatte einen anderen Weg genommen und auch die Straße hatte diesen Fleck lange gemieden. Jetzt wohnten dort kaum mehr als fünfhundert Menschen. Francis hatte hier eine unbeschwerte Kindheit verlebt, und auch sein Vater hatte diesen Ort geschätzt, weil er ihm Ruhe und Muße für seine Studien verschafft hatte. Es war ihm lange nicht aufgefallen, wie sehr seine Frau, die das gesellige, großstädtische Leben liebte, unter der Abgeschiedenheit litt, und als er es zur Kenntnis nahm, war es zu spät gewesen.

Den größten Teil der Fahrt hatte Francis verdöst und sich auf keine Unterhaltung mit seinen Mitreisenden eingelassen. Bald würde er sein Elternhaus betreten und durch die unbewohnten Räume gehen. Das war eine lästige Verpflichtung, aber er hatte seinem Vater vor dessen Abreise versprochen, gelegentlich nach dem Rechten zu sehen.

Die Fahrt war unangenehm gewesen. Trotz allen Komforts, den diese modernen Busse boten, fühlte er sich müde und steif. Vorsichtig bewegte er sich, um die Verspannung in seinem Rücken zu lockern. Die Klimaanlage blies Luft in den Fahrgastraum. Sie war wohltemperiert, aber trocken und mit einem Beigeschmack nach Staub und heißem Plastik. Ein Hustenreiz, den er nicht unter Kontrolle bringen konnte, befiel ihn. Der junge Mann neben ihm streckte ihm hilfsbereit eine Blechdose mit Drops hin.

„Nimm eins, das hilft", sagte er.

„Sind das Drogen?", fragte Francis.

Der Junge lachte. „Nein, nur Menthol."

Francis ließ die Pastille im Mund zergehen. Der Husten ließ auch sofort nach.

„Geht's dir jetzt besser?"

„Sehr viel besser. Weißt du, ich bin ein Zeitreisender, und du bist eine sekundäre Existenz."

„Von mir hast du aber sicher keinen Stoff bekommen", sagte der Junge. „Bist du noch immer auf einem Trip oder spinnst du bloß?"

„Ich glaube nicht", antwortete Francis. „Es ist alles so, wie es sein soll. Danke für die Hustenpastille." Er holte tief Luft und sagte laut und deutlich: „Abbrechen!"

Wenig später verließ Francis sein Elternhaus. Er hatte sich gewissenhaft davon überzeugt, dass die Fenster ordentlich verschlossen und das Wasser abgedreht war. Er hatte zweimal an der Tür gerüttelt, um sicherzugehen, dass sie fest versperrt war und dann im letzten Moment den Autobus erreicht, der ihn zurückbringen sollte. Als Verpflegung musste ihm ein eilig erworbenes Säckchen mit Fast Food dienen.

Zu seiner Überraschung saß sein freundlicher Reisegefährte wieder neben ihm. „Das war aber ein kurzer Ausflug", meinte dieser. „Fährst du auch zur Uni zurück? Ich habe dich schon am Campus gesehen. Ich heiße übrigens Harry." Er streckte ihm die Hand entgegen.

„Francis, Francis Barre. Was studierst du?"

„Ich bin kein Student. Ich arbeite dort: Campuspolizei. Ich habe erst vor einem Monat angefangen. Vorher war ich bei der Army."

„Was du nicht sagst. Und wie gefällt es dir bei uns?"

„Im Vergleich zur Army ist es ein Zuckerschlecken. Das meiste ist nur Routinearbeit. Zum Glück gibt es am Campus nur wenig Kriminalität. Lästig sind nur die Vermisstenanzeigen, mit denen wir uns beschäftigen müssen, und bei denen dann doch nichts herauskommt. Unlängst erst ist eine gewisse Abigail Miller abhandengekommen. Wir suchen pflichtschuldigst nach ihr."

„Ich weiß, wo sie war", dachte Francis. „Sie ist inzwischen schon wieder zurück." Laut meinte er: „Wahrscheinlich taucht sie bald wieder auf und sagt, sie habe nur einen kleinen Ausflug gemacht."

„Wahrscheinlich. Das ist oft so und die meisten begreifen gar nicht, was sie uns für unnötige Arbeit machen, wenn sie einfach für ein paar Tage abhauen, ohne Bescheid zu geben. Besonders in den Ferien ist das schlimm. Irgendjemand macht sich dann ja doch Sorgen und wendet sich an uns. Zurzeit suchen wir noch nach einer Marie Lefevre. Ihre Zimmerwirtin hat sie als abgängig gemeldet."

„Marie?", fragte Francis überrascht.

„Kennst du sie?"

Francis war vorsichtig. „Flüchtig. Wenn ich mich recht erinnere, ist sie eine französische Gaststudentin." Er dachte besorgt: „Das ist eigenartig. Sie wäre sicher nicht verreist, oder hätte einen längeren Zeitsprung unternommen, ohne ihrer Zimmerwirtin Bescheid zu geben. Es gehört zum Einmaleins des

Zeitreisens, eine längere Abwesenheit zu begründen, damit man kein Aufsehen erregt. Marie ist in diesem Punkt sicher viel gewissenhafter als Abigail, die sich um nichts kümmert und halt nachträglich eine Ausrede erfindet."

„Sie wird nach Hause, nach Frankreich geflogen sein", meinte Francis und versuchte gelassen zu klingen.

„Nein. Das zu überprüfen, war eine leichte Übung. Wir haben die infrage kommenden Flüge gecheckt. Sie ist sicher noch in den Staaten. Eigenartig ist, dass sie alle ihre Sachen zurückgelassen hat, auch ihren Pass. Sie ist ja immer wieder für ein paar Tage verreist, aber da hat sie vorher auch immer Bescheid gegeben, nur diesmal nicht."

„Seit wann ist sie denn verschwunden?"

„Sie ist am 13. Juni verschwunden. Kannst du dir vorstellen, wo sie hingekommen sein könnte?"

Sonderbar, dass ihn Harry das fragte, nachdem Francis erklärt hatte, Marie kaum zu kennen. Mit dem Eifer eines jungen Jagdhundes schien er die günstige Gelegenheit nutzen zu wollen, um Nachforschungen anzustellen. Francis hingegen war zutiefst beunruhigt. Er wusste, dass das Portal zwar keinen unmittelbaren Zugriff auf die Gefühlsebene hatte, aber dennoch spürte er eine wachsende Zuneigung für Marie, je öfter er an sie dachte. Allein die Erinnerung an sie schien die frühere Verliebtheit wieder anzufachen. „Ich muss mich bei erster Gelegenheit wieder ins Hilfecenter einloggen", dachte er. „Vielleicht kann ich dort etwas in Erfahrung bringen. Hoffentlich ist ihr nichts zugestoßen."

„Ich habe keine Ahnung", sagte er.

„Eigenartig ist auch", fuhr Harry fort, „dass sie sich kurz vorher in einem Kostümverleih ein Kostüm besorgt hat, so wie es im ersten Jahrhundert im alten Rom üblich war. Eine Tunika, Unterkleidung, Sandalen, Umhang, alles möglichst originalgetreu. Es scheint, sie wollte auf ein Kostümfest gehen. Wir haben uns auch schon überlegt, ob ihr auf oder nach dieser Fete etwas zugestoßen sein könnte. Es wäre ja nicht das erste Mal, dass die Dinge außer Kontrolle geraten, wenn es hoch hergeht. Du weißt schon: Alkohol, Drogen, Sex. Aber niemand wusste von einem solchen Kostümfest. Hast du eine Ahnung, wo es gewesen sein könnte?"

„Vielleicht am Hofe des Kaisers Titus", kam Francis, der an seinen Vater dachte, in den Sinn. „Mein Gott, hoffentlich ist sie nicht ins alte Rom gesprungen. So weit ist sie ja noch nicht, um derartig weite Sprünge zu unternehmen. Und wenn doch, warum hat sie es getan?"

„Ich habe keine Ahnung", sagte er mit belegter Stimme. „Es wird sich schon alles aufklären. Sei mir nicht böse, aber ich möchte jetzt ein wenig schlafen." Er schloss die Augen und schnitt damit jede weitere Unterhaltung ab. Diese Pose hielt er während der ganzen Fahrt durch, obwohl er keine Minute schlief.

Als sie angekommen waren, verabschiedete er sich freundlich von Harry und sah dem Jungpolizisten nach, wie er davoneilte. „Ich habe ihn gar nicht gefragt", fiel ihm plötzlich ein, „was er eigentlich in Brooks Bridge wollte und wieso er mit mir hin- und zurückgefahren ist. Das ist doch sehr seltsam!"

Er beschäftigte sich aber nicht weiter mit diesem Gedanken, weil er Wichtigeres zu tun hatte. Er begab sich nämlich schnurstracks zum Portal, stieg auf die Steinplatte und rief: „42, Francis Barre, 4.7.1999, Hilfe!"

4

Das Stiegenhaus war schäbig, und die Farbe blätterte von der Tür, vor der er stand. Auf die Glasscheibe waren Buchstaben, so wie sie in den Dreißigerjahren des vorigen Jahrhunderts modern gewesen waren, geklebt: „*Detektei Argos, diskrete Ermittlungen, Rückführung entlaufener Hunde, flüchtiger Ehemänner und ...*" Das letzte Wort fehlte. Wahrscheinlich war es gestohlen worden, weil jemand die Buchstaben gebraucht hatte.

Francis drückte die Klingel. Es war kein Läuten zu hören und auch sonst rührte sich nichts. Er drückte die Tür auf und trat ein. Im spärlich eingerichteten Vorzimmer saß eine wasserstoffblonde Frau mittleren Alters und lackierte ihre Fingernägel. Sie sah überrascht auf, als Francis eintrat. „Was wollen Sie?", fragte sie fast abweisend.

„Ich brauche eine Auskunft. Ich bin auf der Suche nach einer jungen Frau."

Die Blondine musterte ihn, als ob sie seine Zahlungsfähigkeit abschätzen wollte. „Wir sind zurzeit mit Aufträgen überlastet", erklärte sie. „Ich werde fragen, ob und wann der Chef für Sie Zeit hat." Sie griff zum Telefon: „Hier ist ein Klient, der eine Frau sucht. Ich weiß schon, dass wir keine Heiratsvermittlung sind. Ich glaube, er sucht eine Frau, die ihm abhandengekommen ist. Soll er warten oder später wiederkommen? Ja gut. Ich sag es ihm." Sie wandte sich an Francis. „Sie haben Glück. Der Chef kann ein paar Minuten für sie erübrigen. Gehen Sie gleich hinein."

Das Büro bestand aus einem schäbigen Schreibtisch, einem Besuchersessel, aus dessen Sitzfläche Rosshaare quollen und einem Aktenschrank, in dem einige wenige verstaubte Akten lagen. Der Mann hinter dem Schreibtisch erinnerte Francis an Humphrey Bogart. Er rauchte eine Zigarette und tat so, als ob er angestrengt einen Akt studiere.

„Setzen Sie sich", sagte er, ohne den Kopf zu heben. Nach einer Weile schlug er den Akt zu und blickte Francis an. „Was kann ich für Sie tun?"

„Ich bin auf der Suche nach einem vermissten Mädchen. Ihr Name ist Marie Lefevre."

„Darf ich um nähere Angaben bitten?"

„Sie ist registrierte Zeitreiseschülerin an diesem Portal und seit dem 13. Juni verschwunden. Ich weiß nicht, wo sie hingekommen ist und mache mir Sorgen um sie. Es gibt einen Hinweis, dass sie vielleicht einen Sprung ins alte Rom unternommen hat, aber sicher ist das nicht."

„In welcher Beziehung stehen Sie zu ihr?"

„Ich liebe sie. Wir hatten eine kurze Beziehung miteinander."

Der Mann, der wie Humphrey Bogart aussah, machte sich Notizen auf einem schmierigen Block. „Und wer sind Sie?"

„Francis Barre. Student an der Uni und gleichfalls registrierter Zeitreiseschüler an diesem Portal."

„Als ob der Kerl das nicht wüsste", dachte Francis. „Immerhin habe ich mich ja mit meinem Namen eingeloggt. Und natürlich weiß er auch, wer Marie ist und warum ich hergekommen bin. Diese Spielereien des Hilfecenters gehen mir schön langsam auf die Nerven."

„Beschreiben Sie die vermisste Person", forderte der Detektiv ungerührt.

„Mittelgroß, blonde Haare, die sie manchmal als Zöpfe trägt, mollig, aber nicht dick, gute Figur, rundes Gesicht, Sommersprossen, grüne Augen und einen entzückenden französischen Akzent. Sie ist gebürtige Französin und derzeit Gasthörerin an der Uni. Sie ist alles in allem sehr hübsch.

„Letztere Einschätzung ist höchst subjektiv", befand der Detektiv. „Was wissen Sie über die vermisste Person noch? Hat sie viele Bekannte? Würden Sie sagen, dass sie einen sexuell freizügigen Lebenswandel führt?"

„Das sehe ich nicht so", sagte Francis indigniert, „früher vielleicht, aber jetzt nicht mehr."

„Das könnte Wunschdenken sein", knurrte der Detektiv. Er stieß den Zigarettenstummel in den überquellenden Aschenbecher. „Na schön. Ich werde sehen, was sich machen lässt. Kommen Sie in – sagen wir einer Woche – wieder. Vielleicht habe ich dann schon Ergebnisse."

Francis hatte von der Scharade genug. „Hör zu", sagte er wütend. „Ich weiß, dass du jetzt und hier über alle Informationen verfügst, die das Portal hat. Wenn du etwas über Marie weißt, dann sag es mir, oder sag einfach, dass du mir nicht helfen kannst oder willst."

„Du fällst aus der Rolle, Francis", tadelte ihn der Detektiv. „Du bist ein rechter Spaßverderber."

„Ich mache mir eben große Sorgen um Marie."

Der Detektiv seufzte und griff zum Telefon: „Den Akt Marie Lefevre", befahl er.

Gleich darauf trat die Blondine ein und legte einen dicken Akt, der mit einer Schnur zusammengebunden war, vor ihren Chef. Dieser knüpfte sorgfältig die Schnur auf und begann zu blättern.

„Was ist?", fragte Francis nach einer Weile. „Warum spannst du mich auf die Folter? Willst du mich quälen?"

„Verdient hättest du es. Du wirst schön langsam lästig. Ich kenne sonst niemanden, der das Hilfecenter so oft beschäftigt, wie du. Also hör zu: Marie Lefevre hat am 13. Juni tatsächlich einen Zeitsprung unternommen. Wie du richtig vermutet hast, ist sie ins alte Rom gesprungen. Sie hat sich in die alternative Vergangenheit deines Vaters eingeloggt."

„Sie ist jetzt bei meinem Vater?"

„Hoffentlich! Wir haben den Kontakt zu ihr verloren. Auch das Portal Europa, bei dem wir nachgefragt haben, wusste nichts. Der Sprungbefehl, den sie verwendet hat, war nämlich nicht ganz korrekt."

„Das ist ja schrecklich", entsetzte sich Francis. „Könnt ihr sie nicht ausfindig machen? Ich dachte, ihr wisst alles!"

„Wir sind nicht allwissend, Francis. Marie wäre nicht die erste Zeitreisende, die verloren geht, weil sie ein zu großes Wagnis eingegangen ist. Sie hat sich den Sprungbefehl selbst zusammengepfuscht, wahrscheinlich, weil ihre Mentorin einen solchen Sprung nicht erlaubt hätte."

„Das ist ja schrecklich!", wiederholte Francis. „Kann sie sterben, wenn sie sich in die alternative Vergangenheit eines anderen begibt?"

„Aber ja doch. Denn dann ist sie keine sekundäre Existenz, sondern gilt als Zeitreisende und als solche kann sie natürlich sterben, wenn man ihr nicht die unbeschadete Rückkehr gestattet. Das solltest du doch schon wissen."

„Warum um Himmels willen hat sie überhaupt diesen Sprung unternommen? Weißt du das?"

„Ja, das ist lustig", sagte der Detektiv und zwinkerte Francis zu. Plötzlich flackerte er und an seiner Stelle saß der rotbärtige Kobold vor Francis.

„Das dachte ich mir schon, dass du dahinter steckst", empörte sich Francis. „Ich finde nichts Lustiges an der ganzen Sache."

„Ist es aber. Sie hat diesen Sprung völlig überhastet unternommen, um dich zu retten. Dabei bist du doch hier und in Sicherheit!"

„Das versteh ich nicht. Sie kennt mich in der Realität doch gar nicht. Sie weiß nichts von unserer Beziehung in der von Abigail geschaffenen Realität."

„Tut sie auch nicht. Aber sie hat ein paar Tage vor ihrem Verschwinden einen eigenen Sprung gemacht, wohl auf der Suche nach einem romantischen Abenteuer – nennen wir es so – dich dabei kennengelernt und sich in dich verliebt. Besser gesagt in deine sekundäre Existenz, aber das ist ja gleichgültig. Du weißt zwar nichts davon, aber ihr ist es passiert. Gib zu, dass das lustig ist!"

„Es ist sicher nicht lustig. Was hat sie überhaupt auf den Gedanken gebracht, dass ich in Gefahr sein könnte?"

„Das ist besonders lustig", kicherte der Kobold. „Sie hat erfahren, dass du nach einem unautorisierten Sprung zu deinem Vater, der sich zurzeit im antiken Rom aufhält, ums Leben kommen wirst."

„Wer zum Teufel hat ihr das eingeredet?"

„Es war so, dass sie die Personalabteilung kontaktiert hat, um zu erfragen, wie die Chancen einer Beziehung mit dir stehen, falls sie in der Realität deine Bekanntschaft sucht. Man hat ihr nach Rückfrage bei der Zukunftsabteilung gesagt, dass die Chancen mit fast aussichtslos zu beurteilen seien, weil du", er blätterte in dem Akt, „am 25. August des Jahres 79 mit 98 % Wahrscheinlichkeit getötet werden wirst. Man hat ihr nicht bestätigen können, dass du lebend zurückkommst."

„Das ist mir unverständlich. Zu dem Zeitpunkt war ich in der Realität doch noch gar kein Zeitreisender. Wie konnte sie da glauben, mich im alten Rom zu finden? Hat sie das nicht hinterfragt?"

Der Kobold brach in boshaftes Gelächter aus. „Das ist das Lustigste daran. Ich weiß nicht, was sie sich gedacht hat, aber sie hat geglaubt, was man ihr gesagt hat, ist in Panik geraten und hat den Sprung unternommen."

„Ihr habt sie belogen", sagte Francis bitter.

Sein Gesprächspartner wiegte den Kopf. „Das wird sich erst herausstellen. Wenn du ihr folgst, haben wir nämlich nicht gelogen. Du weißt allerdings, was dich erwartet. Eine Überlebenschance von 2 % ist ja nicht besonders ermutigend. Andererseits, wenn du ihr nicht folgst, um sie zu suchen, bist du in Sicherheit. Dann kann es allerdings sein, dass sie verschwunden bleibt."

„Das ist infam", sagte Francis nach einer Pause. „Warum tust du das?"

„Ich gebe dir nur die Auskunft, die du verlangt hast. Du hättest ja auch gar nicht fragen zu brauchen. Ich rate dir aber, keinen Sprung zu wagen, der deine Möglichkeiten übersteigt. Gebrauche deinen Verstand und gehe vernünftig mit dieser Sache um. Warte einfach ab. Wenn du Glück hast, kommt Marie ja doch noch unbeschadet zurück. Was willst du auch schon unternehmen? Du weißt ja nicht einmal genau, wo sie ist und wo du sie suchen sollst. Und selbst wenn du sie findest, und sie ist in Schwierigkeiten, du wirst nicht wissen, wie du ihr helfen kannst. Dazu fehlen dir die Kenntnisse. Du würdest für nichts und wieder nichts mit größter Wahrscheinlichkeit sterben. Nun, Francis, es wird Zeit, sich zu verabschieden. Mehr kann ich wirklich nicht für dich tun." Das Männchen schlug sich auf die Schenkel und begann unbändig zu lachen."

„Verfluchtes Rumpelstilzchen!", schrie Francis voller Zorn. „Zerreißen soll es dich! Abbrechen!"

Hinter ihm ertönten ein Wutschrei und ein Knall. Das hörte er aber schon nicht mehr.

5

Professor Swanson saß auf der Bank und blickte grüblerisch auf das Zeitportal. Zu seiner maßlosen Überraschung kam plötzlich Francis angerannt, ohne nach links oder rechts zu schauen, sprang auf die Platte, flackerte kurz und stieg böse vor sich hinmurmelnd wieder herunter.

„Kenne ich Sie, junger Mann?", fragte Swanson. „Sind Sie ein neuer Schüler?"

„Was für ein Glück, dass ich Sie treffe, Herr Professor!", rief Francis. „Ja, ich bin ein neuer Schüler und Sie sind mein Mentor. Ich brauche Ihre Hilfe!"

„Nicht dass ich wüsste", protestierte Swanson verwirrt.

„Ich glaube, das muss ich Ihnen genauer erklären", sagte Francis. „Haben Sie Zeit für mich?"

Swanson nickte. Francis setzte sich neben den Professor, erzählte ihm alles, was er bisher erlebt hatte und ließ auch keine intimen Details aus, weil er dachte, alles könne wichtig sein.

Nachdem er geendet hatte, schwieg Swanson eine lange Zeit. Dann sagte er: „Das ist die erstaunlichste Geschichte, die ich je gehört habe, und ich zweifle nicht daran, dass jedes Wort wahr ist. Ich habe Sie ja selbst das Portal benutzen sehen. Es ist noch nie vorgekommen, dass jemand Erinnerungen und Fähigkeiten, die er als sekundäre Existenz erworben hat, in seine reale Existenz übernehmen durfte. Ich hätte auch gar nicht gedacht, dass so etwas möglich ist. Das ist außergewöhnlich, ganz außergewöhnlich. Selbstverständlich werde ich Sie als Schüler annehmen, das bin ich ja schon Ihrem Vater schuldig. Ich werde auch sofort eine Sitzung der Meister und Mentoren beantragen, um Ihren Fall vorzutragen und seine mögliche Bedeutung zu erörtern. Bis dahin bitte ich Sie, keine unüberlegten Handlungen zu begehen, vor allem keinen Zeitsprung in die Antike zu wagen."

„Die Zeit läuft mir davon, Herr Professor. Ich mache mir Sorgen um Marie."

„Das verstehe ich, wenngleich ich die Vorgehensweise des Portals nicht verstehe. Ich kann Ihnen versichern, dass Professor Pelletier über das Verschwinden Maries beunruhigt war und im Hilfecenter nachgefragt hat. Man war sehr höflich zu ihr, hat aber erklärt, man könne ihr nicht sagen, wo Marie sei."

„Das Portal lügt nicht", bemerkte Francis. „Sie haben nicht gesagt, sie wüssten es nicht, sondern bloß, sie könnten es nicht sagen, wahrscheinlich, weil sie andere Pläne hatten."

„Umso erstaunlicher ist es, welche detaillierten Auskünfte Ihnen gegeben wurden. Ich frage mich, wieso."

„Das ist mir inzwischen klar geworden", antwortete Francis. „Sie haben Maries Liebe zu mir ausgenutzt, um sie zu einem Sprung ins alte Rom zu verleiten, wo sie glaubt, mich retten zu müssen. Danach haben Sie mich darüber informiert, dass Marie in Schwierigkeiten sein könne, um mich zu verleiten ihr zu folgen. Sobald ich im alten Rom bin, werde ich in Lebensgefahr geraten und Marie bekommt tatsächlich die Möglichkeit, mich zu retten. Wie ich schon sagte: Das Portal lügt nicht. Wenn es so abläuft, wie ich gesagt habe, hat es in jedem Punkt die Wahrheit gesagt. Das Bedrückende dabei ist nur, dass ich bloß eine Chance von 2 % habe, um zu überleben, und ich fürchte, auch in diesem Punkt sagt das Portal die Wahrheit. Dazu kommt noch, dass sich Marie und ich in der alternativen Vergangenheit meines Vaters befinden werden. Das kann zusätzliche Probleme verursachen."

„Unglaublich", murmelte Swanson. „Das Portal hat sich noch nie so unverhohlen manipulativ gezeigt. All die Jahrhunderte hindurch, in denen es bekannt ist, hat es sich hilfsbereit aber neutral verhalten. Es sind ja auch Ihre Erlebnisse im Hilfecenter höchst ungewöhnlich. Üblicherweise findet der Hilfesuchende dort eine meist gleichbleibende Umgebung vor, von der das Portal annimmt, dass sie dem Betreffenden vertraut und angenehm ist. Ihnen hingegen wurde eine Vielzahl wechselnder, teilweise fantastisch-skurriler Szenarien geboten. Derartiges hat bisher kein Zeitreisender berichtet. Es scheint, das Portal hat ein besonderes Interesse an Ihnen, Francis. Das wirft sehr beunruhigende Fragen auf. Ich bin immer davon ausgegangen, die Portale seien Artefakte, die uns – von wem auch immer – hinterlassen wurden und derer wir uns nach Belieben bedienen können. Ihr Fall scheint aber die Theorie jener zu bestätigen, wonach das Portal eigene Interessen verfolgt und unser Interesse an Zeitreisen bloß nutzt, um unsere Verhaltensweisen zu studieren."

Francis dachte an den Vortrag, den er bei der Vollversammlung gehört hatte und warf ein: „So wie Ratten in einem gläsernen Labyrinth. Derzeit läuft wohl ein Experiment mit Marie und mir ab. Ich mache kein Hehl daraus, Herr Professor, dass ich wie vorgesehen durch das Glaslabyrinth rennen werde. Denn ich kann Marie nicht im Stich lassen. Ich habe nur eine Bitte an Sie. Geben Sie mir den Sprungbefehl, der mich zu meinem Vater und zu Marie bringt. Ich kann ihn nicht selbst konzipieren, dazu ist er sicher zu kompliziert."

„Und wenn ich nicht bereit bin, Sie in den fast sicheren Tod zu schicken?"

„Dann verlange ich vom Hilfecenter, dass die mich auf den Sprung schicken. Wenn es wirklich ein geplantes Experiment ist, das weiterlaufen soll, werden sie das auch tun. Der Nachteil dabei wäre nur, dass ich keine Kontrolle darüber habe, in welche prekäre Situation sie mich dabei bringen werden. Andererseits glaube ich, dass das Portal einen Sprungbefehl immer korrekt ausführt und nicht manipuliert. Daher wäre es besser, wenn nicht das Portal, sondern Sie mich in eine möglichst gesicherte Ankunftsdestination schicken."

„Ich werde darüber nachdenken und mich noch heute mit meinen Kollegen beraten", versprach der Professor. „Bis dahin unternehmen Sie aber nichts. Kommen Sie morgen früh zu mir ins Institut."

Francis sah dem Professor nach, der sich eilenden Schrittes entfernte, dann machte auch er sich auf den Weg, weil er noch eine Besorgung zu erledigen hatte.

Glücklicherweise fand er das Geschäft, wo Kostüme aller Art für Partys, Theateraufführungen und Filmaufnahmen vermietet wurden, noch geöffnet vor.

„Findet eine Veranstaltung zum Thema ‚altes Rom' statt?", fragte die Verkäuferin. „Unlängst erst war eine junge Dame hier, die auch so ein Kostüm wollte."

„Ja", antwortete Francis und ließ damit offen, welche Veranstaltung das sein könne. „Genau so ein Kostüm möchte ich auch, nur natürlich für einen Mann."

„Da ist kein großer Unterschied", meinte die Verkäuferin, „wenn es sich um die Alltagskleidung einfacher Leute handelt. Aber ich hätte auch Besseres anzubieten. Wie wäre es mit einer Senatorentoga? Oder möchten Sie lieber einen Militärtribun in prächtiger Rüstung abgeben? Ich hätte hier auch noch ein pikantes Gladiatorenkostüm. Da wären Sie nur mit einem leichten Helm, der praktisch das Gesicht maskiert, und einem einfachen Schurz bekleidet. Das Schwert ist aus Plastik, aber der Griff ist wie ein erigierter Penis gestaltet: praktisch und doch formschön. Es kommt halt sehr auf die Art der Party an, ob dieses Kostüm passend ist. Wenn wir schon davon reden: Dieses elegante Gewand wurde im alten Rom von besseren Herren sehr gerne bei Orgien getragen. Es lässt sich hier vorne ganz leicht öffnen. Wollen Sie es nicht probieren?"

„Nein, danke", erklärte Francis belustigt. „Ich möchte ein unauffälliges Kostüm, eines, mit dem ich im alten Rom nicht auffallen würde, eines, das möglichst genau zu dem passt, das die junge Dame genommen hat."

„Also ein elender Freigelassener oder etwas in der Art", sagte die Verkäuferin enttäuscht. „Da hätte ich auch etwas. Es ist aber schon abgetragen und geflickt. Wollen Sie nicht doch lieber ..."

„Ganz sicher nicht", sagte Francis. „Das hier ist genau das Richtige für mich!"

Er ließ sich das Kostüm einpacken und machte, dass er zu seiner Pension kam. Der Tag war anstrengend gewesen. Er ging früh zu Bett und träumte von einem leicht bekleideten Gladiator, der ihn mit gezücktem Schwert durch die Straßen des antiken Rom jagte.

6

Es war der Morgen des 20. Juni. Francis saß gedankenschwer beim Frühstück, als Adams meldete, dass zwei Herren gekommen seien, die ihn sprechen wollten.

„Sie sind von der Polizei", vertraute er Francis an. „Sie wollen Auskünfte über eine Studentin, die abgängig gemeldet wurde."

Francis hatte eine Art Déjà-vu, als Inspektor Dawson und Sergeant Harris eintraten. „Sie schon wieder!", rief er spontan.

Dawson war erstaunt. „Kennen wir uns? Ich kann mich nicht erinnern."

„Nein, nein", versicherte Francis eilig. „Entschuldigen Sie, ich habe Sie verwechselt. Was führt Sie zu mir?"

„Ich bin Inspektor Dawson und das ist Sergeant Harris. Dürfen wir Platz nehmen? Wir ermitteln wegen einer gewissen Marie Lefevre, die abgängig gemeldet wurde. Kennen Sie die junge Dame? Hier ist ein Bild von ihr."

„Ich weiß, wer sie ist. Sie ist Gaststudentin. Persönlich kenne ich sie aber nicht."

„Das ist verwunderlich", meinte Dawson, „denn die Lefevre scheint Sie sehr gut zu kennen. Wir haben ihre Unterkunft durchsucht und dabei einen Kalender gefunden. Sie hat Ihren Namen eingetragen, mit Geburtsdatum, Adresse und Telefonnummer. Daneben hat sie ein Herzchen gezeichnet. Was sagen Sie dazu?"

„Ich weiß nicht, was ich sagen soll. Sie haben recht, das ist verwunderlich."

Dawson seufzte. „Sagt Ihnen der 25. Juni etwas? Sie hat bei diesem Datum wiederum Ihren Namen notiert, mit Rufzeichen und einem Kreuz daneben. Sagt Ihnen da etwas?"

„Das ist der Tag, an dem ich möglicherweise im alten Rom sterben werde", dachte Francis.

Laut sagte er: „Ich habe keine Ahnung, was der Eintrag bedeuten soll."

„Wir haben noch etwas gefunden, vielleicht hilft Ihnen das auf die Sprünge. Oben auf dem Blatt steht wiederum ‚Francis' und darunter sind unverständliche Wortfolgen, die mehrmals korrigiert und umgeschrieben wurden."

Dawson schob ein Blatt Papier in einer Plastikhülle über den Tisch.

„Das ist der Sprungbefehl, den sie benutzt hat", fuhr es Francis durch den Kopf. „Sie hat ihn hier konzipiert." Er stellte sich gleichgültig und versuchte, sich die letzte Fassung des Befehls einzuprägen.

„Was haben Sie?", fragte Dawson. „Sie wirken plötzlich sehr angespannt, Herr Barre. Was bedeuten diese Worte?"

„Es könnten Computerbefehle sein", meinte Francis.

„Nein. Wir haben dieses Blatt unserem Computerspezialisten gezeigt. Er sagt, es gäbe kein Programm, das solche Befehle verwendet. Es dürfte Ihnen aber nicht entgangen sein, Herr Barre, dass in der zweiten Zeile, der Name Ihres Vaters genannt wird, und zwar im Zusammenhang mit dem Wort ‚Destination'. Das führt uns zur nächsten Frage: Kann es sein, dass sich Ihr Vater und Miss Lefevre kannten?"

„Das halte ich für ausgeschlossen. Sie wissen es vielleicht nicht, aber mein Vater ist seit geraumer Zeit auf einer Forschungsreise verschollen."

„Das wissen wir sehr wohl. Und wir haben uns gefragt, ob er nicht verschollen, sondern bloß untergetaucht ist, und ob Miss Lefevre zu ihm gereist sein könnte."

„Das halte ich für ausgeschlossen. Mein Vater hatte auch gar keinen Grund, unterzutauchen, wie Sie es nennen. Das Außenamt hat alle Unterlagen über sein Verschwinden. Sie brauchen dort nur nachzufragen."

Dawson nickte. „Noch etwas Sonderbares ist uns aufgefallen. Miss Lefevre hat sich kurz vor ihrem Verschwinden ein römisches Kostüm besorgt, so als ob sie auf ein Maskenfest gehen wollte. Wissen Sie, was das für eine Veranstaltung sein könnte?"

„Ich habe keine Ahnung."

„Das ist abermals verwunderlich, Herr Barre. Denn auch Sie haben sich gestern, kurz nach Ihrer Rückkehr von Brooks Bridge so ein Kostüm besorgt. Können Sie uns wenigstens sagen, wozu Sie so ein Kostüm brauchen? Für welche Gelegenheit?"

„Nein", antwortete Francis verlegen, weil ihm in der Eile keine passende Ausrede einfiel. „Das war bloß eine Laune, weil ich doch Historiker mit dem Forschungsschwerpunkt ‚antikes Rom' bin."

„Sie merken aber schon, wie unglaubwürdig Ihre Angaben sind, Herr Barre. War es vielleicht so, dass Sie im Hause Ihres Vaters eine Nachricht von Marie Lefevre vorgefunden haben? Hat sie Sie vielleicht zu einer Kostümveranstaltung eingeladen? Hat sie sich vielleicht sogar selbst in diesem Haus aufgehalten?"

„Ganz gewiss nicht. Sie können ja im Haus Nachschau halten. Ich habe nichts dagegen."

„Das ist sehr freundlich von Ihnen, aber das haben wir bereits getan. Mit richterlichem Befehl, versteht sich. Wir haben tatsächlich nichts gefunden. Bloß Ihr Computer ist ein eigenartiges Ding. Sie haben einen bemerkenswerten Bildschirmschoner."

„Ach du lieber Himmel", dachte Francis. „Wenn da das Bild von Marie war, noch dazu nackt, bin ich in ernsthaften Schwierigkeiten."

„Inwiefern?", fragte er.

„Haben Sie schon vermutet, dass sich die Polizei in dem Haus umsehen wird? Haben Sie deshalb diesen Bildschirmschoner installiert? Wollen Sie sich über uns lustig machen, Francis?"

„Könnten Sie deutlicher werden?"

„Stellen Sie sich nicht dümmer, als Sie sind: Ein rotbärtiger Kobold, der ausschaut wie Rumpelstilzchen. Wenn man eine Taste drückt, sagt er: ‚Verpiss dich, du Schnüffler!' Halten Sie das für lustig?"

„Ach so", antwortete Francis erleichtert. „Das hat mit der Polizei nichts zu tun. Das ist eine Jugendsünde. Ich habe den Computer schon jahrelang nicht mehr in Betrieb gehabt. Sagen Sie, lassen Sie mich etwa überwachen? Im Autobus ist ein junger Mann mit mir bis Brooks Bridge und wieder zurückgefahren."

„Das war der junge Harry. Er hat Sie etwas im Auge behalten, damit Sie uns nicht auch abhandenkommen."

„Sie treiben einen erheblichen Aufwand wegen einer bloßen Vermisstenanzeige, die sich sicher bald in Wohlgefallen auflösen wird. Sie können doch nicht im Ernst annehmen, dass ich mit dem Verschwinden dieses Mädchens etwas zu tun habe."

„Ich habe eine Nase für so etwas, Herr Barre. Und diese Nase sagt mir, dass weit mehr dahinter steckt, als ein Mädchen, das sich bloß ein paar schöne Tage macht. Meine Nase sagt mir auch, dass Sie jede Menge Dreck am Stecken und viel zu verbergen haben. Wir müssen Sie bitten, die Stadt in den nächsten Tagen nicht zu verlassen. So, jetzt geben Sie mir wieder das Papier, das Sie die ganze Zeit anstarren, als ob Sie es auswendig lernen wollten. Wir sehen uns gewiss bald wieder. Guten Tag, Herr Barre."

Allein geblieben notierte Francis sofort die Angaben auf dem Zettel, die er tatsächlich während seines Gesprächs mit Dawson auswendig gelernt hatte. „Ein gewisses Gedächtnistraining durch Prüfungsvorbereitungen kann schon recht nützlich sein", dachte er.

Dann eilte er zu seinem Mentor.

„Ich habe Sie bereits erwartet", sagte Swanson mit ernster Miene, „und ich fürchte, ich habe keine gute Nachricht für Sie. Wir, die Meister und Mentoren, sind zu dem Schluss gelangt, dass es unverantwortlich wäre, Sie den Sprung wagen zu lassen. Wir könnten Sie zwar zu Ihrem Vater bringen, aber Sie wollen ja in erster Linie Marie finden. Es ist anzunehmen, dass sie gleichfalls in der alternativen Vergangenheit Ihres Vaters ist, aber wann und wo, dafür haben wir keinen Anhaltspunkt. Wir müssten den Sprungbefehl für Sie so allgemein formulieren, dass Sie, weiß Gott wo, ankommen könnten. Es tut mir leid Francis."

„Ich habe hier den Sprungbefehl, den Marie wahrscheinlich benutzt hat", warf Francis ein. „Vielleicht hilft Ihnen das weiter. Ich selber kann nichts damit anfangen." Er reichte Swanson seine Notizen.

„Wo haben Sie das her?"

„Die Polizei hat es in ihrem Zimmer gefunden und mich gefragt, was es sein könne. Sie suchen nach ihr und haben mich im Verdacht, ich könne wissen, wo sie sei."

Swanson studierte die Notizen und schüttelte dann den Kopf. „Sie hat hier nicht korrekt formuliert", murmelte er und deutete auf eine Wortfolge. „Es ist ein Wunder, dass der Befehl überhaupt ausgeführt wurde. Ich werde zur Vorsicht auch noch die Koordinaten überprüfen. Sie wird wahrscheinlich die

Schulausgabe verwendet haben. Darin ist eine Auswahl der beliebtesten Destinationen enthalten, die wir auch zu Schulungszwecken verwenden."

Er griff in ein Regal und nahm ein Bändchen heraus, das endlose Tabellen enthielt. „Jetzt wird mir einiges klar", sagte er nach einer Weile. „Sie hat sich mit den Ortskoordinaten vertan. Schauen Sie her: Sie hat die Koordinaten aus der falschen Spalte übernommen."

„Was bedeutet das?"

„Sie ist nicht in Rom bei Ihrem Vater gelandet, wo sie offenbar vermutet hat, Sie zu finden, sondern in Pompeji."

„Bedeutet es das, was ich befürchte?", fragte Francis beklommen.

„Und wie! Sie ist ein paar Tage vor dem großen Ausbruch des Vesuv dort angekommen. Heute ist für Marie der 23. August des Jahres 79. Morgen bricht der Vulkan aus und übermorgen werden Sie in Lebensgefahr geraten, wenn Sie ihr folgen."

„Marie kann doch jederzeit abbrechen, wenn sie in Schwierigkeiten gerät! Sie hätte abbrechen und es ein weiteres Mal versuchen können, sobald sie erkannt hat, dass sie am falschen Ort ist."

„Theoretisch ja, praktisch möglicherweise nicht mehr. Ihre fehlerhafte Eingabe kann dazu geführt haben, dass das Portal auf weitere Befehle nicht mehr reagiert. Das ist so ähnlich, wie wenn sich ein verärgertes Computerprogramm aufhängt. Möglicherweise kommt sie nicht einmal mehr ins Hilfecenter. Vermutlich ist Marie in der Vergangenheit gestrandet und das noch dazu an einem Ort, der bald sehr ungemütlich sein wird. Deshalb gestatten wir auch nur fortgeschrittenen Schülern solche heiklen Sprünge und das erst nach sorgfältiger Vorbereitung und am Anfang nur in Begleitung."

„Kann Marie dann gar nicht mehr zurück?"

„Sobald Ihr Vater abbricht und zurückkehrt, kommt sie auf jeden Fall automatisch zurück, weil es ja seine alternative Vergangenheit ist. Normalerweise bräuchte sie sich nur in Geduld üben und abwarten. Das könnte aber hier fatal sein. Wenn sie ihre Situation durchschaut hat, ist sie hoffentlich aus Pompeji geflüchtet."

„Ich muss zu ihr", sagte Francis entschlossen, „und ihr helfen. Können Sie das anhand der Unterlagen, die ich Ihnen gegeben habe, bewerkstelligen? Auch so, dass ich uns beide zurückbringen kann? Wenn ja, springe ich sofort und wir kommen gleich wieder zurück. Noch vor dem 25. August 79! Das wäre mir auch lieber so. Ich will nämlich weder umgebracht noch in Lava geröstet werden."

Swanson sah Francis lange an, dann nahm er ein Stück Papier und begann zu schreiben. „Dieser Sprungbefehl", sagte er schließlich, „bringt sie zu Marie. Sie befindet sich bei Ihrer Ankunft in einem Umkreis von zweihundert Metern, auch wenn sie sich von ihrem Ankunftsort bereits entfernt hat. Sie müssen sie halt in diesem Bereich suchen. Genauer geht es leider nicht. Der zweite Befehl bringt euch beide zurück. Voraussetzung dafür ist, dass Ihr euch dabei körperlich berührt. Es ist allerdings ein Haken dabei. Sie können diesen Befehl vermutlich erst am 26. August des Jahres 79 benutzen. Das hängt damit zusammen, dass Marie ihre automatische Rückkehr für den 25. August 24:00 Uhr programmiert hat, und ihre ursprünglich fehlerhafte Eingabe jeden Korrekturversuch bis zu diesem Zeitpunkt blockiert. Sie und Marie müssen daher versuchen, bis dahin zu überleben. Ich habe den Befehl so formuliert, dass Sie gleich von hier aus springen können, ohne das Portal aufsuchen zu müssen."

„Danke, Herr Professor. Wenn Sie gestatten, werde ich mich vorher umziehen." Francis nahm das Römerkostüm aus seinem Rucksack.

Swanson lächelte. „Haben Sie wirklich an alles gedacht, Francis? Das Gewand allein wird wohl nicht reichen. Haben Sie Geld?"

„Geld?", fragte Francis betreten.

„Ja natürlich. Glauben Sie, das war damals anders als heute? Wenn Sie ohne Geld und ohne jemanden zu kennen, in einer fremden Stadt stehen, werden Sie sehr bald in Schwierigkeiten geraten. Und eine Waffe sollten Sie auch mitnehmen. Für so einen Zeitsprung muss man gerüstet sein. Ich fürchte, das hat Marie auch nicht bedacht, oder sie hat es einfach darauf ankommen lassen."

Swanson nahm aus einem Schrank einen Lederbeutel und einen antik wirkenden Dolch. „Nehmen Sie das mit. Das sind annähernd tausend Sesterzen in Originalmünzen aus der Zeit. Sie stammen aus meiner Privatsammlung."

„Aber das kann ich doch nicht annehmen", versuchte Francis halbherzig zu protestieren. „Was ist, wenn ich das Geld ausgeben muss oder verliere?"

„Das ist kein Problem. Wenn Sie zurückkehren, kehren auch diese Münzen mit Ihnen wieder zurück. Sie kennen doch die Regel: Nichts, das in die Vergangenheit mitgenommen wird, kann dortbleiben, sobald der Sprung beendet wird."

„Und wenn ich nicht zurückkomme, oder nur tot? Wie sollen Sie dann wieder an Ihr Eigentum kommen?"

„Daran wollen wir erst gar nicht denken", antwortete Swanson. „Verbergen Sie das Geld und die Waffe unter Ihrer Kleidung."

Francis wehrte sich nicht länger und tat, was ihm der Professor gesagt hatte. Dabei blickte er aus dem Fenster und rief überrascht: „Oje! Da kommen die beiden Polizisten, die es auf mich abgesehen haben. Sie schauen sehr finster und entschlossen drein!"

„Worauf warten Sie dann noch?"

Francis nahm den Zettel, den ihm Swanson reichte und sprach laut und deutlich den ersten Befehl. Gleich darauf war er verschwunden. Swanson stopfte die Kleidung, die Francis zurückgelassen hatte, in einen Schrank. Kurz darauf klopfte es an der Tür. „Herein", rief der Professor.

Dawson und Harris traten ein. „Polizei", sagte Dawson und wies seine Marke vor. „Wir haben einen Haftbefehl gegen einen Francis Barre. Der Portier sagt, er habe zu Ihnen gewollt."

„Einen Haftbefehl?", entsetzte sich Swanson. „So ein netter junger Mann. Was wirft man ihm denn vor? Ich hoffe doch sehr, er ist nicht in ernsthaften Schwierigkeiten."

„War er bei Ihnen und was wollte er?"

„Er war hier und wollte einen Rat, wie ein logisch-mathematisches Problem zu lösen ist. Ich habe ihm die gewünschte Auskunft gegeben und er ist wieder gegangen."

„Man hat ihn an Ihrem Fenster gesehen. Er trug ein Kostüm wie ein alter Römer. Was hat das zu bedeuten?"

„Das bedeutet, dass Sie offenbar an Halluzinationen leiden, junger Mann", sagte Swanson würdevoll.

Dawson kratzte sich verunsichert am Kopf. „Wissen Sie, wo er jetzt ist? Er hat das Gebäude noch nicht verlassen."

„Wenn er wie ein alter Römer gekleidet war, ist er möglicherweise in Pompeji. Dort soll es um diese Jahreszeit sehr schön sein, vorausgesetzt, man gerät nicht in einen Vulkanausbruch. Sie können gerne in meinen Schränken nach ihm suchen, aber dann möchte ich ungestört sein. Ich muss eine Gleichung lösen."

„Verrückt", sagte Dawson ärgerlich zu Harris, nachdem sie das Zimmer verlassen hatten. „Diese Mathematiker werden früher oder später allesamt verrückt, das weiß jeder."

7

Es war der 23. August jenes Jahres, in dem Caesar Domitianus zum sechsten Mal das Amt des ersten Konsuls bekleidete. Es mochte um die sechste Stunde sein. Die Sonne stand hoch am Himmel. Obwohl der Wind eine erfrischende Brise vom Meer hereintrug, war es drückend heiß. Der Vesuv ragte im blauen Dunst empor und vermittelte einen Eindruck von Ruhe und Beständigkeit, ohne ahnen zu lassen, dass in seinem Inneren Feuerschlünde empordrängten. Lediglich die Erde hatte in den letzten Tagen mehrmals gebebt, aber das war nichts Ungewöhnliches in dieser Gegend und verschaffte ansässigen Handwerkern ein ständiges Einkommen an Reparaturarbeiten. Das letzte schwere Erdbeben lag nicht einmal zwei Jahrzehnte zurück, und seine Schäden hatten erst nach und nach beseitigt werden können.

Die Mittagshitze hatte das sonst emsige Treiben am Forum und den anschließenden Straßen weitgehend zum Erliegen gebracht. Im Schatten des Portikus standen zwei junge Männer, die die Vergnügungen des späteren Tages planten. Wobei es vor allem der eine war, der die Vergnügungen des anderen zu planen versuchte und dabei eigene Geschäftsinteressen verfolgte.

„Du wirst sehen, mein lieber Glaukus", sagte er, „diese Daphne ist eine wahre Offenbarung. Sie ist teuer, gewiss, aber sie ist jeden einzelnen Aureus wert. Du kannst es dir ja auch leisten, nachdem dein Vater, Ehre seinem Andenken, verstorben ist und dich zu einem wohlhabenden Mann gemacht hat. Willst du etwa auf deinen Sesterzen sitzen, die wahren Freuden des Lebens meiden und dich nur am kalten Metall erfreuen? Wozu denn? Wer weiß, wie viel Zeit uns noch bleibt! Beherzige die Mahnung des Horaz und nütze jeden Tag!"

„Du hast mich schon halb und halb überzeugt, Lucius", antwortete Glaukus. „Dann mach mich also noch heute mit dieser vielgerühmten Daphne bekannt. Ich werde dein Urteil punkto Frauen einer Prüfung unterziehen, und glaube mir, es wird eine strenge Prüfung werden."

Ein leises Grollen, dessen Ursprung nicht auszumachen war, ertönte. Die Erde bebte, ein Mauerstück fiel zwischen die beiden Männer und zerplatzte am Boden.

„Siehst du", lachte Lucius, „die Götter billigen deine Entscheidung. Sie hätten es dir gewiss übel genommen, wenn du die Freuden der Liebe, die sie uns geschenkt haben, schnöde zurückgewiesen hättest."

„Drei Aurei sind dennoch ein horrender Preis für ein bisschen Liebe", nörgelte Glaukus, der neben dem Geld seines Vaters auch eine gehörige Portion von dessen Sparsamkeit geerbt zu haben schien. „Für dieses Geld könnte ich das Lupinarium des Dydimus viele Male aufsuchen."

„Und dich mit einer billigen, verschwitzten Hure begnügen, die kurz zuvor schon ein paar dreckige Seeleute bedient hat?", entsetzte sich Lucius. „Nein, mein Glaukus. Das wäre deiner unwürdig. Für einen Mann deiner Stellung und deines Reichtums wäre das völlig unangemessen. Was würden denn die Leute sagen? Sie würden über dich spotten und dich einen Geizhals nennen. Daphne hingegen ist eine Dame, wunderschön, gebildet, in den Künsten der Liebe erfahren und von angenehmer Wesensart. Du wärst nicht der Erste, der ihr mit Haut und Haar verfallen ist, sobald er sie näher kennengelernt hat. Eine Liebschaft mit ihr würde dir die Bewunderung und den Neid vieler Männer einbringen, denen ein solches Glück nicht zuteilwurde."

„Ich habe nicht die Absicht, mit ihr eine Liebschaft einzugehen", antwortete Glaukus, der sorgenvoll die Kosten eines solchen Engagements im Kopf überschlug. „Ein einmaliger Besuch sollte mir genügen. Wie wird die Sache vor sich gehen?"

„Wir werden ihr um die achte Stunde unsere Aufwartung machen. Wenn du dich entschieden hast, ihre Gunst zu suchen, woran ich nicht zweifle, legst du im Empfangszimmer wortlos drei Goldmünzen in die Schale, die zu deiner Rechten stehen wird. Daphne wird gar nicht darauf achten, dich aber einladen, einige erlesene Kunstwerke zu besichtigen, die sie in ihren privaten Gemächern verwahrt. Ich werde mich bei dieser Gelegenheit verabschieden, weil mich noch andere Verpflichtungen erwarten." Bei dieser Gelegenheit würde Lucius – so wie er es mit Daphne vereinbart hatte – auch unauffällig eine der Goldmünzen des Glaukus an sich nehmen, was er aber keiner besonderen Erwähnung für wert hielt.

„Dann bleiben dir zwei Stunden, um die dich jeder Mann auf Erden beneiden würde", setzte er hinzu.

„Nur zwei Stunden?", fragte Glaukus, der von seinem Vater auch den Hang zum Feilschen geerbt hatte. „Für drei Aurei scheinen mir eher drei Stunden angemessen zu sein. Einen Aureus für jede Stunde!"

Lucius schlug die Hände zusammen. „Muss ich dich etwa gar für eine Krämerseele halten, edler Glaukus? Das steht einem Mann deines Standes und deiner Bedeutung nicht gut zu Gesicht!"

„Drei Aurei für drei Stunden", wiederholte Glaukus stur. „Stimme rasch zu, ehe mich das Ganze reut."

Lucius seufzte. „Nun gut. Ich werde es möglich machen. Um aber auch Daphne zu überzeugen, solltest du zusätzlich ein kleines Geschenk für sie mitbringen, das sie erkennen lässt, wie sehr du sie verehrst: nichts Besonderes, ein hübsches Schmuckstück beispielsweise, aber selbstverständlich aus Gold. Etwas anderes wäre deiner unwürdig."

Die Erde bebte abermals. Einen Augenblick schien es, als ob sich der Boden aufwölben wolle, Staub rieselte aus dem Gebälk des Portikus. Ein eiskalter Hauch fuhr aus dem Halbdunkel des Säulenganges und erfasste die beiden Männer. Verstört wandten sie sich um. Ein junger Mann, den sie zuvor nicht wahrgenommen hatten, taumelte ins Sonnenlicht. Er war sonderbar gekleidet und wirkte verwirrt.

„Was lungerst du hier herum und belauscht ehrenwerte Männer bei ihren Gesprächen", fuhr ihn Lucius hochmütig an, nachdem er die Überzeugung gewonnen hatte, dass von dem Neuankömmling nicht mit einer derben Reaktion zu rechnen war.

„Verzeiht, edle Herren", stammelte Francis in seinem besten Schullatein. „Ich wollte euch nicht belästigen."

Hier irgendwo um Umkreis von zweihundert Metern musste sich Marie befinden. Das mochte auf freiem Feld nicht viel sein, hier, mitten in der Stadt, glich es eher der Suche nach einer Nadel in einem Heuhaufen. „Sie hat sich noch nicht aus dem Staub gemacht", dachte Francis. „Sie ist noch immer in Pompeji und für morgen früh ist hier der Weltuntergang angesagt. Weiß sie das nicht? Oder was hat sie aufgehalten?"

„Suchst du etwas?", fragte Glaukus, dem aufgefallen war, wie angestrengt Francis um sich blickte.

„Ja, Herr. Ein Mädchen."

Lucius lachte. „Da siehst du es, mein Glaukus. Alle Welt sucht nach dem anderen Geschlecht, nur du zögerst." Er wandte sich an Francis. „Du bist wohl mit einem der Schiffe angekommen, die gestern eingelaufen sind. Nun, dann geh in diese Richtung, biege in die zweite Gasse ein und du kommst zum besten Lupinarium der Stadt."

„Du wirst finden, dass im Hurenhaus des Dydimus die Mädchen hübsch und die Preise sehr günstig sind", warf Glaukus ein, den der hohe Liebeslohn für Daphne noch immer etwas wurmte.

„Ich suche ein ganz bestimmtes Mädchen", erklärte Francis. „Sie ist mir abhandengekommen, aber sie muss noch in der Stadt sein, da bin ich mir ganz sicher."

„Mädchen kommen immer wieder abhanden", bemerkte Lucius sachkundig. „Wie sieht sie denn aus?"

„Sehr hübsch", antwortete Francis. „Sie ist vollschlank, mittelgroß, hat blonde Zöpfe, grüne Augen und Sommersprossen im Gesicht."

„Nun ja", meinte Lucius. „Man kann geteilter Meinung darüber sein, was hübsch ist und was nicht. So wie du sie beschreibst, könnte sie eine Gallierin sein."

„Das ist sie in der Tat", bestätigte Francis.

„So ein Mädchen wird heute versteigert", bemerkte Glaukus. „Diomedes, der Sklavenhändler, hält heute eine kleine Versteigerung in der Basilika ab. Er stößt einige schwer verkäufliche Positionen zu günstigen Preisen ab. Ich habe mir sein Angebot angeschaut. So ein Mädchen, wie es unser neuer Bekannter beschreibt, ist tatsächlich dabei."

„Das ist nicht die, die ich suche", erklärte Francis. „Marie ist keine Sklavin."

„Jetzt vielleicht schon", meinte Lucius. „Wen Diomedes in die Finger bekommt, der ist Sklave. Besonders, wenn es sich um eine schutzlose Fremde ohne Anhang handelt, die in der Stadt herumirrt. Die Annahme ist dann nämlich naheliegend, dass es sich bei so einer Person um eine herrenlose Sklavin handelt, die Diomedes nur wieder dem geordneten Warenverkehr zuführt."

„Damit kommt er durch?", fragte Francis entsetzt.

Glaukus zuckte mit den Schultern. „Er hat beste Beziehungen zu den Behörden, und er gibt gut acht, dass er sich an niemandem vergreift, dessen Angehörige Schwierigkeiten machen könnten, oder der gar römischer Bürger ist. Aber wenn jemand schutzlos ist und sich nicht zu helfen weiß ... Für so jemanden ist es vielleicht sogar besser, in die Obhut eines guten Herrn zu kommen. Was hast du vor, wenn diese Sklavin wirklich das von dir gesuchte Mädchen ist? Willst du einen Skandal machen und die Behörden um Hilfe anrufen? Das könnte tatsächlich funktionieren, wenn du nachweisen kannst, dass ihr, deine Freundin und du, freie Leute seid. Im ungünstigsten Fall könnte es allerdings passieren, dass auch du dem Warenangebot des Diomedes hinzugefügt wirst."

„Was kostet eine solche Sklavin?", erkundigte sich Francis beklommen, weil er dachte, dass er weder die Zeit, noch die Kenntnisse hatte, um sich mit einem gerissenen Sklavenhändler auf einen Rechtsstreit einzulassen.

Lucius musterte ihn interessiert. „Das kommt darauf an. Ein Mädchen, das wie dieses nicht besonders hübsch ist, und das auch über keine besonderen Fähigkeiten verfügt, wird nicht allzu teuer sein. Wenn sie gute Zähne hat, gesund und nicht allzu blöd ist, musst du aber schon mit ein paar hundert Sesterzen rechnen. Hast du überhaupt genug Geld?"

„Wir werden sehen", antwortete Francis vorsichtig. „Wann und wo findet die Versteigerung statt?" Er konnte zwar nicht sicher sein, dass diese Sklavin wirklich Marie war, aber eine andere Spur hatte er nicht.

Glaukus blickte zum Himmel. „In einer halben Stunde, drüben in der Basilika. Ich führe dich hin. Die Sache beginnt mich zu interessieren, ich möchte doch zu gerne wissen, wie sie ausgeht."

„Vergiss nicht, dass du eine Verabredung mit Daphne hast!", mahnte Lucius besorgt.

Glaukus winkte ab. „Keine Sorge. Ich werde rechtzeitig da sein." Er nahm Francis beim Arm. „Komm mit. Ich heiße Glaukus. Wie ist dein Name?"

„Franciscus"

„Ein eigenartiger Name. Ich habe ihn noch nie gehört. Wo kommst du her?"

Amerika zu sagen, wäre natürlich Unsinn gewesen. Also sagte Francis das Nächstliegende: „Ich bin in Britannien geboren."

„Ah! Das erklärt dein erbärmliches Latein. Sei nicht ungehalten, aber du hast einen Akzent, dass man dich manchmal nur schwer versteht und deine Grammatik ist auch ein wenig eigenartig. Ist das Mädchen, das du suchst, deine Geliebte?"

„Ja", antwortete Francis und weil er den Eindruck hatte, dass sein Gesprächspartner nähere Auskünfte erwartete, fügte er hinzu. „Wir haben uns in Gallien kennengelernt. Ich habe entfernte Verwandte in Misenium, die uns aufnehmen wollten, weil wir uns dort ein besseres Auskommen erhofft haben. Also sind wir von Massilia als Passagiere auf einem Lastensegler hierhergekommen. Das Schiff hat nämlich in Misenium nicht angelegt. Wir wollten uns nach einer Überfahrt umsehen und dann war Marie plötzlich verschwunden. Ich bin vor Sorge um sie halb von Sinnen."

„Es muss eine ganz eigene Erfahrung sein, sich verlieben zu können, ohne auf Geschäfts- und Familieninteressen Rücksicht nehmen zu müssen", sagte Glaukus melancholisch. „Deine Geschichte rührt mich. Sollte das Mädchen wirklich deine Marie sein, so will ich dir helfen, sie freizubekommen. Ich bin nämlich kein unvermögender Mann und durchaus imstande, Diomedes, diesen alten Schurken, unter Druck zu setzen. Er wird sich hüten, sich mit mir ernsthaft anzulegen. In ein, zwei Tagen geht er in die Knie, wenn ich ihm mit einer Anklage wegen Menschenraubes drohe, und du kannst sie in die Arme schließen."

Der Boden bebte neuerlich unter ihren Füßen, diesmal stärker als zuvor. Von irgendwoher war ein Krachen und Poltern zu hören, als ob etwas Schweres zu Boden gestürzt wäre. Die Vögel, die auf dem umlaufenden Portikus gesessen waren, flogen aufgeschreckt empor und kreisten in der Luft. Nur wenige ließen sich wieder auf ihrem Platz nieder. Die anderen drehten ab und flogen hoch am Himmel ins Landesinnere.

Francis sah ihnen besorgt nach. „Du bist sehr gütig und ich schulde dir Dank für deine Freundlichkeit", sagte er, „aber ich will keine Zeit versäumen und Marie kaufen, wenn das der rascheste Weg ist, sie freizubekommen. Ich hoffe, mein Geld wird dafür reichen. Denn wir müssen diese Stadt noch heute verlassen. Morgen früh wird es schon zu spät sein."

„Was treibt dich so zur Eile?", wunderte sich Glaukus.

„Ja merkst du nicht, was hier vor sich geht? Spürst du nicht, wie der Boden unter dir schwankt, wie das Deck eines Schiffes? Beunruhigt es dich nicht, dass es von Mal zu Mal ärger wird?"

„Ach das sind wir hier gewöhnt", meinte Glaukus besänftigend. „Du musst dir keine Sorgen machen. Wir sind auf solche Unbilden der Natur vorbereitet."

„Auf das, was auf euch zukommt, seid ihr nicht vorbereitet. Ich bin wahrhaftig keiner, der leichtfertig böse Omen verbreitet. Aber denk nur an das große Erdbeben vor etlichen Jahren und was es angerichtet hat. Was jetzt kommt, wird weit schlimmer sein. Ich sage dir, diese Stadt wird in Feuer und Rauch untergehen und von der Erde verschlungen werden. Glaukus! Du bist mir, einem Fremden, der weit unter deinem Stand ist und mit dem du dich gar nicht abzugeben brauchtest, mit großer Güte begegnet und hast mir sogar deine Hilfe angeboten. Darum lass dich jetzt von mir warnen! Fliehe diese Stadt noch heute. Eile ins Landesinnere, oder geh auf ein Schiff, das dich weit wegbringt: Weit weg von diesem Berg, den man Vesuv nennt und der das Unheil in sich trägt."

Noch während er es sagte dachte Francis: „Warum mach ich das? Ich kann sein Schicksal ja doch nicht mehr ändern. Es hat sich vor fast zweitausend Jahren erfüllt und nichts, das ich sage oder tue, kann daran noch etwas ändern. Vielleicht, dass ich ihm in dieser Existenz einen kurzen Aufschub verschaffe, aber sobald ich in meine Zeit zurückkehre, wird alles so sein, wie es immer war: Unabänderlich und bereits geschehen."

Glaukus schien beunruhigt zu sein. „Du prophezeist mit großer Gewissheit ungeheuerliche Dinge. Woher kommt dir dieses Wissen?"

„Ich habe Derartiges schon erlebt", entgegnete Francis, dem keine bessere Antwort einfiel. „In Gallien. Die Vorzeichen waren dieselben. Freilich, damals waren nur ein paar armselige Dörfer betroffen, weshalb man hier wahrscheinlich keine besondere Notiz davon genommen hat."

Sie hatten die Basilika erreicht. „Ich werde darüber nachdenken", murmelte Glaukus. „Lass uns jetzt aber das Nächstliegende tun und nach Marie Ausschau halten.

8

Die Halle war nicht so groß wie Francis erwartet hatte, aber groß genug, dass man sich leicht aus den Augen verlieren konnte. Die angenehme Kühle, die das mächtige Gewölbe bot, hatte nämlich zahlreiche Menschen angelockt, die entweder der Hitze entgehen wollten oder ihren Geschäften nachgingen.

Francis hielt sich dicht an Glaukus und ließ sich von ihm in ein Seitenschiff führen, wo die Versteigerung der Sklaven stattfinden sollte. Die Ware war bereits zur Besichtigung für die zahlreichen Schnäppchenjäger, die sich eingefunden hatten, ausgestellt. Frauen, Männer und auch ein paar Kinder, insgesamt etwa zwanzig Menschen, hockten auf einem Holzpodest und blickten in die Menge. Francis sah sie sofort und sein Herz zog sich vor Kummer zusammen, als er bemerkte, wie elend sie war. Sie war in eine Decke gehüllt, das Gesicht war verschwollen und als sie sich mühsam bewegte, konnte man erkennen, dass ihr Rücken blutig war. Sie musste ausgepeitscht worden sein und schaute teilnahmslos zu Boden.

Ein Fauchen entrang sich Francis' Kehle und seine Hand tastete nach dem Dolch unter seiner Tunika. Glaukus ahnte mehr, als er sehen konnte, was seinen Begleiter bewegte, und er hielt dessen Arm fest. „Nur ruhig", raunte er. „Wenn du es rasch und unauffällig erledigen willst, musst du darauf verzichten, diesem alten Halsabschneider das Lebenslicht auszublasen. Ich nehme an, du hast sie gefunden?"

„Ja", antwortete Francis mit belegter Stimme. „Das Mädchen, die Dritte von rechts."

„Ich sehe sie. Sie wirkt recht mitgenommen. Das kann aber auch von Vorteil sein, weil es den Preis drücken wird. Schau, da kommt auch schon Diomedes!"

Diomedes schaute genauso aus, wie man sich einen alten Halsabschneider vorstellen kann. Asthmatisch keuchend erklomm er begleitet von zwei Gehilfen das Podest. Er klatschte ein paar Mal in die Hände, forderte Aufmerksamkeit und begann seine Ware anzupreisen. Er sei in der glücklichen Lage, so verkündete er, seinen geschätzten Kunden einige ausgesucht gute Exemplare zu sensationell günstigen Preisen anzubieten. Dann begann er ohne weitere Umstände mit der Versteigerung und achtete nicht auf spöttische Zurufe, dass er wohl eher ausgesucht mindere Ware loswerden wolle.

Die ersten Sklaven, zwei Männer, eine Frau und ein Kind erzielten immerhin Preise zwischen fünfhundert und achthundert Sesterzen. Danach war Marie an der Reihe. „Eine junge Sklavin aus Gallien", verkündete Diomedes. „Kerngesund, kräftig und mit guten Zähnen. Lasst euch nicht durch ihren Zustand täuschen. Sie hat bloß eine anstrengende Reise hinter sich. Sobald sie ausgeruht und gewaschen ist, habt ihr ein Prachtweib vor euch. Ihr Name ist Marie und sie kann sich auf Latein verständigen, wenn auch nur mit Mühe. Wer bietet achthundert Sesterzen?"

Es kam kein Gebot. Diomedes stieß Marie mit dem Fuß und befahl: „Steh auf, Mädchen!"

Mühsam erhob sich Marie. „Seht ihr?", rief Diomedes. „Ein Prachtweib, wenn man den gallischen Typus mag!" Er zog Marie die Decke von den Schultern. „Beachtet diese prächtigen Brüste. Welcher Mann würde nicht davon träumen, sich an ihnen zu laben! Höre ich siebenhundert Sesterzen?"

Es blieb still. Schließlich hob Francis die Hand: „Dreihundert Sesterzen!"

„Dreihundert Sesterzen?", empörte sich Diomedes. „Ich habe doch nichts zu verschenken. Dieses ausgesucht hübsche Exemplar gebe ich nicht unter sechshundert Sesterzen weg!" Er kniff die Augen zusammen, um Francis im Halbdunkel auszumachen. „Hast du überhaupt so viel Geld? Komm vor und beweise mir deine Zahlungsfähigkeit!"

„Ich bürge für ihn", rief Glaukus.

„Ist das der edle Glaukus, der zu mir spricht?", fragte Diomedes und starrte weiterhin in die Schatten.

„Er ist es. Du kennst mich Diomedes. Bezweifelst du meine Bürgschaft?"

„Natürlich nicht, edler Glaukus. Wie war das letzte Gebot deines Schützlings?"

„Vierhundert Sesterzen", sagte Francis.

„Ausgeschlossen! Fünfhundertfünfzig Sesterzen. Das ist mein letztes Wort!"

„Um fünfhundert kaufe ich", erklärte Francis.

Diomedes blickte sich im Saal um, aber es kam kein anderes Gebot. „Also gut", erklärte er resignierend. „Verkauft an den jungen Schutzbefohlenen des edlen Glaukus."

Marie hatte die Augen geschlossen und war ohne auf das Feilschen und den Bieter zu achten wieder zu Boden gesunken. Sie zog die Decke fest um ihre Schultern.

Francis holte seinen Geldbeutel hervor und kramte in den Münzen. „Hilf mir", flüsterte er Glaukus zu. „Ich bin in diesen Dingen nicht erfahren."

„Gib her." Glaukus nahm den Geldbeutel, trat zu dem Tisch, wo die Käufe abgewickelt wurden, und schichtete sorgfältig abgezählte Gold und Silbermünzen auf. „Mein junger Freund wünscht eine Quittung und eine ordnungsgemäß ausgestellte Kaufurkunde", forderte er.

„Wie heißt du?", fragte Diomedes Francis.

„Franciscus aus Massilia."

„Nur Franciscus? So einen Namen habe ich noch nie gehört. Ist das ein Sklavenname?"

„Mein Freund ist ebenso wenig ein Sklave, wie du ein Menschenräuber bist", sagte Glaukus kalt. „Mach schon, stell ihm die Urkunden aus!"

Diomedes murmelte unverständliches Zeug und fügte sich.

„Ich habe noch eine Frage", wandte sich Francis an Diomedes. „Bist du morgen in der Stadt?"

„Ganz gewiss sogar. Ich habe nicht vor, zu verreisen. Warum fragst du?"

„Ich wollte nur sichergehen", antwortete Francis unverbindlich.

Danach traten Francis und Glaukus an Marie heran. „Lass mich das machen", flüsterte Glaukus. „Das ist ja fast so wie in einer griechischen Komödie. Ich liebe solche Szenen!" Er berührte Marie sanft an der Schulter und sagte: „Schau auf, Mädchen, und erweise deinem neuen Herrn Respekt."

Marie hob müde den Kopf und schaute die beiden Männer an. Ihre Augen weiteten sich und sie rief mit halb versagender Stimme: „Francis! Mein Gott, Francis! Endlich habe ich dich gefunden!" Dann wurde sie ohnmächtig.

Glaukus schlug begeistert die Hände zusammen. „Ja, so habe ich mir das vorgestellt. Was für ein Szenenschluss! Ich erwäge ernsthaft ein Theaterstück darüber zu schreiben."

„Hilf mir lieber", forderte Francis verzweifelt. Er hatte Marie in die Arme genommen und versuchte sie durch gutes Zureden und Streicheln wieder zu sich zu bringen.

„So wird das nichts", befand Glaukus. Er nahm kurzerhand eine Wasserschale vom Tisch und kippte ihren Inhalt Marie über den Kopf. Diese brachiale Behandlung zeitigte auch sofort Wirkung. Marie prustete, schlug die Augen auf und schlang Francis die Arme um den Hals.

Diomedes unterbrach die Anpreisung seiner weiteren Ware und forderte ungehalten: „Ich wäre den Herren sehr dankbar, wenn sie ihre Neuerwerbung von hier fortbringen und die Auktion nicht weiter stören!"

Das ließen sich die Gefährten nicht zweimal sagen. Sie nahmen Marie in die Mitte und führten sie auf die Straße.

Glaukus richtete den Blick zum Himmel, um die Tageszeit abschätzen. „Die achte Stunde rückt näher", sagte er. „Ich habe eine Verabredung, die ich nicht versäumen möchte. Unser Erlebnis hat mich so richtig in Stimmung gebracht. Was werdet ihr jetzt machen?"

„Auf dem schnellsten Weg die Stadt verlassen", antwortete Francis. „Du weißt weshalb!"

„Du glaubst also wirklich, was du mir erzählt hast", sagte Glaukus. „Du glaubst, dass morgen diese Stadt und alles, was in ihr lebt, untergehen wird. Deshalb hast du auch Diomedes gefragt, ob er morgen hier sein wird. Du bist der Ansicht, dass er den Tod verdient hat."

„So ist es. Morgen um diese Stunde oder wenig später wird Diomedes tot sein", entgegnete Francis grimmig.

„Er hat recht", mischte sich Marie ein. „Wir müssen fort!"

„Wie wollt ihr das anstellen?"

„Das weiß ich nicht", bekannte Francis. „Wenn es nicht anders geht, zu Fuß. Wir brechen sofort auf und marschieren landeinwärts, soweit wir können."

„Weit wird das nicht sein." Glaukus sah Marie an. „Sie ist ein kräftiges Mädchen, aber sehr geschwächt. Du wirst mit ihr nicht weit kommen."

„Sie haben mich erwischt, gleich nachdem ich angekommen bin", sagte Marie zu Francis. „Dieser schreckliche Diomedes hat mir nichts zu essen gegeben und mich mehrmals verprügeln lassen, um mich gefügig zu machen, damit ich bei der Versteigerung keinen Aufstand veranstalte. Dein Freund hat recht, Francis. In ein paar Tagen bin ich wieder auf dem Damm, aber jetzt würde ich wirklich nicht weit kommen. Ich habe außerdem furchtbaren Hunger."

„Ich könnte versuchen einen Wagen zu mieten oder ein Boot", grübelte Francis. „Ich habe ja noch genug Geld übrig, weil ich dich ziemlich billig bekommen habe."

„Warum so kompliziert?", fragte Glaukus. „Nehmen wir doch mein Boot. Ich habe im Hafen einen kleinen Schnellsegler liegen, weil ich es liebe, auf das Meer hinauszufahren und die Küstenlandschaft zu betrachten. Ich habe der Mannschaft – drei Mann – befohlen, alles bereitzumachen und an Bord zu schlafen, weil ich beabsichtige, morgen in aller Früh auszulaufen. Was hindert mich, schon heute aufzubrechen?"

Francis sah ihn überrascht an. „Ja, fuhr Glaukus fort, ich habe mich entschlossen, eure Geschichte ein Weilchen länger zu verfolgen. Ich will noch immer wissen, wie sie ausgeht. Also sollst du deinen Willen haben, Franciscus. Wir stechen noch heute Abend in See, setzen nach Misenium über und warten ab, was geschieht."

„Dich haben die Götter geschickt", rief Francis begeistert. „Dann lass uns sofort zum Hafen eilen!"

„Nicht so schnell. Das Boot wird erst in den frühen Abendstunden bereit sein. Das verschafft mir genug Muße, um noch einen Damenbesuch zu absolvieren." Er betrachtete nachdenklich Francis und Marie. „Das Beste wird sein, ihr begleitet mich, damit ihr nicht wieder in Schwierigkeiten geratet."

„Wird das der Dame angenehm sein, wenn du zwei ungebetene Gäste mitbringst?", fragte Marie, obwohl das doch wahrhaftig ihre geringste Sorge sein sollte.

Glaukus lachte freudlos. „Für den Liebeslohn, den ich ihr bezahle, muss ihr vieles recht sein, das ich von ihr verlange. Da sind zwei harmlose Gäste noch das Wenigste."

9

Lucius, der vor dem Haus der vielgerühmten Daphne gewartet hatte, war alles andere als begeistert, als Glaukus mit seinen Begleitern auftauchte.

„Wie ich sehe, hat dein neuer Freund sein Mädchen doch noch gefunden", sagte er. „Aber um der Götter willen, warum hast du die beiden mitgebracht?"

„Wir gedenken, nach meinem Besuch bei Daphne noch etwas gemeinsam zu unternehmen", erwiderte Glaukus. „Sie werden doch sicher der Einfachheit halber im Haus auf mich warten können."

„Das geht nun gar nicht", protestierte Lucius. „Daphne führt ein vornehmes Haus und keine Schenke, wo es sich dahergelaufene Gäste gemütlich machen können. Schau dir doch die beiden an! Er in geflickter Kleidung und sie überhaupt nur in eine Decke gewickelt! Ein bedeutender Mann wie du sollte mehr auf seine Reputation achten, mein Glaukus, und darauf, mit wem er sich abgibt."

„Du hast recht", entgegnete Glaukus hochmütig. „Ich bewege mich wirklich in fragwürdiger Gesellschaft. Denn Daphne ist eine Kurtisane und du führst ihr die Männer zu. Dein ganzes hochtrabendes Gerede kann daran nichts ändern. Glaubst du, ich hätte das nicht erkannt? Hältst du mich etwa für einen Narren? Ich bin nur hergekommen, weil ich etwas Zeit übrig habe, auf Daphne neugierig bin und zugegebenermaßen Lust nach einer Frau verspüre. Aber wenn dir meine Gesellschaft oder die meiner Begleiter nicht passt, werden wir uns sogleich und ohne Bedauern entfernen."

„Warte!", rief Lucius, der an seine Goldmünze dachte. „Daphne hat ein gutes Herz. Also nimm deine neuen Freunde mit. Du hast doch nicht vergessen, für Daphne noch ein kleines Geschenk mitzubringen, damit sie milde gestimmt ist und dir die ungebetenen Gäste verzeiht?"

„Ich bin nicht dazu gekommen, ein Schmuckstück für sie zu besorgen", antwortete Glaukus, „aber ich denke ein weiterer Aureus wird es auch tun. Das ist dir sicher auch lieber, nicht wahr? Es erhöht deine Provision."

Lucius verzichtete auf eine Antwort und klopfte in einem bestimmten Rhythmus an die Tür. Sie wurde sogleich von einer ältlichen Dienerin, wahrscheinlich einer Sklavin geöffnet. „Das geht schon in Ordnung", sagte Lucius zu ihr, als sie entsetzt das zerlumpte Pärchen betrachtete.

Die Besucher wurden von Daphne im Empfangszimmer erwartet. Sie war in der Tat eine ungewöhnlich schöne Frau und irgendwie erinnerte sie Francis an Judith. Am bemerkenswertesten war aber ihre Reaktion, als sie die Ankömmlinge sah. Sie zeigte sich weder verwundert noch empört, sondern rief spontan: „Ja was ist denn dir zugestoßen, du armes Ding! Was hast du?"

„Ich weiß nicht", murmelte Marie. „Alles dreht sich um mich." Dann kippte sie um und konnte von Francis gerade noch aufgefangen werden. Die Decke glitt von ihren Schultern und enthüllte breite, blutige Striemen auf ihrem Rücken.

„Warum wurde sie nicht versorgt?", fragte Daphne empört. „Was fällt euch ein, mit ihr so durch die Gegend zu laufen?"

Lucius breitete die Arme aus, um zu bekunden, dass er unschuldig sei, Glaukus schaute betreten drein.

Daphne entwickelte eine umsichtige Geschäftigkeit. „Bring mir heißes Wasser und mein Verbandszeug", befahl sie ihrer Dienerin. Du da", sie meinte Francis, „leg sie vorsichtig auf den Boden, auf den Bauch, das Gesicht zu Seite gewandt. Wie lange hat sie schon nichts mehr gegessen?"

„Es könnten ein paar Tage sein", gestand Francis.

Daphne sah ihn fassungslos an. „Und ihr habt ihr nicht sofort eine leichte Mahlzeit gegeben?"

„Es ist so, dass wir sie erst vor Kurzem aus der Hand von Sklavenhändlern befreit haben", rechtfertigte sich Francis. „Es ist alles sehr schnell gegangen und wir hatten noch keine Gelegenheit ..."

„Denn der edle Glaukus konnte es nicht erwarten, deine Bekanntschaft zu machen und sich an deiner Gesellschaft zu erfreuen", säuselte Lucius und versuchte, die Situation wieder in geplante Bahnen zu lenken.

Damit kam er aber schlecht an. „Bist du irre?", fragte Daphne. „Siehst du nicht, was hier los ist? Das arme Mädchen ist halb tot. Verzieh dich, Lucius!"

„Ja, verzieh dich, Lucius", wiederholte Glaukus und reichte Lucius einen und einen halben Aureus. „Ich denke, das wird dich für deine Mühen ausreichend entschädigen. Alles andere bespreche ich mit Daphne persönlich."

Lucius fühlte sich zwar schlecht behandelt, aber weil das Geld seine Erwartungen übertraf, verzichtete er darauf, zu protestieren, verbeugte sich kurz und verließ das Haus.

Marie war inzwischen wieder zu sich gekommen und stöhnte leise, als Daphne ihre Wunden säuberte. „Nur Mut, mein Kind", sagte Daphne, obwohl sie höchstens ein paar Jahre älter war als Marie. „Die Salbe nimmt den Schmerz weg. Gleich geht es dir besser. Komm, setz dich auf, damit ich mir auch dein Gesicht vornehmen kann. Wer hat dir das angetan?"

„Ein Sklavenhändler namens Diomedes", antwortete Francis. „Ich konnte sie ihm im letzten Augenblick abkaufen. Sie ist meine Freundin."

„Diomedes ist ein Schwein", bemerkte die Dienerin, die bisher geschwiegen hatte. „So macht er junge Frauen, die er zusammengefangen hat, gefügig, bevor er sie verkauft."

„Und morgen wird er ein totes Schwein sein", merkt Glaukus an.

Daphne schaute ihn erstaunt an.

„Das ist nur so eine Ahnung", bemühte sich Glaukus seine Aussage abzuschwächen.

Daphne zuckte mit den Schultern. „Die Welt würde ohne ihn nur besser sein." Sie wandte sich an die Dienerin: Bring eine kräftige Suppe und Kleidung für dieses Kind: Etwas Bequemes, Robustes und Sandalen."

„Du bist sehr freundlich", sagte Marie.

„Und sehr schön", fügte Glaukus hinzu.

„Und sehr hilfsbereit", ergänzte Francis. „Die Götter mögen dich beschützen."

Zur allgemeinen Überraschung errötete Daphne ein wenig. „Bring auch für unsere anderen Gäste einen kleinen Imbiss", befahl sie der Dienerin.

Die fürsorgliche Behandlung und eine kräftige Fleischbrühe taten Marie gut. Ihre Lebensgeister kehrten zurück und sie fühlte sich in der bequemen Kleidung, die ihr Daphne zur Verfügung gestellt hatte, wohl.

Glaukus, der an Daphne zunehmend Gefallen zu finden begann, unterhielt sich angeregt mit ihr und erzählte mit vielerlei Ausschmückungen und launigen Kommentaren, wie er Francis kennengelernt und ihm geholfen hatte, Marie zu befreien.

Francis hingegen war unruhig. „Es wird Abend", murmelte er, „und der Wind steht günstig. In der Nacht wird er drehen. Am Morgen wird ein Auslaufen unter Segeln überhaupt nicht mehr möglich sein."

Glaukus beruhigte ihn. „Wir haben genug Zeit", sagte er. „Wir gehen noch vor Einbruch der Dunkelheit an Bord. Mein Schiff ist schnell und wir werden nicht viel länger als zwei, höchstens drei Stunden brauchen. Ich bin diese Strecke schon oft gesegelt, denn ich besitze in der Nähe von Misenium eine kleine Villa."

„Ihr wollt noch heute nach Misenium übersetzen?", fragte Daphne erstaunt. „Ihr werdet in die Nacht kommen!"

„Und wenn schon", entgegnete Glaukus leichthin. „Die Nacht ist sternenklar, das Meer ist ruhig und man kann die Leuchtfeuer des Militärhafens weithin sehen. Ich hätte es ja nicht so eilig, aber mein Freund Franciscus ist der Meinung, dass Pompeji morgen von einer Katastrophe heimgesucht werden wird. Ich bin neugierig, ob er recht hat und weil ich ein vorsichtiger Mann bin, will ich meine Neugierde aus der Ferne befriedigen."

Daphne schüttelte den Kopf. „Ich denke nicht, dass besonders viel passieren wird. Wenn wir Pech haben, bekommen wir ein etwas stärkeres Erdbeben, aber das wäre nicht das erste, das wir überstehen."

„Der junge Herr hat recht", sagte die sonst so schweigsame Dienerin. „Mir hat gestern geträumt, dass der Berg in Flammen steht und sich die Erde auftut, um uns alle zu verschlingen. Bisweilen schicken die Götter den Menschen solche Träume, um uns zu warnen."

Glaukus lachte. Es klang ein wenig gezwungen. „Der Berg hat damit sicher nichts zu tun. Mag auch die Erde beben, er steht fest und unverrückbar da, und das wird er auch noch in tausend Jahren tun. Ich lasse mir von euch Unheilkündern nicht den Tag verderben. Ich würde mich jetzt gerne dem Grund zuwenden, aus dem ich hergekommen bin."

Er hielt die Hand über die Schale zu seiner Rechten. Ein dreifaches Klingeln war zu hören. Daphne tat, als ob sie nichts bemerkt hätte.

„Lucius hat erwähnt, dass du einige sehr schöne Dinge hast, die du ausgewählten Gästen zeigst", sagte Glaukus zu Daphne.

Sie lächelte zustimmend. „Die habe ich in der Tat. Dann komm mit mir mit. Du sollst nicht enttäuscht werden. Deine Freunde können inzwischen hier warten."

Sie führte Glaukus in eines der angrenzenden Zimmer und schloss die Tür hinter sich.

Die Dienerin betrachtete Francis aufmerksam. „Du weißt es wirklich", sagte sie schließlich. „Es wird so geschehen, wie ich es geträumt habe. Hast du das zweite Gesicht?"

„Nein", antwortete Francis. „Aber ich weiß es trotzdem. Frag nicht weiter. Selbst wenn ich wollte, könnte ich darüber nicht sprechen."

Die Dienerin nickte. „Was wird jetzt aus uns werden?"

„Das weiß ich nicht. Ich weiß auch nicht, wie sich die Dinge zwischen den beiden entwickeln." Er deutete zu der Tür, hinter der leises Flüstern, Lachen und eindeutige Geräusche zu hören waren. „Dennoch solltest du vorsorglich einige Sachen für dich und deine Herrin zusammenpacken. Nicht mehr, als wir tragen können. Es wäre möglich, dass ihr uns begleitet."

„Du bist ein weitblickender Mann", sagte die Dienerin.

Allein geblieben kauerten sich Francis und Marie auf den weichen Teppich und hielten sich eng umschlungen.

„Eines verstehe ich nicht", sagte Marie nach einer Weile. „Nicht ich habe dich gefunden, sondern du mich. Wie kann das sein? Du kanntest mich doch gar nicht!"

„Wir kennen uns recht gut", antwortete Francis. „Wir sind uns schon begegnet. In einer anderen Vergangenheit. Du weißt nur nichts davon."

„Ich verstehe. Haben wir uns gut gekannt?"

„Das kann man so sagen. Du hast mich verführt und ich habe mich in dich verliebt. Nur leider hast du dich dann sehr ablehnend verhalten."

„Oje", sagte Marie verlegen, „das schaut mir ähnlich. Ich muss dir ein Geständnis machen. Ich habe es auf einem anderen Zeitsprung wieder getan. Ich habe dich noch einmal verführt, nur weißt diesmal du nichts davon. Das ist schon verrückt, wenn man es sich recht überlegt."

„Man gewöhnt sich daran", antwortete Francis und küsste sie sanft auf den Mund. „Wie ist es in diesem Fall zwischen uns gelaufen?"

„Ich nehme an recht gut, sonst hättest du mir nicht nach ein paar Tagen einen Heiratsantrag gemacht. Gerate deswegen nicht gleich in Panik. Es ist nie passiert! Du kennst doch die Regel. Jetzt sag mir aber eines: Was machst du hier? Wie kommst du nach Pompeji?"

„Das Portal hat uns hineingelegt. Ich weiß, dass sie dir eingeredet haben, ich würde übermorgen – in der alternativen Vergangenheit meines Vaters – in große Gefahr geraten. Du bist daraufhin überhastet losgesprungen, um mich zu warnen oder zu retten. Ich schließe daraus, dass du ernsthaft überlegst, meinen Heiratsantrag anzunehmen." Er küsste sie neuerlich, diesmal etwas länger. „Dann haben sie mir im Portal gesagt, dass du mich suchst, aber leider in der Zeit verschollen bist."

„Ich wollte eigentlich in Rom bei deinem Vater ankommen, weil ich dachte, ich finde dich dort. Weiß der Teufel, wie ich in diese Vorhölle geraten bin."

„Das kann ich dir sagen. Wir haben den Entwurf deines Sprungbefehls gefunden. Du hast dich mit den Koordinaten vertan und außerdem, was noch schlimmer ist, den Befehl nicht korrekt formuliert."

„Ich bin ein schusseliger Depp", sagte Marie schuldbewusst. „Ich nehme an, das ist auch der Grund, warum das Portal auf meine Kontaktversuche nicht mehr reagiert und mich im Regen oder besser gesagt in einem Vulkanausbruch stehen lässt."

„Zu dem Schluss ist auch Swanson gekommen. Ich habe ihn aber überreden können, mir einen Sprungbefehl zu formulieren, der mich zu dir bringt", fuhr Francis fort. „Damit hat das Portal erreicht, was es von Anfang an wollte. Nämlich uns beide in eine schlimme Situation zu bringen, um zu sehen, was wir daraus machen."

Marie schüttelte den Kopf. „Das kann ich nicht glauben. Es ist kein Fall bekannt, dass sich das Portal je so manipulativ verhalten hätte."

„Das kann daran liegen, dass die Betroffenen keine Gelegenheit mehr hatten, darüber zu berichten", sagte Francis grimmig.

„Hast du keine Möglichkeit, uns beide herauszuholen?"

„Swanson hat mir einen entsprechenden Befehl gegeben, der wird aber erst am 26. August funktionieren. Ich muss also den Tag, für den das Portal meinen wahrscheinlichen Tod vorhergesehen hat, überstehen."

„Ich werde nicht zulassen, dass dir etwas geschieht", versprach Marie und hielt ihn ganz fest in den Armen. Francis nützte die Gelegenheit, um sie neuerlich zu küssen. „Warte", rief Marie und schob ihn weg. „Was sind wir doch dumm. Ich habe die Lösung. Du bist gekommen und hast mich gerettet. Dein Freund Glaukus nimmt mich nach Misenium mit, wo ich in relativer Sicherheit sein werde. Damit ist deine Mission erfüllt. Du allein hast jederzeit die Möglichkeit zurückkehren. Du bist regulär hierhergekommen und brauchst daher nur den Befehl zum Abbrechen geben, bevor der kritische Tag, der gefährliche 25. August anbricht, und schon bist du in Sicherheit. Ich komme dann nach, sobald ich kann, oder du holst mich, wenn mir das nicht gelingt. Du weißt ja jetzt, wo und wann ich zu finden bin. Es kommt nur darauf an, dass du am 25. August nicht hier bist. Das ist das Schlupfloch, das das Portal übersehen hat!"

„Mir ist nicht wohl bei dem Gedanken, dich allein hier zurückzulassen", protestierte Francis.

„Bitte", flehte Marie.

Francis hatte sich entschieden. „Kommt nicht infrage. Ich lasse dich nicht allein. Wenn ich es mir recht überlege, besteht auch gar keine Gefahr mehr für mich. Niemand, auch nicht die sogenannte Zukunftsabteilung des Portals konnte sicher vorhersehen, wie sich die Dinge entwickeln werden. In Gefahr wären wir nur, wenn wir in Pompeji gestrandet wären. Dem können wir aber dank Glaukus aus dem Weg gehen."

Francis sah zum Fenster hoch. Der Himmel begann sich zu verdunkeln und es wurde düster im Raum. „Die elfte Stunde bricht an", murmelte er.

Plötzlich war ein Grollen zu hören, das einen reißenden Ton annahm. Dann schwankte der ganze Raum. Alles schien sich zu bewegen. Eine Vase fiel zu Boden und zerbrach. Dann wurde es wieder ganz still.

Aus dem angrenzenden Raum kamen Glaukus und Daphne. Daphne wirkte aufgeschreckt, Glaukus eher gelassen.

„Es wird Zeit aufzubrechen", sagte er. „Daphne macht uns die Freude, uns auf unserem kleinen Ausflug zu begleiten." Er wirkte sehr zufrieden.

„Penelope!", rief Daphne. Die alte Dienerin erschien sofort. „Packe ein paar Sachen zusammen, wir machen eine kleine Reise und werden Gäste des edlen Glaukus sein."

„Das ist schon geschehen, Herrin", sagte Penelope und zerrte zwei umfangreiche Bündel ins Zimmer. „Der junge Herr Franciscus hat mir dazu geraten."

Glaukus lachte lauthals, klopfte Francis auf die Schulter und rief: „Dann auf, zum Hafen!"

„Willst du nicht vorher zu dir nach Hause gehen, Wertsachen mitnehmen und deinen Sklaven befehlen, die Stadt zu verlassen?", fragte Francis.

Glaukus nahm ihn beiseite und sagte leise: „Hör zu, Franciscus. Du bist in mein Leben getreten, so wie ein Schauspieler aus den Kulissen springt und dem Stück eine neue Wendung gibt. Du hast den langweiligen Tag eines reichen Müßiggängers interessant gemacht und ich habe Gefallen daran gefunden, ganz besonders daran, dass mir deine Angstmacherei jetzt ermöglicht, Daphne zu entführen. Das wird Lucius, diesen Schelm, ordentlich ärgern. Daher bin ich bereit, weiter in dieser Komödie mitzuspielen und mit euch nach Misenium zu segeln. Aber ich glaube keinen Augenblick daran, dass deine bösen Zukunftsvisionen Wirklichkeit werden. Also verdirb mir nicht die Szene und schnapp dir eines dieser Bündel, wenn du dich nützlich machen willst."

Francis verzichtete darauf, ihm ins Gewissen zu reden, weil er dachte, dass sich das Schicksal all der Menschen in der Stadt ohnehin schon längst und unabänderlich erfüllt hatte.

Wenig später eilten Glaukus, Daphne, Penelope, Francis und Marie durch die Abenddämmerung zum Hafen. Glaukus ging so in seiner Rolle als Retter einer schönen Frau auf, dass er sich ohne zu zögern das zweite schwere Bündel über die Schultern geworfen hatte.

10

Das Schiff des Glaukus lag zwischen Fischerbooten und Frachtkähnen. Es unterschied sich in Bauart und Takelage nicht wesentlich von seinen Nachbarn, sondern nur in seiner Ausstattung als Vergnügungsboot. Das allein war schon eine Besonderheit, denn abgesehen von den Kosten fuhren nur die wenigsten Römer zum Vergnügen zur See. Man musste so ein Boot als Marotte eines reichen Mannes ansehen, der mehr Geld hatte, als er ausgeben konnte. Es war zwar kleiner als die Frachtkähne, konnte aber ohne Weiteres ein Dutzend Passagiere samt umfangreichem Gepäck befördern. Es besaß sogar einen Deckaufbau in Form einer kleinen Kabine, vor die ein Sonnensegel gespannt war. An der Bordwand prangte das Bild einer weißen Möwe.

„Das ist mein Schiff", sagte Glaukus stolz. „Ich habe es ‚Möwe' genannt."

Die aus drei Mann bestehende Besatzung hatte das Boot befehlsgemäß für die morgige Ausfahrt bereitgemacht und gedachte, den warmen Sommerabend geruhsam zu verbringen. Die Männer waren daher nicht sonderlich glücklich, als Glaukus mit seinen Gästen eintraf und die sofortige Abfahrt anordnete. Der Kapitän protestierte und wies darauf hin, dass nächtliche Fahrten unüblich und gefährlich seien.

Angefeuert durch die Gegenwart Daphnes gab Glaukus eine Probe seines theatralischen Talents und hielt eine wortgewaltige Rede, in der er von seiner Militärzeit als Offizier bei der Marine berichtete und wie er so manche Nacht auf finsterer See verbracht hatte. Als er darauf zu sprechen kommen wollte, wie es einem Marinesoldaten ergangen war, der sich aus Angst geweigert hatte, dem Befehl seines Offiziers zu gehorchen, gab der Kapitän nach. Er verzichtete sowohl auf eine Fortsetzung der Geschichte als auch auf weitere Diskussionen und murmelte bloß missmutig: „Wie du befiehlst, Herr."

Die Gefährten begaben sich daraufhin an Bord, und die Mannschaft machte sich daran, das Boot aus seinem Liegeplatz zu bugsieren, was nach einiger Mühe auch gelang. Wenig später drehte die ‚Möwe' in den Wind und nahm Fahrt auf. Das Meer war ruhig und glatt wie ein Spiegel, in dem man die Sterne betrachten konnte. Der zunehmende Mond hing als plumpe Sichel am Himmel. In der Ferne war ein Licht zu erkennen, bei dem es sich wohl um das Leuchtfeuer des Flottenstützpunktes von Misenium handeln musste. Der Bug des Schiffes war genau auf dieses Ziel gerichtet und glitt geräuschlos über die Wellen. Die ruhige, laue Sommernacht schien wie geschaffen für eine romantische nächtliche Bootsfahrt zu sein.

Dieser Meinung war auch Glaukus, der sich intensiv um Daphne bemühte. Nachdem er sich einmal ihre Liebe erkauft hatte, legte er es nun darauf an, mehr davon geschenkt zu bekommen. Daphne, die erfahren in diesem Spiel war, schien geneigt zu sein, dem nachzugeben. Denn sie wusste, dass geschenkte Liebe auf längere Sicht weit einträglicher sein konnte als gekaufte.

Francis und Marie kauerten im Bug des Schiffes. „Es ist so schön hier", sagte Marie. „Kaum vorstellbar, dass diese Idylle in einem Inferno versinken wird."

„Wie hast du dir eigentlich meine Rettung vorgestellt?", fragte Francis.

„Nun, ich dachte, ich finde dich bei deinem Vater und überrede dich, mit mir zurückzukehren. Dann wären wir beide in Sicherheit gewesen." Sie stutzte. „Warte! Es gibt ja noch eine Lösung. Du kannst hier abbrechen und einen Sprung zu deinem Vater machen. Wenn er seine Reise beendet, nimmt er uns beide automatisch mit und wir sind wieder zu Hause. Dagegen kann das Portal gar nichts machen. So sind die Regeln. Verdammt! Das ist wie eine Denksportaufgabe. Aber wenn wir es so machen, sind wir aus dem Schneider. Ich schreibe dir den entsprechenden Sprungbefehl auf."

„Marie", antwortete Francis. „Ich will nicht, dass du böse auf mich bist. Also versteh mich nicht falsch. Aber das möchte ich lieber nicht tun. Ein kleiner Fehler und ich lande womöglich im Schlund des Vulkans. Ich könnte natürlich auch abbrechen, zurückkehren und mir von Swanson einen Sprungbefehl zu meinem Vater geben lassen. Nur ist das mit einem großen Unsicherheitsfaktor behaftet. Ich werde vielleicht bei meiner Rückkehr verhaftet, weil die Polizei glaubt, ich hätte dich verschleppt oder etwas in der Art. Oder ich finde Swanson nicht rechtzeitig. Oder ich komme in Rom an meinen Vater nicht rechtzeitig heran. Viel Zeit hätte ich ja nicht. Das sind mir zu viele ‚oder'."

„Jedenfalls wärst du in Sicherheit."

„Auch das ist nicht gewiss. Was wäre, wenn mich jene Gefahr, vor der das Portal gewarnt hat, gerade in Rom, am Hofe Kaiser Titus' erwartet? Es war ja auch für das Portal nicht vorhersehbar, dass du deinen Sprungbefehl vermurkst und wir beide in Pompeji landen. Vielleicht sind wir gerade hier sicherer, so sonderbar das auch klingt."

„Heute Nacht in Samarkand", murmelte Marie.

„Was meinst du?"

„Ein orientalisches Märchen", erklärte Marie. „Es erzählt von einem Mann, der vor dem Tod flieht und genau an jenem Ort Zuflucht sucht, an dem ihn der Tod bereits erwartet."

„Also?"

„Also wird es vielleicht wirklich besser sein, wenn wir zusammenbleiben und versuchen, den morgigen und den nächsten Tag durchzustehen", räumt Marie zögernd ein.

Glaukus hatte vorübergehend sein Werben um Daphne unterbrochen und trat an das Pärchen im Bug des Schiffes heran. „Bist du nun zufrieden, Franciscus?", fragte er. „In einer knappen Stunde gehen wir an Land. Dann kann uns nichts mehr passieren."

„Ganz so ist das auch nicht", entgegnete Francis. „Wir haben zwar gute Aussichten zu überleben, aber das Beben wird auch Misenium treffen und es wird Asche und Steine auf uns herabregnen."

Glaukus schüttelte den Kopf. „Du lässt wahrlich nichts unversucht, um mir die Laune zu verderben. Aber morgen werden wir alle über dich lachen und glaube mir, ich werde am lautesten lachen, und mich freuen, dass ich eine Geschichte über einen ängstlichen Propheten habe, die ich meinen Bekannten erzählen kann."

Leiser Donner war zu hören. Die Seeleute richteten den Blick zum Himmel, konnten aber keine Anzeichen eines Gewitters erkennen. Dann begann sich der glatte Spiegel der See zu verzerren, das Wasser bäumte sich zu einer Welle auf, die das Schiff von der Seite traf und in arge Bedrängnis brachte. Die Seeleute kämpften erbittert mit Ruder und Segel, um die ‚Möwe' wieder unter Kontrolle zu bringen. Ebenso rasch, wie er gekommen war, ging der Spuk vorbei. Mit leichtem Gekräusel glättete sich das Meer, und das Schiff ging wieder auf Kurs.

„Siehst du?", fragte Francis.

„Pah, ein kleines Wellchen", sagte Glaukus verächtlich und kehrte zu Daphne zurück, um ihr zu versichern, dass sie unter seinem Schutz in völliger Sicherheit sei.

Der Rest der Fahrt verlief ereignislos. Sie passierten den Flottenstützpunkt von Misenium, wo die mächtigen Kriegsgaleeren wie schlafende Ungeheuer im Schatten der Nacht lagen und erreichten bald darauf den für Zivilschiffe vorgesehenen Hafen.

Die Mannschaft erhielt den Befehl, an Bord zu bleiben, denn Glaukus wollte am nächsten Tag, nachdem er Francis tüchtig ausgelacht hatte, wie er erklärte, nach Pompeji zurücksegeln, falls der Wind günstig stand.

Danach brachen sie zum Landhaus des Glaukus auf, das eine halbe Stunde Fußmarsch entfernt auf einem Hügel lag. Der gute Weg und das helle Licht der Gestirne machten die nächtliche Wanderung angenehm, wenngleich Francis und Glaukus unter der Last der schweren Bündel gehörig ins Schnaufen kamen. Penelope schien einen längeren Aufenthalt ihrer Herrin bei Glaukus durchaus in Erwägung gezogen zu haben.

Das geräumige Haus wurde von zwei Sklaven, einem Mann mit seinem Weib, betreut und verwaltet. Die beiden waren recht verblüfft, als sie in der Nacht durch die lauten Rufe ihres Herrn aus den Betten gescheucht wurden, und noch mehr über die sonderbaren Gäste, die er mitgebracht hatte. Sie beeilten sich aber, einen kleinen Imbiss aufzutischen und die Zimmer für die Gäste fertigzumachen.

Francis und Marie bekamen eine gemütliche Kammer zugewiesen, deren hauptsächliche Einrichtung in einem nicht allzu breiten Bett bestand. Denn Glaukus hielt es für selbstverständlich, dass sie das Lager teilen würden, und weder Francis noch Marie widersprachen ihm.

Ebenso wenig widersprach Daphne, die von Glaukus mit vielen schönen Worten eingeladen wurde, mit dem Bett des Hausherrn und natürlich auch mit diesem persönlich vorlieb zu nehmen.

Nachdem sie ihr Quartier bezogen hatten, gelang es Francis, ein Öllämpchen zum Brennen zu bringen, das den Raum mit ranzigem Geruch und wenig Licht erfüllte. „Da wären wir", sagte er und dachte von einer Art Endzeitstimmung erfüllt, dass dies vielleicht ihre letzte gemeinsame Nacht sein könnte. Marie schien ähnliche Gedanken zu haben, denn sie entledigte sich entschlossen und ohne Scham ihrer Kleider.

Francis hielt das Öllämpchen hoch, um sie besser sehen zu können. „Du hast Brusttyp 11", erklärte er sachlich.

„Ja, das stimmt", antwortete sie überrascht. „Woher weißt du das? Betreibst du Tittenstudien?"

„Das nicht gerade. Du hast es mir selber gesagt, wie du mich unlängst verführt hast."

„Manchmal rede ich ziemlichen Quatsch, wenn ich ficken will", gestand Marie. Sie streckte die Arme nach ihm aus. „Komm her zu mir, bevor ich noch so einen Blödsinn sage."

„Wird dir dein Rücken nicht wehtun?", fragte Francis fürsorglich, obwohl in heftiges Begehren erfüllte.

„Nicht wenn wir es so machen, wie ich es gern habe", antwortete Marie. „Wenn ich dich wirklich schon einmal verführt habe, solltest du das doch wissen!"

11

Die Mühen des vergangenen Tages und auch jene der folgenden Liebesnacht forderten ihren Tribut. Sie wachten erst um die Mittagsstunde auf. Nach einer kursorischen Morgentoilette, bei der sie sich den Inhalt einer kleinen Wasserschüssel teilten, machten sie sich auf die Suche nach ihrem Gastgeber. Sie fanden ihn und Daphne auf der Terrasse. Auch diese beiden hatten offenbar lange geschlafen. Denn vor sich hatten sie die Reste eines verspäteten, dafür umso reichlicheren Frühstückes stehen.

Glaukus breitete die Arme aus, als er ihrer ansichtig wurde. „Guten Morgen", rief er. „Habt ihr gut geruht? Ihr schaut prächtig erholt aus. Auch du, Marie! Wie ich immer sage: Wer tüchtig Venus opfert, der erspart sich oft den Arzt. Ist es nicht so, geliebte Daphne?"

Daphne lächelte zärtlich. „Wenn du es sagst, mein Glaukus, dann wird es so sein."

„Ich habe mich entschlossen, noch einige Tage länger zu bleiben", fuhr Glaukus fort, „weil es Daphne hier so gut gefällt. Schau, Franciscus, der Himmel ist wolkenlos, die Sonne scheint mild und das azurblaue Meer liegt ruhig und glatt zu unseren Füßen. Sieht so der von dir prophezeite Weltuntergang aus? Glaubst du noch immer, dass dich Asche und Steine begraben werden?"

„Es wäre möglich, dass ich vorher schon verhungert bin."

Glaukus lachte. „Ich bin wahrhaftig ein schlechter Gastgeber! Setzt euch zu uns. Ich werde sogleich ein Frühstück auftragen lassen."

„Was noch am Tisch steht, reicht völlig, edler Glaukus. Ich danke dir für deine Gastfreundschaft."

Francis und Marie setzten sich und machten sich über die Speisen her.

„Wie geht es dir?", fragte Daphne.

„Ich habe kaum noch Schmerzen", antwortete Marie mit vollem Mund. „Deine Salbe hat Wunder gewirkt."

„Ich schau mir später zur Vorsicht deinen Rücken noch einmal an, damit sich nichts entzündet", versprach Daphne.

„Du bist nicht nur schön, sondern auch klug und gütig", sagte Francis, der sonst nicht dazu neigte, Frauen Komplimente zu machen, spontan.

Glaukus lächelte geschmeichelt, weil er dieses Lob für sich in Anspruch nahm. Denn immerhin hatte er die Frau mit all ihren Vorzügen ja erobert und in Besitz genommen. So sah er das jedenfalls.

Die Erde erzitterte neuerlich, so wie sie es schon oft in den letzten Tagen getan hatte. „Ist dieses Haus fest gebaut?", fragte Francis.

„Sei unbesorgt", lachte Glaukus. „Mein Vater hat Wert auf eine sehr massive Bauweise gelegt. Dieses Haus hat auch schon das große Beben vor siebzehn Jahren unbeschadet überstanden."

„Das ist gut", antwortete Francis. „Dann kann es uns wahrscheinlich Schutz bieten, obwohl wir jetzt noch Zeit hätten, uns landeinwärts zu flüchten."

Glaukus wurde ärgerlich. „Ich mag dich, Franciscus, aber es verdrießt mich, dass du ständig Unheil prophezeist. Ich hindere dich nicht daran, fortzugehen, wenn du glaubst, anderswo sicherer zu sein."

„Wenn Plinius recht hat", sagte Marie leise, „sind wir heute hier noch sicher. „Erst in der Nacht wird es schlimm werden."

„Du weißt, wer Plinius ist?", fragte Glaukus erstaunt. „Du kennst den Flottenkommandanten? Seine Villa liegt dort unter uns, nahe dem Meer."

„Ich dachte an seinen Neffen, der bei ihm zu Besuch ist."

„Den jungen Plinius? Den kennst du auch?", wunderte sich Glaukus.

Ehe Marie, die ihre unbedachte Äußerung schon bereute, antworten konnte, sagte Francis: „Es ist so weit. Es hat begonnen."

In der Ferne, dort wo man im Dunst die Berge mehr erahnen als erkennen konnte, hatte sich der Himmel rot gefärbt. Ein Murren rollte heran, das so tief war, dass man es kaum hören konnte, das aber das Geschirr am Tisch zum Zittern und Klirren brachte. Dann wuchs aus dem Dunst eine schwarze Säule empor, die wie ein Finger in den Himmel zeigte.

„Das ist erstaunlich", meinte Glaukus, ohne ernsthaft beunruhigt zu sein. Denn noch immer schien die Sonne freundlich auf die friedliche Küstenlandschaft vor ihnen. „Ich habe dergleichen noch nie gesehen!"

„Wir sitzen hier auf einer Terrasse im warmen Sonnenlicht wie in einer Loge und beobachten eine ungeheure Katastrophe", dachte Francis. „Jetzt hat der Untergang von Pompeji bereits begonnen."

Glaukus, der von der Katastrophe nichts wusste, rief nach seinen Sklaven und befahl ihnen, kühle Getränke für sich und seine Gäste zu bringen.

Die Säule stieg inzwischen langsam aber unaufhaltsam empor, verbreitete sich, nahm die Form eines Baumstammes an und begann sich oben zu verzweigen, sodass sie das Aussehen einer Pinie hatte. Dabei wechselte sie die Farbe, wurde hellgrau und dann wieder tiefschwarz, während die Unterseite der Krone in rotem Licht erglühte.

Fasziniert beobachteten die vier Menschen auf der Terrasse das Schauspiel. Selbst der wortreiche Glaukus war verstummt und versuchte zu begreifen, was er sah.

„Im Hafen tut sich etwas", rief Daphne plötzlich. Man konnte von der Terrasse aus die Einfahrt des Militärhafens sehen. Hintereinander tauchten vier mächtige, von exakten Ruderschlägen bewegte Vierdecker auf und nahmen rasch Kurs auf die gegenüberliegende Küste.

„Der Admiral lässt Kriegsschiffe auslaufen?", wunderte sich Glaukus. „Was geht da vor?"

„Er wird einen Hilferuf von den Küstenstädten erhalten haben", meinte Francis. „Er versucht ihnen Hilfe zu bringen und möglichst viele zu retten."

„Retten? Wovor?", fragte Glaukus verstört.

„Davor!" Francis zeigte auf die drohende Säule. Sie hatte neuerlich ihr Aussehen verändert. Blitze durchzuckten sie, Feuerschlangen flammten auf und erloschen wieder. Dann begann sich die Krone auszudehnen und langsam herabzusinken. Die Sonne verblasste. Es war, als ob der Himmel herabsinken würde. Eine Wolke aus Staub und Asche begann die umliegenden Küstenstreifen zu verdunkeln und trieb immer näher. Ein Geruch von Schwefel und Feuer kam über das Meer.

„Was ist das?", stammelte Glaukus. „Ist das der Weltuntergang?"

„Für die Menschen in Pompeji und Herculaneum schon", erwiderte Francis. „Davor habe ich die ganze Zeit über versucht, dich zu warnen. Wir brauchen einen Platz im Haus, wo das Dach besonders tragfähig ist und wo man die Türen und Fenster fest verschließen kann. Dann bleibt uns nur zu hoffen, dass dein Vater wirklich so gut gebaut hat, wie du sagst. Deine Diener sollen auch Eimer mit Wasser und Tücher bereitstellen, damit wir notfalls die Atemwege schützen können."

Die Nacht kam rascher als es der Tageszeit entsprach. Die Menschen im Landhaus versammelten sich in einem größeren Raum, der sonst für Gastmähler diente. Türen und Fenster waren gut verschlossen. Einige Öllampen spendeten Licht.

Während der Nacht nahmen die Erdstöße zu und erreichten bisweilen eine Heftigkeit, die Francis daran zweifeln ließ, ob es klug gewesen war, hier auszuharren. Das Dachgebälk ächzte, die Wände schwankten und Windböen rüttelten an den Fensterläden. Bisweilen polterte etwas gegen das Dach. Dazu kam ein Donnern und Heulen, das zeitweise verstummte und die plötzlich einsetzende Stille noch bedrohlicher machte als den Lärm. Man konnte nur am Verbrauch der Öllampen die Tageszeit abschätzen.

„Es muss schon nach Tagesanbruch sein", meinte Glaukus schließlich. „Ich schätze, so um die zweite Stunde." Er drückte die Tür auf, die ins Atrium führte. Überall lag weiße Asche und schwamm auch auf der Wasseroberfläche des Beckens. Mutig stapfte er zur Haustür, öffnete sie und stieß einen überraschten Schrei aus.

Francis, Marie und Daphne folgten ihm. Es sah aus, als ob es geschneit hätte. Die ganze Landschaft war mit einer dichten weißen Schicht bedeckt, die stellenweise so hoch war, dass man Mühe hatte, voranzukommen. Unten auf der Straße wälzte sich eine schreiende Menschenmenge, die zu flüchten versuchte. Eine vom Wind angetriebene weiße Wand verfolgte sie und ließ durch den Widerschein von Flammen ahnen, dass Brände ausgebrochen waren. Neuerlich bebte die Erde und es begann kleine, leichte Steine und noch mehr Asche und Staub herabzuregnen.

„Zurück ins Haus", rief Francis. „Das wird so den ganzen Tag weitergehen. Aber wenn uns das Dach bisher nicht auf den Kopf gefallen ist, so wird es auch noch die nächsten Stunden standhalten."

Neuerlich versammelten sich die Bewohner des Landhauses in ihrer Zuflucht. Den ganzen Tag über bebte die Erde, aber nicht mehr so heftig, wie die Nacht zuvor. Draußen war es stockdunkel geworden, obwohl die Sonne scheinen hätte müssen und es regnete weiter Asche und Staub, wie Glaukus, der von Zeit zu Zeit einen Blick aus der Tür wagte, schaudernd berichtete. Dort, wo sie vom Wind zusammengetragen wurde, hatte die Ascheschicht schon die Höhe eines erwachsenen Mannes erreicht.

Die Eingeschlossenen verhielten sich zunehmend apathisch und es wurde kaum mehr gesprochen. Francis fiel in einen unruhigen Schlaf, aus dem er plötzlich hochschreckte. Die Öllampen waren bis auf zwei erloschen. „Wie spät ist es?", fragte er.

„Etwa Mitte der dritten Nachtwache", antwortete Glaukus aus der Dunkelheit.

„Zwei Stunden nach Mitternacht", sagte Marie, die sich an Francis gekuschelt hatte. „Der 25. August ist vorübergegangen und wir sind noch am Leben. Ich glaube es ist Zeit für uns."

Francis rappelte sich hoch und wandte sich an Glaukus: „Das Ärgste ist vorbei. Am Morgen wird der Ascheregen schwächer werden und die Sonne wird durchkommen. Wenn ihr genügend Vorräte habt, solltet ihr aber trotzdem noch einige Tage hierbleiben. Die Straßen werden teilweise unpassierbar und mit panischen Menschen verstopft sein. Für Marie und mich ist es jetzt aber an der Zeit, uns zu verabschieden. Ich danke dir, Glaukus, für deine Freundlichkeit und Gastfreundschaft und dir, schöne Daphne, für deine Güte. Die Götter mögen euch beschützen. Lebt wohl!"

Er fasste Marie bei der Hand und zog den Zettel mit dem Sprungbefehl, den ihm Swanson gegeben hatte, hervor.

„Wo wollt ihr denn hin?", rief Glaukus. „Wir haben genug Vorräte für alle im Haus. Bleibt doch hier!"

Francis lächelte ihm zu und sprach laut und deutlich den Befehl. Einen Augenblick lang erhellte sich der finstere Raum und man konnte im trügerischen Licht Francis und Marie sehen, wie sie Hand in Hand unter einem mächtigen Baum standen. Rund um sie war eine elysische Landschaft mit grünen Wiesen,

Alleen und farbenprächtigen Blumenbeeten. In der Ferne ragten wundersame, fremdartige Bauwerke empor. Auf breiten Wegen lustwandelten Menschen in sonderbarer Kleidung. Dann erlosch die Vision und der Raum schien dunkler als zuvor zu sein.

„Was war das?", rief Glaukus mit zitternder Stimme. „Franciscus, Marie, wo seid ihr?" Er hob eines der Öllämpchen empor und blickte sich suchend um.

„Er hört dich nicht mehr", sagte Penelope, die alte Dienerin. „Er ist schon weit weg. Er ist nach Hause zurückgekehrt und das Mädchen hat er mitgenommen. Du hast es doch gesehen."

„Ich weiß nicht, was ich gesehen habe", klagte Glaukus. „Ist das ein Zauberspuk?"

„In meiner Heimat Delphi gibt es ein altes Märchen", sagte Penelope versonnen. „Es erzählt von Menschen, die zwischen den Zeiten und Welten wandern und die Dinge wissen, die anderen verborgen sind. Vielleicht ist es aber auch gar kein Märchen und der junge Herr Franciscus war einer von ihnen." Sie hob die Kleider auf, die Marie getragen hatte, und faltete sie sorgfältig zusammen.

„Was hätte so einer mit mir zu schaffen gehabt?", fragte Glaukus ungläubig.

„Ich denke, er wurde dir von den Göttern gesandt, um dich und alle, die bei dir sind, zu retten", antwortete die Alte.

„Warum sollten die Götter einen wie mich retten wollen?", zweifelte Glaukus, dem es an Selbstkritik nicht mangelte. „Ich habe bisher nichts anderes zustandegebracht, als mich am Erbe meines Vaters zu erfreuen, und in der Verehrung der Götter war ich mehr als nachlässig!"

„Wer weiß, was die Unsterblichen für dich noch alles vorgesehen haben", orakelte Penelope. „Das wird die Zukunft zeigen.

12

Francis und Marie erregten keine besondere Aufmerksamkeit, als sie in antiker Kleidung durch den Park liefen. Die einen dachten, sie kämen von einer Party, die anderen, sie seien auf dem Weg dorthin, wiederum andere hielten sie für Mitglieder einer Theatertruppe, die zur Probe eilten, und etliche dachten, sie würden für irgendetwas werben, wenngleich man nicht ausmachen konnte, wofür.

Ihr Weg führte sie direkt zu Professor Swanson. Dieser war überaus erleichtert und erfreut, als sie wohlbehalten in sein Büro stürmten. Der sonst so reservierte Gelehrte schloss Francis in die Arme und schüttelte Marie heftig die Hand, wobei er sie ‚mein liebes Kind' nannte.

Dann ließ er sich einen genauen Bericht ihres Abenteuers geben, machte eifrig Notizen, wobei er des Öfteren ‚erstaunlich', ‚ganz unglaublich' murmelte und zum Schluss verkündete, er werde in einer Sondersitzung der Meister und Mentoren ausführlich über diesen Vorfall referieren. Er entließ sie mit der Ermahnung, sich gelegentlich bei der Polizei zu melden, die noch immer nach Marie suche.

Dieser Besuch verlief weniger angenehm. Wie gescholtene Kinder saßen sie vor Inspektor Dawson, der seinem Unmut freien Lauf ließ, sie verantwortungslos nannte und erklärte, er habe Besseres zu tun, als seine Zeit mit albernen Studentenstreichen zu vergeuden. Er mochte die Geschichte, die ihm Francis und Marie aufgetischt hatten, auch nicht recht glauben und drohte schließlich, sie in Arrest zu nehmen, selbstverständlich in getrennten Zellen, damit sie ihre Aussage überdenken könnten. Erst als die Professoren Swanson und Pelletier, die Francis angerufen hatte, eintrafen und intervenierten, ließ es Dawson genug sein. Er konnte es sich allerdings nicht verkneifen, anzumerken, dass offenbar auch manche Professoren der Polizei gegenüber wenig kooperativ seien und zu Unfug neigten, wobei er Swanson scharf ansah.

Erst nachdem sich der Wirbel um Maries Rückkehr gelegt hatte, fand Francis Gelegenheit, ihr im Einzelnen zu erzählen, wie er sie in Abigails alternativer

Vergangenheit kennengelernt, sich in sie verliebt hatte und von ihr zurückgewiesen worden war.

Marie war sehr überrascht, als sie hörte, dass ihm das Portal gestattet hatte, nicht nur seine Qualifikation als Zeitreisender, sondern auch seine Erinnerungen zu behalten. Sie interpretierte die Sache aber pragmatisch, indem sie ihm erklärte, dies sei nie geschehen, so seien die Regeln, und daher habe sie ihn auch nie zurückgewiesen.

Dann bestand Francis darauf, dass sie ihm berichtete, wie sie sich in ihrer alternativen Vergangenheit in ihn verliebt hatte und wollte so genau über alle Details ihrer Beziehung Bescheid wissen, dass sogar Marie ein wenig verlegen wurde. „Und nun sind wir beide glücklich in der Realität angekommen", schloss Marie ihre Erzählung und meinte damit in Wahrheit: „Wie geht es jetzt mit uns weiter?"

Francis hatte diesbezüglich klare Vorstellungen. „Was hältst du davon, wenn wir für ein paar Tage ins Haus meines Vaters fahren, um uns zu erholen? Dort sind wir völlig ungestört und nicht auf das Wohlwollen meines Hauswirts angewiesen; wenn dir das nicht zu intim ist. Ich meine, wir kennen uns in der Realzeit doch kaum. Das meiste, das zwischen uns geschehen ist, ist genau genommen nie geschehen."

„Wir haben uns beide in Lebensgefahr gebracht, um dem anderen zu helfen, und wir haben auf einem ausbrechenden Vulkan gevögelt, wie die Verrückten", antwortete Marie. „Intimer geht's ja wohl nicht. Und wenn doch, so solls mir auch recht sein. Also lass uns morgen fahren."

Tags darauf fuhren sie mit dem Autobus nach Brooks Bridge, nachdem sie sich sehr gewissenhaft bei ihren Zimmerwirten und Mentoren abgemeldet hatten.

Francis fand das Haus so vor, wie er es verlassen hatte. Die Polizei hatte keinerlei Spuren ihrer Durchsuchung hinterlassen. Nach einem Abendessen, das sie in Tüten mitgebracht hatten, gingen sie früh zu Bett und es gelang ihnen tatsächlich, ihre Liebesnacht in Misenium an Intensität noch zu übertreffen.

„Es ist doch schön", verkündete Francis am nächsten Morgen, als sie beim Frühstück saßen, „wenn man aus dem Fenster schaut und draußen ist ein prachtvoller Sommertag und nicht gerade Weltuntergang."

„Du sagst es", stimmte ihm Marie zu. „Was piepst da?"

Jetzt hörte es Francis auch. „Das klingt, wie mein Computer", meinte er erstaunt und ging in sein Zimmer. Marie folgte ihm neugierig.

„Das ist doch nicht zu glauben", staunte Francis. „Er muss sich von selbst eingeschaltet haben und ich habe auch eine neue Nachricht bekommen."

„Das Portal", mutmaßte Marie ahnungsvoll.

„Ich könnte das dumme Ding auch vom Netz nehmen."

„Das geht nicht." Marie zeigte auf ein Kabel, das sich am Boden schlängelte. „Er ist gar nicht angeschlossen. Jetzt schau halt, was sie wollen."

Widerwillig öffnete Francis seine Nachricht.

„Sehr geehrter Herr Barre! Sehr geehrte Miss Lefevre! Wir danken für die Buchung unseres Sonderangebotes für frisch Verliebte ‚Heiße Nächte auf dem Vulkan' und hoffen, Sie waren mit unserer Dienstleistung zufrieden. Wir würden uns freuen, Sie bald wieder begrüßen zu dürfen, denn wir haben eine Überraschung für Sie vorbereitet! Bitte drücken Sie dazu einfach ‚Enter'. Mit freundlichen Grüßen, Zentrale Portalverwaltung."

„Nein!", schrie Francis, aber es war schon zu spät. Neugierig, wie sie war, hatte Marie die Taste gedrückt.

Die Kirche war bis auf den letzten Platz gefüllt. Der Pastor stand vorne und sah Ihnen erwartungsvoll entgegen. Eine Orgel begann feierlich „Treulich geführt ..." zu spielen, was so gar nicht in diesen puritanischen Rahmen passte.

„Wir haben uns hier zusammengefunden", hob der Pastor an, „um dieses junge Paar im heiligen Bund ..."

„Oh Gott!", flüsterte Marie. „Das ist eine Hochzeit! Das ist unsere Hochzeit! Ich will noch nicht heiraten! Schon gar nicht hier! Sag doch was!"

„Warte!", rief Francis. „Wir sind nicht hier, um zu heiraten!"

Die Gäste murmelten enttäuscht.

„Nicht heiraten?", fragte der Pastor erstaunt. „Weißt du nicht, was bei Mose geschrieben steht? Wenn ein Mann eine Jungfrau verführt, die noch nicht verlobt ist, und schläft bei ihr, so soll er den Brautpreis für sie bezahlen und sie zur Frau nehmen. Du darfst ausnahmsweise nach der Trauung bezahlen."

„Wie hoch wäre der Brautpreis?", fragte Francis interessiert.

„Bist du verrückt?", zischte Marie.

„Für eine Jungfrau von schöner Gestalt, wie diese hier, müsstest du schon tief in die Tasche greifen. Ich denke, ihr Vater könnte bis zu 400 Silbermünzen verlangen."

„Er muss meinem Vater doch nichts für mich bezahlen", empörte sich Marie. „Außerdem bin ich schon längst keine Jungfrau mehr!"

Entsetzte Schreie erklangen aus den Kirchenbänken. Jemand rief: „Sünderin!"

„Will vielleicht jemand den ersten Stein werfen?", fragte der Pastor streng. Das Geschrei verstummte schlagartig. „So etwas kommt leider immer wieder vor", erklärte der Pastor. „Das mindert den Preis natürlich erheblich. Du könntest sie unter Umständen sogar umsonst bekommen."

„Er bekommt mich sicher umsonst, wenn er mich haben will, aber nicht hier und jetzt", schrie Marie. „Hört sofort mit diesem unwürdigen Schauspiel auf. Ich bin bloß hier, weil ihr uns eine Überraschung versprochen habt."

„Na, die Hochzeit war doch auch eine Überraschung, oder nicht?", fragte der Pastor. „Aber natürlich haben wir noch etwas anderes für euch. Da ihr euch auf eurer letzten Reise sicher gut unterhalten habt, wollen wir euch jetzt zu unserer jährlichen Wallfahrt ins Heilige Land einladen. Ihr könnt euch dem ersten Kreuzzug anschließen. Das wird ein Megaspaß, prächtige Gemetzel und Vergewaltigungen inbegriffen. Es sind nur noch wenige Plätze frei. Ihr braucht nur ‚Ja' zu sagen, und schon geht es los. Wir organisieren alles. Ihr müsst euch gar nicht mit komplizierten Sprungbefehlen plagen. Selbstverständlich ist ein zuverlässiger Rückholservice mit inbegriffen. Solltet ihr versehentlich selbst dahingemetzelt oder von den Heiden zu Tode gefoltert werden oder an einer scheußlichen Seuche verrecken, garantieren wir prompte und unbeschadete Rückkehr. In diesem Fall erhaltet ihr als Trostpreis das kleine bronzene Ehrenzeichen am Bändchen für erlittenes Martyrium. Das ist ein Service, den wir nur Mitgliedern unserer Kirchengemeinde anbieten. Na, was sagt ihr? Ist das nicht ein tolles Angebot?"

„Nein", riefen Francis und Marie wie aus einem Mund.

„Ja dann weiß ich auch nicht, was ich noch für euch tun kann." Der Pastor war enttäuscht.

„Ich werde dir sagen, was du für uns tun kannst", verkündete Francis entschieden. „Wir möchten jetzt ein paar Wochen ein ganz normales Leben führen. Wir werden vorläufig keine Zeitsprünge mehr unternehmen, und wir möchten von euch bis auf Weiteres auch nicht mehr kontaktiert werden."

„Eine weise Entscheidung", stimmte der Pastor zu. „Aber wir erwarten zuversichtlich, euch zu Beginn des neuen Semesters wiederzusehen. Dann geht jetzt!"

„Abbrechen", riefen Francis und Marie gleichzeitig. Einen Augenblick später standen sie wieder vor dem Computer.

„Was war denn das?", fragte Marie. „So verrückt hat sich das Portal mir gegenüber noch nie benommen."

„Mit mir machen sie das ständig", antwortete Francis. „Ich kann mich des Eindrucks nicht erwehren, dass sie uns absichtlich davor abhalten wollten, in nächster Zeit gefährliche und unbesonnene Sprünge zu unternehmen."

Eine neue Nachricht poppte auf: *„Sehr geehrter Herr Barre! Sehr geehrte Miss Lefevre! Wir haben mit Bedauern zur Kenntnis genommen, dass Sie unseren Newsletter nicht mehr beziehen möchten und haben Ihr Abonnement gelöscht. Wir werden uns zur gegebenen Zeit wieder mit Ihnen in Verbindung setzen. Bis dahin wünschen wir Ihnen schöne und erholsame Sommerferien. Die Zentrale Portalverwaltung."*

Der Bildschirm wurde schwarz und der Computer schaltete sich von selbst ab.

13

Eine Woche später erhielt Francis den Anruf eines Mitarbeiters des Außenamtes, der ihm stolz mitteilte – so als ob es sein eigenes Verdienst wäre – Professor Barre sei glücklicherweise wieder aufgetaucht. Es sei ihm gelungen, den Banditen oder Rebellen, die ihn gefangen gehalten hatten, zu entkommen und sich in ein Ausgräbercamp in Amarna zu retten. Er sei bei guter Gesundheit und werde in Kürze in die Heimat zurückkehren. Francis lächelte, weil er sich an eine Bemerkung Professor Swansons erinnerte, wonach sich in der Ruinenstadt Amarna das Portal Afrika befand.

Die Rettung Professor Barres erregte kurzfristig internationale Aufmerksamkeit, ehe sie von neuen Nachrichten verdrängt wurde. Leider konnte der Professor keine ausreichend konkreten Angaben über seine Entführer und die verschiedenen Orte seiner Gefangenschaft machen. Dennoch verkündeten die ägyptischen Behörden, bei den Tätern habe es sich um eine bekannte Terrororganisation gehandelt, gegen die mit unnachsichtiger Härte vorgegangen werde.

Francis und Marie beschlossen, in Brooks Bridge zu bleiben und dort die Rückkehr von Francis' Vater abzuwarten.

Das Wiedersehen zwischen Vater und Sohn gestaltete sich bei aller Freude nicht ohne Spannung, weil Francis es seinem Vater übel nahm, dass er ihn so lange über sein Schicksal im Unklaren gelassen hatte. Es war vor allem der besonnenen und klugen Intervention Maries zu verdanken, dass es zu keinem Streit zwischen den beiden kam. Danach überwogen aber die Erleichterung über die glückliche Heimkehr und ihr gemeinsames Interesse als Zeitreisende.

„Ich habe überaus interessante Studien anstellen können", berichtete der Professor, als sie eines Abends wieder beisammen saßen und einander von ihren Erlebnissen erzählten. „Man ist ja bisher immer davon ausgegangen, dass nach dem Tode Vespasians die Machtübernahme durch Titus relativ reibungslos erfolgte. Das war aber nicht der Fall. Es hat eine in der Literatur bisher nicht bekannte Palastrevolte gegeben, die von seinem Bruder Domitian angezettelt wurde. Vorgeschobener Grund war das skandalöse Verhältnis des Titus mit der jüdischen Prinzessin Berenike, die sich gebärdete, als ob sie schon Gattin des Kaisers wäre. Titus hat diese Verschwörung rasch und blutig beendet. Domitian wurde nie belangt, sondern ganz im Gegenteil mit einer formellen Teilhabe an der Herrschaft geehrt. Berenike musste allerdings Rom verlassen, weil sie dem Kaiser zur Last geworden war. Ich werde darüber einen Aufsatz verfassen und bei unserem nächsten Jahrestreffen über diese neuen Erkenntnisse berichten.“

„Wann war diese Revolte?“, fragte Marie.

„Am 25. August. Die Prätorianer, die treu zum Kaiser gehalten haben, machten nicht viel Federlesens und haben jeden erschlagen, den sie für verdächtig hielten. Es hat eine Menge Tote gegeben, von denen sicher etliche unschuldig waren.“

Francis und Marie sahen einander an. „Das war es also“, sagte Francis. „Wenn wir an diesem Tag in Rom, vielleicht sogar im Palast gewesen wären, hätte es uns schlecht ergehen können. Genau genommen hast du uns durch deinen Fehler aus der Schusslinie gebracht. Damit hat das Portal sicher nicht gerechnet! Es wäre nur schön gewesen, wenn du dir einen angenehmeren Ort ausgesucht hättest als einen Vulkanausbruch.“

„Das nächste Mal“, versprach Marie und küsste ihn.

Wenige Tage später kehrten sie an die Universität zurück, wo dem schon verloren geglaubten Sohn – wie es der Rektor formulierte, obwohl er jünger war, als Professor Barre – ein geradezu triumphaler Empfang bereitet wurde.

Auch Professor Swanson hatte Neuigkeiten für seine Schützlinge: „Ihr habt euch doch sicher schon gefragt, was aus Glaukus, Daphne und die anderen geworden ist“, meinte er, als er für sein Referat einige ergänzende Details ihrer Erlebnisse nachfragte.

„Nun ich nehme an, nachdem mein Vater seinen Zeitsprung beendet hat, haben sie, so wie wir sie gekannt haben, nie existiert und ihr wirkliches Schicksal hat sich in Pompeji erfüllt“, meinte Francis traurig. „Da kann man gar nichts machen. So sind die Regeln.“

„Ja, so sind die Regeln“, bestätigte Swanson. „Trotzdem habe ich ein wenig in den Archiven geforscht und dabei etwas Bemerkenswertes entdeckt.“

Er legte eine Fotografie vor Francis und Marie.

„Was ist das?"

„Eine Grabstele. Sie wurde in Misenium gefunden. Viel ist von der antiken Stadt ja nicht mehr da. Sie wurde im Mittelalter völlig zerstört, aber einiges hat man doch noch ausgegraben. Darunter auch diese Stele. Der Professor beugte sich vor und übersetzte: „*Den Totengöttern geweiht für Glaukus Valerius Celerinus und seine Ehefrau Daphne, von den Göttern aus großer Gefahr errettet und vierzig Jahre in treuer Liebe verbunden. Dieses Grabmal hat ihr dankbarer Sohn Marcus errichtet.*"

„Das ist verblüffend", sagte Francis.

„Nicht wahr? Besonders wenn man berücksichtigt, dass es wahrscheinlich nicht Marcus, sondern Franciscus heißt. Dieser Name war damals im Römischen Reich nämlich unbekannt, weshalb man immer gemeint hat, es heiße Marcus, zumal die entsprechende Stelle stark verwittert und beschädigt ist."

„Das ist unmöglich", warf Marie ein. „Sie wollen doch wohl nicht andeuten, wir hätten irgendeinen Einfluss auf das Schicksal dieser Menschen gehabt. Das würde gegen jedes Gesetz des Zeitreisens verstoßen!"

„Sie haben völlig recht", stimmte ihr Swanson zu. „Trotzdem ist es erstaunlich und irritierend."

„Das muss es nicht sein", meinte Francis. „Selbst wenn es sich um die beiden handelt, die wir kennengelernt haben, so kann es doch sein, dass sich in ihrer Realität Glaukus von selbst und dann natürlich ganz ohne unser Zutun dazu entschlossen hat, Daphne nach Misenium zu entführen, um Lucius einen Streich zu spielen. Und der Name seines Sohnes lautet wirklich Marcus. Etwas anderes lässt sich ja doch nicht mit Sicherheit erweisen. Allerdings gefällt mir der Gedanke, dass Glaukus und Daphne überlebt und sogar vierzig Jahre lang offenbar glücklich verheiratet waren. Ich habe die beiden gemocht."

„So könnte es gewesen sein", sagte Swanson. „Etwas anderes ist ja auch gar nicht möglich."

Als seine Besucher gegangen waren, nahm Swanson wieder die Lupe zur Hand und studierte die hochauflösende Fotografie. „Ich muss mir unbedingt das

Original ansehen", dachte er. „Was könnte einen traditionsbewussten Römer dazu veranlasst haben, seinem Sohn einen Namen zu geben, der zu seiner Zeit nicht gebräuchlich, ja in dieser Form noch gar nicht bekannt war? Wenn das tatsächlich Franciscus heißt, so wirft es Fragen auf, sehr beunruhigende Fragen."

Auch Francis ließ die Erinnerung an Glaukus und Daphne nicht los. „Glaubst du wirklich, dass es die beiden geschafft haben?", fragte er, als er mit Marie durch den Park wanderte. „Wir könnten beim Portal nachfragen. Es ist nicht weit von hier. Vielleicht verraten sie es uns."

„Lieber nicht", antwortete Marie. „Wir haben uns dazu entschlossen, das Portal für einige Zeit zu meiden und daran sollten wir uns auch halten. Die würden uns ja doch nichts sagen, sondern bloß mit verrückten Szenerien veräppeln. Was hältst du davon, wenn wir nicht durch die Zeit reisen, sondern einfach wie andere Menschen Urlaub machen?"

„Was schwebt dir denn so vor?"

„Nun, ich dachte, wir könnten in meine Heimat fliegen. Ich zeige dir, wie schön es in Frankreich ist."

„Nach Frankreich?"

„Der Einfall ist mir ganz spontan gekommen", erklärte Marie. „Bei der Gelegenheit können wir auch meine Eltern besuchen. Sie würden dich gerne kennenlernen."

„Du hast mit deinen Eltern über mich geredet?", fragte Francis, der an der Spontanität ihres Einfalls zu zweifeln begann.

„Rein zufällig. Ich habe gestern mit ihnen telefoniert und dabei so nebenbei auch dich erwähnt."

Francis lächelte. „Ich frage mich bloß, wo ich in der Eile vierhundert Silbermünzen herbekommen soll."

„Untersteh dich, meinem Vater irgendeinen Unsinn zu erzählen, von wegen Heirat oder etwas in der Art. Du hast mir bisher ja nicht einmal einen Antrag gemacht."

„Hab ich doch. Du hast es mir selbst erzählt."

„Der zählt nicht, weil es inzwischen nie passiert ist."

„Er zählt, weil wir beide davon wissen. Was sagst du dazu?"

Marie lachte, deutete einen Knicks an und deklamierte theatralisch: „Ihr Antrag ehrt mich, mein Herr. Sie dürfen um mich werben, müssen sich dabei aber in Geduld üben. Denn ich fühle mich in meiner zarten Jugend für eine Ehe noch nicht bereit."

„Du redest genauso komisch wie das Portal", sagte Francis, der nicht wusste, ob er lachen oder sich ärgern sollte.

Marie küsste ihn. „Also abgemacht? Begleitest du mich nach Hause, oder muss ich allein fliegen?"

„Es bleibt mir gar nichts anderes übrig, als mitzufliegen. Ich behalte dich lieber im Auge, damit du mir nicht abhandenkommst. Man hört so allerhand von den Franzosen. Ich werde mich gleich um einen Flug umsehen."

„Das kannst du dir sparen", sagte Marie. „Wie es der Zufall will, habe ich gestern einen passenden Flug gesehen und gleich zwei Plätze reservieren lassen. Ein Anruf genügt und wir sitzen übermorgen schon im Flieger."

Zwei Tage später saßen Francis und Marie in einer Linienmaschine, die sie mit einem kurzen Zwischenstopp nach Paris bringen würde. Vor ihrer Abreise hatte Francis Inspektor Dawson angerufen und ihm mitgeteilt, er beabsichtige mit Marie für einige Wochen zu verreisen. Dawson hatte sich zu Recht verulkt gefühlt und sehr ungnädig reagiert. Er hatte gemeint, sie könnten seinetwegen ins Land wo der Pfeffer wachse gehen, er würde sie nicht vermissen. Dann hatte er aufgelegt.

„Meine Eltern werden uns vom Flughafen abholen", sagte Marie. „Sie bestehen darauf, dass wir bei ihnen wohnen, solange wir in Paris sind. Du bekommst das Gästezimmer, das direkt neben meinem Zimmer liegt. Das ist das äußerste Zugeständnis, zu dem ich sie bewegen konnte. Sie sind halt ein wenig altmodisch."

Francis nickte und schaute aus dem Fenster. Über ihnen war blauer Himmel und unter ihnen eine strahlend weiße Wolkendecke. Der einzige kompakte Gegenstand da draußen war die Tragfläche vor ihm. „Es ist schon sonderbar", sagte er. „Wir wissen nicht, ob das die Realität ist. Wir können es nicht erkennen.

Es könnte genauso gut sein, dass ich bloß eine sekundäre Existenz in einer deiner alternativen Vergangenheiten bin."

„Das wäre gut möglich", sagte Marie und küsste ihn. „Es könnte aber auch umgekehrt sein."

„Noch schlimmer wäre es, wenn wir alle beide sekundäre Existenzen in der Vergangenheit eines anderen Zeitreisenden wären", grübelte Francis. „Er bräuchte gar nichts von uns zu wissen. Wenn er seine Reise beendet, hätte es das alles gar nicht gegeben. Wir wüssten nichts davon. Wir würden einander in unserer Realität vielleicht gar nicht kennen und auch gar nicht kennenlernen. Das sind Gedanken, die mir zunehmend Angst machen. Mein Leben war einfacher, bevor ich die Geheimnisse des Zeitreisens kennengelernt habe."

„Mach dir keine Sorgen", tröstete ihn Marie. „Jetzt und hier sind wir beisammen. Allein darauf kommt es an. Wer weiß schon, was morgen oder gestern sein wird. Unser Freund Glaukus würde Horaz zitieren und uns zurufen:

„Noch während wir hier reden,
ist uns bereits die missgünstige Zeit entflohen:
Genieße den Tag,
und vertraue möglichst wenig auf den folgenden!"

Ende

Vom selben Autor sind bisher erschienen

Carnuntum 172 n. Chr.

Der Anwalt Spurius Pomponius gehört zu den kommenden Männern Roms, als ihn der Zorn des Imperators an die Grenze des Reiches verbannt. Auch in Carnuntum, der Hauptstadt der Provinz Oberpannoniens, ließe es sich gut leben, wären nur die Germanen jenseits der Donau nicht so kriegslüstern. Die Situation am Limes wird schließlich so bedrohlich, dass Kaiser Mark Aurel persönlich an die Grenze eilt und ausgerechnet in Carnuntum sein Hauptquartier aufschlägt. In seiner Begleitung befindet sich seine Frau Faustina, die den Kopf des Pomponius am liebsten auf eine Lanze gespießt sehen möchte. Zu allem Überfluss wird Pomponius vom neu ernannten Leiter der Frumentarii, dem militärischen Geheimdienst der Legionen, zwangsrekrutiert und soll einen verdächtigen Todesfall aufklären. Unterstützt von seinem vorlauten Sklaven und einer jungen Frau mit zweifelhaftem Ruf macht er sich ans Werk. Nach kurzer Zeit erkennt Pomponius, dass er mit seinen Ermittlungen in ein Wespennest von Verschwörern gestochen hat. Es bleibt ihm nur mehr wenig Zeit, um seinen eigenen Hals zu retten.

Verlag: Books on Demand
ISBN-10: 3743191229
ISBN-13: 978-3743191228

Carnuntum 173 n. Chr.

Zwei Jahre sind seit dem verheerenden Germanensturm vergangen. Nun ist Rom bereit zurückzuschlagen. Kaiser Marc Aurel hat in den Donauprovinzen Legionen zusammengezogen und bereitet eine Invasion des Barbaricums jenseits des Flusses vor. Aber ein unerwarteter Schlechtwettereinbruch verzögert den Beginn des Feldzuges und ungünstige Vorzeichen mehren sich. Eine Serie rätselhafter Morde beunruhigt die Bevölkerung. Es kommt das Gerücht auf, die Getöteten seien den Lamien zum Opfer gefallen, blutsaufenden Dämonen, die von den Göttern gesandt wurden, um ihren Unmut über das Vorhaben des Kaisers zu bekunden. Abergläubische Furcht beginnt sich auszubreiten und droht auf die Truppen überzugreifen. In dieser Situation bekommt Spurius Pomponius, unfreiwilliger Mitarbeiter des militärischen Geheimdienstes, den Auftrag, die Morde aufzuklären und den Mörder ehestens zur Strecke zu bringen. Schon bald nachdem er seine Ermittlungen aufgenommen hat, wird er selbst von nächtlichen Spukgestalten gejagt und beginnt daran zu zweifeln, dass er es bloß mit einem menschlichen Serientäter zu tun hat.

Verlag: Books on Demand
ISBN-10: 3746069122
ISBN-13: 978-3746069128

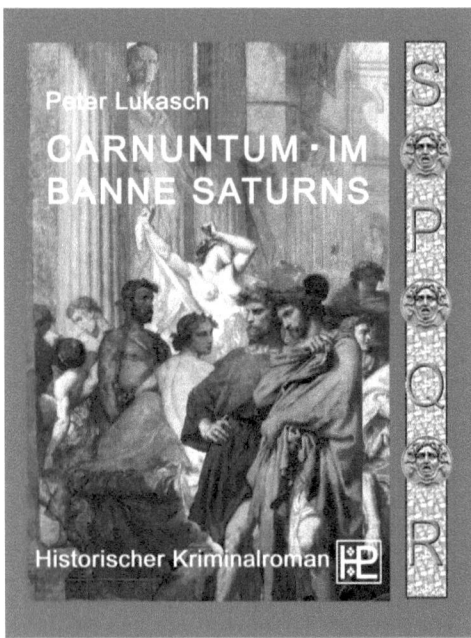

Carnuntum 173 n. Chr. (Spätherbst)

Der Krieg am Limes ist vorübergehend zum Stillstand gekommen. Kaiser Marc Aurel hat die unruhigen Germanenstämme jenseits der Donau weit ins Landesinnere zurückgeworfen. Die Bewohner von Carnuntum genießen den trügerischen Frieden und feiern ausgelassen die unlängst ausgerufenen Saturnalien, als der Sohn eines wichtigen Legionskommandanten ermordet aufgefunden wird. Die rätselhaften Umstände seines Todes veranlassen den Kaiser persönlich, eine genaue Untersuchung anzuordnen. Spurius Pomponius, unfreiwilliger Mitarbeiter des militärischen Geheimdienstes, erhält den Auftrag, gemeinsam mit seiner Partnerin Aliqua diesen Mord aufzuklären. Unter dem Vorwand, als Anwalt des Toten dessen Vermächtnis zu verwalten, beginnt Pomponius mit verdeckten Ermitlungen. Bald darauf wird er zum Ziel von Mordanschlägen. Es scheint, dass er mit seinen Fragen die Kreise eines Spionagenetzes gestört hat, welches die Germanen mit brisanten Informationen über die vom Kaiser geplante Frühjahrsoffensive versorgt. Dennoch wird Pomponius den Verdacht nicht los, dass der junge Mann gar nicht von diesen Verschwörern ermordet wurde, sondern dass hinter seinem Tod noch etwas ganz anderes steckt.

Verlag: Books on Demand
ISBN- 10: 3735760635
ISBN- 13: 978-3735760630

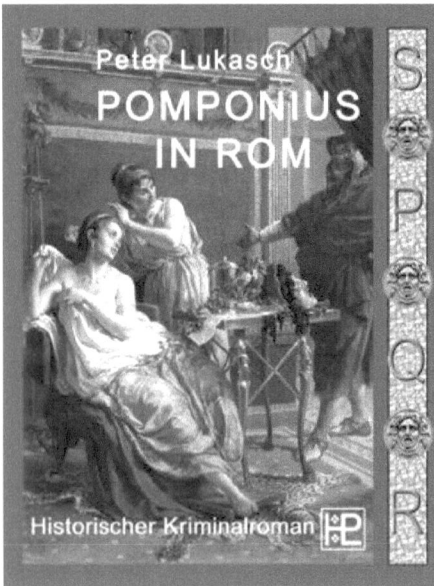

Man schreibt das Jahr 174 n. Chr. Am Limes geht der Krieg in sein fünftes Jahr und Kaiser Marc Aurel ist mit seinen Legionen tief ins sogenannte Barbaricum vorgestoßen.

Spurius Pomponius, ehemaliger Anwalt und jetzt Angehöriger des militärischen Geheimdienstes, wird überraschend von seinem Dienst an der Donaufront freigestellt und kehrt nach jahrelanger Abwesenheit nach Rom zurück. Im Auftrag seines Kommandanten soll er einem Senator, der sich mit einer existenzbedrohenden Anklage konfrontiert sieht, beistehen. Was er zunächst für ein juristisches Problem gehalten hat, entpuppt sich als veritabler Kriminalfall, in dessen Zentrum zwei bestialische Mädchenmorde stehen, die sich im Jahr zuvor ereignet haben. Pomponius wird sehr rasch klar, dass man ihn auf einen Fall angesetzt hat, bei dem übergeordnete Interessen im Spiel sind, über deren wahren Charakter man ihn aber im Unklaren gelassen hat.

Einflussreiche Kreise versuchen, seine Ermittlungen in dieser Mordsache zu verhindern, und es dauert nicht lange, bis Pomponius merkt, dass sich ein Auftragsmörder auf seine Spur gesetzt hat.

Gelegentliche Unterstützung erhält er nur von Scantilla, jener geheimnisvollen Frau, die er bereits in Carnuntum kennen-gelernt hat (Mörderische Maskenspiele in Carnuntum) und die offenbar ein gefährliches Doppelspiel treibt.

Verlag: Books on Demand
ISBN-10: 3754345184
ISBN-13: 978-3754345184

Chefinspektor Hagenberg vom Landeskriminalamt wird an den Ort eines bedenklichen Leichenfundes im Stadtgebiet von Hainburg beordert. Schatzgräber haben ein Skelett aus der Völkerwanderungszeit freigelegt, aber einer von ihnen ist mit eingeschlagenem Schädel zurückgeblieben.

Was Hagenberg zunächst für eine simple Auseinandersetzung im Raubgräbermilieu hält, entpuppt sich als historisches Rätsel, das auf die Spur einer verschollenen Delegation des Burgunderkönigs Gundahar führt, die im Jahre 436 n. Chr. versucht hat, den Hof des Hunnenkönigs Attila zu erreichen.

Hagenberg gerät bei seinen Ermittlungen in das Visier einer international agierenden Bande, die sich auf Kunstdiebstahl spezialisiert hat und vor keinem Mittel zurückschreckt; auch nicht vor Mord.

Beunruhigenderweise ist diese Bande über jeden seiner Schritte informiert und vermutet offenbar, dass Hagenberg auf Informationen gestoßen ist, die einen konkreten Hinweis auf den Verbleib des sagenhaften Nibelungen-schatzes geben könnten.

Plötzlich ist Hagenberg selbst vom Jäger zum Gejagten geworden.

Verlag: Books on Demand
ISBN-10: 3734769647
ISBN-13: 978-3734769641

Zu Beginn des Dreißigjährigen Krieges verhilft ein kaiserlicher Offizier einem wegen Hexerei angeklagten Mädchen zur Flucht aus der von den aufständischen Ungarn bedrohten Grenzfestung Hainburg.

Sobald es ihm möglich ist, folgt er ihr nach Paris. Im Gepäck hat er ein Zauberbuch, dessen bloßer Besitz ausreichen würde, ihn auf den Scheiterhaufen zu bringen.

Fast drei Jahrhunderte später taucht dieses Buch wieder in Hainburg auf. Es hat sich im Besitz einer jungen Französin befunden, die gemeinsam mit ihrem Begleiter am Schlossberg ermordet aufgefunden wird.

Chefinspektor Hagenberg vom Landeskriminalamt wird mit den Ermittlungen beauftragt und sieht sich bald mit weiteren rätselhaften Mordanschlägen konfrontiert, denen auch einer seiner Mitarbeiter zum Opfer fällt.

Als Hagenberg schließlich die Wahrheit hinter diesen Ereignissen erkennt, kommt er zu der Auffassung, dass so manche Fakten des Falles in der Öffentlichkeit besser nicht bekannt werden sollten.

Verlag: Books on Demand
ISBN-10: 3734770432
ISBN-13: 978-3734770432

Weil Flaute im Morddezernat herrscht, bekommen Chefinspektor Hagenberg und seine neue Partnerin den Auftrag, einen alten Fall aufzuarbeiten. Sie sollen klären, was mit einem Mädchen geschehen ist, das vor fast dreißig Jahren bei der Besetzung der Hainburger Au durch Umweltaktivisten spurlos verschwunden ist. Ihre Ermittlungen führen sie in die Pornoszene und ins Rotlichtmilieu und kreuzen sich schließlich mit den Spuren eines alten, längst vergessenen Mordfalls, der sich im Jahre 1908 in Hainburg ereignet hat, und der im Zusammenhang mit dem Brand des Ringtheaters in Wien steht.

Verlag: Books on Demand
ISBN-10: 3842381069
ISBN-13: 978-3842381063

Im Jahre des Herrn 1697, vierzehn Jahre nach dem großen Türkensturm, entsendet der kaiserliche Feldmarschall Prinz Eugen von Savoyen einen Kundschafter nach dem von den Türken verwüsteten Hainburg, um den Verbleib eines seither verschollenen Mädchens, das im Besitz eines Staatsgeheimnisses sein soll, zu klären.
Freiherr von Hegenbarth, ein hochbezahlter Spion in kaiserlichen Diensten, kehrt in jene Stadt zurück, in der Jahrzehnte zuvor sein Großvater einem wegen Hexerei angeklagten Mädchen zur Flucht verholfen hat (Peter Lukasch: 'Teufelsliebchen') und zeichnet genau alle Stationen seiner gefährlichen Mission auf.
Mehr als dreihundert Jahre später geraten seine Erinnerungen in die Hände von Chefinspektor Hagenberg und erweisen sich als Schlüssel zur Lösung eines aufsehenerregenden Mordes, der sich in der Blutgasse in Hainburg ereignet hat.

Verlag: Books on Demand
ISBN-10: 3746061393
ISBN-13: 9783746061399

In der Nacht hatte er von ihr geträumt. Das hatte er schon lange nicht mehr getan, seit Jahren nicht mehr. Er konnte sich kaum mehr an ihr Gesicht erinnern. Im Traum war es überdeutlich gewesen, aber auch der Traum wurde rasch zu einem Schemen und drohte aus seiner Erinnerung zu verschwinden. Lediglich das Ende, das ihn aus dem Schlaf gerissen hatte, stand ihm noch deutlich vor Augen: Ein dunkler Keller, ein Geruch nach Moder und Verwesung und Schreie, Schreie, die nicht aufhören wollten.

Ein Brief aus der Vergangenheit erreicht den Versicherungsdetektiv Amadeus Heinrich. Lisa, seine Jugendliebe, hat nach vielen Jahren ihr Schweigen gebrochen. Er folgt ihrem Ruf und ist bald in einen alten und in einen neuen Mordfall verwickelt. Die Wurzeln für diese turbulenten Ereignisse liegen weit zurück, in jener Zeit, in der er selber als zwölfjähriger Junge mit Lisa unvergessliche Ferien in dem kleinen Dorf Grafenhotter verlebt hat.

Verlag: Books on Demand
ISBN-10: 3738639268
ISBN-13: 978-3738639261

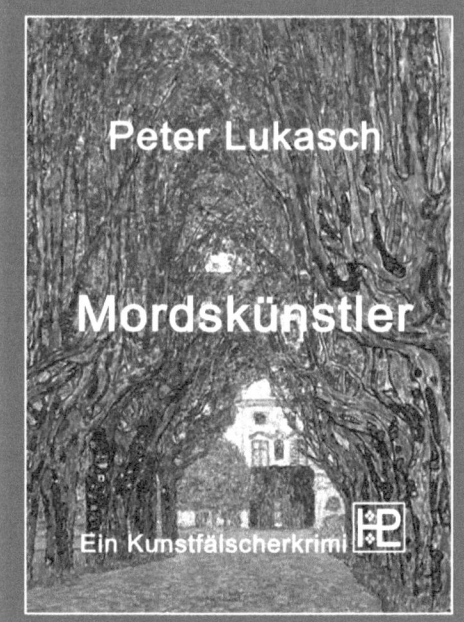

Sie betrachtete den Toten und versuchte, das Zittern in ihrer Stimme zu unterdrücken und kaltblütig zu wirken. „Was für eine Schweinerei! Hättest du ihn nicht einfach erwürgen können, wie den anderen auch?"

„Ich habe daran gedacht", gestand der Meister, aber dann konnte ich nicht widerstehen. Frisches Blut hat so eine wunderbare Farbe. Es lässt sich mit nichts anderem vergleichen, es ist so inspirierend, findest du nicht auch?"

Die Sensation ist perfekt, als ein bisher unbekanntes Portrait aus der Hand von Gustav Klimt entdeckt wird. Noch während die Fachwelt über dessen Echtheit diskutiert, wird es aus der Galerie geraubt, in der es ausgestellt werden sollte. An Stelle des Bildes wird von den Tätern der tote Galeriebesitzer an die Wand gehängt. Der Privatdetektiv Amadeus Heinrich erhält von der Versicherung den Auftrag, das Bild wieder zu beschaffen. Dabei bekommt er es nicht nur mit einem Meisterfälscher, sondern auch mit einem meisterhaften Mörder zu tun.

Verlag: Books on Demand
ISBN-10: 3739241578
ISBN-13: 978-3739241579

Kinderbücher, so wie wir sie kennen und unseren Kindern gerne zum Lesen geben, sind heiter, bunt, manchmal geheimnisvoll und abenteuerlich und vermitteln das Bild einer heilen Welt. Wenn wir aber den Spuren der Kinderliteratur durch die Jahrhunderte folgen, geraten wir bisweilen in beängstigende Bereiche, in denen die Kriegstrommel dröhnt und der Tod zum allgegenwärtigen Begleiter wird, manchmal in der Maske eines munteren Gesellen, der Abenteuer verspricht, manchmal die Fahne des Vaterlandes schwingend und ewigen Ruhm und Ehre dem versprechend, der ihm folgt.

Diesen dunklen Unterströmungen folgt der Autor und spannt den Bogen von der Kinder- und Jugendliteratur der späten Aufklärung bis in unsere Zeit, wobei seine Darstellung über weite Strecken auch zu einem Abriss der deutschen Geschichte wird. Nicht nur Kinder- und Jugendliteratur im engeren Sinn werden behandelt, sondern auch Filme und Spiele, bis hin zu den Kriegsspielen am Computer, denen das abschließende Kapitel gewidmet ist.

Zahlreiche, teils farbige Abbildungen ergänzen den Text und machen das Thema anschaulich.

Verlag: Books on Demand
ISBN-10: 3842372736
ISBN-13: 978-3842372733

Seit dem letzten Viertel des 18. Jahrhunderts gibt es sie: Zeitschriften, die sich direkt an Kinder und Jugendliche wenden. Seither haben sie eine zentrale Rolle in der Kinderliteratur gespielt und das Leseverhalten und die kindliche Vorstellungswelt von Generationen beeinflusst. Der Autor umreißt vor dem Hintergrund der wechselvollen Zeitläufe die Geschichte dieser speziellen Printmedien, stellt sie in den Gesamtkontext der Jugendliteratur und zeigt Entwicklungslinien und Problemstellungen auf, die nicht nur heute intensiv diskutiert werden, sondern schon vor Jahrhunderten erkannt wurden und schon damals Streitpunkte waren. So wird der Bogen gespannt von den periodischen Jugendschriften des 18. Jahrhunderts, die "zur Aufklärung des Verstandes und Bildung des Herzens der Jugend" dienen sollten, über Comics bis hin zu jenen, die "coolen Megaspaß" versprechen oder Ratschläge für den ersten Sex geben.

Zahlreiche, teils farbige Abbildungen ergänzen den Text und machen das Thema anschaulich.

Verlag: Books on Demand
ISBN-10: 3839170052
ISBN-13: 978-3839170052

Von einem Buch, das millionenfach verkauft wurde, in dutzenden Sprachen erschienen ist, hundertfach fortgeschrieben, variiert, parodiert und kommentiert wurde und das sich nach mehr als 150 Jahren noch immer großer Bekanntheit und Beliebtheit erfreut, lässt sich mit Fug und Recht behaupten, dass es nicht nur ein Bestseller ist, sondern auch der Weltliteratur zugerechnet werden darf. Diesen Anspruch kann neben Werken der Hochliteratur auch ein schlichtes Bilderbuch von knapp zwanzig Seiten, der Struwwelpeter von Heinrich Hoffmann, erheben. Der Autor bietet in einer Reihe von Beiträgen einen Überblick über die Geschichte des Struwwelpeter und seine Wirkung durch die wechselvollen Zeitläufe, von den Warn- und Strafgeschichten der Aufklärung über die Nachfolger des Struwwelpeter, den sogenannten Struwwelpeteriaden, bis hin zu den politischen Satiren, die sich den Struwwelpeter zum Vorbild nehmen, vom revolutionären Struwwelpeter des Jahres 1848 bis ins 20. Jahrhundert. Besondere Aufmerksamkeit widmet der Autor der seit Erscheinen des Buches nie abgerissenen Diskussion um die pädagogische Wertigkeit des Struwwelpeter und seine psychologische Deutung und bricht dabei eine Lanze für den Struwwelpeter. So mag für den Struwwelpeter frei nach einem Zitat von Goethe gelten:

„Bewundert viel und viel gescholten: Der Struwwelpeter."

Verlag: Books on Demand
ISBN-10: 3734744040
ISBN-13: 978-3734744044

Wien im Jahre 1905. Die Kaiserstadt erlebt eine letzte glanzvolle Hochblüte, aber der große Krieg, der eine Epoche beenden sollte, wirft seine Schatten bereits voraus. Wien ist zu einem Zentrum innenpolitischer Unruhen und internationaler Militärspionage geworden.

Während die Donaumonarchie von Nationalitätenkonflikten zerrüttet wird, ist der Prater mit seinen zahlreichen Vergnügungsstätten ein beliebter Treffpunkt der lebenslustigen Residenzstadt. Eines Nachts wird dort eine junge Frau ermordet. Kurz vor ihrem Tod hat sie versucht, mit dem ehemaligen Rittmeister Manfred Hagenberg, der den Armeedienst unehrenhaft quittieren musste, Kontakt aufzunehmen. Hagenberg fühlt sich trotz des Widerstandes der Polizei und einflussreicher Armeekreise verpflichtet, die Hintergründe ihres Todes aufzuklären.

Verlag: Books on Demand
ISBN-10: 3738633499
ISBN-13: 978-3738633498

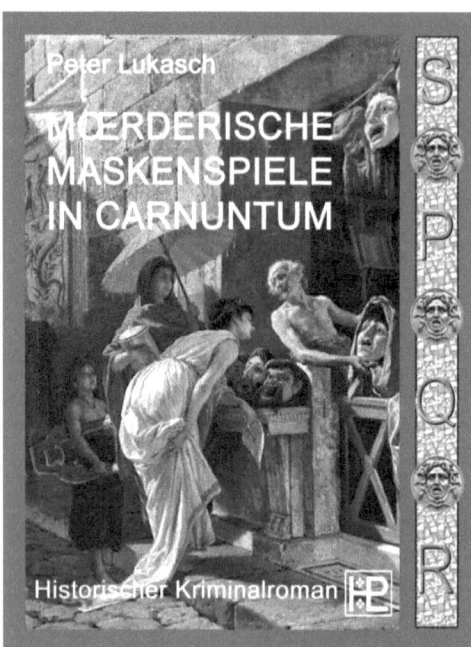

Carnuntum 174 n. Chr. (Frühjahr)

Während der Aufführung des Theaterstückes 'Die Versuchung des Actaeon' kommt es im Amphitheater der Stadt Carnuntum zu einem aufsehenerregenden Zwischenfall. Auf den Statthalter der Provinz Oberpannonien wird ein Anschlag verübt. Spurius Pomponius, Agent des militärischen Geheimdienstes, wird zu seinem Verdruss aus dem Genesungsurlaub zurückberufen und mit der Aufklärung dieses Falles betraut. Mit seinen offiziellen Ermittlungen kommt Pomponius nicht recht voran. Er hat den Eindruck, auf eine Mauer des Schweigens zu stoßen. Zeugen und Verdächtige verschwinden spurlos oder werden umgebracht. Selbst das Opfer des Anschlages, der Statthalter, scheint einiges vor ihm zu verbergen.

Pomponius entschließt sich daher, in den Reihen der Theatergruppe, zu der eine Spur geführt hat, verdeckt zu ermitteln, und es gelingt ihm, als Statist aufgenommen zu werden. Dabei lernt Pomponius nicht nur die Mühen des Schauspielerlebens, sondern auch die schöne, aber undurchsichtige Tänzerin Penelope kennen.

Verlag: Books on Demand
ISBN-10: 3751982043
ISBN-13: 978-3751982047

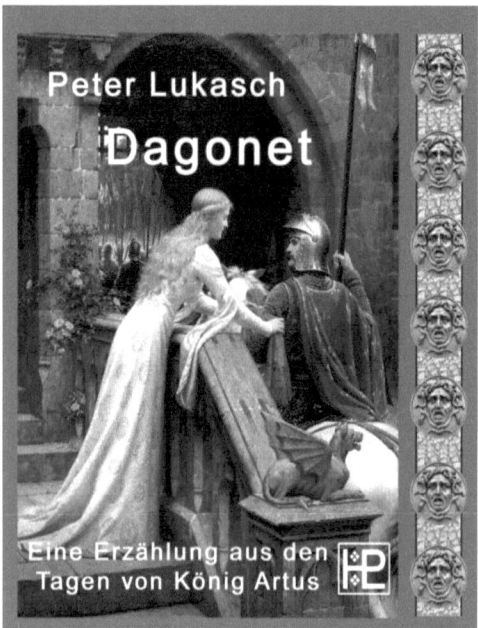

Im 5. Jahrhundert brach die römische Herrschaft in der Provinz Britannien zusammen. Angelsächsische Invasoren errichteten im Osten Königreiche und bedrängten die romanisierte keltische Bevölkerung, die ihnen unter ihrem König Artus einen erbitterten Abwehrkampf lieferte.

In jener dunklen Zeit, über die es kaum gesicherte historische Quellen gibt, dafür aber Legenden voller Heldentaten und Magie, spielt diese Geschichte. Sie erzählt von den wundersamen Abenteuern des jungen Königssohns Dagonet, der aus seiner Heimat vertrieben wurde und ausgestattet mit einem magischen Schwert zweifelhafter Art in die Welt hinauszog.

Begleitet von einem übellaunigen Dämon macht sich Dagonet auf die Suche nach seiner verlorenen Liebe. Er gerät in das Feldlager von König Artus, der ihn zu seinem Hofnarren machen möchte. Er wird in undurchsichtige Intrigen verwickelt und macht die Bekanntschaft von Lady Morgana, die ihren Halbbruder Artus ins Verderben stürzen will. Er wird von einem Lord gejagt, der fünf mörderische Dämonen in seinen Diensten hat und begegnet einer geheimnisvollen Dame, die bereit ist, ihm zu helfen, dafür aber seine Seele verlangt.

Verlag: Books on Demand
ISBN-10: 3752629746
ISBN-13: 978-3752629743